市场营销学

（第 2 版）

主　编　赵俊仙　曹云明
副主编　梁君丽　王　顺　张　朴
参　编　阴钟萱　闫晓帆　王文佳

北京理工大学出版社
BEIJING INSTITUTE OF TECHNOLOGY PRESS

内 容 简 介

市场营销学是一门与市场营销实战紧密联系的应用型学科，本教材围绕企业如何开展市场营销活动这一主题，按照企业市场营销策划过程依次展开论述，对市场营销环境分析、目标市场选择、市场营销策略的制定、市场营销组合的实施进行了全面系统的剖析。这种体系结构便于读者循序渐进、系统地掌握市场营销理论和策略。本次教材修订，有三方面的创新：(1) 突出课程思政元素的挖掘，注重学生德育目标的培养；(2) 明确内容结构的逻辑主线，围绕发现问题—分析问题—解决问题的思路主线，设置课前、课中和课后案例；(3) 结合最新政治、经济与社会形势的变化，大面积更新了过时的案例与知识表述。

本书可作为高等院校工商管理类专业相关课程的教材，也可供从事市场营销活动的人员学习使用，还可作为市场营销领域研究人员的自学用书。

图书在版编目(C I P)数据

市场营销学 / 赵俊仙，曹云明主编. --2 版. --北京：北京理工大学出版社，2024.5

ISBN 978-7-5763-4006-8

Ⅰ. ①市… Ⅱ. ①赵… ②曹… Ⅲ. ①市场营销学-高等学校-教材 Ⅳ. ①F713.50

中国国家版本馆 CIP 数据核字(2024)第 100004 号

责任编辑/王晓莉	**文案编辑**/王晓莉
责任校对/刘亚男	**责任印制**/李志强

出版发行 / 北京理工大学出版社有限责任公司
社　　址 / 北京市丰台区四合庄路 6 号
邮　　编 / 100070
电　　话 / (010) 68914026 (教材售后服务热线)
　　　　　　 (010) 68944437 (课件资源服务热线)
网　　址 / http://www.bitpress.com.cn

版印次 / 2024 年 5 月第 2 版第 1 次印刷
印　刷 / 涿州市新华印刷有限公司
开　本 / 787 mm×1092 mm　1/16
印　张 / 16.5
字　数 / 388 千字
定　价 / 89.00 元

随着我国社会主义市场经济的不断深化，现代科技的进步特别是数字技术的快速发展，导致企业间的竞争日益加剧。为了获得持久的利润增长，企业必须以顾客为导向，提高自身的营销意识和服务水平。

市场营销学作为一门应用性和实践性很强的学科，其运用的领域和作用的空间正在不断扩大，得到越来越多组织的重视和运用。加强教材建设是新文科背景下高等教育发展的需要，对提高市场营销学教学水平和新商科人才培养具有重大意义。本书既延续了课程的传统基本构架，又融合了新时代背景下的研究成果，在内容上进行了整合、提炼与创新；既突出了市场营销学的广泛实用性，又体现了它的持续发展性；既有丰富的理论支撑，又有大量的案例分析和现实解读。

本书面向教学应用型本科院校，由高校具有丰富教学经验的市场营销学专业教师编写而成。本书依据该类院校经济管理类专业人才培养目标和人才培养方案的特点进行教学内容与体系设计，融汇了编者自身教学改革与研究的成果及营销理论界研究成果，结合德育建设，将德育融入课堂教学当中，因此本书内容凸显出德育教育的特征。

本书的主要特色包括以下几个方面：

1. 德育入课，润物无声，立德树人。为了加强社会主义核心价值观教育，将价值塑造、知识传授和能力培养融为一体，本书在讲解专业知识的同时，将爱国主义教育、道德意识教育、诚信教育等融入教学，同时鼓励和引导学生积极参加各种比赛，提高学生的创新意识、实践能力和团队合作精神。

2. 体例新颖，案例丰富，针对性强。本书内容紧跟时代步伐，尽量吸收现代市场营销学研究与实战的最新成果，反映现代市场营销的发展趋势。本书所有案例的选择强调本土化、典型性和时代性，引用的案例多为中国本土案例，数量多，内容新，可读性强。

3. 概念准确，结构合理，易教易学。本书在讲解知识点时，力求做到概念准确，语言精练，通俗易懂。在知识结构安排上，按照"教学目标—引入案例—教学内容—本章小结—课后习题"的思路编排，以便读者系统地学习和巩固每一章所学的知识点。

本书由郑州工商学院市场营销教研室团队共同编著完成。赵俊仙、曹云明任主编，梁君丽、王顺、张朴任副主编。本书编写的具体分工如下：第一章和第二章由赵俊仙编写，第三章和第五章由阴钟萱编写，第四章由闫晓帆编写，第六章由梁君丽编写，第七章由王文佳编写，第八章由张朴编写，第九章由曹云明编写，第十章和第十一章由王顺编写，最后由赵俊仙统稿。

本书每章有学习目标（知识目标、德育目标）和开篇案例，课后附有练习题，便于强化本章基础知识。本书编写的时间比较仓促，书中的疏漏和不足之处在所难免，希望各教学单位和读者在使用本书的过程中给予关注，并将意见及时反馈给我们，以便修订时改进。

第一章　市场营销学概论

知识目标

　　通过本章内容学习了解市场营销的产生与发展，理解市场及市场营销的相关概念，掌握传统、现代及未来的市场营销理念，并能分析各种营销理念的侧重点。

德育目标

　　通过本章内容学习，号召学生正确认识和形成热爱中国特色社会主义市场的情感，有致力于做好中国市场的态度，有积极探索实践中国市场的远大理想和情怀，树立社会主义核心价值观。

开篇案例

厉害了，我的国！营销环境大变革

　　火药、指南针、印刷术、造纸术对中国古代政治、经济、文化发展起了巨大的推动作用，后来传至西方，对世界文明发展产生了不小的影响，中国古代四大发明，为历代人沿用流传至今。随着改革开放不断深入，中国以令世人瞩目的速度迅速成长，如今已成为举足轻重的世界大国，受到世界各国的密切关注。一些来中国学习、旅游或生活的外国人在感叹中国现代化程度之高的同时，对中国的一些新生事物产生了极大的喜爱。

　　"如果可以，你最想把中国的哪种生活方式带回自己的国家？"北京外国语大学在对留学生的采访中提到了这个问题，他们回答惊人一致——"高铁""支付宝""共享单车""网购"。这四种渗透中国居民生活的方方面面的新事物，成为外国人眼中的"新四大发明"。

　　"新四大发明"服务于中国人的衣、食、住、行各个方面，这些令外国人羡慕不已的"新四大发明"是中国人生活水平提高的体现，是改革开放成果的体现，是中国综合国力提升的体现。新时代，中国将逐步步入世界舞台的中央，实现从落后到赶超再到引领的历史性飞跃。

"新四大发明"的出现是中国创新驱动倡导的产物。古代以"四大发明"推动世界进步的中国，以科技创新向世界展示了其发展理念，展示了中国的魅力。"新四大发明"在全球范围内的普及，也表明我们在鼓励、引导和推动创新方面走在了正确的轨道上。

"新四大发明"体现了大规模的需求汇集，供给上的创新满足了需求，使其成为一个令人震惊且难以逾越的市场。这些成就不仅对我国的民生和经济起到了巨大的作用，更大的意义在于"新四大发明"向海外传播，体现了中国"创新、协调、绿色、开放、共享"的五大发展理念，在世界舞台上展现了我们的中国风格和中国气派！

（https://www.sohu.com/a/276062372_700698 基于网络资料整理）

第一节　市场营销学的产生与发展

一、市场营销学的产生与发展历程

市场营销学于 20 世纪初创建于美国，后来流传到欧洲、日本和其他国家，在实践中不断完善和发展。它的形成阶段在 1900—1930 年。但直到 20 世纪之前，市场营销尚未形成一门独立的学科。进入 19 世纪，伴随着资本主义经济的发展，资本主义的矛盾日趋尖锐，频频爆发的经济危机，迫使企业日益关心产品销售，千方百计地应付竞争，并在实践中不断探索市场营运的规律。到 19 世纪末 20 世纪初，世界主要资本主义国家先后完成了工业革命，由自由竞争向垄断资本主义过渡。垄断组织加快了资本的积聚和集中，使生产规模扩大。这一时期，泰勒以提高劳动生产率为主要目标的"科学管理"理论、方法应运而生，受到普遍重视。一些大型企业由于实施科学管理，促使产品迅速增加，进而对流通领域也产生了巨大影响，对相对狭小的市场需要有更精细的经营。同时，科学技术的发展，也使企业内部的计划与组织变得更为严整，从而有可能运用现代化的调查研究方法，预测市场变化趋势，制定有效的生产计划和销售计划，控制和调节市场销售量。在这种客观需要与可能的条件下，市场营销学作为一门独立的经营管理学科诞生了。

1929—1933 年的经济危机，震撼了整个资本主义世界。生产严重过剩、产品销售困难，已直接威胁企业生存。从 20 世纪 30 年代开始，主要资本主义国家市场明显进入供过于求的买方市场。这时，企业界广泛关心的首要问题已经不是扩大生产和降低成本，而是如何把产品销售出去。为了争夺市场，解决产品实现问题，企业家开始重视市场调查，提出了"创造需求"的口号，致力于扩大销路并在实践中积累了丰富的资料和经验。与此同时，市场营销学研究大规模展开。

1937 年，美国全国市场营销学和广告学教师协会及美国市场营销学会合并组成现在的美国市场营销学会（AMA）。该学会在美国设立几十个分会，从事市场营销研究和营销人才的培训工作，出版市场营销和市场营销调研专刊，对市场营销学的发展起了重要作用。到第二次世界大战结束，市场营销学得到长足发展，并在企业经营实践中广泛应用。

"二战"后至今，市场营销学从概念到内容都发生了深刻的变化。许多市场营销学者经过潜心研究，提出了一系列新的观念。其中之一就是将"潜在需求"纳入市场概念，即把过去对市场"是卖方与买方之间的产品或劳务的交换"的旧观念，发展成为"市场是卖方促使买方实现其现实的和潜在的需求的任何活动"。这样，凡是为了保证通过交换实现消费者需求（包括现实需求与潜在需求）而进行的一切活动，都纳入市场营销学的研究范围。这也就要求企业将传统的"生产—市场"关系颠倒过来，即将市场由生产过程的终点，置于生产过程的起点。这样，也就从根本上解决了企业必须根据市场需求来组织生产及其他企业活动，确立以消费者为中心而不是以生产者为中心的观念问题。这一新概念导致市场营销学基本指导思想的变化，西方称为市场营销学的一次"革命"。

二、市场营销学在中国的产生与发展

20 世纪三四十年代，市场营销学在中国曾有一轮传播。中华人民共和国成立后，在很长一段时间内，由于西方的封锁和我国实行高度集中的越来越僵化的计划经济体制，商品经济受到否定和抵制，市场营销学的研究在中国大陆基本中断。在长达 30 年的时间里，中国内地学术界对国外迅速发展的市场营销学知之甚少。

党的十一届三中全会后，中国确定了以经济建设为中心，对外开放、对内搞活的方针。经济学界努力为商品生产恢复名誉，改革开放的实践则不断冲击着旧体制，逐步明晰了以市场为导向、建立社会主义市场经济体制的改革目标，从而为我国重新引进和研究市场营销学创造了良好条件。

1978—1985 年，是市场营销学再次引进中国并初步传播时期。高等院校相继开设了市场营销课程，组织编写了第一批市场营销学教材。1991 年 3 月，中国市场学会在北京成立。该学会成员包括高等院校、科研机构的学者，国家经济管理部门官员和企业经理人员。中国高等院校市场学研究会与中国市场学会也开展了一系列活动，促进学术界和企业界、理论与实践的结合，为企业提供营销管理咨询服务和培训服务，建立对外交流渠道，做了大量有成效的工作。

1992 年以后，是市场营销理论研究结合中国实际提高、创新的时期。邓小平南方谈话，奠定了建立社会主义市场经济体制的改革基调。改革全方位展开，国内经济结构的变化，外资企业的大量进入，使买方市场特征逐步明显，市场竞争进一步加剧。在这种形势下，强化营销和营销创新成为企业的重要课题。为此，中国营销学术界一方面加强了国际沟通，举办了一系列市场营销国际学术会议；另一方面，展开了以中国企业实现"两个转变"（从计划经济向市场经济转变，从粗放经营向集约化经营转变）为主题的营销创新研究，以及以"跨世纪的中国市场营销"为主题的营销创新研究。在这一阶段，出现了一批颇有价值的研究成果。

第二节　市场与市场营销的内涵

一、市场

不同的学科对市场内涵的理解不尽相同。人们习惯从时间和空间上把市场看作买卖的场所。经济学家认为市场是一个商品经济范畴，是供求关系与商品交换关系的总和。管理学家则认为市场是供需双方在共同认可的一定条件下所进行的商品或劳务的交换活动。

市场营销者认为，市场是商品经济中供给者与需求者之间实现商品及服务价值，满足需求的交换关系、交换条件和交换过程。将上述市场概念做简单综合和引申，可以得到对市场较为完整的认识：首先，市场是建立在社会分工和商品生产基础上的交换关系。其次，现实市场的形成要有若干基本条件。包括：一是消费者（用户）一方需要或欲望的存在，并拥有其可支配的交换资源；二是存在由另一方提供的能够满足消费者（用户）需求的产品或服务；三是要有促成交换双方达成交易的各种条件。最后，市场的发展是一个由消费者（买方）决定，而由生产者（卖方）推动的动态的过程。在组成市场的双方中，买方需求是决定性的。

因此，用公式表示市场：市场=人口+购买欲望+购买力。

在营销者看来，所有的买主构成市场，所有的卖主构成行业，我们可以用一个简洁的模型图将行业与市场的关系反映出来（图1.1）。

图1.1 简单的市场系统

二、市场营销及其相关概念

（一）市场营销的含义

国内外学者对市场营销已下过上百种定义，企业界的理解更是各有千秋。

美国学者基恩·凯洛斯（1975）曾将各种市场营销定义分为三类：一是将市场营销视为一种消费者服务的理论；二是强调市场营销是对社会现象的一种认识；三是突出市场营销是通过销售活动及渠道把企业与市场联系起来的过程。

1985年美国市场营销协会的定义："市场营销是个人和组织对思想（主意、计策）、货物和劳务的构想、定价、促销和分销的计划和执行过程，以创造达到个人和组织目标的交换。"

1990年日本营销协会的定义："市场营销包括教育机构、医疗机构、行政管理机构在内的各种组织，基于与顾客、委托人、业务伙伴、个人、当地居民、雇员及有关各方达成的相互理解，经过对社会、文化、自然环境等领域的细致观察，而对组织内外部调研、产品价格、促销、分销、顾客关系、环境适应等进行整合、集成和协调的各种活动。"

美国学者黑斯对市场营销的定义："市场营销就是确定市场需求，并使企业提供的产品和服务能满足这种需求。"

著名营销学家菲利普·科特勒教授的定义："市场营销是个人和群体通过创造并同他人交换产品和价值以满足需求和欲望的一种社会过程和管理过程。"

据此，可以将市场营销和概念具体归纳为下列要点：

（1）市场营销的最终目标是"满足需求和欲望"。

（2）"交换"是市场营销的核心，交换过程是一个主动积极寻找机会、满足双方需求和欲望的社会过程和管理过程。

（3）交换过程能否顺利进行，取决于营销者创造的产品和价值满足顾客需求的程度和交换过程管理的水平。

案例衔接 1-1

中国企业界人士对营销的理解

海尔集团公司总裁张瑞敏指出："促销只是一种手段，但营销是一种真正的战略。"营销意味着企业应该"先开市场，再开工厂"。

北京赞伯营销管理咨询有限公司董事长路长全认为："营销就是把同样的产品卖出不同来。"他在一次讲演中做过如下论述："世界上绝大多数同类产品的本质功能和核心价值都是相同的，没有什么本质不同。那些成功的品牌之所以成功，就在于他们能够把相同的产品卖出不同来！大量企业的营销陷入价格旋涡不能自拔，利润越来越低甚至没有利润，没能将企业做大或做长久，根本原因也是没能把同样的产品卖出不同来！他们就成本拼成本，就价格拼价格，希望用单纯的广告投入催动规模去制约对手等做法，都是没有真正引导企业永续成长，结果是没有利润！"水从本质上都是 H_2O，但通过营销却出现了娃哈哈、康师傅、乐百氏、农夫山泉等不同的品牌，而其重要的是给消费者的感觉并不一样。

（二）市场营销的几个核心概念

1. 需要、欲望和需求

构成市场营销基础的最基本的概念就是人类需要这个概念。需要是指人们没有得到某些满足的感受状态，人们在生活中需要空气、食品、衣服、住所、安全、感情以及其他一些东西，这些需要都不是社会和企业所能创造的，而是人类自身本能的基本组成部分。欲望是指人们想得到这些基本需要的具体满足物或方式的愿望。一个人需要食品，想要得到一个面包；需要被人尊重，想要得到一辆豪华小汽车。需求是指人们有能力购买并且愿意购买某种商品或服务的欲望。人们的欲望几乎没有止境，但资源却有限的。因此，人们想用有限的金钱选择那些价值和满意度最大的商品或服务，当有购买力做后盾时，欲望就变成了需求。

企业并不创造需要，需要早就存在于营销活动出现之前，企业以及社会上的其他因素只是影响了人们的欲望，他们向消费者建议一个什么样的商品可以满足消费者哪些方面的要求，如一套豪华住宅可以满足消费者对居住与社会地位的需要。优秀的企业总是力图通过使商品富有吸引力、适应消费者的支付能力和容易得到来影响需求。

2. 产品

产品是满足顾客需求和欲望的任何东西，除了货物和服务之外，产品还包括人员、地点、组织、活动和构思。人们购买小汽车不是为了观赏，而是为了得到它所提供的交通服务。产品实际上只是获得服务的载体。这种载体可以是物，也可以是服务，如人员、地点、活动、组织和观念。当我们心情烦闷时，为满足轻松解脱的需要，可以去参加音乐会，听歌手演唱（人员）；可以到风景区旅游（地点）；可以参加"希望工程百万行"（活动）；可以参加消费者假日俱乐部（组织）；也可以参加研讨会，接受一种不同的价值观（观念）。市场营销者必须清醒地认识到，其创造的产品不管形态如何，如果不能满足人们的需要和欲望，就必然会失败。

3. 效用、费用和满足

效用是消费者对产品满足其需要的整体能力的评价。这种整体能力既包括满足消费者购买该产品对其属性的需要，还包括一种消费者心理层次上的满足感，也就是满足消费者某种心理的能力。例如：消费者购买奔驰和夏利，其效用就有很大的区别。

费用是消费者用于购买产品及使用该产品所支出的花费，既包括购买产品实体所支付的成本，还包括使用成本。例如：购买家庭用车的费用满足是可感知的效果与期望的统一。

4. 交换与交易

交换是从他人处取得所需之物，而以其他某种东西作为回报的行为。交换能否真正产生，取决于买卖双方能否找到交换条件。人们对满足需求或欲望之物的取得，可以有多种方式，如自产自用、巧取豪夺、乞讨和交换等。其中，只有交换方式才存在市场营销。交换需要满足五个条件：第一，至少要有两方；第二，每一方都要有对方所需要的有价值的东西；第三，每一方都要有沟通信息和传递信息的能力；第四，每一方都可以自由地接受或拒绝对方的交换条件；第五，每一方都认为同对方的交换是称心如意的。

如果存在上述条件，交换就有可能，市场营销的中心任务就是促成交换。交换的最后一个条件是非常重要的，它是现代市场营销的一种境界，即通过创造性的市场营销，交换双方达到双赢。

交易是交换活动的基本单位，是交换双方的价值交换。有两种表现形式：货币交易和非货币交易。交换是一个过程而不是一个事件，如果交换双方正在进行谈判，并趋于达成协议，就意味着其正在交换，一旦达成协议，则发生了交易。

5. 交易营销、关系与关系营销

建立在交易基础上的营销就是交易营销。关系营销是营销者与顾客、分销商、经销商和供应商等建立、保持并加强合作关系，通过互利交换及共同履行诺言，使各方实现各自目的的营销方式，与顾客建立长期的合作关系是关系营销的核心。关系营销可以节约交易时间和成本，使营销从追求每一笔交易利润最大化转向追求各方利益关系最大化（表1.1）。

表1.1　交易营销与关系营销的区别

交易营销	关系营销
赢得顾客	留住顾客
短期效果	长期关系
适应消费者	消费者参与
承诺较少	高度承诺

第三节 市场营销理念

市场营销观念（营销哲学或理念）是指企业从事营销活动的基本指导思想、行为准则和伦理道德标准的总称。它是一种信念、一种态度、一种思维方式，任何一个企业都是在特定的思想或观念指导下进行工作的，不同观念必然产生不同的行为，不同的行为必然产生不同的结果。确立正确的营销观念，对企业生死存亡、成败荣辱具有决定性作用。

市场营销观念的核心是如何正确处理企业、顾客和社会三者之间的利益关系。它们既是相互矛盾，也是相辅相成的，其基本轨迹是由企业利益导向转变为顾客利益导向，再发展到社会利益导向（图 1.2）。

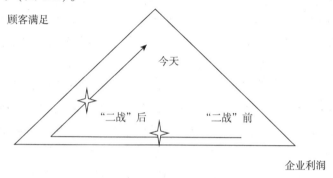

图 1.2　企业营销观念变化趋势

一、生产理念

生产理念，是指导企业市场经营行为最古老的观念之一。这种营销理念产生于 20 世纪 20 年代以前，其考虑问题的出发点是企业的生产能力与技术优势；其前提是"物因稀而贵，只要能生产出来，就不愁卖不出去"；其指导思想是"我能生产什么，就销售什么，我销售什么，顾客就购买什么"。遵循这种营销理念，企业的主要任务就是"提高生产效率，降低产品成本，以量取胜"。

案例衔接 1-2

福特 T 型车风靡 20 年

福特 T 型车是美国亨利·福特（Hennery Ford）创办的福特汽车公司，于 1908 年推出的一款汽车产品。20 世纪初，亨利·福特在开发汽车市场时所创立的"扩大生产、降低价格"的经营思想，就是一种生产理念。福特汽车公司将其全部精力与才华都用于改进大规模汽车生产线，使 T 型车的产量达到非常理想的规模，大幅度地降低了成本，使更多的美国人买得起 T 型汽车。他不注重汽车的外观，曾开玩笑地说，不管顾客想要什么样的汽车，我只提供黑色 T 型车。这种只求产品价廉而不讲究花色式样的经营方式无疑是生产理念的典型表现。

中国改革开放前，由于产品供不应求，生产理念在企业中盛行，主要表现是生产部门埋头生产，不问市场，商业企业将主要力量集中在抓货源上，工业部门生产什么，商品部门就收购什么，根本不问消费者的需要。

生产理念是一种"以产定销"的经营指导思想，它在以下两种情况下仍显得有效：

第一，市场商品需求超过供给，卖方竞争较弱，买方争购，选择余地不大。

第二，产品成本和售价太高，只有提高效率、降低成本，从而降低售价，才能扩大销路。

但是，在这种经营思想指导下运作的企业也面临一大风险，即过分狭隘地注重自己的生产经营，忽视顾客真正所需要的东西，会使公司面临困境。

二、产品理念

产品理念，它也是一种较古老的企业市场经营哲学。这种营销理念的出发点仍然是企业的生产能力与技术优势；其前提是"物因优而贵，只要产品质量好，就不愁卖不出去"；其指导思想仍然是"我能生产什么，就销售什么，我销售什么，顾客就购买什么"。遵循这种营销理念，企业的主要任务是"提高产品质量，以质取胜"。

产品理念认为，消费者最喜欢高质量、多功能和具有某种特色的产品，企业应致力于生产高值产品，并不断加以改进。它产生于市场产品供不应求的"卖方市场"形势下。最容易滋生产品理念的场合，莫过于当企业发明一项新产品时。此时，企业最容易导致"市场营销近视"，即不适当地把注意力放在产品上，而不是放在市场需要上，在市场营销管理中缺乏远见，只看到自己的产品质量好，看不到市场需求在变化，致使企业经营陷入困境。

📖 **案例衔接 1—3**

一代经典，诺基亚的兴衰史

诺基亚是北欧芬兰的一家生产移动通信产品的跨国企业，在国际市场上，诺基亚连续14年市场占有率第一，是全球手机行业的领导者。然而，随着苹果、安卓等新操作系统手机的兴起，诺基亚的市场占有率急剧下降，先后被苹果和三星赶超。2013年9月，诺基亚公司被微软公司收购，从此结束了诺基亚手机的市场霸主地位。

诺基亚做大的优势来自良好的口碑和简单明了的菜单，拥有不少忠诚用户。诺基亚手机有很多优点，如手机信号非常好，非常结实，手机电池特别耐用。绝大多数"80后"和"90后"都曾经是诺基亚手机的用户。但是随着时代的发展，手机行业的迅速更新换代，消费者对手机产生更高需求，与此同时，智能手机市场呈爆炸式增长，越来越多的消费者倾向于购买有口袋电脑之称的智能手机，而不是只有乏味WAP功能的老式手机。而此时的诺基亚却始终坚持自己的手机理念，没有跟上时代的进步，最终黯然退场。

这种理念还会引起美国营销学专家西奥多·李维特（Theodore Leavitt）教授所讲的"营销近视症"现象，即不适当地把注意力放在产品上，而不放在需要上。铁路管理部门

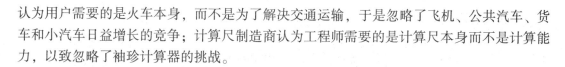

认为用户需要的是火车本身，而不是为了解决交通运输，于是忽略了飞机、公共汽车、货车和小汽车日益增长的竞争；计算尺制造商认为工程师需要的是计算尺本身而不是计算能力，以致忽略了袖珍计算器的挑战。

三、推销理念

推销理念，产生于 20 世纪 20 年代末至 50 年代之前，是许多企业遵循的另一种营销观念。这种营销观念的出发点仍然是企业的生产能力与技术优势；其前提是"只要有足够的销售（推销或促销）力度，就没有卖不出去的东西"；其指导思想是"我能生产什么，就销售什么，我销售什么，顾客就购买什么，货物出门概不负责"。遵循这种营销观念，企业的主要任务是"加大销售力度，想方设法（不择手段）将产品销售出去"。

这种营销观念认为，消费者通常表现出一种购买惰性或抗衡心理，如果顺其自然的话，消费者一般不会足量购买某一企业的产品，因此，企业必须积极推销和大力促销，以刺激消费者大量购买本企业产品。推销理念在现代市场经济条件下被大量用于销售那些非渴求物品，即购买者一般不会想到要去购买的产品或服务。许多企业在产品过剩时，也常常奉行推销理念。

推销理念是在资本主义国家由"卖方市场"向"买方市场"的过渡阶段产生的，特别适合供求平衡的"均衡市场"条件。从 1920 年到 1945 年，西方国家社会从生产不足开始进入生产过剩，企业之间的竞争日益激烈。特别是 1929 年爆发的严重经济危机，大量商品卖不出去，许多工商企业和银行倒闭，大量工人失业，市场萧条。残酷的事实使许多企业家认为即使物美价廉的产品，也未必能卖出去，必须重视和加强商品销售工作。自从产品供过于求、卖方市场转变为买方市场以后，推销理念就被企业普遍采用，尤其是生产能力过剩和产品大量积压时期，企业常常本能地采纳这种理念。前些年，在我国几乎被奉为成功之路的"全员推销"典型地代表了这种理念。

四、市场营销理念

市场营销理念的出发点是顾客的需求；其前提是"产品只要能满足顾客的需求，就能销售出去"；其指导思想是"顾客需要什么，企业就销售什么，市场能销售什么，企业就生产什么"。遵循这种营销理念，企业的主要任务是需求管理，即"发现顾客需求，设法满足顾客需求，通过满足顾客需要，实现企业盈利的目的"。

这种理念是应对上述诸理念的挑战而出现的一种新型的企业经营哲学。20 世纪 50 年代以后，资本主义发达国家的市场已经变成名副其实的供过于求、卖主间竞争激烈、买主处于主导地位的买方市场。同时，科学技术的发展，使社会生产力得到了迅速提高，人们的收入水平和物质文化生活水平也在不断提高，消费者的需求向多样化发展并且变化频繁。在这种背景下，"顾客至上""顾客是上帝""顾客永远是正确的""爱你的顾客而非产品""顾客才是企业的真正主人"等成为企业家的口号和座右铭。市场营销理念的形成，不仅从形式上，更从本质上改变了企业营销活动的指导原则，使企业经营指导思想从以产定销转变为以销定产，第一次摆正了企业与顾客的位置，所以是市场观念的一次重大革命，其意义可与工业革命相提并论。

案例衔接 1-4

海尔洗衣机，民族的骄傲

1996 年，四川成都的一位农民向海尔投诉洗衣机的排水管堵塞。海尔售后服务员紧急上门为他维修。在维修时，海尔售后服务员发现，原来他用洗衣机洗红薯。红薯有很多泥，当然容易堵塞，于是海尔售后服务员为他加粗了排水管，并告诉他堵塞的原因。这位农民在感激之余觉得是因为自己使用不当，才造成了麻烦，并且他还提到，要是有洗红薯的机器就好了。

海尔把农民兄弟的需求记在心上，并且派人赴四川进行实地调研发现：四川盛产红薯，每当红薯收获的季节，洗红薯就成为当地人的一大难题，为了方便，很多人都用洗衣机来洗红薯，但是洗衣机不能完全满足洗红薯的需求。于是海尔产生了一个新的想法：专门生产一种洗红薯的机器。1997 年海尔为该洗衣机立项，1998 年 4 月投入批量生产，这款洗衣机可以洗衣服、洗红薯、洗水果，甚至洗蛤蜊，投放到农村市场就被一抢而空。

2002 年第一届合肥"龙虾节"上，海尔又一次引起轰动——推出一款"洗虾机"，上百台"洗虾机"不到一天就被抢购一空，许多龙虾店老板纷纷交定金预订。由于其巨大的市场潜力，该款"龙虾机"获得了安徽卫视颁发的"市场前景奖"。

五、社会营销理念

社会市场营销理念是对市场营销理念的修正和补充。它产生于 20 世纪 70 年代西方资本主义出现能源短缺、通货膨胀、失业增加、环境污染严重、消费者保护运动盛行的新形势下，因为市场营销理念回避了消费者需要、消费者利益和长期社会福利隐含着冲突的现实。如洗衣粉满足了人们洗衣服的需要，却污染了河流，不利于鱼类生长；汽油作为主要能源，使人们可以驱车驰骋，但汽油的大量使用污染了空气，有害于人们的健康。

社会市场营销理念要求企业在确定营销决策时要权衡三方面的利益，即企业利润、消费者需要的满足和社会利益。具体来说，社会市场营销理念希望摆正企业、顾客和社会三者之间的利益关系，使企业既发挥特长，在满足消费者需求的基础上获取经济效益，又能符合社会利益，从而使企业具有强大的生命力。

许多企业主动采纳它，主要原因是把它看作改善企业名声、提升品牌知名度、增加顾客忠诚度、提高企业产品销售额以及增加新闻报道的一个机会。它们认为，随着环境与资源保护、健康意识的深入人心，顾客将逐渐地寻找在提供理性和情感利益上具有良好形象的企业。

 案例衔接 1-5

鸿星尔克，危难见真情

鸿星尔克实业有限公司创立于 2000 年 6 月，总部位于福建省厦门市。目前已发展为集研发、生产、销售为一体，员工近 3 万人的大型运动服饰企业。2021 年 7 月 17 日，河南全省遭遇大范围极端强降雨，损失严重，很多企业都伸出援手，这其中不之像腾讯、阿里巴巴、京东这样的爱心企业，在众多捐款的爱心企业中，有一个企业引起了全国网友的关注，这就是鸿星尔克。捐款 5 000 万元，对大部分企业来说，都不是一个小数目，对 2020 年亏损 2 亿多元，被网友戏称"连微博会员都开不起"的鸿星尔克来说，更是一个大数目。正因如此，网上刮起一股鸿星尔克旋风。不但各个直播间卖断货，线下实体店也是销量激增。全国网友掀起了一阵"野性消费"热潮。

天灾无情人有情，鸿星尔克这一事件不仅展现了中国人刻在骨子里的温良，还展现了其作为民族企业的家国情怀和社会担当，希望鸿星尔克的这一举措能激励更多的企业，在赚取利润的同时不要忘了兼顾人间的大义，积极地回馈社会，履行企业的社会责任。

六、大市场营销理念

在国际市场日趋一体化的形势下，各国反而打起了贸易保护主义大旗，通过关税或非关税壁垒限制外国产品进入。如何打入被保护市场，1984 年科特勒提出了大市场营销理念。

大市场营销理念，是指在营销活动中一个企业不应该消极地顺从、适应外部环境与顾客，而应变被动为主动，积极地依靠政治力量、公共关系等，改变市场，影响市场，引导市场。

大市场营销理念的运用是在原来营销"4P"组合的基础上，增加两个"P"，即"政治力量"（Political Power）、"公共关系"（Public Relation）。大市场营销策略就是"6P"组合策略。这里，政治力量主要是指企业通过营销对政府及其立法部门施加影响，使政府政策与立法变得对企业发展有利，而不是限制。公共关系则是通过营销活动先改变消费者对企业的态度，营造对企业有利的发展氛围，再向市场推出产品和服务。比如，玩具制造商如果是先生产出玩具，再通过广告促销，这就是营销理念。如果玩具制造商先制作动画片吸引儿童，再推出动画片中的玩具，在零售商店进行展示销售，这就是大市场营销展示。

📖 案例衔接 1-6

深耕"一带一路"，播撒中国种子

在"一带一路"倡议提出 5 年来，中国企业"走出去"的步伐不断加快，宇通客车在世界杯的精彩亮相，正是其多年深耕俄罗斯市场厚积薄发的成果。从"中国制造"到"中国智造"，通过参与国际竞争，宇通客车与世界共同成长，从产品输出、人力输出到技术输出、服务输出，致力于"为客户创造更大价值"，以宇通客车为代表的中国品牌正以品质领航，与各国合作伙伴一道，共同创造更加美好的未来。

宇通在全球化中给出了自己的答案：它是供给贴合当地环境、政策和客户需求的车辆。俄罗斯有夏季的世界杯，更有漫长冬季的冰雪。在与客户多次沟通，并对俄罗斯多个城市密集收集数据后，"俄罗斯版"宇通客车应运而生，大功率独立的水暖、

整体电泳涂装……它是中国的宇通，更是充满"战斗民族"特色的宇通，这正是为什么宇通会如此受到俄罗斯人民青睐的原因。

在古巴，根据当地人用海水洗车的习惯，宇通对车辆实施了整体电泳防锈工艺；在法国，将客车的低入口、高地板改成当地习惯的低入口、低地板；在干旱炎热的沙特，特别加强了空调的设计；在以色列，根据司机的身材加大了驾驶座椅的空间；在哈萨克斯坦这种油气资源比较丰富的地区，推出了天然气客车……每进入一个新的国家，宇通都会先派技术团队对当地的路况、客户使用习惯、法律法规进行全方位的调研，以此为依据优化相应的出口车型。

从产品出口到品牌出口，宇通带来的不仅是"中国客车"，更有广受当地好评的"中国标准"。以最大的真诚和强有力的行动，"宇通模式"赢得了各国合作方的一致好评，扎扎实实地打响了中国品牌。

第四节 营销理论新发展

一、服务营销理论

服务营销于 20 世纪 60 年代兴起于西方。1966 年，美国拉斯摩（John Rathmall）教授首次对无形服务同有形实体产品进行区分，提出要以非传统的方法研究服务的市场营销问题。1974 年由拉斯摩所著的第一本论述服务市场营销的专著面世，标志着服务市场营销理论的产生。在该著作中，作者明确指出仅把市场营销学的概念、模型、技巧应用于服务领域是行不通的，而必须建立服务导向的理论架构。

所以，服务营销学主要从两个角度切入：一是研究服务业的整体市场营销活动；二是研究实物产品市场营销活动中的服务策略。

（一）服务产品与实物产品比较具有的特征

（1）无形性。这是指营销活动中，企业向潜在顾客提供的服务是无形的、不可捉摸的；顾客对企业提供的服务也很难做出量化评价等。因此，广告宣传中不宜过多介绍服务的本体，而应集中介绍服务所能提供的利益，让无形的服务在消费者眼中变得有形。

（2）生产与消费的同步性。这是指服务的提供与消费基本上是不可分离的，是同步进行的。因此，直接销售往往是服务企业唯一的分销途径。

（3）服务产品的非贮存性。服务的无形性、生产与消费的同步性决定了服务不能在生产后贮存备用，消费者也无法在购买后贮存。服务也不能像实物产品那样在供过于求时贮存起来，而在供不应求时动用库存。很多服务的使用价值，如果不及时加以利用，就会"过期作废"。如客运部门的空铺位、空座位，宾馆中的住宿服务的空房间，酒店中闲置的服务设施与人员等都会造成服务业不可补偿的损失。

（4）服务质量的差异性。这是指服务的构成成分及其质量水平经常发生变化，很难统一界定。在实行机械化和自动化作业的第一产业和第二产业，流水线上生产出来的产品几乎没有差异。但是，在服务行业提供的服务，却会因为各种因素的影响造成服务水平与服务质量的不统一。即使是服务员提供的同一服务，也会因服务员自身因素（如心理状态）、顾客配合程度、顾客的需求差异等造成服务质量的较大差异。因此，服务产品设计必须注意保持应有的品质，力求始终如一，维持高水准，建立顾客信心，树立优质服务形象。

（二）服务营销策略

有学者将服务业市场营销组合修改和扩充为七个基本的要素，即在传统的产品、价格、渠道和促销组合策略之外，增加了"人（People）""有形展示（Physical Evidence）"和"服务过程（Process）"三个变量，从而形成7P策略组合。

（1）人。服务产品的生产与消费过程，是服务提供者与顾客广泛接触的过程，服务产品的优劣、服务绩效的好坏不仅取决于服务提供者的素质，也与顾客行为密切相关，因而研究对服务员工素质的提高，加强服务业内部管理，研究顾客的服务消费行为十分重要，所以说，人是服务的重要构成部分。服务业企业则必须重视员工的甄选、训练、激励和控制。

（2）有形展示。有形产品可以进行自我展示，服务则不能，顾客看不到服务。但是，顾客可以看到服务的工具、设备、员工、信息资料、其他顾客、价目表等，一切可以用来展示或传递服务特色与优点的有形因素，均可以称作服务的有形展示。服务产品的不可感知性，要求服务营销学应研究服务的有形展示问题。服务产品有形展示的方式、方法、途径、技巧成为服务营销学研究的系列问题，这是服务营销学的突出特色之一。

（3）服务过程。服务过程是服务生产与服务消费的统一过程，服务生产过程也是消费者参与的过程。因而，服务营销学必须把对顾客的管理纳入有效的推广服务以及进行服务营销管理的轨道上去。如在市场营销过程中，顾客接受服务的途径、市场营销系统运作政策和程序的采用、顾客参与服务提供过程的程度等都是市场营销需要考虑的问题。

案例衔接1-7

胖东来：零售界的海底捞

1995年，一个农民出身、只上过7年学的于东来在河南许昌开了一个小卖部，时至今日，谁能想到这个小卖部已经发展成在河南省许昌市和新乡市拥有12家分店、年营收超过70个亿的大型商贸集团，甚至被媒体称为"称霸一个四线城市的'零售界海底捞'"。

胖东来非常注重对顾客提供优质的服务。河南省商业行业协会会长说，"业内有句话，零售就是细节"，而胖东来是市面上细节做得最好的商超。商品品类齐全，是服务的一个维度，就是要告诉消费者，"胖东来什么都有"。如果消费者发现想要的商品没有，可以填写"缺货登记表"，要求进货。于东来曾讲过，最远的一件单品是飞机空运回来的，这样做虽然赔钱，但他不想让顾客失望。

在所有服务里，最受消费者欢迎的还是胖东来几十年如一日的"无理由退换货"。据网友评价，胖东来对"无理由"十分包容，假如买到的瓜，吃了一半觉得不甜，也可以拿来退。超市的售后人员说，该店每天处理的退货商品价值为五六千元。相较之下，五六千元的退货款不过九牛一毛，但无理由退换货却大大增加了消费者的信任。

它的服务体现在各种看得见和看不见的细节上，例如，担心消费者看不清楚，在货架旁摆上放大镜；为不同人群提供7种购物车；公示出消费者投诉意见；收银台排队人数不能超过3人，超过则加开收银台；店里可用于张贴广告的墙面，都不允许张贴广告，取而代之的是相关产品的普及性知识介绍，等等。

二、整合营销理论

整合营销理论主要是由于在企业内部，对顾客地位、营销地位及企业其他部门地位的认识问题而产生的。在企业内部，由于部门利益不同，各部门都强调自己的重要性，不但部门之间缺乏协调，而且对顾客地位的认识也意见不一。

人们最早认为营销是同生产、财务、人力等同等重要的部门，后来认为营销是企业的核心，最后，才认识到顾客是企业的核心。企业各部门必须紧紧围绕营销部门调查了解到的顾客需要为核心开展工作。因此，企业要让顾客满意必须整合企业所有资源，共同为满足顾客需要做好自己的本职工作。

著名营销学家菲利普·科特勒认为企业所有部门为服务于顾客利益而共同工作时，其结果就是整合营销，即整合企业所有资源，共同为满足顾客需要服务。

整合营销包括两个层次：一是不同营销功能的部门如销售、广告、调研等部门要共同围绕消费者开展工作。二是营销部门与企业其他部门相协调，共同围绕营销部门提出的消费者需要或欲望开展工作。

如何整合企业所有资源，舒尔茨提出了"4C"营销策略，即整合营销策略。

（1）顾客（Consumer）。即顾客第一观念。整合营销认为，创造顾客比产品开发重要，满足顾客需要比产品功能重要。

（2）成本（Cost）。营销活动不仅要考虑生产成本，更要考虑顾客的购买成本，考虑顾客接受产品价格可能性。因此，成本上限＝顾客可支持的价格–适当利润（或顾客可支持的价格＝成本上限+适当利润）。

（3）便利性（Convenience）。企业不能仅把商品展示在零售终端，而且要为顾客购买带来更大的便利性。企业要重视服务环节，为顾客购买提供时间、地点便利，并运用便利顾客的销售方式，如网络销售、电话销售等。

（4）沟通（Communication）。企业要加强与顾客沟通，但要在传统的单向沟通基础上，加强与顾客双向沟通。

整合营销与市场营销的区别主要体现以下四个方面：

（1）忘掉产品，先考虑顾客的需求与愿望。首先了解、研究、分析消费者的需要与欲望，而不是考虑企业能生产什么产品。

（2）忘掉价格，先考虑顾客可以接受的价格。首先了解消费者为满足需要与欲求愿意付出多少钱（成本），而不是先给产品定价，即向消费者要多少钱。

（3）忘掉地点，先考虑顾客购买的便利性。首先考虑在顾客购物的交易过程中如何给顾客提供方便，而不是先考虑销售渠道的选择和策略。

（4）忘掉促销，先考虑与顾客沟通。以消费者为中心实施营销沟通时十分重要的，通过互动、沟通等方式将企业内外营销不断整合，把顾客与企业双方的利益无形地整合在一起。

总之，4P 营销是：消费者请注意。4C 营销是：请注意消费者。

三、体验式营销理论

"体验式营销"这个词起源于20 世纪70 年代。在《未来的冲击》一书中，美国未来学家阿尔文·托夫勒提出了"服务业最终会超过制造业，体验生产又会超过服务业"的观点。他同时预言：农业经济、工业经济、服务经济的下一步是走向体验经济。

体验式营销是指在销售当中，让客户参与其中，亲身体验产品的功能性，在不同产品的对比下，体现销售产品的优点，从而进行一系列产品的销售的行为。体验式营销，在全面客户体验时代，不仅需要对用户深入和全方位地了解，而且还应把对使用者的全方位体验和尊重凝结在产品层面，让用户感受到被尊重、被理解和被体贴。

著名学者伯德·施密特博士在他所写的《体验式营销》一书中指出，体验式营销是站在消费者的感官（Sense）、情感（Feel）、思考（Think）、行动（Act）、关联（Relate）等五个方面重新定义，设计营销的思考方式。这种思考方式突破了传统上"理性消费者"的假设，认为消费者消费时是理性和感性兼具的，消费者在消费前、消费时、消费后的体验，才是研究消费者行为与企业品牌经营的关键。

五种体验模块在使用上有其自然的顺序：感官—情感—思考—行动—关联。"感官"引起人们的注意；"情感"使体验变得个性化；"思考"加强对体验的认知；"行动"唤起对体验的投入；"关联"使得体验在更广泛的背景下产生意义。

感官（Sense）。感官营销的诉求目标是创造知觉体验的感觉，它包括视觉、听觉、触觉、味觉与嗅觉。感官营销可区分为公司与产品（识别）、引发顾客的购买动机与增加产品的附加价值等。

情感（Feel）。情感营销诉求顾客内在的感情与情绪，目标是创造情感体验，其范围可以是一个温和、柔情的正面心情，也可以是一个欢乐、自豪，甚至是强烈的激动情绪。情感营销的运作需要的是，真正了解什么刺激可以引起某种情绪，以及能使消费者自然地受到感染，并融入这种情景中。

案例衔接 1-8

宜家：带给客户心动的体验

宜家年营收 2 640 亿元，相当于两个阿里巴巴。在电商的猛烈冲击下，依然在长达几十年中登峰造极，是什么造就了宜家的成功？那就是宜家极致的体验起到了至关重要的一步，"让顾客不知不觉就埋单了"，可以说，这也是优秀零售品牌共有的特点。宜家所有策略都围绕着"带给客户心动的体验"这一点运转。

当你踏入店内，你会发现宜家的商品布置，不是把同类产品罗列在一起标价让消费者进行对比和选择，而是将产品的使用环境模拟出来，通过设计师的布置打造出一个小房间。在这里，你就可以直观看到当商品摆在家里是什么效果，什么样的搭配才更加合适，当然，你也可以随手买到适合自家的商品。

在宜家你会感受到无比轻松自由。宜家的理想是这么写的，"为大众创造更美好的日常生活"，在这儿只要是能坐、能触摸的商品，就鼓励消费者亲身体验。利用消费者的感性与理性触动，把对用户内心诉求的洞察，融入产品和场景搭配当中，以用户自由体验的方式，进行无形的营销推广，从顾客理性需求中触动其购买欲望。而在整个过程中，消费者的行为是经过设计的，而且不会有喋喋不休的导购在你身边追问、推荐。在这一点上，宜家的魅力是相当不错的。

思考（Think）。思考营销诉求的是智力，以创意的方式引起顾客的惊奇、兴趣、对问题集中或分散的思考，为顾客创造认知和解决问题的体验。对于高科技产品而言，思考活动的方案是被普遍使用的。在许多其他产业中，思考营销也已经用于产品的设计、促销和与顾客的沟通。

行动（Act）。行动营销的目标是影响身体的有形体验、生活型态与互动。行动营销通过增加他们的身体体验，指出做事的替代方法、替代的生活型态与互动，丰富顾客的生活。而顾客生活型态的改变是激发或自发的，且也有可能是由偶像角色引起的（例如，影、视、歌星或是著名的运动员等）。

关联（Relate）。关联营销包含感官、情感、思考与行动营销等。关联营销超越私人感情、人格、个性，加上"个人体验"，而且与个人对理想自由、他人或是文化产生关联。关联活动方案的诉求是为自我改进的个人渴望，要别人对自己产生好感。让人和一个较广泛的社会系统产生关联，从而建立个人对某种品牌的偏好，同时让使用该品牌的人们形成一个群体。关联营销已经在许多不同的产业中使用，范围包括化妆品、日用品、私人交通工具等。

体验式营销已经不光局限在以前的大超市里试吃、化妆品柜台试妆上，更蔓延到了家电、家居、汽车、IT等大宗消费品领域。传统的营销理念，企业强调"产品"，但是合乎品质要求的产品，消费者不一定满意。现代的营销理念强调客户"服务"，然而即使有了满意的服务，顾客也不一定忠诚。未来的营销趋势将崇尚"体验"，企业只有为客户造就"难忘体验"，才会赢得用户的忠诚，维持企业的长远发展。

四、绿色营销理论

绿色营销理念认为企业以可持续发展为目标，综合考虑企业的经济利益、消费者满意和环境利益，对产品和服务进行构思、设计、制作和销售。

绿色营销的主要内容是：

（1）开发绿色产品。绿色产品开发必须遵循以下原则：节省原料和能源；减少非再生资源的消耗；容易回收、分解；低污染或者没有污染；不对使用者身心健康造成损害；产品包装符合国家有关规定。

（2）绿色促销策略。"绿色"已成为企业促销热门主题之一，绿色形象构成了企业形象和产品形象的不可缺少的内容。为此，一些企业积极参与环保事业，采取绿色策略，大打"绿色营销牌"。

（3）绿色分销策略。减少运输过程中的包装物使用，更换运输中易对环境造成污染的包装物；优化分销渠道，降低分销中运输、存储等的能源消耗；做好废旧部件和包装物的回收和循环使用。

案例衔接1-9

绿水青山就是金山银山

后疫情时代，消费者比以往更认同人与地球命运共同体概念，更关注社会的可持续性发展，绿色营销也被各大品牌提到了新的高度。

提起蚂蚁森林，"种树"可能是大多数人脱口而出的关键词。蚂蚁森林是一项旨在带动公众低碳减排的公益项目，每个人的低碳行为在蚂蚁森林里可计为"绿色能量"。"绿色能量"积累到一定程度，就可以用手机申请在生态亟须修复的地区种下一棵真树，或者在生物多样性亟须保护的地区"认领"保护权益。

蚂蚁森林在各地的生态修复项目，是由蚂蚁集团向公益机构捐赠资金，由公益机构组织种植养护等具体工作，并由当地林业部门进行业务监管，所有项目都有对应的捐赠协议、验收报告。互联网的快速发展让社会化玩法变得更为多元化，这无形中是为广大消费者提供了一个做公益的入口，潜移默化地积攒品牌口碑。尤其是大家隔着手机屏幕就能看到自己"养大"一棵棵树，并看到它们在抵制沙尘暴、绿化环境上发挥功效。用内容共创之力，激活用户的参与感，让蚂蚁森林莫名有一种诗和远方的"浪漫"滤镜。

值得指出的是，人们往往以为实行绿色营销会加大企业成本，如对环境进行检测、治理、保护等均需要大投入，因而对绿色营销抱消极的态度。其实，一方面，由于消费者愿意使用绿色产品，"绿色企业"往往能树立形象，扩大销售领域，增加销售量，形成一定的经济规模，以此来获得更多的利润。

本章小结

市场营销是在变化的市场环境中，旨在满足消费需要、实现企业目标的活动过程，包括市场调研、选择目标市场、产品开发、产品促销等一系列与市场有关的企业业务经营活动。市场营销的相关概念包括需要、欲望和需求，价值、效用和效益，交换、交易和关系等。市场营销理念是企业市场营销的指导思想，经历了生产理念阶段、产品理念阶段、推销理念阶段、市场营销理念阶段、社会营销理念阶段和大市场营销理念阶段。市场营销理念还在不断地沉淀和发展，目前营销理念逐渐向服务营销、整合营销、体验式营销、绿色营销等角度转变。市场营销学是一门建立在经济学、行为学和管理理论的基础之上的应用型学科。本章重点是理解市场及市场营销的相关概念，掌握市场营销理念及营销理念新的发展趋势。

练习题

一、单项选择题

1. 市场是一个由消费者决定并由（　　）推动的过程。

A. 生产者　　　　　B. 中间商　　　　　C. 政府　　　　　D. 零售商

2. 市场营销的核心是（　　　）。

A. 生产　　　　　　B. 分配　　　　　　C. 交换　　　　　　D. 促销

3. 从市场营销的角度看，市场就是（　　　）。

A. 买卖的场所　　　　　　　　　　B. 商品交换关系的总和

C. 交换过程本身　　　　　　　　　D. 具有购买欲望和支付能力的消费者

4. 在交换双方中，如果一方比另一方更主动、更积极地寻求交换，我们就将前者称为（　　　），后者称为潜在顾客。

A. 厂商　　　　　　B. 市场营销者　　　C. 推销者　　　　　D. 顾客

5. 市场营销学作为一门独立的经营管理学科诞生于20世纪初的（　　　）。

A. 欧洲　　　　　　B. 日本　　　　　　C. 美国　　　　　　D. 中国

6. 市场营销学是在（　　　）才被重新引进我国。

A. 20世纪初至20年代　　　　　　B. 20世纪40—50年代

C. 20世纪70—80年代　　　　　　D. 20世纪90年代后

7. 从营销理论的角度而言，企业市场营销的最终目标是（　　　）。

A. 满足消费者的需求和欲望　　　　B. 获取利润

C. 求得生存和发展　　　　　　　　D. 把商品推销给消费者

8. 消费者未能得到满足的感受状态称为（　　　）。

A. 欲望　　　　　　B. 需要　　　　　　C. 需求　　　　　　D. 愿望

9. 在现有市场上，改进产品包装成分，以满足市场需要，扩大销售，这是（　　　）。

A. 产品理念　　　B. 推销理念　　　C. 市场营销理念　　D. 社会营销理念

10. （　　　）是指导企业经营活动的最古老的理念之一。

A. 产品理念　　　B. 生产理念　　　C. 市场营销理念　　D. 推销理念

11. 在产品理念指导下，企业的经营重点是（　　　）。

A. 产品　　　　　　B. 生产　　　　　　C. 顾客需要　　　　D. 社会利益

12. 主要以促销为手段的企业采取的是（　　　）。

A. 生产理念　　　B. 推销理念　　　C. 市场营销理念　　D. 社会营销理念

13. 指出下列哪种理念最容易产生市场营销近视症。（　　　）

A. 产品理念　　　B. 推销理念　　　C. 市场营销理念　　D. 社会营销理念

14. 企业经营者在制定营销政策时，应统筹兼顾企业利润、顾客需要和社会可持续发展三个方面的利益。这种市场营销管理哲学属于（　　　）。

A. 产品理念　　　B. 推销理念　　　C. 市场营销理念　　D. 社会营销理念

二、判断题

1. 在组成市场的双方中，买方的需求是决定性的。　　　　　　　　　　（　　　）

2. 市场营销就是推销和广告。　　　　　　　　　　　　　　　　　　　（　　　）

3. 消费者尚未得到满足的感受状态，我们称为消费欲望。　　　　　　　（　　　）

4. 消费者之所以购买商品，根本目的在于获得并拥有产品本身。　　　　（　　　）

5. 交换是一个过程。在这个过程中，如果双方达成了一项协议，我们就称为发生了交易。　　　　　　　　　　　　　　　　　　　　　　　　　　　　　　　　（　　　）

6. 市场营销的最终目标是企业获取利润。　　　　　　　　　　　　　　（　　　）

7. 在通常情况下，消费者往往根据其对产品效用的主观评价来决定是否购买该产品。

                                                        （　　）

8. 市场营销可以创造需求。   （　　）

9. 市场营销的目的是使推销成为不必要。   （　　）

三、案例分析题

花西子，国货之光

花西子，诞生于 2017 年 3 月，一个诞生刚满 4 年的彩妆品牌，以"东方彩妆，以花养妆"为品牌理念，传承东方美学，推高了国货彩妆的天花板，在赢得国内用户喜爱的同时，助推国货彩妆走上国际舞台。

花西子如何有如此大的能量，能成为"国货之光"？这与企业的初心分不开。2017 年之前，很多人对彩妆的一大认知就是伤肤不健康，一些国货彩妆又一味模仿国外品牌，缺少特色，也缺乏竞争力，一直被欧美日韩产品强势碾压。花西子成立之初就立志要解决国人化妆的痛点，打造具有东方文化特色的彩妆产品。

花西子的成功，除了准确的市场定位之外，还有一个原因就是进行了跨界合作。2019 年的"花西子×泸州老窖·桃花醉"限量定制礼盒，用颜值吸引无数年轻消费者，充分发挥了商业价值共通优势。2020 年，"花西子×三泽梦×杨露"纽约时装周跨界合作，强势推出了花西子×三泽梦合作联名款汉服、花西子×杨露联名时装、花西子×杨露定制手包。将东方元素的多样化魅力玩得淋漓尽致，向世界讲述了东方文化的魅力。在"苗族印象"高定礼盒打造的过程中，花西子深入苗寨，探寻苗族银饰艺术，以苗族元素作为设计灵感，将苗银技艺与现代技术结合。在最终呈现的苗族印象系列产品中，这种独特的东方美也以新的面貌出现。

在国内彩妆市场激烈竞争的前提下，花西子仅用 4 年时间就成功地在消费者中打上了东方时尚彩妆品牌的烙印，成为深受年轻人喜爱的国货。

问题：花西子的营销主要采用了哪种营销理念？

第二章　市场营销战略分析

通过本章内容的学习，了解市场营销战略特点及制定过程；掌握成本领先、差异化和目标聚焦三种基本的竞争战略；掌握波士顿矩阵和通用电气模型两种战略决策评价的方法。

德育目标

培养学生正确认识习近平新时代中国特色社会主义思想的中国国家战略；号召学生要做好自身的战略规划；从战略上具有国际视野，努力奋斗，树立起热爱祖国、热爱人民的价值观念。

开篇案例

国货之光——海尔的全球化品牌战略

从1984年创业至今，海尔集团经过了名牌战略发展阶段、多元化战略发展阶段、国际化战略发展阶段、全球化品牌战略发展阶段四个发展阶段。

1984—1991年名牌战略阶段。在这个阶段企业主要致力于增强质量意识，提升核心竞争力。海尔用了7年时间专心致志做好冰箱这个产品，1988年摘取中国冰箱行业历史上第一枚质量金牌，名牌战略初步成功。通过做冰箱积累了整套管理经验，形成了"OEC"管理模式，更重要的意义还在于培养了一批专门人才，为以后发展打下坚实基础。

1992—1998年，多元化发展阶段。这一阶段企业从整体上增强核心竞争力，在名牌战略成功的基础上进行新的战略创新和转移。按"东方亮了再亮西方"的战略指导思想，发挥海尔文化的优势，以吃"休克鱼"的方式进行多元化的扩张，由一个名牌产品发展成为全部系列家电名牌产品群，增强了企业的整体实力，最终成长为中国家电第一品牌。

　　1998 年开始进入国际化战略发展阶段。在国内家电行业尚处于一片混战状态时，海尔领导人张瑞敏高瞻远瞩地提出了国际化的战略，即"走出国门，与狼共舞"。这个阶段企业旨在增强国际化的核心竞争力，在全球范围内进行海尔产品、品牌和企业文化的扩张，以冲击世界 500 强和创世界化的海尔品牌为目标。

　　2001 年海尔集团耗资 500 万美元在意大利并购了当地一家工厂，占地面积 22 万平方米，地理位置优越，周围聚集了世界著名的家电制造厂商。海尔又开始了中国在欧洲大陆生产家电的历史，再一次展现了海尔争创世界名牌的决心。截至目前海尔已经在美国、欧洲、马来西亚、印度尼西亚、伊朗、菲律宾、南联盟（塞尔维亚）等 13 个国家建立了自己的工厂，实行当地化生产和销售。

第一节　市场营销战略与计划

　　市场营销战略是指企业为适应环境、市场的变化而站在战略的高度，在分析企业外部环境和内部条件的基础上，确定企业营销发展的目标，做出营销活动总体的、长远的谋划，以及实现这样的谋划所应采取的重大行动措施。企业营销战略既包括目标，又包括实现各种目标的手段，是两者的统一体。

一、市场营销战略的特点

（一）全局性

　　企业营销战略是对营销活动本身及影响营销活动的全部因素进行的谋划，它要求局部利益服从整体利益。但战略计划的全局性特征并不是均衡使用力量，而是抓住关键因素、重点解决，同时照顾到影响目标实现的一般因素。

（二）长期性

　　对企业营销活动进行更长期的设计，它着眼于未来，要指导和影响未来一个相当长时期。一般为 5 年或更长期的计划。

（三）阶段性

　　企业战略计划都是分阶段的，即在战略计划实施过程中把战略目标按时间先后进行分解，划分为几个阶梯性的由低到高的目标或战略步骤，以确保战略目标一步步实现。

（四）稳定性

　　企业战略计划不能朝令夕改，要保持相对稳定性。为此，企业在制定战略计划时，一定要调查研究，估计可能发生的利弊条件，做出科学预测，使企业战略计划保持先进合理的水平。稳定性并不排除应变性，企业的外部环境尤其是国际市场是千变万化的，要求企业能够适应环境的变化，因此，战略计划既要保持稳定性，又要留有充分可调节的余地。

（五）抗争性

　　当今的市场竞争越来越激烈，企业为了生存和发展，在竞争中取胜，其战略计划就必须有抗争性。为此，战略计划的制定必须建立在知己知彼发挥自身优势、避实击虚的基础上，方能使企业捷足先登，领先一步，稳操胜券。

二、市场营销战略的构成要素

（一）战略思想

战略思想是指导市场营销战略制定与实施的基本思想和观念，是企业整个市场营销战略的灵魂，对营销战略起统率作用。

（二）战略目标

战略目标是指在市场营销战略思想指导下，根据企业营销的战略分析，确定企业营销战略期内所要达到的水平。它是一定战略期内企业完成任务的预期成果，它决定着企业的战略方向、战略重点、战略对策和战略阶段。

市场营销的战略目标的具体表现，主要包括以下几种形式：一是市场占有率目标。市场占有率是指企业某一产品的销售量占整个市场产品销售总量的百分比。二是贡献目标。贡献目标既表现为企业向社会提供的产品品种、质量、税金等；也表现为企业对自然资源的合理利用，降低能源消耗以及环境保护等目标。三是发展目标。发展目标主要表现为企业实力的增强，包括人力、物力、财力的数量增加，人员素质的提高，生产能力的扩大，技术与管理水平的提高，专业化协作，经济联合的发展等。

（三）战略方向

市场营销战略方向是指企业制定营销战略方案和战略决策的指导方向，包括企业营销发展方向、经营结构的调整，其中企业营销发展方向是营销战略方向的核心。

（四）战略重点

市场营销战略重点是指对实现企业市场营销战略目标具有关键作用而又有发展优势或自身发展相对薄弱需要着重加强的环节。

（五）战略对策

市场营销对策是指为实现营销战略指导思想和战略目标而采取的重要方法、措施和策略。

（六）战略阶段

市场营销战略阶段是指实施营销战略或实现市场营销战略目标所必须经历的步骤。一般来说，一个大的战略，可划分为准备阶段、发展阶段和完善阶段。

三、战略业务单位评价方法

任何一个企业，如果采用体积增长策略，其资金总是有限的，各种产品的业务增长机会也会各不相同。鉴于此，为了实现企业目标，在制定企业战略时，就必须对各项产品业务进行分析和评价，确认哪些业务应该发展、维持、缩减或淘汰，并做出相应的投资安排与建议。市场营销中常用的业务单位评价的方法有波士顿集团矩阵法和通用电气公司法。

（一）波士顿咨询集团矩阵法（BCG法）

BCG法又称四象限法，产生于20世纪70年代，由美国波士顿咨询集团创立。该法是从产品的销售增长率和企业的相对市场占有率两个方面对企业经营的所有战略业务单位逐一进行分析，并划分为四个不同战略业务类型（图 2.1），从而为企业的投资决策提供依据。其分析方法：

第一，分析计算各业务单位的销售增长率和相对市场占有率；相对市场占有率表示此战略业务单位的市场份额与该市场最大竞争者的市场份额比。

第二，划分战略区域。以相对市场占有率作为横坐标、市场增长率作为纵坐标，分别确定临界值，将横、纵坐标分别分成高、低两部分，形成四个战略区域。临界值可因企业和产品的特点不同而不同。取 1 为相对市场占有率的临界值，取 10% 作为销售增长率的临界值。

第三，根据计算的各业务单位横、纵坐标值确定其坐标位置，并用大小不同的圆圈标明，圆圈面积大小表示产品销售额在企业总销售额中的比重。

第四，根据业务单位所处战略区域，将它们分成四类，即明星类、金牛类、问题类、瘦狗类。

第五，分析以上步骤形成的四象限图，确定各战略业务单位的投资决策。

相 对 市 场 占 有 率

	高	低
销售增长率 高	明星业务	问题业务
销售增长率 低	金牛业务	瘦狗业务

图 2.1　波士顿咨询集团成长—份额矩阵图

1. 明星业务

这类产品的特点：市场占有率和销售增长率都很高。问题类产品如经营成功，就会转入明星类。该类产品由于市场增长迅速，也需要投入大量资金，伴随产品生命周期的进程，这类产品的增长速度逐渐降低，从而转入金牛类。

2. 金牛业务

这类产品的特点：市场占有率高、销售增长率低。由于市场占有率高，盈利多，现金收入多，可以提供大量现金，企业可用这些现金支持其他需要现金的产品。因此，每个企业都十分重视这类"当家产品"，每个大中型企业总应当有几头强壮的"金牛"。

3. 问题业务

这类产品的特点：高销售增长率、低相对市场占有率。它将如何发展，是向前发展成为"双高"的明星类，还是中途夭折，被迫退出市场？由于存在着风险和问题，所以称为问题类产品。为了提高这类产品的相对市场占有率，使之进入明星类，需要对它们大量投资。但对这类产品的投资要慎重，要分清情况、区别对待，对那些确有发展前途的产品应增加投资予以扶持；相反，对那些没有什么发展前途、市场占有率迟迟上不去甚至萎缩下降的产品，则应减少投资甚至终止投资。

4. 瘦狗业务

这类产品的特点是：市场占有率低，销售增长率也低。这类产品盈利少或仅能保本甚至有亏损，因而是消耗现金类产品。

因此我们要预测未来的市场变化，正确规划未来的矩阵，拟订好投资组合计划。有以下四种战略供选择：

发展战略。目标是提高战略业务单位的相对市场占有率。为此，有时甚至不惜放弃短期利益。这一战略尤其适用于有发展前途的问题类业务单位，因为这类产品要转入明星类产品必须增加投资，并配合有效的促销组合，提高其相对市场占有率。

维持战略。目的在于保持产品的地位，维持现有的市场占有率。在产品生命周期中处于成熟期的产品，大多数采用这一战略。维持战略特别适用于大量资金支持的金牛类产品。

收获战略。这一战略的目标在于从某些产品身上尽量获取更多的现金收入，而不考虑由此带来的后果，所以它追求的是短期利益。这一战略适用于弱小的金牛类。弱小金牛类发展前景不佳，可趁其目前在市场上尚有一定的地位时，从其身上尽量多获取现金。这一战略也可用于那些无发展前途的问题类或瘦狗类产品。

放弃战略。放弃的目的是清理、变卖现存产品，不再生产，并把各种资源用于生产经营其他经营效益好的产品。显然，这种战略适用于没有发展前途的，或者妨碍企业增加盈利的某些"问题"类或"消耗现金"类产品。

（二）通用电器公司法（GE法）

GE法又称战略业务规划网络，是由美国通用电器公司创设的。该公司提供了一个更为复杂的投资业务组合分析模型，认为在评估战略业务单位时，除了应该考虑波士顿法中的市场增长率和相对市场份额两个因素外，还应考虑更多的因素。通用电气公司将这些因素分为两类：一类是行业吸引力，另一类是战略业务单元的竞争能力。这两个变量对评定业务具有重要意义。纵坐标代表行业吸引力，它的大小取决于总体市场大小、年市场增长率、历史的利润率、竞争激烈程度等一系列因素；横坐标代表竞争能力，它的大小取决于由该单位的市场占有率、产品质量、份额增长、品牌知名度、分销网络、促销效率、生产效率、单位成本、研发绩效等一系列因素。企业将上述两类因素进行评估，评估各个因素的分数，再按各个因素的重要性确定权数，根据各因素的分数和权数就可计算出行业吸引力和企业战略业务单位的数据。

根据行业吸引力的大中小和企业战略业务单位竞争能力的强中弱，我们将矩阵分为九个方格，将业务分为三个区域（图2.2）：左上角三个深灰色的方格为绿色地带，是企业较强的战略业务单位。应该大量投入促进其发展；对角线上的三个白色方格为黄色地带，是企业中等水平的战略业务单位，公司应保持对这些业务单位的投资水平；右下角三个浅灰色方格为红色地带，是低水平的战略业务单位，对该区域的业务单位应采取"缩减"或"放弃"战略。以上是西方企业常用的评估和分析业务组合状况的两种方法。企业通过对业务的分析和评估，为各个业务单位确定经营目标和投资战略，合理分配企业的资源。

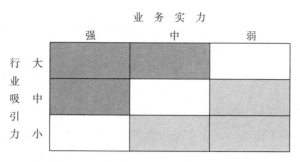

图 2.2 通用电器公司业务计划方格图

四、战略方式的选择

（一）竞争性战略

美国学者波特认为，有三种一般性竞争战略可供选择，这三种战略是总成本领先战略、差异化战略和目标聚焦战略。

1. 总成本领先战略

这种战略是指一个企业通过一系列措施，使总成本达到行业最低。可以使企业总成本降低的措施包括：获取较高的市场份额；寻找良好的原材料；设计便于制造的产品；保持一个较宽的相关产品系列；尽可能利用企业资源；购买可以降低成本的先进设备；有效地利用企业生产经验；严格控制成本和管理费用；最大限度地减少研发、服务、推销、广告等方面的成本；为所有主要顾客群进行服务以扩大产量和销量。尽管质量、服务以及其他方面也不容忽视，但贯穿于整个战略之中的是使成本低于竞争对手。一旦赢得了总成本领先的地位，企业可以使用所获得的利润购买能进一步降低成本的先进生产设备。

📖 **案例衔接 2-1**

格兰仕的成本领先战略

1993 年，格兰仕试产微波炉 1 万台，开始从纺织业为主转向家电制造业为主。自 1995 年至今，格兰仕微波炉国内市场占有率一直居第一位，且大大超过国际产业、学术界确定的垄断线（30%），达到 60% 以上，1998 年 5 月市场占有率达到 73.5%。格兰仕频频使用价格策略在市场上获得了领导地位。1996—2000 年，格兰仕先后 5 次大幅度降价，每次降价幅度均在 20% 以上，每次都使市场占有率总体提高 10% 以上。格兰仕集团在微波炉及其他小家电产品市场上采取的是成本领先战略。

格兰仕的规模经济首先表现在生产规模上。据分析，100 万台是车间工厂微波炉生产的经济规模，格兰仕在 1996 年就达到了这个规模，其后，每年以两倍于上一年的速度迅速扩大生产规模，到 2000 年年底，格兰仕微波炉生产规模达到 1 200 万台，是全球第二位企业的两倍多。生产规模的迅速扩大带来了生产成本的大幅度降低，成为格兰仕成本领先战略的重要环节。

格兰仕规模每上一个台阶，价格就大幅下调。当自己的规模达到 125 万台时，就把出厂价定在规模为 80 万台的企业的成本价以下。此时，格兰仕还有利润，而规模低于80万台的企业，多生产一台就多亏一台。除非对手能形成显著的品质技术差异，在某一较细小的利基市场获得微薄盈利，但同样的技术来源却连年亏损的对手又怎么搞得出差异来？当规模达到300万台时，格兰仕又把出厂价调到规模为200万台的企业的成本线以下，使对手缺乏追赶上其规模的机会。格兰仕这样做目的是要构成行业壁垒，摧毁竞争对手的信心，将散兵游勇的小企业淘汰出局。格兰仕虽然利润极薄，但是凭借着价格构筑了自己的经营安全防线。格兰仕的微波炉在市场上处于绝对的统治地位，低成本领先战略是其发展壮大的战略组合中的重要一环。

2. 差异化战略

差异化战略是指将公司提供的产品或服务与竞争对手区别开来，树立起一些全产业范围中具有独特性的东西。例如，苹果：商务高端机；大众甲壳虫：娇小可爱。企业可以在名牌形象（奔驰轿车）、设计（三星手机）、技术上的独特性（Intel处理器）、顾客服务（联想电脑）、商业网络（京东商城）等一个或几个方面，与竞争者相比有显著的独到之处。当顾客认为企业所提供的产品或服务与竞争对手的产品或服务不同时，他们对价格的敏感性降低，企业同样有可能获得较高的利润。

营销专家路长全在《营销纲领》一书中提出，与强者差异才能与强者并行。百事可乐用"新一代的选择"实现了与老大可口可乐的差异，而与之并行；七喜在两大可乐的重压下，通过"七喜——非可乐"的差异，实现了与两大可乐共存；宝马被称为"最棒的驾驶工具"而与"最舒适的乘坐工具"奔驰齐名。

📖 案例衔接 2-2

差异化战略

在这样一个竞争越来越激烈、开创新品类越来越难的当下，要想做好差异化实在不容易。如果没有差异化的价值，企业就会陷入无休止的低级别市场竞争中，价格战、渠道战、模式战一战接一战，但是反过头一看，即便在这样的内卷中销售额有所提升，但是付出的代价非常大，甚至利润不升反降。

1. 渠道差异化，绕开别人的优势领域

做品牌做市场，尤其是要直接实现公司产品价值的交易变现，靠的不是简单的一腔热血和销售人员的满腔热忱，也不是简单地依靠品牌营销人员奇思妙想的创意策划，而是先上升到战略高度，看看你的市场布局中的渠道是不是出现了问题，尤其在竞争非常惨烈的红海市场。

2. 场景的差异化，在不同的地方讲不同的故事

在品牌战略的差异化运营中，仅次于渠道差异化的策略就是场景差异化策略，并且要求企业能够围绕场景差异化进行产品设计、市场传播、销售运营以及用户管理的全方位的差异化。

3. 传达差异化，我比别人对你更有价值

市场是多元化的，人们对品牌价值的评价标准和内心的重点也不一样，有的倾向于功能价值，有的倾向于内容价值，有的倾向于情绪价值，有的倾向于社交价值，但是结果无论如何，你的产品必须围绕其中一个价值来进行策划和表达，并且最好能够证明，在这一点的价值满足上，我是你当下最好的选择。

4. 体验差异化，在我这里你欲罢不能

每个品牌都会有自己的独特属性在里面，但是能够将这种独特性明显地带给用户，让用户认可你并且欲罢不能，这是一个系统工程，从品牌形象、品牌故事、服务人员交流、参与消费的打开方式仪式感，以及消费体验全过程的不同，是需要对品牌与用户交流的每一个触点进行反复的深度打磨和升级。

5. 用户差异化，我和你都是不一样的人

产品类似，但是如果用户不同，甚至有意识地制造用户新圈子、新标签，创造新的用户画像，并让更多的人喜欢成为品牌所倡导的用户画像的人，那么这才是制造用户差异、实现市场扩散、突围红海战场的重要差异化策略。传统企业的用户画像定位仅仅是一种策划的参考，但要在这个基础之上，重新创造一个新的人群体系，并将这个新的人群体系和自己的品牌联系起来实现差异化，还要通过宣传让更多的人愿意加入这个新人群体系。

3. 目标聚焦战略

成本领先和差异化战略都要求企业在整个市场、整个行业内实现其目标。目标聚焦战略是企业市场定位主攻某个特定的顾客群、某产品系列的一个细分区段或一个地区市场。其战略思想是为某一狭窄的战略对象服务，从而超越在更广阔范围内的竞争对手。目标聚焦战略可以通过较好地满足特定对象的需求实现标新立异，同时在为这一对象服务时可以实现低成本，并在狭窄的目标市场中获得一种或两种优势。

一般来讲，企业要获得竞争优势就必须在三种战略中做出选择，必须决定希望在哪个方面取得优势。那些采用模糊战略的企业往往绩效最差，它们想获得所有战略的优势，结果在哪一方面都没有做好。

（二）发展战略

企业要在动态的环境中求生存和发展，仅停留在现有业务组合上是远远不够的。"不创新即死亡"，企业必须不断地发现新的市场机会，不断地更新其事业内容，对未来的事业发展做出战略计划，制定发展战略。可提供选择的主要发展战略有三种类型，即密集型发展战略、一体化发展战略和多样化发展战略。

1. 密集性发展战略

密集性发展战略是指某一特定市场上存在尚未被充分满足的需求，企业可以利用现有的生产，在现有的经营范围内谋求发展的战略，具体可采取以下三种战略：

（1）市场渗透战略。企业在原有市场中争夺更多的顾客和更大的销售额，提高市场占有率，从而实现企业业务增长。具体措施包括：一是鼓励原有顾客增加购买数量，如通过买一送一；更新色彩花色式样、精美包装、价格折扣和季节差价等营销措施，扩大销路。二是挤掉竞争对手，提高本企业现有产品的市场占有率。三是发掘潜在买主，激发其购买动机，吸引他们转而购买本企业产品。

（2）市场开发战略。通过有效措施，开拓新的国际市场来扩大现有产品的销售，从而实现企业业务的增长。这可能基于两种原因：一种是当营销环境发生变化，出现了有利于新市场建立的时机；一种是由于企业生产过剩或原有市场需求饱和，迫使企业将现有产品向新市场扩张。企业实施这种战略的核心是开辟新的销售渠道，大力开展广告宣传。

（3）产品开发战略。企业向现有市场提供新产品或改进产品（如增加花色、品种、规格、型号等），以满足不同顾客的需求，从而扩大销售，实现企业业务的增长。实施这种战略的重点是在市场细分的基础上改进产品设计，大力开展以产品特色为主的宣传等促销手段。

2. 一体化发展战略

一体化发展战略是指客观存在的将企业业务纵向伸展到供、产、销不同环节或与同类企业联合起来谋求发展的战略。即在现有业务基础上，通过收购、兼并、联合、参股等形式向现有企业的上下游方向发展。一体化市场机会的选择和利用，往往导致企业不同程度的多种经营，增强自身供、产、销的整体能力，从而提高效率，扩大规模，增加利润。企业利用一体化市场机会可采取的战略有：

（1）后向一体化。企业对其供给来源取得控制权或所有权，实行一体化经营而获得成长的战略。如冶炼或加工企业向原材料生产方向发展，实行产供一体化；商业企业向生产产品的方向发展，实行产销一体化；零售商向批发商方向发展，实行零批（销供）兼营。这都是利用后向一体化的成长战略。

（2）前向一体化。企业对其产品的加工和销售取得控制权或所有权，实行一体化经营求得企业发展的战略。如生产原油企业开办炼油厂，畜牧场自办或联办若干个鲜奶销售网点，自产自销，知名服装企业开设专卖店，批发企业增设或接办零售商店等，采用的都是前向一体化发展战略。

（3）水平一体化。企业通过兼并、联合竞争对手或与同行企业合资经营等形式，扩大生产规模，减少竞争性，增强垄断性，以寻求企业发展的战略。如麦道公司与波音公司的联合、联通与网通的联合便是水平一体化发展战略的应用。

3. 多样化发展战略

多样化发展战略，也称多样化或多角化，是指向本行业以外发展，扩大业务范围，实行跨行业经营。一般来说，当企业在利用密集性和一体化市场机会受到限制或遇到营销障碍时，企业会突破行业界限，在更为广泛的领域寻求利用新的机会，新增与现有业务有一定联系甚至毫无联系的其他业务，实行跨行业的多样化经营，以实现企业业务的增长。企业要运用多样化市场机会，一般可采用三种成长战略（图2.3）：

（1）同心多样化发展战略。企业以现有物质技术力量为核心，开发与现有物质技术力量密切相关的新产品，增加产品的门类和品种，犹如同一圆心向外扩展业务范围，以寻求新的发展。如具有光学镜片成像技术和微处理技术的Cannon，不但生产照相机还发展复印机、打字机、扫描仪等产品。实行多样化经营有利于发挥企业原有设备技术优势，充分利用企业资源，减少或分散经营风险。

（2）水平多样化发展战略。企业以现有顾客需求为中心，不断增添新的物质技术力量，开发生产满足顾客某一方面需求的系列产品，以扩大业务经营范围，寻求新的发展。

如美国农机公司为满足农民种田的需要，增设化肥厂、农药厂等，生产农机具、化肥、农药，为农民的农业生产服务。但水平一体化发展战略需进行跨行业投资，风险较大，只有实力强大的企业才能采用。

（3）集团式多样化发展战略。企业通过投资或兼并等形式，把经营范围扩展到多个新兴产业或其他行业，组成混合型企业集团，开展与现有技术、现有市场、现有产品毫无联系的多样化经营活动，以寻求新的发展机会。在当今世界，集团式多样化是全球经济的一大特点，可以使企业合理调配资金，对付竞争，避免能源危机、行业退化、政局变动给企业造成威胁。

利用这种多样化的市场机会求得企业新增业务的成长，是一种有巨大潜力但又是冒险的事业，适合财力雄厚、技术力量强、有很高声望的大公司采用。对于大多数企业，尤其是中小型企业来说，一般不宜采用，或只能在低层次、小范围内采用。

图 2.3　多样化发展战略示意图

第二节　市场营销管理

市场营销管理是企业为实现其目标，创造、建立并保持与目标市场之间的互利关系而进行的分析、计划、执行与控制的过程。其基本任务是通过营销调研、计划、执行与控制，管理目标市场的需求水平、时机、构成，对目标市场定位、产品、定价、促销、分销、信息沟通做出系统、可行及创新性的决策。

各营销部门与战略部门的关系既相对独立又互为前提。首先，每个营销部门都为战略计划部门提供信息和意见，供其分析和评价；然后，战略计划部门为营销部门制定任务；营销部门在这些任务的基础上制定自己的营销计划并贯彻执行，而后，战略计划部门评审结果。这样就形成了市场营销管理过程：分析市场机会、制定营销战略、制定营销策略、市场营销计划的执行与控制（图 2.4）。

图 2.4　市场营销管理过程

一、分析市场机会

分析、评价和掌握市场机会是营销管理的首要任务，因为企业只有捕捉到适当的市场机会才能使其业务有新的发展，只有在收益较大的市场机会上进行投入，才能获取较高的经济效益。成功的企业往往是由于其善于发现和捕捉各种市场机会，从而不断地创造新的产品，开辟新的市场。

要很好地掌握市场机会，关键是对市场机会要有正确的认识。市场机会应当是一种消费者尚未得到满足的潜在需要。有些企业总是把暂时供不应求的产品作为一种市场机会，而等到它把产品生产出来以后，该产品却已经从供不应求转为供过于求。所以企业更应当关注的是市场中尚未有适当产品予以满足的那些需要，这样才能使企业在市场上居于领先地位并获得较大的收益。

任何一个企业都处于复杂多变的外部环境中。为了寻找、识别能够利用的新的市场机会，企业需要分析微观营销环境和宏观营销环境，以动态地适应外部环境的发展变化，求得企业的稳步发展。微观营销环境包括顾客、竞争者、供应商、中间商、公众等。宏观营销环境包括影响企业营销活动的人文环境、经济环境、自然环境、技术环境、政治法律环境和社会文化环境。成功的企业能够及时准确地认识到环境中尚未被满足的需要，并且通过提供适当的产品或服务获取利润。如果企业的产品销售给消费者，它需要了解消费者市场的特点、影响消费者购买的因素以及消费者购买决策过程。如果企业的产品销售给生产性组织、批发商、零售商、非营利组织、政府等组织，它需要了解组织市场的特点、影响组织市场购买的因素以及组织采购者购买决策的过程。

二、制定营销战略

制定营销战略包括市场细化、选择目标市场和市场定位三个相互关联的步骤。在企业分析了市场机会后，由于大多数市场都包含生活方式、背景和收入水平各不相同的消费者，为了更好地满足顾客的需求，企业需要对市场进行细分，并且对这些细分市场进行评价。然后，选择一个或几个企业能够比竞争对手更好地为其服务的细分市场作为目标市场。企业选择了目标市场之后，必须制定定位战略。定位是指企业根据竞争者的产品在细分市场所处的地位和顾客对产品某些属性的重视程度，塑造出本企业产品与众不同的鲜明特色或个性，并传递给目标顾客，使该产品在目标顾客心中占有一个独特的位置。企业所确定的市场地位要能够发挥本企业的核心能力，为目标消费者提供比竞争者更大的价值。我们将在第六章中详细讨论这个问题。

三、制定营销策略

各个战略业务单位及其营销部门需要根据目标市场的特点和市场定位战略的要求，制定合适的营销战略。在这一阶段，管理者需要做出营销预算，确定营销组合，合理分配营销资源。市场营销组合是指企业可控制的一组营销手段，企业可以组合运用这些手段以实现其营销目标。这些手段包括产品、定价、渠道、促销。我们将分别在第八、九、十、十一章详细讨论这个问题。

四、市场营销计划的执行和控制

根据上述分析市场机会、制定营销战略、制定营销策略步骤可以制定市场营销计划，企业需要将营销计划贯彻落实，以实现企业的营销目标。市场营销管理过程的最后一个关键步骤就是市场营销计划的实施和控制（表 2.1）。

表 2.1　营销计划的内容

纲领	对主要营销目标和措施的简明概括说明
目前营销状况	①市场情况：市场的范围有多大，包括哪些细分市场，市场及细分市场近几年营业额有多少，顾客需求状况及影响顾客行为的各种环境因素等；②产品情况：产品组合中每个品种的价格、销售额、利润率等；③竞争情况：主要竞争者有哪些，各个竞争者在产品质量、定价、分销等方面都采取了哪些策略，竞争者的市场份额有多少以及变化趋势等；④分销渠道情况：各主要分销渠道的近期销售额及发展趋势
威胁与机会	威胁是指营销环境中存在的对企业营销的不利因素，机会是指营销环境中对企业营销有利的因素，即企业可以取得竞争优势和差别利益的市场机会 环境威胁可从两个方面进行评估：①潜在重要性：重要性的大小依威胁成为事实时公司的损失多少而定；②发生的可能性：即威胁成为事实的可能性 营销机会也可从两方面进行评估：①潜在吸引力：即获利的能力；②成功的可能性：市场机会能否成为企业的营销机会，还要看它是否符合企业的目标和资源
营销目标	营销目标是营销计划的核心部分，是在分析营销现状并预测未来威胁和机会的基础上制定的。营销目标也就是在本计划期内要达到的目标，主要包括市场占有率、销售额、利润率、投资收益率等指标
营销策略	营销策略是指达到营销目标的途径或手段，包括目标市场的选择和市场定位战略、营销组合策略、营销费用策略等
行动方案	行动方案具体包括：①要做什么；②何时开始，何时完成；③由谁负责；④成本预算
预算	典型情况是将计划规定的目标和预算按月份或按季度分解，以便于企业的上层管理部门进行有效的监督检查，督促未完成任务的部门改进工作
控制	收入方面要说明预计销售量及平均单价，支出方面要包括生产成本、实体分配成本及营销费用的说明，收支的差额为预计的利润

本章小结

市场营销战略是指企业为适应环境、市场的变化而站在战略的高度，在分析企业外部环境和内部条件的基础上，确定企业营销发展的目标，做出营销活动总体的、长远的谋划，以及实现这样的谋划所应采取的重大行动措施。市场营销战略计划过程主要由以下步骤构成：确定企业任务，确定企业目标，安排企业业务投资组合计划，制定企业新增业务计划。企业市场营销管理过程由分析市场机会、制定营销战略、制定营销策略、营销计划的执行与控制四个基本步骤组成。

练习题

一、单向选择题

1. 战略主要用来描述一个组织打算如何实现其（　　）和使命。

A. 目标　　　　　　B. 利润　　　　　　C. 销售　　　　　　D. 管理

2. 具有较高增长率和较低相对市场占有率的经营单位是（　　）。

A. 明星类　　　　B. 问题类　　　　C. 金牛类　　　　D. 瘦狗类

3. 具有较低增长率和较高相对市场占有率的经营单位是（　　）。

A. 明星类　　　　B. 问题类　　　　C. 金牛类　　　　D. 瘦狗类

4. 多因素投资组合矩阵依据市场吸引力的大小和竞争能力的强弱分为九个区域，由它们组成三种战略地带，不包括（　　）。

A. 红色地带　　　B. 绿的地带　　　C. 黄色地带　　　D. 黑色地带

5. 市场增长率/相对市场占有矩阵将经营单位划分为四种类型，不包括（　　）。

A. 明星类　　　　B. 问题类　　　　C. 金牛类　　　　D. 金马类

6. 企业一体化发展战略不包括（　　）。

A. 前向一体化　　B. 后向一体化　　C. 向上一体化　　D. 水平一体化

7. 企业密集型发展战略不包括（　　）。

A. 市场渗透　　　B. 市场开发　　　C. 产品开发　　　D. 水平多角化

8. 集中性市场战略尤其适用于（　　）。

A. 跨国公司　　　B. 大型企业　　　C. 中型企业　　　D. 小型企业

9. 在调整业务投资组合时，对某些问号类业务单位，欲使其转入明星类单位，宜采取哪种战略？（　　）

A. 保持　　　　　B. 收割　　　　　C. 发展增大　　　D. 放弃

10. 某企业生产的 29 英寸彩电原来只在城市市场销售，现在决定投入农村市场以进一步提高市场占有率。其采用的营销发展战略属于（　　）。

A. 市场渗透战略　B. 市场开发战略　C. 产品开发战略　D. 产品多元化战略

二、案例分析

西南航空公司的竞争

1968 年，西南航空公司成立后，只经营达拉斯、休斯敦和圣安乐尼奥三个城市间的短程航运业务。在巨人如林、竞争残酷的美国航空界，公司对战略性营销初始化的选择无疑是明智的。在 20 世纪 70 年代，西南航空公司只将精力集中于得克萨斯州之内的短途航班上，它提供的航空不仅票价低廉，而且班次频率高，乘客几乎每个小时都可以搭上一架西南航空公司的班机，使得西南航空公司在得克萨斯航空市场上占据了主导地位。

为了维持运营的低成本，西南航空公司采取了多方面的措施，在机型上，该公司全部采用节省燃油的 737 型。这不仅节约了油钱，而且使公司在人员培训、维修保养、零部件购买上均只执行一个标准，大大节省了培训费、维护费。同时，由于员工的努力，西南航空公司创下了世界航空界最短的航班轮转时间。当别的竞争对手需要 1 个小时才能完成乘客登机离机及机舱清理工作时，西南航空公司的飞机只需要 15 分钟。

在为顾客服务上，西南航空公司针对航程的特点，只在航班上向顾客提供花生米和饮料，而不提供用餐服务。一般航空公司的登机卡都是纸的，上面标有座位号，而西南航空公司的登机卡都是塑料的，可以反复利用。这既节约了顾客的时间又节省了大量费用。西南航空公司没有计算机联网的订票系统，也不负责将乘客托运的行李转机。对于大公司的长途航班来说，这是令顾客无法忍受的，但这恰恰是西南航空公司的优势与精明所在。正如一位大型航空公司的经理所说，"它（西南航空公司）就像一只地板缝里的蟑螂，你无法踩死它"。西南航空公司是在确保控制成本、确保盈利的条件下拿起价格武器的。为降低成本，它在服务和飞机舒适性上做了牺牲。但是，只要质量、安全、服务不是太差，顾客是欢迎低价格的。

问题：西南航空公司在竞争过程中采取了哪些竞争战略？

第三章 营销环境分析

通过本章内容学习，掌握市场营销环境的内涵，掌握微观营销环境与宏观营销环境对企业营销活动的影响，能够熟练根据营销环境的改变做出营销对策的调整。

◎ **德育目标**

通过本章内容学习，引导学生对国家的政策法规、经济发展、人口与社会问题等有深入的了解，增强对国家发展的认同感，抓住机遇，直面挑战。

⬡ **开篇案例**

汽车产业革新之路

由于汽车产业强大的联动效应，20世纪以来一直被各工业国家视为支柱产业之一。然而，从汽车被人们广泛使用的时刻起，能源消耗、尾气排放问题就伴随而来。进入21世纪，随着环境、资源问题日益凸显，对汽车产业革新的呼声不断高涨，并成为全球议题。各国政府、行业组织纷纷出台相关政策法规、行业规范，在限制传统燃油汽车发展的同时，大力开展新能源汽车的技术研发与市场推广工作。

2019年4月欧盟发布史上最严碳排放标准《2019/631文件》，各国纷纷设定燃油车禁售时间（如挪威为2025年，爱尔兰和丹麦为2030年，法国、西班牙、葡萄牙为2040年等），对各汽车企业来说，发展新能源汽车成了唯一出路。2021年7月，欧盟委员会宣布了题为"Fit for55"的新提案，即到2030年所有行业部门的二氧化碳排放量比1990年减少55%，到2035年实现新车零排放。这个更严格的政策规定进一步加快了汽车行业的转型。在此政策背景下，一些汽车企业提出了更高的减排目标，如戴姆勒公司表示从优先生产电动车转向只生产电动车，争取在市场条件允许的情况下，到2030年只销售电动车，

2039 年实现碳中和。进入 21 世纪以来，美国先后出台了包括税收减免、燃油标准经济性政策、温室气体排放标准政策、先进车辆贷款政策、零排放汽车法案等在内的政策法规，促进新能源汽车产业发展，引导新能源汽车消费行为。

我国新能源汽车产业始于 21 世纪初。2009 年 3 月国务院办公厅出台《汽车产业调整和振兴规划》，提出实施新能源汽车战略，开启了大力支持新能源汽车产业发展的阶段。多年来，在新能源汽车供给端，国家通过产业规划、税收政策、补贴政策、碳排配额、产能控制等予以支持与规范；在需求端，国家通过补贴政策、贷款政策、税收政策、基础设施完善（主要是充电桩）予以引导和鼓励。2020 年 11 月，国务院办公厅印发《新能源汽车产业发展规划（2021—2035 年）》，明确了未来 15 年我国新能源汽车产业的发展方向、战略任务与实施保障。具体目标是，到 2025 年，新能源汽车新车销售量达到汽车新车销售总量的 20% 左右；到 2035 年，纯电动汽车成为新销售车辆的主流，公共领域用车全面电动化，燃料电池汽车实现商业化应用，高度自动驾驶汽车实现规模化应用，有效促进节能减排水平和社会运行效率的提升。这一产业发展规划是对我国实现"双碳"目标的有利支撑。

在系列产业政策的助推和良好产业前景的吸引下，不仅传统车企（如比亚迪、吉利、长城等）向新能源汽车转型，众多社会资本也纷纷加入，逐步成就了蔚来、小鹏等新势力品牌。此外，新能源汽车也受到互联网科技巨头的青睐，众多企业跨界试水。2021 年 3 月，百度与吉利联合组建的集度汽车有限公司注册成立。同月，小米宣布正式进军智能电动汽车领域，2021 年 9 月，小米汽车在北京完成注册。此外，阿里巴巴、腾讯也在加快布局，不仅直接斥巨资投入新能源整车企业，还从技术上推动新能源汽车与智能网联汽车融合发展。

经过多年的努力，我国新能源汽车产业取得了长足发展。2021 年，全行业努力克服原材料价格波动、芯片供应紧张、疫情散点暴发等不利影响，继续保持稳定生产和供应。新能源汽车产量达到 354.5 万辆，销量达到 352.1 万辆，均同比大幅增长 1.6 倍，产销连续 7 年保持全球第一。

（https：//www.thepaper.cn/newsDetail_forward_8913701 基于网络资料整理）

第一节　市场营销环境的内涵

在市场营销活动中，环境既是不可控制的，又是不可超越的一个因素。市场营销管理者必须根据环境的实际和发展趋势，相应制定并不断调整营销策略，自觉地利用市场机会，防范可能出现的威胁，扬长避短，才能确保在竞争中立于不败之地。

一、市场营销环境的含义

市场营销环境（简称营销环境）是企业营销职能外部的不可控制的因素和力量，这些因素和力量是影响企业营销活动及其目标实现的外部条件。

市场营销环境包括微观市场营销环境和宏观市场营销环境。微观市场营销环境直接影响与制约企业的营销活动，多半与企业具有或多或少的经济联系，也称直接营销环境。包括企业本身、供应商、市场营销中间商、顾客、竞争者以及社会公众。宏观市场营销环境一般以微观市场营销环境为媒介去影响和制约企业的营销活动，在特定场合，也可直接影响企业的营销活动。宏观市场营销环境被称作间接营销环境。主要是人口、经济、政治法律、科学技术、社会文化及自然生态等因素（图3.1）。宏观市场营销环境因素与微观市场营销环境因素共同构成多因素、多层次、多变的企业市场营销环境的综合体。

图 3.1 市场营销环境

营销环境按其对企业营销活动的影响，也可分为威胁环境与机会环境，前者指对企业市场营销不利的各项因素的总和，后者指对企业市场营销有利的各项因素的总和。营销环境按其对企业营销活动影响时间的长短，还可分为企业的长期环境与短期环境，前者持续时间较长或相当长，后者对企业市场营销的影响则比较短暂。

二、市场营销环境的特征

（一）客观性

环境作为营销部门外在的不以营销者意志为转移的因素，对企业营销活动的影响具有强制性和不可控性的特点。一般说来，营销部门无法摆脱和控制营销环境，特别是宏观环境，企业难以按自身的要求和意愿随意改变它。

（二）差异性

不同的国家或地区之间，宏观环境存在着广泛的差异，不同的企业，微观环境也千差万别。正因营销环境的差异，企业为适应不同的环境及其变化，必须采用各有特点和针对性的营销策略。

（三）多变性

市场营销环境是一个动态系统。构成市场营销环境的诸因素都受众多因素的影响，每一环境因素都随着社会经济的发展而不断变化。20世纪60年代，中国处于短缺经济状态，短缺几乎成为社会经济的常态。改革开放20年后，中国已遭遇"过剩"经济，不论这种"过剩"的性质如何，仅就卖方市场向买方市场转变而言，市场营销环境已产生了重大变化。市场营销环境的变化，既会给企业提供机会，也会给企业带来威胁。

（四）相关性

市场营销环境诸因素相互影响、相互制约，某一因素的变化，会带动其他因素的变化，形成新的市场营销环境。如市场需求不仅受消费者收入水平、爱好以及社会文化等方面因素的影响，政治法律因素的变化往往也会产生决定性的影响。

（五）不可控性

相对于企业内部管理机能，如企业对自身的人、财、物等资源的分配使用来说，营销环境是企业无法控制的外部影响力量，例如，无论是直接营销环境中的消费者需求特点，还是间接环境中的人口数量，都不可能由企业来决定。

三、企业与市场营销环境

营销环境是企业营销活动的制约因素，营销活动依赖这些环境才得以正常进行。这表现在：营销管理者虽可控制企业的大部分营销活动，但必须注意环境对营销决策的影响，不得超越环境的限制；营销管理者虽能分析、认识营销环境提供的机会，但无法控制所有有利因素的变化，更无法有效地控制竞争对手；由于营销决策与环境之间的关系复杂多变，营销管理者无法直接把握企业营销决策实施的最终结果。此外，企业营销活动所需的各种资源，需要从环境许可的条件下取得，企业生产与经营的各种产品，也需要获得消费者或用户的认可与接纳。

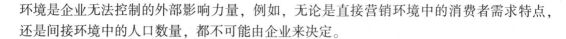 案例衔接 3-1

> **宝洁公司"尿布风波"**
>
> 20 世纪 80 年代，美国生产婴儿尿布的头号厂家宝洁公司，决定用婴儿尿布开拓中国香港和德国的市场。通常，宝洁公司的产品每进入一个市场，都要"实地试营销"，但这次宝洁公司却胸有成竹地认为：这种尿布已经在美国畅销多年，受到普遍好评。直接进入这两个市场不会有任何问题。非常遗憾，宝洁公司失算了。它没有想到，不同国家和地区的人们在使用婴儿尿布的习惯上，存在着很大的差异。中国香港的消费者反映宝洁的尿布太厚，德国的消费者却反映尿布太薄。之后，宝洁公司进行了详细的调查。最后发现，婴儿一天的平均尿量虽然大体相同，但尿布的使用习惯在中国香港和德国却大不相同。中国香港的母亲把婴儿的舒适当作头等大事，只要孩子一尿，立刻就换尿布。因此，宝洁公司的尿布显得太厚了。德国的母亲较制度化，早晨给孩子换块尿布，到晚上再换一次。于是，宝洁公司的尿布就显得太薄了。结果是一样薄厚的尿布，不同国家的母亲也就有了截然不同的反映。

企业对营销环境的影响主要表现在两方面：

首先，营销环境虽然有不可控性，企业仍可借助科学的营销研究手段认识并预测环境的变化趋势，及时地调整营销计划。例如，目前许多企业意识到消费者对自身健康和社会环境的关注将对市场需求产生深远影响，纷纷开发绿色产品，力争在市场竞争中获得先机。据预测，环保、休闲、健康是 21 世纪最时尚、最持久的时装主题，天然纤维的棉、麻、丝或高新技术合成的特殊保健纤维面料将成为消费者偏好。美国、日本、韩国的企业都已发展了有利健康和环保的各种成衣进入我国市场。

其次，企业可以通过各种宣传手段，如广告、公共关系等，来创造需求、引导需求，促使某些环境因素向有利的方向发展变化。在现实生活中，绝大多数的消费流行或时尚潮流都是由企业创造出来的。牛仔服刚进入我国市场时，被人们视为"异物"，与游手好闲、不三不四的形象联系在一起，是服装企业通过一系列的营销努力，才使牛仔服成为广大消费者喜爱的一大服饰种类，而一句"温饱以后要健身"的广告揭开了健身器材热销的序幕，企业正是通过引导生活水平有了提高的人们追求健康美丽，来创造对自己产品的需求。

第二节　宏观市场营销环境

宏观市场营销环境指对企业营销活动造成市场机会和环境威胁的主要社会力量，包括人口、经济、自然、技术、文化等因素。企业及其微观环境的参与者，无不处于宏观环境之中。

一、人口环境

市场是由有购买愿望并且具备购买能力的人构成的，人的需求正是企业营销活动的基础。所以，对人口环境的考察是企业把握需求动态的关键。从量的角度看，人口的数量是市场规模的重要标志，在人均消费水平一定的情况下，人口数量越多，市场需求规模就越大。而从人口的分布、结构及变动趋势等方面进行质的分析，则能够刻画出市场需求的特点和发展趋势。我们可以从以下方面讨论人口环境及其变化对企业营销活动的影响。

以我国人口环境方面看，主要应考虑以下几方面的因素：

（一）人口的数量与增长速度

我国现有人口数量已经达到 14 亿，增长速度较快。目前，尽管我国资源的绝对数在世界上位于前列，但人均占有量却低于世界平均水平，使人均资源消费水平偏低，给企业的生产经营带来了一定的困难；同时，众多的人口使我国成为世界上最大的潜在市场。随着人们收入水平的不断提高，消费需求的增长，市场潜力巨大。

（二）人口的地理分布特点及地区间的流动性

我国人口的地区间分布极不平衡，东南部的人口密度极大，而西北部的人口则较稀少。随着对外开放和经济改革的深入，人口在地区间的流动也在逐步增加。我国人口流动的特点是：农村人口大量流入城市或工矿地区；内地人口迁往沿海开放地区；经商、学习、观光、旅游等使人口流动加速。企业如何针对人口的地理分布特点及地区间的流动性趋向，改善自身的市场营销活动，有重要的意义。

（三）人口结构

人口结构主要包括人口的年龄结构、家庭结构、社会结构和性别结构等。我国人口年龄结构的显著特点是：现阶段，我国青少年人口约占人口总数的一半，也就是说，在未来的 10~20 年，婴幼儿和少年儿童用品及结婚用品的需求将明显增长；另外，将出现人口老龄化现象，届时有关保健用品、营养食品以及老年人的生活、休闲娱乐等用品的生产企业将有机会得到充分发展。从家庭结构来看，"三口之家"的家庭模式已经很普遍，并逐渐由城市向乡镇发展，"四世同堂"的现象已经很少。家庭的小型化使得家庭的数量激增，这必然刺激家具、住房、家用电器、炊具等需求的快速增长，为这些行业提供了巨大的市场机会。从我国人口的社会结构来看，农村人口仍占绝大多数，农村市场是一个广阔的市场，必须十分重视开拓农村市场。从性别结构讲，性别差异给消费需求带来差异，购买习惯与购买行为也有差别。一般说来，在一个国家或地区，男、女人口总数相差并不大。但在一个较小的地区，如矿区、林区、较大的工地，往往是男性占较大比重，而在某些女职工占极大比重的行业集中区，则女性人口又可能较多。

案例衔接 3-2

人口老龄化助力"银发经济"

全球老龄化程度正在不断加深，各国企业发展"银发经济"的步伐加快，银发经济又称老年产业、老龄产业，指的是随着社会的老龄化而产生的专门为老年人消费服务的产业。例如，在美国，纽约最繁华的商业大街上不乏老人玩具公司，玩具企业40%的产品是专为老人设计的。此外，日本的罗森公司改装了旗下多家便利店，开始为老人提供聊天室和按摩椅等服务，改装后的分店比普通分店的营业额有时高出50%。日本厚生省还推出了老人玩具机器宠物工程，其与松下公司联手制造的机器猫"塔玛"和机器熊"库玛"除了会主动找老人聊天外，还能自动记录与老人的交流过程，帮助护理人员得悉老人的生活状态。

二、经济环境

经济环境是指企业进行市场营销时所面临的外部社会经济条件。经济环境的因素主要包括经济发展阶段、地区与行业的经济发展状况、消费者收入水平、消费者支出模式与消费结构、消费者储蓄和投资机会与信贷水平等。人的需求只有在具备经济能力时才是现实的市场需求。在人口因素既定的情况下，市场需求规模与社会购买力水平成正比关系。经济环境包括许多因素，如产业结构、经济增长率、货币供应量、利率等。而社会购买力正是以上一些经济因素的函数。所以，企业必须密切注意其经济环境的动向，尤其要着重分析社会购买力及其支出结构的变化，敏感于促成其变化的各种因素。

（一）经济发展阶段

关于经济发展阶段的划分，较为流行的是由美国学者罗斯托提出的"经济成长阶段理论"。他对世界各国的经济发展过程进行认真分析研究后，总结归纳为五种阶段类型：

传统经济社会；

经济起飞前的准备阶段；

经济起飞阶段；

迈向经济成熟阶段；

大量消费阶段。

通常认为，人均国民生产总值从 300 美元上升到 1 000 美元是处于经济起飞的准备阶段；超过 1 000 美元则进入经济高速发展的起飞阶段。在起飞阶段，市场交换成为企业的根本性活动，市场规模迅速扩大，企业投资机会大增，信息竞争成为市场竞争的焦点，所有这些都将极大地影响企业的市场营销活动。因而，一个国家所在的经济发展阶段不同，它对企业市场营销活动的影响也会不同，企业因而采取的策略也会不同。

（二）收入与支出状况

1. 消费者收入水平

消费者的收入是消费者购买能力的源泉，包括消费者个人工资、奖金、津贴、股息、租金和红利等一切货币收入。消费者收入水平的高低制约了消费者支出的多少和支出模式的不同，从而影响了市场规模的大小和不同产品或服务市场的需求状况。

在研究收入对消费需求的影响时，常应用以下概念：

（1）人均国内生产总值。一般指价值形态的人均 GDP。它是一个国家或地区所有常住单位在一定时期内（如 1 年），按人口平均所生产的全部货物和服务的价值，超过同期投入的全部非固定资产货物和服务价值的差额。

（2）个人收入。指城乡居民从各种来源所得到的收入。各地区居民收入总额，可用以衡量当地消费市场的容量，人均收入多少反映了购买力水平的高低。

（3）个人可支配收入。从个人收入中，减除缴纳税收和其他经常性转移支出后，所余下的实际收入，即能够用以作为个人消费或储蓄的数额。

（4）可任意支配收入。只有在可支配收入中减去维持生活的必需支出，才是个人可任意支配收入，这是影响消费需求变化的最活跃的因素。

2. 消费者支出模式与消费结构

随着消费者的收入的变化，消费者支出模式会发生相应的变化，继而使一个国家或地区的消费结构也发生变化。德国统计学家恩斯特·恩格尔于 1857 年发现了家庭收入变化与各方面支出变化之间的规律性。这种规律性通常用恩格尔系数来表示，即：

$$恩格尔系数 = （食物支出金额/家庭消费支出总金额）$$

此式通常又称为食物支出的收入弹性。它反映了人们收入增加时支出变化趋势的一般规律，即在一定的条件下，当家庭个人收入增加时，收入中用于食物开支部分的增长速度要小于用于教育、医疗、享受等方面的开支增长速度。食物开支占总消费数量的比重越大，则恩格尔系数越高，生活水平越低；反之亦然。所以，它通常被用作衡量家庭、阶层乃至整个国家富裕程度的重要参数。但仅以恩格尔系数来作为判断家庭富裕程度的标准是不够的，因为它并不能完全反映任何一个国家居民的消费结构。我国城镇居民长期以来在住房、医疗、交通等方面享受着国家福利补贴，对农副产品实行低价销售政策，从而导致了消费结构的畸形发展。随着工资、住房、医疗、保险等方面改革的深入，人们的收入和消费水平均有较大提高，住房和劳务消费支出上升幅度较大，同时其他高档享受性商品也占有一定份额，企业在市场营销调查分析中应注意消费支出模式和消费结构的变化，以便生产和输送适销对路的产品和劳务。

研究表明，消费者支出模式与消费结构，不仅与消费者收入有关，而且受以下因素影响：家庭生命周期所处的阶段；家庭所在地址与消费品生产、供应状况；城市化水平；商品化水平；劳务社会化水平；食物价格指数与消费品价格指数变动是否一致等。

3. 消费者的储蓄与信贷

人们的收入一般用于现实消费、储蓄和投资等方面。当收入一定时，储蓄越多，投资机会越多，现实消费量就越小，但潜在的消费量却越大。反之亦然。一般来说，收入水平、通货膨胀率、利率、商品供应状况以及消费者对未来和当前消费的偏好程度等都影响着消费者储蓄。

（1）储蓄指城乡居民将可任意支配收入的一部分储存待用。储蓄的形式，可以是银行存款，可以是购买债券，也可以是手持现金。较高储蓄率会推迟现实的消费支出，加大潜在的购买力。

（2）信贷。指金融或商业机构向有一定支付能力的消费者融通资金的行为，主要形式有短期赊销、分期付款、消费贷款等。消费信贷的规模与期限在一定程度上影响某一时限内现实购买力的大小，也影响提供信贷的商品的销售量。如购买住宅、汽车及其他昂贵消费品，消费信贷可提前实现这些商品的销售。

随着商品经济的日益发达，消费者不仅可以用货币收入来购买商品，而且也可通过借款的方式达到消费目的，这就是消费者信贷。消费者信贷是指消费者凭信用先取得商品使用权，然后通过按期归还贷款的方式完成商品购买的一种方式。目前，西方国家盛行的短期赊销、分期付款以及信用卡信贷等消费者信贷方式在我国已开始出现，消费者信贷水平也逐步提高，这对企业的营销活动将产生重大影响。

三、自然环境

在生态环境不断遭到破坏，自然资源日益枯竭，环境污染问题日趋严重的今天，自然环境已成为涉及各个国家、各个领域的重大问题，环保呼声越来越高。从营销学的角度看，自然环境的发展变化，给企业带来了一定的威胁，同时也给企业创造了机会。目前看，自然环境有以下四个方面的发展趋势：

（一）原料的短缺或即将短缺

各种资源，特别是不可再生类资源已经出现供不应求的状况（如石油、矿藏等），对许多企业形成了较大威胁，但对致力于开发和勘探新资源、研究新材料及如何节约资源的企业又带来了巨大的市场机会。

（二）能源短缺导致的成本增加

能源的短缺给汽车及其他许多行业的发展造成了巨大困难，但无疑为开发研究如何利用风能、太阳能、原子能等新能源及研究如何节能的企业提供了有利的营销机会。

（三）污染日益严重

空气、海洋、江河污染，土壤及植物中有害物质增加，随处可见的塑料等包装废物以及污染层面日益升级的趋势，使那些制造了污染的行业、企业成为众矢之的，而那些致力于控制污染、研究开发不会造成污染的产品及其包装物的企业，能够最大限度降低环境污染程度的行业及企业，则有大好的市场机会。

（四）政府对自然资源加大管理及干预力度

各国政府从长远利益及整体利益出发，对自然资源的管理逐步加强。许多限制性的法律法规的出台，给企业造成了巨大的威胁及压力，同时也给许多企业创造了发展良机。

作为营销者的营销活动，既受自然环境的制约与影响，也要对自然环境的变化负起责任。既要保证企业可获利发展，又要保护环境与资源，企业只有实施可持续发展战略，达成与社会、自然的协调才能做到。当前社会上流行的绿色产业、绿色消费乃至绿色营销以及生态营销的蓬勃发展，应当说就是顺应了时代要求而产生的。

案例衔接 3-3

生态文明

中国将坚定不移推进生态文明建设。发展经济不能对资源和生态环境竭泽而渔，生态环境保护也不是舍弃经济发展而缘木求鱼。中国坚持绿水青山就是金山银山的理念，推动山水林田湖草沙一体化保护和系统治理，全力以赴推进生态文明建设，全力以赴加强污染防治，全力以赴改善人民生产生活环境。中国正在建设全世界最大的国家公园体系。中国 2022 年成功承办联合国《生物多样性公约》第十五次缔约方大会，为推动建设清洁美丽的世界做出了贡献。

实现碳达峰碳中和是中国高质量发展的内在要求，也是中国对国际社会的庄严承诺。中国将践信守诺、坚定推进，已发布《2030 年前碳达峰行动方案》，还将陆续发布能源、工业、建筑等领域具体实施方案。中国已建成全球规模最大的碳市场和清洁发电体系，可再生能源装机容量超 10 亿千瓦，1 亿千瓦大型风电光伏基地已有序开工建设。实现碳达峰碳中和，不可能毕其功于一役。中国将破立并举、稳扎稳打，在推新能源可靠替代过程中逐步有序减少传统能源，确保经济社会平稳发展。中国将积极开展应对气候变化国际合作，共同推进经济社会发展全面绿色转型。

（资料来源：习近平，坚定信心 勇毅前行 共创后疫情时代美好世界——在 2022 年世界经济论视频会议的演讲.《人民日报》2022-01-18.）

四、政治法律环境

企业的市场营销决策在很大程度上受政治法律环境的影响。法律是充分体现政治统治的强有力形式，政府部门利用立法及各种法规表现自己的意志，对企业的行为予以控制。政治法律环境由法律、政府机构和在社会上对各种组织及个人有影响和制约的压力集团构成。我国政治法律环境自改革开放以来有明显改善，表现在以下方面：

（一）政治环境

政治环境是指企业市场营销活动的外部政治形势。一个国家的政局稳定与否，会给企业营销活动带来重大的影响。如果政局稳定，人民安居乐业，就会给企业营销造成良好的环境。相反，政局不稳，社会矛盾尖锐，秩序混乱，就会影响经济发展和市场的稳定。企业在市场营销中，特别是在对外贸易活动中，一定要考虑东道国政局变动和社会稳定情况可能造成的影响。

1. 国内政治环境

国内政治环境包括党和政府的各项方针、政策的制定和调整对企业市场营销的影响。企业要认真进行研究，领会其实质，了解和接受国家的宏观管理，而且还要随时了解和研究各个不同阶段的各项具体的方针和政策及其变化的趋势。

2. 国际市场营销政治环境

国际市场营销政治环境的研究。一般分为"政治权力"和"政治冲突"两部分。随着经济的全球化发展，我国企业对国际营销环境的研究将越来越重要。政治权力指一国政

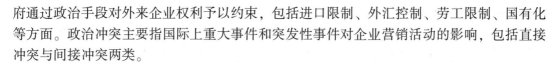

府通过政治手段对外来企业权利予以约束，包括进口限制、外汇控制、劳工限制、国有化等方面。政治冲突主要指国际上重大事件和突发性事件对企业营销活动的影响，包括直接冲突与间接冲突两类。

（二）法律环境

法律环境是指国家或地方政府所颁布的各项法规、法令和条例等，它是企业营销活动的准则，企业只有依法进行各种营销活动，才能受到国家法律的有效保护。近年来，为适应经济体制改革和对外开放的需要，我国陆续制定和颁布了一系列法律法规，例如《中华人民共和国产品质量法》《中华人民共和国企业法》《中华人民共和国经济合同法》《中华人民共和国涉外经济合同法》《中华人民共和国商标法》《中华人民共和国专利法》《中华人民共和国广告法》《中华人民共和国食品卫生法》《中华人民共和国环境保护法》《中华人民共和国反不正当竞争法》《中华人民共和国消费者权益保护法》《中华人民共和国进出口商品检验条例》，等等。

企业的营销管理者必须熟知有关的法律条文，才能保证企业经营的合法性，运用法律武器来保护企业与消费者的合法权益。从事国际营销活动的企业，不仅要遵守本国的法律制度，还要了解和遵守国外的法律制度和有关的国际法规、惯例和准则。只有了解掌握了这些国家的有关贸易政策，才能制定有效的营销对策，在国际营销中争取主动。

📖 **案例衔接 3-4**

企业经营不可违法

江阴某公司利用"陈独秀"形象开展商业营销宣传被罚款。该公司营销负责人与某广告策划公司商讨后，设计制作了含有中国共产党早期领导人陈独秀肖像画的广告样图，并发在某微信群中。后该广告样图被当事人员工转发至微信朋友圈，又被他人进一步转发至新浪微博。2021年6月，江阴市市场监管局在对当事人的地产项目部进行检查时发现上述内容。由于当事人使用已故党的早期领导人形象和名义进行广告宣传，违反了《中华人民共和国广告法》第九条第二项关于广告不得"使用或者变相使用国家机关、国家机关工作人员的名义或者形象"的规定，2021年7月，江阴市市场监管局对其罚款76万元。

五、科学技术环境

有人称科学技术是"历史发展总过程的精华"，是"最高意义的革命力量"。每一种科学技术的新成果都会给社会生产和社会生活带来影响甚至是深刻的变化。营销者应准确地把握科技革命的发展趋势，密切注意技术环境的变化对市场营销活动的影响，并及时地采取适当的对策。

（一）新技术的发展和运用促成新的市场机会，产生新的行业

据美国《设计新闻》报道，由于大量启用自动化设备和采用新技术，将出现许多新行业，包括新技术培训、新工具维修、电脑教育、信息处理、光导通信、遗传工程、海洋技术和空间技术等。新技术革命的蓬勃发展促进了产业革命，而产业革命所包含的主导技术群和技术体系则催化了社会经济的变革，甚至整个社会结构、时代文化和价值观的更新。

与此同时，新技术也使某些行业遭到环境威胁或毁灭性打击。一些旧行业受到冲击甚至被无情地淘汰。新的消费市场不断替代旧的需求，例如，激光唱盘技术夺走了磁带市场，复印机伤害了复写纸行业。

（二）新技术的发展和运用赋予了企业改善经营管理的能力

竞争战略学家迈克波特指出，技术概念除了可狭义地定义为一种科技类的东西外，还可定义为极为广泛的含义，包括管理、组织创新或其他，而运用技术的能力是企业获得竞争优势的源泉。

（三）新技术的发展和运用改变零售业的结构和消费者购物习惯

随着网络技术的发展，消费者轻轻松松在家购物已经不是梦想。"网络营销"是现代电子技术高度发展带来的营销方式的重大变革，即借助网络、电脑通信和数字交互式媒体的共同作用来实现营销目标，现代电子技术为营销活动创造了一个由电脑和通信交汇的无形空间，消费者可以在这个空间获取信息、自由购物；企业可以在这个空间进行广告宣传、市场营销研究和推销商品等。所以，看似虚拟的空间，却是开辟了实实在在的竞争新领域。

（四）新技术引起企业市场营销策略的变化

1. 产品策略

新技术应用于新产品开发使周期大大缩短，产品更新加快。开发新产品成了企业开拓新市场和赖以生存发展的根本条件。

2. 分销策略

超级市场、自动售货、网上商店等都是建立在科技发展基础之上。

3. 价格策略

科技进步，一方面降低了产品成本，使价格下降；另一方面使企业能够通过信息技术，加强信息反馈，正确应用价值规律、供求规律、竞争规律来制定和修改价格策略。

4. 促销策略

信息沟通的效率不断提高，促销成本的降低、促销手段及方式的现代化为营销带来全新的变化。

六、社会文化环境

社会文化主要指一个国家、地区的民族特征、价值观念、生活方式、风俗习惯、宗教信仰、伦理道德、教育水平、语言文字等的总和。社会文化深远地影响着人们的生活方式和行为模式。消费者的任何欲望和购买行为都深深地印有文化的烙印，例如，华人的春节和西方人的圣诞节是有两种不同文化背景的消费高峰期，不同的节日风俗使他们的节日消费各具特色。另外，营销者本身也深受文化的影响，表现出不同的经商习惯和风格。这里择要分析以下几方面：

（一）教育水平

教育程度不仅影响劳动者收入水平，而且影响消费者对商品的鉴别力，影响消费者心理、购买的理性程度和消费结构，从而影响企业营销策略的制定和实施。

（二）宗教信仰

宗教对营销活动的影响可以从两方面分析：宗教分布状况；宗教要求与禁忌。

 案例衔接 3-5

尊重宗教促发展

　　欧洲某食品企业生产了一批质量颇高的冻鸡，装船运到了某阿拉伯国家，但很快就被原封退了回来。企业便派人到该国进行调查，调查后发现该批冻鸡质量没有问题，却严重违背了阿拉伯民族的宗教习俗。该宗教习俗是杀鸡只能用人工，不能用机器，只许男人杀鸡，不许妇女杀鸡。后来巴西某企业吸取了欧洲企业的教训，不用机器、妇女杀鸡，严格按阿拉伯习俗由男人人工杀鸡，并邀请阿拉伯国家买主的代表到生产现场参观，获得了买主的信任，因而巴西冻鸡出口阿拉伯国家获得成功。

（三）价值观念

价值观是人们对社会生活中各种事物的态度和看法。不同的文化背景下，价值观念差异很大，影响着消费需求和购买行为。对于不同的价值观念，营销管理者应研究并采取不同的营销策略。

（四）消费习俗

消费习俗指历代传递下来的一种消费方式，是风俗习惯的一项重要内容。消费习俗在饮食、服饰、居住、婚丧、节日、人情往来等方面都表现出独特的心理特征和行为方式。

案例衔接 3-6

美国坎贝勒罐头汤公司的两次教训

　　美国坎贝勒罐头汤公司是美国罐头汤市场上的霸主，其销售额占美国国内市场的80%。20世纪60年代，该公司拿出3 000万美元在英国市场上大做广告，以图占领英国市场，但惨遭失败。后经调查发现原因很简单，即该公司生产的罐头汤略带苦味，这适合美国消费者的口味，却不适合英国消费者。

　　20世纪70年代末，该公司又在巴西投资建立合资企业生产罐头汤，但合资企业投产后，其产品无人问津，后经调查发现，原因在于该公司没有考虑巴西消费者的消费特点和心理，即巴西的家庭主妇喜欢以亲手自制的汤显示自己的手艺，而不愿吃买来的现成的罐头汤。

（五）消费流行

社会文化多方面的影响，使消费者产生共同的审美观念、生活方式和情趣爱好，从而导致社会需求的一致性，这就是消费流行。消费流行在服饰、家电以及某些保健品方面，表现最为突出。

（六）亚文化群

亚文化群可以按地域、宗教的、种族、年龄、兴趣爱好等特征划分。企业在用亚文化群来分析需求时，可以把每一个亚文化群视为一个细分市场，分别制定不同的营销方案。

第三节　微观市场营销环境

微观市场营销环境是直接影响和制约企业营销活动的力量和因素。企业必须对供应商、营销中介、顾客、竞争者、社会公众及企业内部其他部门等这些组织和行为者进行分析（图3.2）。分析微观市场营销环境的目的在于更好地协调企业与这些相关群体的关系，促进企业营销目标的实现。

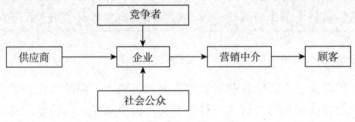

图3.2　微观环境因素

一、企业自身

除市场营销管理部门外，企业本身还包括最高管理层和其他职能部门，如制造部门、采购部门、研究开发部门及财务部门等，这些部门与市场营销管理部门一道在最高管理层的领导下，为实现企业目标共同努力。正是企业内部的这些力量构成了企业内部营销环境。而市场营销部门在制定营销计划和决策时，不仅要考虑到企业外部的环境力量，而且要考虑到与企业内部其他力量的协调。

首先，企业的营销经理只能在最高管理层所规定的范围内进行决策，以最高管理层制定的企业任务、目标、战略和相关政策为依据，制定市场营销计划，并得到最高管理层批准后方可执行。

其次，营销部门要成功地制定和实施营销计划，还必须有其他职能部门的密切配合和协作。例如，财务部门负责解决实施营销计划所需的资金来源，并将资金在各产品、各品牌或各种营销活动中进行分配；会计部门则负责成本与收益的核算，帮助营销部门了解企业利润目标实现的状况；研究开发部门在研究和开发新产品方面给营销部门以有力支持；采购部门则在获得足够的和合适的原料或其他生产性投入方面担当重要责任；而制造部门的批量生产保证了适时地向市场提供产品。

二、供应商

供应商是向企业及其竞争者提供生产经营所需资源的企业或个人，包括提供原材料、零配件、设备、能源、劳务及其他用品等。这些资源的变化直接影响到企业产品的产量、质量以及利润，从而影响企业营销计划和营销目标的完成。供应商对企业营销活动的影响

主要表现在:

(一) 供应的及时性和稳定性

原材料、零部件、能源及机器设备等货源的保证供应,是企业营销活动顺利进行的前提。如棉纺厂不仅需要棉花等原料来进行加工,还需要设备、能源作为生产手段与要素,任何一个环节在供应上出现了问题,都会导致企业的生产活动无法正常开展。为此,企业为了在时间上和连续性上保证得到货源的供应,就必须和供应商保持良好的关系,必须及时了解和掌握供应商的情况,分析其状况和变化。

(二) 供应的货物价格变化

供应的货物价格变动会直接影响企业产品的成本。如果供应商提高原材料价格,必然会带来企业的产品成本上升,生产企业如提高产品价格,会影响市场销路;可以使价格不变,但会减少企业的利润。为此,企业必须密切关注和分析供应商的货物价格变动趋势,使企业应变自如,早做准备,积极应对。

(三) 供货的质量保证

供应商能否供应质量有保证的生产资料直接影响到企业产品的质量,进一步会影响到销售量、利润及企业信誉。例如劣质葡萄难以生产质优葡萄酒,劣质建筑材料难以保证建筑物的百年大计。为此,企业必须了解供应商的产品,分析其产品的质量标准,从而来保证自己产品的质量,赢得消费者,赢得市场。

因此,企业一方面应与主要供应商保持长期稳定的关系;另一方面,应建立广泛的购货渠道,以免因过分依赖某些供应商造成被动局面。

三、营销中介机构

营销中介机构是指为企业营销活动提供各种服务的企业或部门的总称。营销中介对企业营销产生直接的影响,只有通过有关营销中介提供的服务,企业才能把产品顺利地送达目标消费者手中。营销中介的主要功能是帮助企业推广和分销产品,主要对象有:

(一) 中间商

中间商是指把产品从生产商流向消费者的中间环节或渠道,它能帮助企业寻找目标顾客,为产品打开销路,为顾客创造地点效用、时间效用和持有效用。包括商人中间商和代理中间商。商人中间商拥有商品的所有权,又分为批发商和零售商。代理中间商是不拥有商品所有权的中间商,包括代理商、经纪人和生产商代表等。

(二) 营销服务机构

营销服务机构包括广告公司、广告媒介经营公司、市场调研公司、营销咨询公司、财务公司等。这些机构提供的专业服务对企业的营销活动会产生直接的影响,它们的主要任务是协助企业确立市场定位,进行市场推广,提供活动方便。一些大企业或公司往往有自己的广告和市场调研部门,但大多数企业则以合同方式委托这些专业公司来办理有关事务。为此,企业需要关注、分析这些服务机构,选择最能为本企业提供有效服务的机构。

(三) 物流公司

物流公司的主要职能是协助厂商储存并把货物运送至目的地的仓储公司。实体分配的要素包括包装、运输、仓储、装卸、搬运、库存控制和定单处理六个方面，其基本功能是调节生产与消费之间的矛盾，弥合产销时空上的背离，提供商品的时间效用和空间效用，以利适时、适地和适量地把商品供给消费者。

（四）财务中介机构

财务中介机构主要是协助厂商融资或分担货物购销储运风险的机构，包括银行、保险公司、信托公司等。财务中介机构的主要功能是为企业营销活动提供融资及保险服务。不直接从事商业活动，但对工商企业的经营发展至关重要。比如银行贷款利率上升，会使企业业成本增加；信贷资金来源受到限制，会使企业经营陷入困境。为此，企业应与这些公司保持良好的关系，以保证融资及信贷业务的稳定和渠道的畅通。

四、顾客

顾客是指使用进入消费领域的最终产品或劳务的消费者和生产者，也是企业营销活动的最终目标市场。顾客对企业营销的影响程度远远超过前述的环境因素。顾客是市场的主体，任何企业的产品和服务，只有得到了顾客的认可，才能赢得这个市场，现代营销强调把满足顾客需要作为企业营销管理的核心。一般说来，顾客来自五种不同的市场：

（一）消费者市场

消费者市场指为满足个人或家庭消费需求购买产品或服务的个人和家庭。这是生产者、批发商和零售商的市场。

（二）生产者市场

生产者市场指为生产其他产品或服务，以赚取利润而购买产品或服务的组织。这是供应商的市场。

（三）中间商市场

中间商市场指为了通过转售获取利润而发生购买行为的个人和企业。这是生产者的市场。

（四）政府市场

政府市场指为了履行政府职责而发生购买行为的各级政府机构。这是供应商、生产者、批发商和零售商的市场。

（五）国际市场

国际市场指国外购买者。包括国外消费者、生产商、中间商及政府。这是供应商、生产者、批发商和零售商的市场。

上述五类市场的顾客需求各不相同，要求企业以不同的方式提供产品或服务，它们的需求、欲望和偏好直接影响企业营销目标的实现。为此，企业要注重对顾客进行研究，分析顾客的需求规模、需求结构、需求心理以及购买特点，这是企业营销活动的起点和前提。

五、竞争者

企业在某一顾客市场上的营销努力总会遇到其他企业类似努力的包围或影响，这些和企业争夺同一目标顾客的力量就是企业的竞争者。企业要在激烈的市场竞争中获得营销的成功，就必须比其竞争对手更有效地满足目标顾客的需求。因此，除了发现并迎合消费者的需求外，识别自己的竞争对手，时刻关注他们，并随时对其行为做出及时的反应亦是成败的关键。从对企业营销的影响力来看，企业一般面临来自不同层次的四类竞争者：

（一）愿望竞争者

愿望竞争者指提供不同产品以满足不同需求的竞争者，这是争夺顾客"钱袋子"的竞争。不同的竞争者分属不同的产业，相互之间为争夺潜在需求而展开竞争，如食品生产者与汽车制造商、服装生产者、家电生产者之间的竞争。

（二）平行竞争者

平行竞争者指提供不同产品以满足同一需求的竞争者，通常取决于顾客的购买力或个人兴趣偏好。如轿车、自行车是代步工具之间的竞争，看书、看电影、看电视是休闲形式之间的竞争。

（三）产品形式竞争者

产品形式竞争者指提供同一产品不同规格的竞争者，通常取决于消费者的喜好、购买能力和购买环境等因素。如消费者选中了糖果，则有巧克力、奶糖、水果糖等多种产品形式可满足其吃糖的欲望。

（四）品牌竞争者

品牌竞争者指提供同一产品同一规格的不同品牌的竞争者。只是产品在走向成熟后的品牌间的全面对抗，赢家是质量上乘、价格合理、服务优良者。通常，大多数同行竞争最后都会走到这一步。

品牌竞争是这四个层次的竞争中最常见和最显在的，其他层次的竞争相对比较隐蔽和深刻。有远见的企业并不仅仅满足于品牌层次的竞争，而会关注市场发展趋势，在恰当的时候积极维护和扩大基本需求。

六、公众

公众是企业营销活动中与企业营销活动发生关系的各种群体的总称。公众对企业的态度，会对其营销活动产生巨大的影响，它既可以有助于企业树立良好的形象，也可能妨碍企业的形象。所以企业必须采取处理好与主要公众的关系，争取公众的支持和偏爱，为自己营造和谐、宽松的社会环境。企业所面临的公众主要有以下六类。

（一）金融公众

金融公众主要包括银行、投资公司、证券公司、股东等，它们对企业的融资能力有重要的影响。

（二）媒介公众

媒介公众即媒体，主要包括报纸、杂志、电台、电视台等传播媒介，它们有广泛的社会联系，能直接影响社会舆论对企业的认识和评价。

（三）政府公众

政府公众主要指与企业营销活动有关的各级政府机构，它们制定的方针、政策，对企业营销活动或是限制，或是机遇。

（四）社团公众

社团公众主要指与企业营销活动有关的非政府机构，如消费者组织、环境保护组织，以及其他群众团体。企业营销活动涉及社会各方面的利益，来自这些社团公众的意见、建议，往往对企业营销决策有十分重要的影响。

（五）社区公众

社区公众主要指企业所在地附近的居民和社区团体。社区是企业的邻里，企业保持与社区的良好关系，为社区的发展做一定的贡献，会受到社区居民的好评，他们的口碑能帮助企业在社会上树立形象。

（六）内部公众

内部公众是指企业内部的管理人员及一般员工，企业的营销活动离不开内部公众的支持。应该处理好与广大员工的关系，调动他们开展市场营销活动的积极性和创造性。

📖 **案例衔接 3-7**

新媒体下的公司声誉

在微博、微信等迅速发展的新媒体环境下，企业需及时了解客户的诉求和反馈并及时做出反应，以维护企业的良好声誉。公司声誉是企业与公众在社会交往中自然形成的，是企业行为能力和公众认知两方面相互作用的结果。对企业而言，顾客是产品、服务的直接受用者，店员是公司的形象载体，投资者是公司收益的权益人，政府是职能部门，非政府组织是企业社会责任的监督者。在以互联网为中心的新媒体环境下，企业的行动受到以上各利益相关者的时时监督，企业行为稍有差错就可能一石激起千层浪。相反，若企业能够积极主动地及时了解客户和市场需求变动并为己所用，公司的声誉必将得到有效提升。

第四节　市场营销环境分析与企业对策

企业的生存与发展既与其生存的市场营销环境密切相关，又取决于企业对环境因素及其影响所持的对策。市场营销环境的客观性、多变性、复杂性，决定了企业不可能去创造、改变市场营销环境，只能主动地适应环境、利用环境。为此企业应该运用科学的分析方法，加强对市场营销环境的监测与分析，随时掌握其发展趋势，从中发现市场机会和威胁，有针对性地制定和调整自己的战略与策略，不失时机地利用营销机会，尽可能减少威胁带来的损失。

一、市场机会与环境威胁

市场营销环境通过对企业构成威胁或提供机会而影响营销活动。

市场机会指对企业营销活动富有吸引力的领域，在这些领域，企业拥有竞争优势。市场机会对不同企业有不同的影响力，企业在每一特定的市场机会中成功的概率，取决于其业务实力是否与该行业所需要的成功条件相符合。

（一）市场机会

1. 环境市场机会与企业市场机会

市场机会实质上是"未满足的需求"。伴随着需求的变化和产品生命周期的演变，会不断出现新的市场机会。

2. 行业市场机会与边缘市场机会

企业通常都有其特定的经营领域，出现在本企业经营领域内的市场机会，即行业市场机会，出现于不同行业之间的交叉与结合部分的市场机会，则称为边缘市场机会。一般说来，边缘市场机会的业务进入难度要大于行业市场机会的业务，但行业与行业之间的边缘地带，有时会存在市场空隙，企业在发展中也可用以发挥自身的优势。

3. 目前市场机会与未来市场机会

从环境变化的动态性来分析，企业既要注意发现目前环境变化中的市场机会，也要面对未来，预测未来可能出现的大量需求或大多数人的消费倾向，发现和把握未来的市场机会。

（二）环境威胁

环境威胁是指环境中不利于企业营销的因素的发展趋势，对企业形成挑战，对企业的市场地位构成威胁。这种挑战可能来自国际经济形势的变化，也可能来自社会文化环境的变化。

二、机会与威胁的分析、评价

在分析环境威胁与市场机会时，通常运用"环境威胁矩阵图"和"市场机会矩阵图"。

（一）市场机会分析

有效地捕捉和利用市场机会，是企业营销成功和发展的前提。只要企业能够密切关注营销环境变化带来的市场机会，适时地做出恰当的评价，并结合企业自身的资源和能力，及时将市场机会转化为企业机会，就能够开拓市场、扩大销售、提高企业的市场占有率。

分析评价市场机会主要考虑两个方面：一是市场机会的潜在吸引力大小；二是市场机会带来的成功可能性大小，如图 3.3 所示。

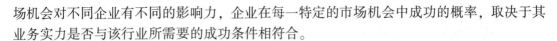

图 3.3　市场机会分析矩阵图

图 3.3 中的 4 个象限中，第 1 象限是企业特别应当重视的市场条件，因为其潜在吸引力与成功可能性都较大，是企业应当把握并全力发展的机会；第 2、第 3 象限同样也是企业不可忽视的市场条件，第 2 象限上的机会虽然成功可能性较低，一旦把握住却可以为企业带来巨大的潜在利益，第 3 象限上的机会虽然潜在利益不大，但出现的概率却很大，因此需要企业充分关注，并制定相应的营销措施与对策；第 4 象限上的市场条件，潜在吸引力与成功可能性都较低，对企业来说，主要是密切观察其发展变化，积极改善自身条件，审慎地开展营销活动。

（二）环境威胁分析

营销者对环境威胁的分析主要结合两方面来考虑：一是环境威胁对企业的影响程度；二是环境威胁出现的概率大小，如图 3.4 所示。

出现概率

	高	低
大	1	2
小	3	4

影响程度

图 3.4　环境威胁分析矩阵图

图 3.4 的 4 个象限中，象限 1 是企业必须高度重视的，因为其危害程度高，出现的概率大，是企业必须严密监视和预测其变化发展趋势，并及时制定措施应对的环境因素；象限 2 和象限 3 也是企业应当密切关注其发展趋势的环境因素。因为象限 2 上的因素虽然出现概率低，一旦出现却会给企业营销带来极大的危害，象限 3 上的因素虽然对企业影响不大，但出现的概率却很大，因此也应当给予关注，随时准备应有的应对措施；象限 4 上的因素影响程度及出现概率均低，对其只需进行必要的追踪观察以监测其是否有向其他象限因素变化发展的可能。

三、企业对策

综合上述分析，不同水平的环境威胁、市场机会与企业共同作用，又可产生四种情况，形成如图 3.5 所示的环境分析综合评价图。

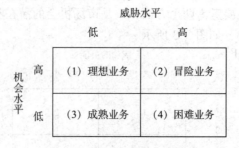

威胁水平

	低	高
高	（1）理想业务	（2）冒险业务
低	（3）成熟业务	（4）困难业务

机会水平

图 3.5　环境分析综合评价图

对理想业务，应看到机会难得，甚至转瞬即逝，必须抓住机遇，迅速行动；否则，丧失战机，将后悔不及。

对冒险业务，面对高利润与高风险，既不宜盲目冒进，也不应迟疑不决、坐失良机，应全面分析自身的优势与劣势，扬长避短，创造条件，争取突破性的发展。

对成熟业务，机会与威胁处于较低水平，可作为企业的常规业务，用以维持企业的正常运转，并为开展理想业务和冒险业务准备必要的条件。

对困难业务，要么是努力改变环境，走出困境或减轻威胁，要么是立即转移，摆脱无法扭转的困境。

本章小结

市场营销环境（简称营销环境）是企业营销职能外部的不可控制的因素和力量，这些因素和力量是影响企业营销活动及其目标实现的外部条件。市场营销环境包括微观市场营销环境和宏观市场营销环境。企业与环境是对立统一的关系，能动地适应环境是企业市场营销成功的关键。

宏观市场营销环境，包括与企业营销活动密切相关的六大社会力量：人口、经济、自然、科学技术、政治法律和社会文化等方面的因素。

微观市场营销环境，包括企业本身、供应商、营销中介、顾客、竞争者和各种公众。

营销环境机会指由于环境变化形成的对企业营销管理富有吸引力的领域。营销环境威胁指由于环境的变化形成或可能形成的对企业现有经营的冲击和挑战。

练习题

一、单项选择题

1. 广告公司属于市场营销渠道企业中的（　　　　）。
   A. 供应商　　　　　B. 商人中间商　　　　C. 代理中间商　　　　D. 辅助商

2. （　　　）是向企业及其竞争者提供生产经营所需资源的企业或个人。
   A. 供应商　　　　　B. 中间商　　　　　C. 广告商　　　　　D. 经销商

3. （　　　）主要指协助企业促销、销售和经销其产品给最终购买者的机构。
   A. 供应商　　　　　B. 制造商　　　　　C. 营销中介　　　　D. 广告商

4. （　　　）就是企业的目标市场，是企业服务的对象，也是营销活动的出发点和归宿。
   A. 产品　　　　　　B. 顾客　　　　　　C. 利润　　　　　　D. 市场细分

5. （　　　）主要指一个国家或地区的民族特征、价值观念、生活方式、风俗习惯、宗教信仰、伦理道德、教育水平、语言文字等的总和。
   A. 社会文化　　　　B. 政治法律　　　　C. 科学技术　　　　D. 自然资源

6. "在家购物"的不断发展，主要是由于（　　　）。
   A. 新技术革命的发展　　　　　　　　B. 政治和法律环境的改善
   C. 经济发展水平的提高　　　　　　　D. 人口环境的变化

7. 恩格尔定律表明，随着消费者收入的提高，恩格尔系数将（　　　）。

A. 越来越小　　　　B. 保持不变　　　　C. 越来越大　　　　D. 趋近于零

8.（　　）指人们对社会生活中各种事物的态度和看法。

A. 社会习俗　　　　B. 消费心理　　　　C. 价值观念　　　　D. 营销道德

9. 威胁水平和机会水平都高的业务，被叫作（　　）。

A. 理想型业务　　　B. 风险型业务　　　C. 成熟型业务　　　D. 困难型业务

10. 旅游业、体育运动休闲业、图书出版业、文化娱乐业为争夺消费者而相互竞争，他们彼此之间是（　　）。

A. 愿望竞争者　　　B. 一般竞争者　　　C. 产品形式竞争者　D. 品牌竞争者

二、案例分析

国际大牌集体出击，亲近中国消费者

2021年11月海关总署发布公告，2021年前10个月中国进出口总值31.67万亿，比2020年同期增长22.2%，比2019年同期增长23.4%。其中，出口17.49万亿元，进口14.18万亿元，贸易顺差3.31万亿元。

这组数据释放了一个强烈信号，即和全世界做生意，中国卖多买少，中国制造在全球各地吃香。2021年以来，无数订单涌向中国，沿海无数工厂加班加点扩产能，五一、中秋等假期也在高速运转。

前10个月进出口总额超过2020年和2019同期，说明中国经济已经走出阴影，比疫情发生前还有所增长。纵观全球，也实属难得，2021年印度、越南、马来西亚仍有大量工厂停工、倒闭，美国、欧洲还深陷供应链危机，物价不断升高。

其实，俄罗斯专家就曾预测过，困难之后中国会成为世界经济的火车头。这也是西方不得不正视的现实，很多国家开始掉转船头加速拥抱中国，希望借力走出困境。

我国2021年下半年举办的进博会，吸引了127个国家和地区的近3 000家参展商，国别、企业数均超过上届。美国也急忙派来200家企业参加，位居外国参展进博会企业数量前列。一位外商感慨，去年参加进博会以后，销售额增长了40%，希望今年取得更好的成绩。

不只是进博会，"双11"也备受众多外国企业青睐，成为它们亲近中国的契机。200多个国际大牌拥抱天猫，带来箱包、服饰、珠宝、美妆等众多新品。京东上，也有超300个国际大牌加入"双11"。欧莱雅、斯凯奇等国际知名品牌，与中国电商唯品会"正品、特卖"的特性不谋而合，联手打造了多款"超级套"。利用高性价组合爆品，抓住中国消费者心头之好，加速开拓中国消费市场。比如欧莱雅带来的黑精华套装，在唯品会把产品和优惠做到极致，2小时卖出近4 000套。斯凯奇大牌日上线24小时，销售额即逼近4 000万元。大牌卖实惠价，在很大程度上点燃了消费激情。

诸多国际大牌在中国市场态度的转变只是一个开端，接下来还会有更多国际大牌放低姿态，亲近中国消费者。一个拥有14亿人口、中等收入群体超过4亿的超级市场，释放出来的消费潜力足以让西方眼热。

在经济全球化日趋紧密的今天，敞开国门和全世界做生意是趋势；中国经济率先复苏，带动五湖四海的朋友共谋发展是责任。当全球贸易重心加速东移，旧的贸易体系瓦解、重塑，对中国而言更是莫大的机遇。

（中国公布实情后，国际大牌集体出击，想方设法亲近中国消费者（2021-11-11）. https://www.163.com/dy/article/GOGTGRUQ053116Y1.html. ）

讨论题

1. 中国经济走出阴影的原因是什么？谈谈你的看法。
2. 国际大品牌为什么会做出案例中的反应？
3. 本土企业应该如何应对国际大品牌的这一反应？

第四章 市场购买行为分析

知识目标

通过本章内容学习，了解影响消费者行为的因素，了解生产者市场、中间商市场和非营利组织市场的含义、基本特征和购买类型，了解生产者购买决策过程各阶段的特征，掌握消费者行为模式，掌握消费者购买决策的过程，掌握生产者购买决策的参考者，掌握影响生产者购买决策的主要因素。

德育目标

通过本章内容学习，明确"中国制造 2025"、质量强国等重要战略的意义。宣扬融入中国传统文化的国潮经济，激发学生的民族自信。树立正确的偶像追求和消费理念，倡导理性购买行为。

开篇案例

健康消费成刚需

后疫情时代，消费者健康意识得到空前强化，健康消费成为驱动消费者购买的首要动机。2021 年 11 月，巨量引擎联合 BCG 发布的《中国居民消费趋势报告》预计，未来 5 年，健康领域将继续增长，有望保持约 6% 的复合年增长率，并呈现出大众化、年轻化和日常化的趋势。首先，自 2020 年以来，随着健康话题关注度的提升，高端医疗、家庭清洁以及保健养生等细分领域的业务迅速向大众普及。其次，相关的消费主体正在向年轻群体迁移。数据显示，26~35 岁的受访者中，有 30% 过去 12 个月购买过保健品，这一比例与 56~70 岁人群相当。而 30~50 岁的中青年人群肩负家庭重任，是最有健康意识的群体，正在成为健康强化的主力消费人群。其丰富的生活状态也使得他们对健康保健产品的需求更聚集使用场景，例如免疫调节、养生调理、睡眠改善、脱发防护等。最后，随着健康保健需求渗透到消费者的日常饮食，健康饮食成为潮流。需求升级和健康意识觉醒让消费者愿意为健康支付溢价，而市场扩大和技术成熟使成本越来越低，由此形成良性循环。

无独有偶，埃森哲发布的《2021中国消费者研究：后疫情篇报告》指出，与全球消费者相比，更多的中国消费者认为疫情促使他们重新审视自己的生活，健康和安全成为促使其购物消费的第一动机。91%的受访者表示"关注自身的身体健康"将永远成为他们生活方式的一部分；87%的人将保持个人健康定义为"第一要务"。中国消费者如今更加注重选择健康饮食，平衡膳食营养，并减少糖分和脂肪摄入。86%的中国受访者表示会有意识地购买更健康的食品（全球其他地区平均比例为66%）；84%的中国受访者表示，疫情以来他们已经改变了自己的饮食习惯，摄入更多有机水果和蔬菜，控糖控脂；近8成的中国受访者期待品牌可以帮助消费者更容易地获取和购买健康产品。展望未来，随着健康意识的深度普及，低卡食品将有机会成为中国消费者的日常选择。除了更健康的饮食，中国消费者另一个获得健康生活方式的主要途径为加强室内锻炼。在调研中，当被问及未来六个月可能从事的活动时，83%的中国受访者表示会花更多时间在家中锻炼（全球其他地区平均比例为57%）。从bilibili、小红书社区健身相关内容的飞速增长，到Keep、魔镜等创新解决方案的落地及流行，无一不体现出居家健身消费的繁荣。

（SocialBeta前瞻2022，热点背后的营销风向（2022-01-15）.https://www.foodtalks.cn/news/oodnews/marketing_innovation/8853.基于网络资料整理）

市场营销的目的是满足消费者的需求。消费者生产经营企业发现消费者的需求，选择并满足市场需求，从而使消费者对产品和服务感到满意，进而培养消费者对企业品牌的忠诚度，以此来实现企业的经营目标。因此，企业必须分析和研究消费者的需求及其影响因素，研究消费者的购买行为及其特点，才能有效地开展市场营销活动。

第一节　消费者市场及其购买行为

根据顾客购买商品或劳务目的的不同，市场可分为消费者市场和组织市场两大类。

消费者市场是指由为了满足生活消费而购买商品和服务的个人与家庭而构成的市场。生活消费是产品和服务流通的终点，因此消费者市场也被称为最终产品市场。

组织市场指以某种组织为购买单位的购买者所构成的市场，其购买目的是生产、销售、出租、维持组织运作或履行组织职能。可分为三种类型：生产者市场、中间商市场和非营利组织市场。组织市场购买数量较大，一般都会超过消费者市场，但最终服务对象还是消费者，仍然要以满足最终消费者的需要为中心。一切企业，无论是否直接为消费者服务，都必须研究消费者市场。

一、消费者市场的特点

（一）消费者市场购买者的分散性

消费者市场的购买单位是个人或家庭，人数众多，分布广泛。消费者的购买呈现出分散性、小型化的特点。消费者购买次数频繁，但每次购买数量较少。现代社会中，家庭规模日益缩小，家庭人口也较少，商品消耗量不大；家庭商品储藏空间有限，购买大量商品存放不便；现代市场商品供应丰富，购买方便，随时需要，随时购买，也没有必要大量储存，因此，消费者市场营销者应当根据这一特点适当调整产品规格，缩小产品包装，以便更好地满足消费者的需要。

（二）消费者市场差异性大

消费者受到年龄、性别、身体状况、性格、习惯、偏好、职业、地位、收入、文化教育程度、地理环境、气候条件等多种因素的影响，市场的消费需求和购买行为具有很大差异，所购商品的品种、规格、数量、质量、花色和价格也会千差万别。

（三）消费者需求易变性

人类社会的生产力和科学技术总是在不断进步，新产品层出不穷，消费者收入水平不断提高，消费需求也就呈现出由少到多、由粗到精、由低级到高级的发展趋势。越来越多的消费者并不喜爱一成不变的商品，要求商品的品种、款式能够不断翻新。另外，随着市场商品供应的日益丰富和企业竞争的逐渐加剧，消费者对商品的挑选余地更大，消费潮流也是日新月异，商品的流行周期越来越短，往往令人难以把握。

（四）消费者市场购买属非专业性购买

消费者市场商品种类繁多，大多数消费者不可能对所购买的每一种商品都非常熟悉。消费者对大多数商品的质量、性能、价格、使用、维护、保管乃至市场行情往往缺乏专门的甚至是必要的知识，只能根据个人感觉和喜好做出购买决策，大多数属于非专业性购买，很容易受个人情感、广告宣传、推销活动和他人意见的影响或诱导。

二、消费者市场的购买对象

消费者的购买对象即满足个人和家庭生活需要的产品（包括服务）。消费者在购买不同消费品时，有不同的行为特点，企业对每一种消费品类型，应该有与之相适应的营销组合战略和策略。

（一）依据人们购买、消费的习惯分类

依据人们购买、消费的习惯分类，可分为便利品、选购品、特殊品。

便利品是指消费者经常购买或即刻购买，并几乎不做购买比较和购买努力的商品，比如香烟、肥皂、报纸、食盐等。消费者对这类商品一般比较熟悉，具有一定的商品知识，在购买时不大愿意或者觉得没有必要花很多的时间来比较价格和质量，多数是选择就近购买，而且愿意接受代用品。

选购品是指消费者在选购过程中，对产品的适用性、质量、价格和式样等基本方面要做有针对性比较的产品，比如服装、家具、家用电器等。对于选购品，企业必须备有丰富的花色品种，以满足不同消费者的爱好。同时，要拥有受过良好训练的推销人员，为顾客提供信息和咨询。最重要的是，应该将销售网点设在商业网点比较集中的地区，并将产品的销售点相对集中，以便顾客进行比较和选择。

特殊品是指具有独有特征和品牌标记的产品，有相当多的消费者愿意对这些产品做特殊的购买努力，如高级服装、轿车、专业摄影器材等。消费者在购买前对这些商品已经有了一定的认识，对某些特定的品牌和商标有自己的特殊偏好，不愿接受代用品。特殊品的

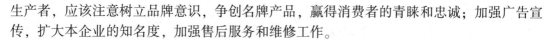

生产者，应该注意树立品牌意识，争创名牌产品，赢得消费者的青睐和忠诚；加强广告宣传，扩大本企业的知名度，加强售后服务和维修工作。

（二）依据产品的有形与否分类

依据产品的有形与否分类，可分为有形产品（物品）、无形产品（服务）。

有形产品是指使用价值必须借助有形物品才能发挥其效用，且该有形部分必须进入流通和消费过程的产品。

无形产品是指一方能向另一方提供的基本上无形，并且不导致任何所有权的产生的活动或利益。服务是无形的、市场和消费不可分离的、可变的和易消失的，比如，理发、修理、培训教育等。

（三）依据产品耐用性分类

依据产品耐用性分类，可分为耐用品、非耐用品。耐用品和非耐用品都是有形产品。

耐用品一般是指使用年限较长、价值较高的有形产品，通常有多种用途，例如冰箱、电视机、高档家具等。耐用品一般需要较多地采用人员推销，提供较多的售前售后服务和担保条件。

非耐用品一般是指有一种或几种消费用途的低质易耗品，如解渴饮料、食盐、肥皂等。这类产品消费快、购买频率高，企业的营销战略应该是：使消费者能在许多地点方便地购买到这类产品；价格中包含的盈利要低；加强广告宣传以吸引消费者试用并形成偏好。

三、消费者行为的基本模式

消费者的行为受消费者心理活动支配。按照心理学的"刺激—反应"理论，人们行为的动机是一种内在的心理活动过程，像一只黑箱，是一个不可捉摸的神秘过程。客观的刺激，经过黑箱（心理活动过程）产生反应，引起行为，只有通过对行为的研究，才能了解心理活动过程。消费者购买的行为模式如图4.1所示。

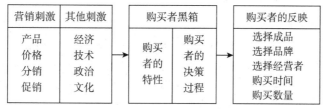

图4.1　消费者的购买行为模式

营销刺激，指企业营销活动的各种可控因素，即产品、价格、分销、促销；其他刺激，指消费者所处的环境因素（经济、技术、政治、文化等）的影响。这些刺激通过购买者黑箱产生反应，即购买者行为。

刺激和反应之间的购买者黑箱包括两个部分。第一部分是购买者的特性。购买者特性受到许多因素的影响，并进而影响购买者对刺激的理解和反应，不同特性的购买者对同一种刺激会产生不同的理解和反应。第二部分是购买者的决策过程，它直接影响最后的结果。

四、消费者的购买类型

消费者购买决策随其购买类型的不同而变化。阿萨尔根据消费者在购买过程中参与者的介入程度和品牌间的差异程度，将消费者购买行为划分为四种类型（表4.1）。

表4.1 消费者购买行为类型

项目	高度介入	低度介入
品牌间差异很大	复杂型的购买行为	寻求多样型的购买行为
品牌间差异极小	减少失调型的购买行为	习惯型的购买行为

（一）复杂型的购买行为

这是消费者初次在购买差异性很大的消费品时所发生的购买行为。购买这类产品时，通常要经过一个较长的考虑过程。购买者首先要广泛搜集各种相关信息，对可供选择的产品进行全面评估，在此基础上建立起自己对该品牌的信念，形成自己对各个品牌的态度，最后慎重地做出购买决策。

（二）减少失调型的购买行为

这是消费者购买差异性不大的产品时所发生的一种购买行为。由于各个品牌之间没有显著差异，消费者一般不必花费很多时间去收集并评估不同品牌的各种信息，关心的重点在于价格是否优惠，购买时间、地点是否方便等。如果消费者在购买以后认为自己所买产品物有所值甚至优于其他同类产品的话，就有可能形成对该品牌的偏好；相反，就有可能形成厌恶感。

（三）习惯型的购买行为

习惯型的购买行为是指消费者对所选购的产品和品牌比较了解，已经建立了相应的选择标准，主要依据过去的知识和经验习惯性地做出购买决定。消费者认为各品牌之间差异性很小，对某种产品的特性及其相近产品的特点非常熟悉，并已经形成品牌偏好，购买决策时几乎不涉及信息搜集和品牌评价这两个购买阶段。

（四）寻求多样型的购买行为

寻求多样型的购买行为是指消费者了解现有各品牌和产品之间的明显差异，在购买产品时并不深入搜集信息和评估比较就决定购买某一品牌，购买时随意性较大，只在消费时才加以评估，但是在下次购买时又会转换其他品牌。消费者转换品牌的原因不一定与他对该产品是否满意有什么联系，可能是对原来口味心生厌倦或者只是为了尝尝鲜，主要目的还是寻求产品的多样性。

五、影响消费者行为的因素

消费者的行为受到诸多因素的影响，有来自消费者自身的，也有来自外部环境的。要透彻地把握消费者的行为，有效地开展市场营销活动，必须分析与消费者行为有关的因素。

（一）文化因素

文化因素对于消费者的购买行为有着最广泛和最深远的影响。

1. 文化

（1）文化是人类欲望和行为最基本的决定因素。低等动物的行为主要受本能支配，人类行为大部分受学习所得而来。

（2）一个人在社会中成长，受到家庭、环境及社会潜移默化的影响，学到一套基本的价值观、风俗习惯和审美观，形成一定的偏好和行为模式。

案例衔接 4-1

向上向善的文化

文化自信是一个国家、一个民族发展中最基本、最深沉、最持久的力量。向上向善的文化是一个国家、一个民族休戚与共、血脉相连的重要纽带。中国人历来抱有家国情怀，崇尚天下为公、克己奉公，信奉天下兴亡、匹夫有责，强调和衷共济、风雨同舟，倡导守望相助、尊老爱幼，讲求自由和自律统一、权利和责任统一。

（习近平在全国抗击新冠肺炎疫情表彰大会上的讲话（2022-09-11）.https://www.ccps.gov.cn/xxsxk/zyls/202009/t20200911_143334.shtml.）

2. 亚文化

一种文化会因各种因素影响，使价值观、风俗习惯及审美观等表现出不同特征，形成亚文化。亚文化主要表现为：民族亚文化：各个民族在宗教信仰、节日、崇尚爱好、图腾禁忌和生活习惯方面，有其独特之处，并对消费行为产生深刻影响。宗教亚文化：不同宗教有不同的文化倾向和戒律，影响人们认识事物的方式、对客观生活的态度、行为准则和价值观，从而影响消费行为。每种宗教都有其主要流行地区和鲜明的特点。地理亚文化：不同的地区有不同的风俗习惯和爱好，使消费行为带有明显的地方色彩。

（二）社会因素

在社会生活中，人与人形成各种各样的关系，这些关系对人的消费行为产生了很大的影响。

1. 参考群体

参考群体是能够影响个人态度、意见和价值观的一群人。参考群体分为所属群体与相关群体，所属群体又分为主要群体和次要群体。主要群体是指与之直接接触、关系密切的人群；次要群体是指与之直接接触，但是关系相对较为疏远；相关群体是指个人不属于这一群体，但是态度、行为受其影响，如影星、歌星、球星身后大批的崇拜者和追随者。相关群体影响消费者行为的程度在不同产品和品牌中并非都是相同的。

2. 家庭身份和地位

家庭及其成员，是影响最大的主要参考群体。每个人所经历的"家庭"，可分为：自身所出的家庭，包括父母，每个人从双亲那里养成许多倾向性。自己所生出的家庭，即配偶和子女，对购买行为产生更直接的影响，并形成一个消费者的"购买组织"。

身份是周围的人对你的要求，是你在各种场合承担的角色、应起的作用。每一种身份又附有一种地位，反映社会对他的评价和尊重程度。人们往往结合身份、地位做出购买选择。许多产品、品牌，成为一种身份和地位的标志。消费者以何种产品、品牌来显示身份和地位，因社会阶层和地域的不同而有所不同。

案例衔接 4-2

家庭工作

　　要注重家庭、注重家教、注重家风，认真研究家庭领域出现的新情况新问题，把推进家庭工作作为一项长期任务抓实抓好。要坚持以社会主义核心价值观为统领，引导妇女既要爱小家，也要爱国家，带领家庭成员共同升华爱国爱家的家国情怀、建设相亲相爱的家庭关系、弘扬向上向善的家庭美德、体现共建共享的家庭追求，在促进家庭和睦、亲人相爱、下一代健康成长、老年人老有所养等方面发挥优势、担起责任。

　　（习近平同全国妇联新一届领导班子成员集体谈话并发表重要讲话（2018-11-02）. http://www.gov.cn/xinwen/2018-11/02/content_5336958.htm.）

3. 社会阶层

　　社会阶层是具有相对的同质性和持久性的群体。按等级排列，每一阶层的成员具有类似的价值观、兴趣爱好和行为方式。一个人的社会阶层，通常是职业、收入、教育和价值观等多种因素作用的结果。同一社会阶层的人，要比来自两个社会阶层的人行为更加相似。因此，社会阶层不仅是影响消费者行为的重要因素，而且被用作细分消费者市场的重要依据。

（三）个人因素

　　购买决策也深受消费者个人特征的影响。包括年龄与家庭生命周期、生活方式与个性、自我形象、职业、性别、经济条件。

1. 年龄与家庭生命周期

　　消费者的欲望和行为，因年龄不同而发生变化。比如，3个月、6个月和1岁的婴儿，对玩具的要求会不一样；同一消费者年轻时与步入老年阶段，对食物的胃口、服装的爱好也会不同。

　　家庭生命周期是一个以家长为代表的家庭生活的全过程，从青年独立生活开始，到年老后并入子女的家庭或死亡时为止。在不同阶段，同一消费者及家庭的购买力、兴趣和对产品的偏好甚至会有较大差别。

 案例衔接 4-3

"00后"消费行为新特征

　　进入新时代，市场购买者的消费行为各具特色。例如，"80后"比较注重质量和价格，"90后"注重产品实用性，而"00后"呈现出更加个性化、包容化、自主化的消费需求新特点。具体来说，"00后"的消费行为新特征表现在三个方面。一是不少人热切向往和追随偶像的消费行为，特别留意品牌和偶像背后的故事，愿意为自己的兴趣付费，因此，企业要正确引导青少年消费者的价值观，树立正面的偶像榜样，更要谨慎选择品牌代言人；二是渴望与同龄人进行更多的交流互动，往往将内容作为重要的社交手段，内容既是激发互动的工具，也是展示自己所长的方式；三是坚信国产品牌不比国外品牌差，不少"00后"嘴里吃着"大白兔雪糕"，身上穿着"李宁"服装，脸上用着"花西子"彩妆，充满了自信，洋溢着美好。支持国货成为青年关心国家的一种方式，消费新国货成为一种为人称道的时尚潮流。也正是因为善于回应市场需求新趋势，新国货才成为资本市场最大的风口之一。

2. 生活方式与个性

生活方式是一个人生活中表现出来的他的活动、兴趣和看法的整个模式，影响对品牌的看法、喜好。营销者往往可以通过生活方式理解消费者不断变化的价值观及其对消费行为的影响。

个性指个人特有的心理特征，导致人对所处环境做出相对一致和持续的反应，通过自信、支配、自主、顺从、交际，保守和适应等性格特征表现出来。依据个性因素，可以更好赋予品牌个性，以期与消费者适应。如美国学者发现，购买有活动车篷汽车的买主与无活动车篷汽车的买主之间，存在一些个性差别——前者表现得较为主动、激进和喜欢社交。

3. 自我形象、职业、性别和经济条件

自我形象——个人怀有的有关自己的"图案"，驱使其寻求与此一致的产品、品牌，采取与自我形象一致的消费行为。为此，营销者要了解消费者自我形象与其拥有物之间的关系。

职业——如工人，农民、军人及教师，对不同产品及品牌会表现出不同的看法和购买意向，有不同的消费习惯。

性别——长期以来，性别一直是影响人们购买服装、鞋帽、化妆品等的重要因素；现在"男女有别"已经延伸到其他不少领域。如美国企业推出女性香烟，从风味、包装乃至广告各方面着力迎合女性消费者。

经济条件——消费要"量入为出"，依据条件消费和购买。人们的经济状况包括可供其消费的收入（收入水平，稳定性和时间形态）、储蓄与财产，借债能力和对花钱与储蓄的态度。

（四）心理因素

消费者的购买行为还会受到动机、知觉、学习、态度与信念等主要心理因素的影响。

1. 动机与需要

动机是推动个人进行各种活动的驱策力。动机是行为的直接原因，促使个人采取某种行动，规定行为的方向。动机由需要而生。消费者的购买行为，是消费者解决他的需要问题的行为。

不同的人有不同的需要，人们在生理上、精神上的需要也就具有广泛性与多样性。每个人的具体情况不同，解决需要问题轻重缓急的顺序自然各异，也就存在一个"需要层次"。亟须满足的需要，会激发起强烈的购买动机，需要一旦满足，则失去了对行为的激励作用，即不会有引发行为的动机。

马斯洛夫的需要层次论的要点归纳起来有以下几方面：

肯定了人是有需要的；把人的基本生存需要置于需求层次结构的最低层，强调它们的满足是其他需求发展的基础；不同的需要可以顺序分为不同的层次，在不同时期各种需要对行为的支配力量不同。当最重要的需要得到满足后，这个需要便不再是激励因素，失去了对行为的刺激作用，人们会转而追求其下一个重要的需要；需要层次越高，可塑性、变异性越大，越长久。高层次需要的具体表现形式更丰富，与他人和社会的关系更密切。

2. 知觉

消费者被激发起动机后，随时准备行动。知觉是指个人选择、组织并解释投入的信息，以便创造一个有意义的个人世界图像的过程。知觉不但取决于刺激物的特征，而且还依赖刺激物同周围环境的关系以及个人所处的状况。知觉一般会经历三种过程：选择性注意、选择性曲解和选择性记忆。

（1）选择性注意——人们感觉到的刺激，只有少数引起注意、形成知觉，多数会被有选择地忽略。一般来说，以下情况容易引起注意并形成知觉：与最近的需要有关的事物；正在等待的信息；大于正常、出乎预料的变动。

（2）选择性曲解——人们对注意到的事物，往往喜欢按自己的经历、偏好、当时的情绪、情境等因素做出解释。这种解释可能与企业的想法、意图一致，也可能相差很大。

（3）选择性记忆——人们容易忘掉大多数信息，却总是能记住与自己态度、信念一致的东西。企业的信息是否能留存于顾客记忆中，对其购买决策影响甚大。

📖 案例衔接 4-4

超市的知觉策略

在超市里，新鲜的瓜果蔬菜区、现烤现卖的面包熟食区以及播放的背景音乐，在刺激人的视觉、嗅觉、味觉、听觉等感官的同时激发人们的购买欲望。

超市大多把瓜果蔬菜区摆在中心位置，色彩缤纷、形态各异的陈列能从视觉上勾起人对食物的本能兴奋，大大刺激人对食物的占有欲。超市还利用灯光效果以"色"诱人，用不同的灯光让食品显得更新鲜，比如肉类销售区常用红光，面包类销售区常用黄光，海鲜类销售区常用蓝光；对消费者精挑细选的商品（如衣服首饰），照明度更强，对消费者不仔细挑选的商品（如洗衣液等），照明度更弱。

除了视觉之外，嗅觉、味觉、听觉刺激也是超市从知觉层面影响人们消费行为的策略。我们常看到超市在卖场里现烤蛋糕、现做熟食，其实是超市利用食物的香味，刺激人体各种消化酶的分泌，即使你不饿也没有购买计划，但闻着香味也会忍不住要多买食物。而超市提供试吃、试喝等体验也是在味觉上激发你的购买欲望，即便你不买试过的牌子，也会因为良好体验购买别的商品。此外，超市里经常播放舒缓悦耳的音乐。有研究表明，音乐可以调节人的紧张情绪，让人舒适放松、步伐放慢，愿意停留更长时间，给商品销售带来额外机会。

3. 学习

学习也称"习得"，指人会自觉、不自觉地从很多渠道、经过各种方式获得后天经验。学习会引起个人行为的改变。

消费者的学习过程中，以下几点特别需要关注：

（1）加强：购后非常满意，会加强信念，以至重复购买。

（2）保留：称心如意或非常不满，会念念不忘。

（3）概括：感到满意会爱屋及乌，对有关的一切也产生好感；反之，则会殃及池鱼。

（4）辨别：一旦形成偏好，需要时会百般寻求。

4. 态度和信念

通过实践和学习，人们获得了自己的信念和态度，又反过来影响人们的购买行为。

态度是人对事物所持有的持久的、一致的评价、反应，包括三个互相联系的成分：信念、情感与倾向。态度的形成是逐渐的，产生于与产品、企业的接触，其他消费者的影响，个人的生活经历，家庭环境的熏陶。态度一旦形成，不会轻易改变。

信念是被一个人所认定的可以确信的看法。信念可以建立在不同的基础上。如"吸烟有害健康"，是以"知识"为基础的信念；"汽车越小越省油"，可能是建立在"见解"之上；某种偏好，很可能由于"信任"而来。

六、消费者购买的决策过程

（一）参与购买角色

消费者一般以家庭或个人为单位，从事购买活动的通常是家庭中的一个或几个成员。在购买决策中，人们可能会扮演下列一种角色或几种角色。

（1）发起者：首先提出或有意购买某一产品或服务的人。

（2）影响者：其看法或者建议对最终购买决策具有一定影响的人。

（3）决定者：在是否购买、为何买、哪里买等方面做出部分或全部决定的人。

（4）购买者：实际购买产品或服务的人。

（5）使用者：实际消费或使用产品、服务的人。

企业有必要认识以上这些角色，因为这些角色对于设计产品、确定信息和安排促销方式和预算是有关联意义的。

在购买时，消费者要经过一个决策过程，包括认识需求、收集信息、选择评价、购买决策和购后感受。营销者应该了解每一个阶段中的消费者行为，以及哪些因素在起影响作用。这样就可以制定针对目标市场的行之有效的营销方案。

（二）消费者购买的决策过程

1. 认识需求

消费者有需求，才可能有购买行为。需求可能由内部刺激引起；也可能由外部刺激引起。这时消费者可能会察觉到他目前的实际状况与理想状况的差异，会认识到需求（图4.2）。

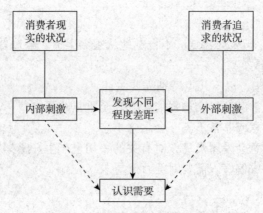

图4.2　消费者认识需要的过程

2. 收集信息

（1）消费者如何收集信息。消费者最终的购买行为一般需要相关信息的支持。认识到需要的消费者，如果目标清晰，动机强烈，购买对象符合要求，购买条件允许，又能买到，一般会立即采取购买行动。

在许多场合，认识到的需要不能马上满足，只能留存记忆当中。随后，消费者对这种需要或者不再进一步收集信息，或者进一步收集信息，或者积极主动地收集信息。

（2）消费者收集信息的程度。消费者收集信息的范围和数量取决于两个因素：购买类型和风险感。

购买类型：初次购买的信息要多，范围较广；重复购买所需信息较少，内容也不一样。

风险感：消费者对风险的认识，一方面受产品、价格影响，价格越高，使用时间越长，风险感越大，就会努力搜寻更多的信息；另一方面受个人因素影响，同样的购买，谨小慎微的人风险感就大，办事马虎的人风险感则小。

（3）消费者信息的来源。

个人来源：家庭、朋友、邻居、熟人等。

商业来源：广告、销售人员、经销商、包装、陈列、展销会等。

公共来源：大众媒介、消费者权益保护机构等。

经验来源：接触、检查及使用某产品等。

这些信息来源的相对影响力因产品和消费者的不同而变化。总的说来，信息主要有商业来源，而最有影响力的是个人来源，公共来源的信息可信度较高。

📖 **案例衔接4-5**

小米的人性化体验

进入2022年，小米的市场营销业绩势如破竹，屡屡创造销量奇迹，全球手机市场份额和总出货量超过了苹果，仅次于三星。其主要原因就在于小米的用户体验好，注重产品和服务的人性化，贯彻"与用户做朋友"的营销理念。小米新媒体营销团队始终把改善用户体验作为自己的运营宗旨，创造了颇有建树的"9∶1 000 000"的

"粉丝"管理模式。

　　小米手机的微信公众号后台客服人员只有9个人。这9名员工每天最主要的任务是回复100万"粉丝"的留言。虽然100万"粉丝"不可能同时上线，但每一位小米后台客服人员实际上要面对的"粉丝"仍有成千上万。他们每天早上在电脑上打开小米手机的微信账号后台，浏览各种用户的留言，然后选择有代表性的重要留言进行回复。在营销实践中，不少企业的后台服务是通过开发智能程序来主动抓取关键词进行回复。小米虽然有这个技术实力，但还是让微信客服人员尽可能地进行一对一的回复。因为真人回复可以表现出机器人所不具备的个性特点，让用户感到更多的尊重与体贴。

　　（2022年，用户对小米手机的印象如何？看完这些你就明白了（2022-01-05）.https://xw.qq.com/cmsid/20220105A069CW00.基于网络资料整理）

　　3. 选择评价

　　通过收集信息，消费者熟悉了市场上的竞争品牌，如何利用这些信息来评价确定最后可选择的品牌？其过程一般是：某消费者只能熟悉市场上全部品牌的一部分，而在熟悉的品牌中，又只有某些品牌符合该消费者最初的购买标准，在有目的地收集了这些品牌的大量信息后，只有个别品牌被作为该消费者重点选择的对象。

　　4. 购买决策

　　在评价选择阶段，消费者会在选择的各种品牌之间形成一种偏好；也可能形成某种购买意图而偏向购买他们喜爱的品牌。但是，在购买意图与购买决策之间，有两种因素还会产生影响作用。

　　第一种因素是其他人的态度，第二种因素是未预期到的情况。这两种因素若对购买意图有强化作用，则购买决策会顺利实现，反之，则购买决策受阻。

　　5. 购后感受

　　消费者购买以后，往往通过使用或消费购买所得，检验自己的购买决策：重新衡量购买是否正确；确认满意程度；作为今后购买的决策参考。

📖 案例衔接 4-6

互联网企业关注客户体验

　　阿里巴巴、腾讯、百度、京东等互联网企业的客户体验在持续创新，从聚焦于关键客户接触点到聚焦于跨渠道全流程客户体验的优化。客户不仅希望获得最佳客户体验和购后感受，还将企业满足且超越客户预期视作理所当然。客户不想主动搜索某个品牌或产品，而是希望在自己的生活场景中"被触达"或"被吸引"。

　　面对这种环境变化，企业再也不能仅从提供产品的角度思考问题，而需要重新定义客户愿景。例如，对于银行而言，购车客户对银行的需求仅限于车贷，但是客户的愿景可能是"拥有人生中的第一辆车"。此时，银行应基于客户这个"梦想"的价值，在购买车、驾驶车、装饰车、分享车、置换车等多个客户旅程进行布局，进而创新客户服务方式，将一整套解决方案有效嵌入"车生活"的客户场景。

第二节　生产者市场及其购买行为

在组织市场中，生产者市场的购买行为与购买决策具有典型的代表意义。生产者企业不仅要了解谁在市场上购买，而且要了解谁参与生产者市场的购买决策过程，他们在购买决策过程中充当什么角色、起什么作用，也就是说，要了解其顾客的采购组织。

一、生产者市场的特点

在某些方面，生产者市场与消费者市场具有相似性，都有人为了满足某种需要而担当购买者角色，制定购买决策等。然而，生产者市场在市场结构与需求、购买单位性质、决策类型与决策过程及其他各方面，又与消费者市场有明显差异。

（一）购买者数量少，购买规模大

在消费者市场上，购买者是消费者个人或家庭，购买者必然为数众多，购买规模很小。在生产者市场上，购买者绝大多数是企业单位，其数量必然比消费者市场的购买者的数量少得多，但购买规模要大得多。而且，由于资本和生产集中，一些行业的生产者市场由少数几家或一家大公司的大买主所垄断，在地理位置上也往往集中在少数地区。

（二）生产者市场的需求是引申需求，被动性较大，缺乏弹性

生产者市场产品或服务的需求是从消费者对消费品的需求引申出来的。生产者市场对于产品和服务的需求比消费者的需求更容易发生变化。消费者需求的少量增加能导致生产者市场需求的大大增加，此即西方经济学者所称的加速理论。有时消费者需求只增减10%，就能使下期生产者市场需求出现200%的增减。因为生产者市场的需求变化很大，所以生产产品的企业往往实行多元化经营，尽可能增加产品品种，扩大企业经营范围，以减少风险。

在生产者市场上，生产者市场对用品和服务的需求受价格变动的影响不大。生产者市场的需求在短期内尤其缺乏弹性，因为生产者不能在短期内使其生产方法有很大的改变。此外，如果原材料的价值很小，这种原材料成本在制成品的整个成本中所占的比重很小，那么，这种原材料的需求也就缺乏弹性。

（三）专业人员购买

由于产品特别是主要设备的技术性强，企业通常都雇用经过培训的、内行的专业人员负责采购工作。企业采购主要设备的工作比较复杂，参与决策的人员也比消费者市场多，决策过程更为规范，通常由若干技术专家和最高管理层组成采购委员会领导采购工作。

（四）租赁方式广泛存在

机器设备、车辆、飞机等产品单价高，用户通常需要融资才能购买，而其技术设备更新快，因此企业所需的机器设备等有越来越大的部分不采取完全购买方式，而是通过租赁方式取得。

（五）互惠

生产者市场往往这样选择供应商："你买我的产品，我就买你的产品。"互惠有时表现

为三角形或多角形。

二、生产者购买决策的参与者

在任何企业中，除了专职的采购人员，都会有其他一些人员也参与购买决策过程。所有参与购买决策过程的人员构成采购组织的决策单位，市场营销学称之为采购中心。企业采购中心通常包括五种成员：使用者、影响者、采购者、决定者、信息控制者。

使用者：即具体使用产品的人员。使用者往往是最初提出购买某种产品意见的人，他们在计划购买产品的品种、规格决策中起着重要作用。

影响者：即在企业外部和内部直接或间接影响购买决策的人员。他们通常协助企业的决策者决定购买产品的品种、规格等。企业的科研人员或技术顾问是最主要的影响者。

采购者：即在企业中有组织采购工作的正式职权的人员。在较复杂的采购工作中，采购者还包括参加谈判的公司高级人员。

决定者：即在企业中有批准购买产品权力的人。在标准品的例行采购中，采购者常常是决定者；而在较复杂的采购中，公司领导人常常是决定者。

信息控制者：即在企业外部和内部能控制市场信息流使其流向决定者、使用者的人员，如企业的购买代理商、技术人员等。

三、生产者市场的购买行为类型

生产者市场不是只作单一的购买决策，而是要做一系列的购买决策。生产者市场所做决策的数量、其购买决策结构的复杂性，取决于生产者市场行为类型的复杂性。生产者市场的购买行为类型大体有三种，其中一种极端情况是直接重购，基本上属惯例化决策；另一种极端情况是新购，需要做大量的调查研究；介于两者之间的是修正重购，也需要做一定的调查研究。

（一）直接重购

直接重购即企业的采购部门或采购中心根据过去和许多供应商打交道的经验，从供应商名单中选择供货企业，并直接重新订购过去采购过的同类产品。此时组织购买者的购买行为是惯例化的。在这种情况下，列入供应商名单的供应商应尽力保持产品质量和服务质量，并采取其他有效措施来提高采购者的满意度。未列入名单的供应商要试图提供新产品或开展某项令顾客满意的服务，以便使顾客从它们那里购买产品，同时设法先取得一部分订货，之后逐步争取更多的订货份额。

（二）修正重购

修正重购即企业的采购部门为了更好地完成采购工作任务，适当改变要采购的某些产品的规格、价格等条件或供应商。这种行为类型较复杂，因而参与购买决策过程的人数较多。这种情况给"门外供货企业"提供了市场机会，并给"已入门的供货企业"造成了威胁。前者要要加大沟通和促销力度，开拓新顾客；后者则要设法巩固其现有顾客，保护其既得市场。

（三）新购

新购即企业第一次采购某种产品。新购的成本费用越高、风险越大，那么需要参与决策过程的人数和需要掌握的市场信息就越多。这种行为类型最复杂。因此，供货企业要派出精锐的推销人员小组，向顾客提供市场信息，帮助顾客解决疑难问题。

在直接重购情况下，生产者市场要做出的购买决策最少；而在新购情况下，购买者要做出的购买决策最多，通常要做出以下的具体决策：决定产品规格、价格幅度、交货条件和时间、服务条件、支付条件、订购数量、可接受的供应商和选定的供应商等。

四、影响生产者市场决策的主要因素

（一）环境因素

环境因素即一个企业外部的环境因素，诸如一个国家的经济前景、市场需求、技术发展变化、市场竞争、政治法律等情况。如果经济前景不佳，市场需求不振，生产者市场就不会增加投资，甚至会减少投资，降低原材料采购量和库存量。

📖 **案例衔接 4-7**

企业数字化采购

随着企业电子商务市场的发展不断转型升级，企业数字化采购呈现高速成长的态势。2022 年数字化采购市场规模已经超 2 000 亿，预计到 2026 年将成为万亿级市场。

数字化采购发展进程加快，主要受以下三大因素的推动：

一是政策因素。2019 年，国家工业信息安全发展研究中心发布了《企业数字化采购实施指南（2019 年版）》，对采购数字化发展提出了明确的要求：政府主导建设电子采购平台，中央国企局采购数字化转型发展，实现采购阳光化、线上化。

二是经济因素。全球经济下行，采购数字化转型成为企业实现降本增效的重要途径。

三是技术因素。数字技术的发展，为数字化采购提供坚实的技术支撑。大数据、AI、云计算、物联网等信息技术的蓬勃发展，为企业数字化采购提供多元的采购数字化解决方案。

（四大因素助推企业采购数字化转型发展（2022-07-08）.https://www.163.com/dy/article/HBP6RTET05385O95.html.基于网络资料整理）

（二）组织因素

组织因素即企业本身的因素，诸如企业的目标、政策、程序、组织结构、体制等。这些组织因素也会影响生产者市场的购买决策和购买行为，以及生产指标、奖励条件、部门之间的关系等。

（三）人际因素

这是企业内部的人事关系的因素。产品购买的决定，是由公司各个部门和各个不同层次的人员组成的采购中心做出的。企业的采购中心通常包括使用者、影响者、采购者、决定者和信息控制者，这五种成员都参与购买决策过程。这些参与者在企业中的地位、职权、说服力以及他们之间的相互关系有所不同，因而也会影响生产者市场的购买决策和购买行为。

（四）个人因素

个人因素即各个参与者的年龄、受教育程度、个性等。这些个人的因素会影响各个参与者对要采购的产品和供应商的感觉、看法，从而影响购买决策和购买行动。

五、生产者市场的决策过程

供货企业的最高管理层和营销人员还要了解其顾客购买过程各个阶段的情况，并采取适当措施，满足顾客在各个阶段的需要，才能成为现实的卖主。生产者市场购买过程阶段的多少，也取决于生产者市场行为类型的复杂程度。

在直接重购这种最简单的行为类型下，生产者市场购买过程的阶段最少。在修正重购情况下，购买过程的阶段多一些。而在新购这种最复杂的情况下，购买过程的阶段最多，要经过八个阶段：认识需要、确定需要、说明需要、物色供应商、征求建议、选择供应商、选择订货程序、检查合同履行情况。

（一）认识需要

在全新购买和修正重购情况下，购买过程是从企业的某些人员认识到要购买某种产品以满足企业的某种需要开始的。认识需要是由内外部刺激引起的，内部刺激如企业最高管理层决定推出某种新产品，因而需要采购生产这种新产品的新设备和原料；外部刺激如采购人员接触广告或参加展销会等，发现了更物美价廉的产品。

（二）确定需要

所谓确定需要，也就是确定所需品种的特征和数量。标准品数量最易确定。至于复杂品种，采购人员要和使用者、工程师等共同研究，确定所需品种的特征和数量。供货企业的营销人员在此阶段要帮助采购单位的采购人员确定所需品种的特征和数量。

（三）说明需要

企业的采购组织确定需要以后，要指定专家小组，对所需品种进行价值分析，做出详细的技术说明，作为采购人员取舍的标准。价值分析是美国通用电气公司采购经理迈尔斯1947年提出的。1954年，美国国防部开始采用价值分析技术，并改成价值工程。价值分析中所说的价值，是指某种产品的功能与这种产品所耗费的资源（即成本和费用）之间的比例关系，也就是经营效益。其公式为：

$$V(价值) = F/C$$

式中，F（功能）为产品的用途、效用、作用，也就是产品的使用价值；C 为成本或费用。

迈尔斯看到，人们购买某种产品，实际上要购买的是这种产品的功能。价值分析的目的是，投入最少的资源，产出或取得最大的功能，以提高经济效益。生产者市场在采购工作中要进行价值分析，调查研究本企业要采购的产品是否具备必要的功能。采购单位的专家小组要对所需品种进行价值分析，并写出文字精练的技术说明，作为采购人员评判及取舍的标准。供货企业的市场营销人员也要运用价值分析技术，向顾客说明其产品有良好的功能。

（四）物色供应商

在全新购买情况下，采购复杂的、价值高的品种，需要花费较多时间物色供应商。供货企业最高管理层要采取措施，千方百计提高本公司的知名度和美誉度。

（五）征求建议

征求建议即企业的采购经理要邀请合格的供应商提出建议。如果采取复杂的、价值高的品种，采购经理应要求每个潜在的供应商都提交详细的书面建议。采购经理还要从合格的供应商中挑选最合适的，要求它们提出正式的建议书。因此，供货企业营销人员必须善于提出与众不同的建议书，以引起顾客的信任，争取成交。

（六）选择供应商

采购中心根据供应商产品质量、产品价格、信誉、及时交货能力、技术服务等来评价和选择最有吸引力的供应商。采购中心在做最后决定之前，往往还要和那些较中意的供应商谈判，争取较低的价格和更好的条件。最后，采购中心选定一个或几个供应商。许多精明的采购经理一般都倾向于有多个供应来源，以免受制于人，而且这样能够对各个供应商进行比较。这样就可以促使这三个供应商开展竞争，从而迫使它们利用价格折扣、提高服务水平等手段尽量提高自己的供货份额。

（七）选择订货程序

选择订货程序即采购经理开订货单给选定的供货商，在订货单上列举技术说明、需要数量、期望交货期等。越来越多的企业倾向于采取一揽子合同，而不采取定期采购交货。这是因为，如果采购次数较少，每次采购批量较大，库存就会增加；反之，如果采购次数较多，库存就会减少，采购经理通过和某一供应商签订一揽子合同，与这个供应商建立长期供货关系，这个供应商承诺当采购经理需要时即可按照原来约定的价格和条件随时供货。这样，库存的主要功能就转移到了供货企业那里，采购单位如果需要进货，采购经理的电脑联网程序就会自动打出订货单，或者用传真发送订货单给供应商。因此一揽子合同又叫作无库存采购计划。

（八）检查合同履行情况

采购经理最后还要向使用者征求意见，了解他们对购进产品是否满意，检查和评价各个供应商履行合同情况。这种检查和评价，成为决定是否继续向某个供应商采购产品的主要依据。

第三节　中间商市场及其购买行为

中间商市场也叫转卖者市场，由购买为了直接转卖而盈利的买主组成。中间商市场的顾客，主要是各种商人中间商和代理中间商。它们介乎于生产者和消费者、用户之间，专门媒介商品流通，由此获取盈利。

中间商用户的需求，主要也是消费者市场引申或派生的需求，且多带有组织购买的性质，与生产者市场有较多的相似特征。中间商在地理分布上比生产者市场分散，但比消费者集中。生产者市场的大部分特征中间商也具备。中间商的购买行为与购买决策，同样受到环境因素、组织因素、人际因素和个人因素的影响。然而，相比之下中间商购买行为与决策仍有一些独特之处。

一、中间商购买行为的主要类型

（一）购买全新品种

这是指中间商第一次购买某种从未采购过的新品种。在这种购买行为情况下，可根据欲购产品市场前景的好坏、买主需求强度、产品获利的可能性等多方面因素决定是否购买。购买决策过程的主要步骤与生产者市场大致相同，即也由认识需要、确定需要、说明需要、物色供应商、征求建议、选择供应商、选择订货程序和检查合同履行情况八个阶段构成。

（二）选择最佳卖主

选择最佳卖主即中间商对将要购买的品种已经确定，但需考虑选择最佳的供应商，确定从哪家卖主进货。当中间商拟用自己的品牌销售产品时，或由于自身条件限制不能经营所有供应商（而只能是其中一部分供应商）的产品时，就需要从众多的供应商中选择最优者。

（三）寻求更佳条件

这是指中间商并不想更换供应商，但试图从原有供应商那里获得更为有利的供货条件，如更及时的供货、更合适的价格、更积极的广告支持与促销合作等。

二、中间商的购买决策

中间商的主要购买决策包括配货决策、供应商组合决策和供货条件决策。配货决策是指决定拟经营的品种结构，即中间商的产品组合。供应商组合决策是指决定拟与之从事交换活动的各有关供应商。供货条件决策是指决定具体采购时所要求的价格、交货期、相关服务及其他交易条件。

在以上所有决策中，最基本、最重要的购买决策是配货决策。因为中间商经营的产品组合会影响到从哪家供应商进货，即中间商的供应商组合，影响到中间商的市场营销组合和顾客组合。中间商的配货战略主要有四种：

独家配货：中间商决定只经营某一家制造商的产品。

专深配货：中间商决定经营许多家制造商生产的同类各种型号规格的产品。

广泛配货：中间商决定经营种类繁多、范围广泛但尚未超出行业界限的产品。

杂乱配货：中间商决定经营范围广泛且没有关联的多种产品。

第四节　非营利组织市场及其购买行为

非营利组织市场泛指一切不从事营利性活动，即不以创造利润为根本目的的机构团体。非营利组织存在的价值，或是推动某种社会事业的发展，或是普及宣传某种知识、观念，或是唤起公众对各种社会现象的普遍关心，或是共同商讨解决某个共同的社会问题。不同的非营利组织，有其不同的工作目标和任务。在我国，习惯以"机关团体事业单位"称谓各种非营利组织。

一、非营利组织市场

公益性组织——通常以国家或社会整体利益为目标，服务于全社会。这类组织有各级政府和有关部门，还有军队、警察等。

互益性组织——如职业、业余团体，宗教组织，学会和协会，同业公会，较重视内部成员利益和共同目的，看重对成员的吸引力。

服务性组织——以满足某些公众的特定需要为目标或使命，常见的有学校、医院、新闻机构、图书馆、博物馆及文艺团体、红十字会、福利和慈善机构。

二、非营利组织采购的基本原则

（一）公开、公平、公正和效益

政府采购应遵循公开、公平、公正和效益的原则，维护社会公共利益，促进和保障国家有关法律、法规和社会经济政策的贯彻执行。

（二）勤俭节约

政府采购应遵循勤俭节约的原则，制定采购物资和服务的标准，并严格执行标准，不得超标准采购。

（三）计划

政府采购应遵循计划原则，按计划进行。采购主管部门应当根据经批准的预算和其他财政性资金的使用计划编制并公布采购计划。

三、非营利组织的采购方式

非营利组织采购可以采用公开招标、邀请招标、竞争性谈判、单一来源采购、询价和国务院政府采购监督管理部门认定的其他采购方式。其中公开招标应作为非营利组织采购的主要方式。

（一）公开招标

公开招标应当按照采购主管部门规定的方式向社会发布招标公告，并有至少三家符合投标资格的供应人参加投标。采购主管部门应当就集中采购的项目编制采购目录，并根据实际需要逐步扩大集中采购的范围。采购人不得将应当以公开招标方式采购的货物或者服务化整为零或者以其他任何方式规避公开招标采购。

（二）邀请招标

采购项目具有特殊性，只能从有限范围的供应商处采购的，或者采用公开招标方式的费用占非营利组织采购项目总价值的比例过大的，可采取邀请招标的方式。邀请招标应当从符合相应资格条件的供应商中，通过随机方式选择三家以上的供应商，并向其发出投标邀请书。

（三）竞争性谈判

出现以下情况之一的货物或服务，可以采用竞争性谈判方式采购：招标后没有供应商投标，没有合格标的或者重新招标没有成立的；技术复杂或者性质特殊，不能确定详细规格或者具体要求的；采用招标所需时间不能满足用户紧急需要的；不能事先计算出价格总额的。竞争性谈判方式采购的程序是：成立谈判小组；制定谈判文件；确定邀请参加谈判的供应商名单；谈判；确定成交供应商。

（四）单一来源谈判

出现以下情况之一的货物或服务，可以采用单一来源方式采购：只能从唯一供应商处采购的；发生了不可预见的紧急情况，不能从其他供应商处采购的；必须保证原有采购项目一致性或者服务配套的要求，需要继续从原供应商处添购，且添购资金总额不超过原合同采购金额10%的。采取单一来源方式采购的，采购人与供应商应当遵循法律规定的原则，在保证采购项目质量和双方商定合理价格的基础上进行采购。

（五）询价

采购的货物规格、标准统一、现货货源充足且价格变化幅度小的非营利组织采购项目，可以采用询价方式采购。采用询价方式采购的程序是：成立询价小组；确定被询价的供应商名单；询价；确定成交供应商。

本章小结

消费者市场是指由为了满足生活消费而购买商品和服务的个人与家庭构成的市场。组织市场是由各种组织机构形成的对企业和服务需求的总和，可分为三种类型：生产者市场、中间商市场和非营利组织市场。

消费者市场的购买对象依据人们购买、消费的习惯分类。可分为便利品；选购品；特殊品。根据消费者在购买过程中参与者的介入程度和品牌间的差异程度，将消费者购买行为划分为四种类型：复杂型的购买行为；寻求多样型的购买行为；减少失调型的购买行为和习惯型的购买行为。影响消费者的行为因素主要有：文化因素、社会因素、个人因素和心理因素。

生产者市场的行为类型大体有三种：直接重购、修正重购和全新重购。生产者市场做购买决策时要受到环境因素、组织因素、人际因素和个人因素的影响。中间商的主要购买决策包括配货决策、供应商组合决策和供货条件决策。

非营利组织采购应遵循如下基本原则：公开、公平、公正和效益；勤俭节约；计划。非营利组织采购可以采用公开招标、邀请招标、竞争性谈判、单一来源采购、询价等。

练习题

一、单项选择题

1. （　　）是影响消费需求和行为的最基本因素。

A. 个人因素　　　　B. 心理因素　　　　C. 商品因素　　　　D. 社会文化因素

2. 消费者因某种产品有特殊的性能，或由于其对某种牌号产品的特殊偏爱，愿意花时间和精力去购买的商品，通常将其称为（　　　　）。

A. 便利品　　　　B. 选购品　　　　C. 特殊品　　　　D. 日用品

3. （　　）是指由于经验而引起的个人行为的改变。

A. 知觉　　　　　B. 感觉　　　　　C. 学习　　　　　D. 动机

4. 生产者用户初次购买某种产品或服务称为（　　　）。

A. 直接重购　　　B. 修正重购　　　C. 重购　　　　　D. 新购

5. 生产者用户自身的有关因素称为（　　　）。

A. 人际关系因素　B. 个人因素　　　C. 组织因素　　　D. 环境因素

6. 供应商应把中间商视为顾客（　　　）而不是销售代理人，帮助他们为顾客做好服务。

A. 采购代理人　　B. 销售代理人　　C. 供应代理人　　D. 都不是

7. 非营利组织的采购部门通过传播媒体发布广告或发出信函，说明有关要求，邀请供应商在规定期限内投标的购买方式叫（　　　）。

A. 公开招标选购　B. 议价合约选购　C. 日常选购　　　D. 正常购买

二、简答题

1. 消费者购买的决策过程是怎样的？

2. 生产者市场与消费者市场的主要区别何在？

3. 试述影响生产者购买行为的因素，如何运用这些因素开展有效的营销活动？

三、案例分析题

冰雪消费正当时

2022年1月，北京冬奥组委面向全社会发布《北京2022年冬奥会和冬残奥会遗产报告集（2022）》。报告显示，自2015年7月冬奥申办成功至2021年10月，中国冰雪运动参与率达到24.56%，实现了"带动3亿人参与冰雪运动"的目标。冰雪产业快速发展，到2021年年初，国内已有654块标准冰场、803个室内外各类滑雪场。

1. 冰雪消费行为

随着中国国家队在北京冬奥会中刷新了历史最佳成绩，冬奥带动的大众关注、冰雪消费也达到了空前的程度。根据阿里巴巴发布的《虎年春节消费趋势报告》，春节期间，冬奥开幕引发了超100万网友涌入奥林匹克天猫官方旗舰店，多款冰墩墩一夜售罄。除夕至正月初四，天猫滑雪装备同比增长超过180%，冰上运动品类同比增长超过300%。

与此同时，相关品牌由国外主导的局面正在悄然改变。春节前夕，速卖通上的国产滑雪用品海外销量同比增长超过60%，其中滑雪头盔海外销量增长了15倍。以冬奥会为契机，速卖通上的国产滑雪用品商家数量在过去一年增长了近50%，全球共有100个国家和地区的消费者在速卖通上购买了中国雪具。

冰雪运动的流行也带动了与之相关的周边产业，冰雪旅游成为新热潮。中国旅游研究院联合蜂窝旅游发布的《中国冰雪旅游消费大数据报告（2022）》指出，在北京冬奥会、出境旅游回流、旅游消费升级以及冰雪设施全国布局等多方利好的刺激下，全国冰雪休闲旅游人数预计从2016—2017冰雪季的1.7亿人次增加至2021—2022冰雪季的3.05亿人次。从地域来看，东北三省地理优势明显，北京、河北因为冬奥会热度攀升。除了哈尔滨、牡丹江、张家口等城市，值得关注的是，位于新疆的乌鲁木齐、阿勒泰地区也进入热门冰雪旅游地TOP10。

2. 冰雪消费客群

赞意联合艺恩发布《2021 滑雪圈层营销报告》描述了滑雪消费客群的人口统计特征。从性别看，雪圈顾客目前仍以男性为主，但女性顾客近年来增长速度较快，年轻、高知、单身成为大部分雪圈群体的关键词。从职业分布看，大部分顾客是企业白领，其次为自由职业者。从区域看，除北方外，大部分顾客来自经济发达地区。从收入水平看，滑雪者中单月收入过万的用户占比高达 82.1%，接近一半的用户每年在滑雪上支出超过 1 万元。从爱好看，雪圈人群更偏爱线下活动，如旅游、运动、聚会等，运动类型多样。雪圈核心玩家多由滑雪年限在 3 年以上的"大神"构成，作品常见于抖音，高阶"大神"会成为品牌商赞助滑手，装备均由品牌商提供。中间群体大多为运动爱好者，尤其爱好与滑雪有共通之处的冲浪、滑板等，装备较多且愿意主动购置，主要活跃在朋友圈。关联层对滑雪有一定兴趣，但较少主动出行，此类客群具备较高的开发潜力。

在整体冰雪旅游消费人群中，"80 后""90 后"占比 86%。2021—2022 冰雪季参与冰雪旅游的 Z 世代人群占比已达到 60%，相较于上个冰雪季增长了 2 个百分点，冰雪旅游消费呈现出年轻化趋势。从消费时间来看，分别有 43% 和 30% 的消费者选择在工作日、周末出行，短途的冰雪"轻"旅游正在流行，冰雪旅游成为人们生活中常态化的选择。

3. 冰雪消费生活方式

强劲增长的冰雪消费背后，反映的是消费者消费理念与生活态度的改变。一方面，通过冰雪运动追求自由与冒险精神。以滑雪等冰雪运动为代表的小众圈层，正在作为一种新的生活方式，展现出年轻一代的消费活力。在小红书发布的《2022 年十大生活趋势》中，"冰雪正当潮"就是关键词之一，2021 年小红书"滑雪教程"相关内容搜索量同比增长 100%。《2021 滑雪圈层营销报告》也显示，在滑雪消费中，单板用户远超双板用户，且与年龄关联不大，单板顾客更喜爱与潮、酷相关的文化，追求自由与冒险是方图的精神内核，多数人对新生事物有较强的接受能力，不惧挑战。另一方面，通过冰雪运动实现社交目标。雪圈核心群体大多充满热情，对萌新群体友好，雪季常住在雪场，愿意指导新人，通过传播滑雪运动，结交好友。中间群体也常常邀请朋友一道出行。在参与冰雪旅游的消费者中，有 39% 渴望和志同道合的朋友结伴出行，显著高于和朋友结伴参与自驾游、周边游等其他旅游形式的比例。可见，冰雪旅游的社交性特征显著。

4. 冰雪消费前景

我国冰雪消费方兴未艾。2021 年中国人均 GDP 超过 8 万元，人均可支配收入达到 3.51 万元，快速形成的中产群体更是支撑冰雪消费的现实条件。乘北京冬奥会的东风，利用好国家对冰雪运动的政策支持，进一步扩大北方冰雪消费规模，加快南方室内冰雪场馆的建设，我国冰雪消费将迎来更好的发展前景。冰雪消费相关产品营销者需要密切跟踪行业发展趋势，洞察消费者心理与行为，采用科学的营销策略，将理想的行业机会变成自己的市场机会。

案例思考题

1. 在上述资料的基础上，进一步查阅相关资料，整理一份完整的消费者（或某一细分客群）消费行为报告。

2. 你认为以冰雪消费者为对象的营销沟通活动最适合在哪些媒介或平台上进行？说说你的理由。

第五章　市场营销调研

知识目标

通过本章内容学习，了解市场营销信息系统的含义、作用、内容、特点、分类。理解市场信息系统的构成、需求。掌握市场营销调研的内容和程序。掌握市场营销调研的方法。

德育目标

明确运用大数据进行消费者画像应尊重消费者个人隐私，不违反《中华人民共和国个人信息保护法》。在调研过程中树立正确的市场营销调研伦理观，遵守相关法律法规要求。

开篇案例

移动支付

2022 年 1 月 25 日，中国银联发布《2021 移动支付安全大调查研究报告》。这是中国银联联合 17 家商业银行及相关支付机构连续第十五年跟踪调查全国消费者移动支付安全行为情况，调查采用线上问卷调研形式，超过 19 万人次参与答题，共回收有效问卷 9.3 万余份。

调查发现，2021 年，更多的居民在日常生活中享受到了数字支付的便利，受访人群中使用移动支付的比例持续上升。其中，微信零钱、支付宝余额等支付工具（80%）与储蓄账户（75%）是大学生主要的支付方式。有 18% 的大学生会用信用卡账户支付，同时仍有近半数大学生使用第三方信用贷款账户。在移动支付验证方式中，45 岁以上人群更偏爱密码支付方式，45 岁以下人群更偏爱指纹、刷脸等生物识别方式。遭受资金损失的受访群体中，超过 3% 的受访者表示曾出借过银行卡谋利，主要集中于学生、小微企业主、自主创业者等群体。据此，中国银联专家为消费者提出防范建议，包括管理好个人账户及二维码，切勿出借、出租银行卡及收款码，避免因个人账户被用于转移非法资金而受到关停账户惩戒和刑事处罚；保护好个人敏感信息，注意识别套路；拒绝下载他人分享的 App 软件，拒接不明来电，建议下载国家反诈 App 及时识别举报；坚决抵制网络赌博、"跑分"等非法平台活动。

（https://view. inews. qq. com/k/20220126A05PY700?web_channel = wap&openApp = false 基于网络资料整理）

市场调查研究是经营决策的前提，只有充分认识市场，了解市场需求，对市场做出科学的分析判断，决策才具有针对性，从而拓展市场，使企业兴旺发达。

第一节　市场营销信息系统

一、市场营销信息概述

（一）市场营销信息的含义与作用

1. 市场营销信息的含义

市场营销信息是指与企业所处市场的各种经济活动和环境有关的数据、资料、情报的统称，它反映了市场活动和环境的变化特征与发展趋势等情况。

2. 市场营销信息的作用

（1）市场营销信息是企业经济决策的前提和基础。企业营销过程中，无论是对于企业的营销目标、发展方向等战略问题的决策，还是对于企业的产品、定价、销售渠道、促销措施等战术问题的决策，都必须在准确地获得市场营销信息的基础上，才可能得到正确的结果。

（2）市场营销信息是制定企业营销计划的依据。企业在市场营销中，必须根据市场需求的变化，在营销决策的基础上，制定具体的营销计划，以确定实现营销目标的具体措施和途径。不了解市场信息，就无法制定出符合实际需要的计划。

（3）市场营销信息是实现营销控制的必要条件。营销控制，是指按既定的营销目标，对企业的营销活动进行监督、检查，以保证营销目标实现的管理活动。由于市场环境的不断变化，企业在营销活动中必须随时注意市场的变化，进行信息反馈，以此为依据来修订营销计划，对企业的营销活动进行有效控制，使企业的营销活动能按预期目标进行。

（4）市场营销信息是进行内、外协调的依据。企业营销活动中，要不断地收集市场营销信息，根据市场和自身状况的变化，来协调内部条件、外部条件和企业营销目标之间的关系，使企业营销系统与外部环境之间、与内部各要素之间始终保持协调一致。

（二）市场信息的来源与内容

市场信息来源可分为原始资料和二手资料两种。

原始资料是当前为某种特定目的而收集的资料，又称第一手资料。

二手资料是指某处已存放的信息资料或为某一目的已收集的信息（包括内部来源、政府刊物、报刊书籍和商业资料等）。

企业所搜集的市场信息可分为内部信息和外部信息两大部分。

1. 企业内部的市场信息

企业内部的市场信息指来自企业内部的信息，包括会计记录、统计记录、业务记录、企业的计划和总结、企业的营销策略和市场预测、决策资料、企业的经济活动分析材料等。

2. 企业外部的市场信息

企业外部的市场信息指来自企业外部的信息，包括政府机关有关经济活动的方针、政策、法令等，政府发布的经济公报、城市经济信息中心、公用企事业单位以及同行企业、科学技术部门的信息等。

📖 案例衔接 5-1

中国数据产量位居世界第二

2022年7月，第五届数字中国建设峰会发布的《数字中国发展报告（2021年）》显示，我国已建成全球规模最大、技术领先的网络基础设施；我国数字经济在多个领域名列前茅，技术跻身全球第一梯队。我国数据产量位居世界第二。2017年到2021年，我国数据产量从2.3ZB增长至6.6ZB，全球占比9.9%。我国大数据产业规模快速增长，从2017年的4 700亿元增长至2021年的1.3万亿元。

随着数字时代的不断深入，数据本身也获得了资源化、资产化发展，数据要素的价值得到不断开发和拓展，5年间，我国数据产量、大数据产业规模均增长了两倍有余。截至2021年年底，我国已建成142.5万个5G基站，总量占全球60%以上，行政村、脱贫村通宽带率达100%；2017年到2021年，我国网民规模从7.72亿增长至10.32亿，互联网普及率提升至73%。以工业互联网为代表的新兴数字技术正在为传统实体工业发展赋能。目前，我国工业互联网应用已覆盖45个国民经济大类，随着转型的产业、企业越来越多，作为关键生产要素之一的数据也在不断地被创造、积累和应用。

（方经纶. 这件十亿网民参与的大事，干得又快又好！（2022-07-26）. http://www.people.com.cn/n1/2022/0726/c32306-32485621.html.）

（三）市场营销信息的特点

市场营销信息作为广义信息的组成部分，除具有一般信息所具有的属性外，还具有自己的特征，主要是：

1. 时效性强

市场营销活动与市场紧密联系在一起，信息的有效性具有极强的时间要求。这是由于作为国民经济大系统的中心位置的市场，受到错综复杂的要素的影响和制约，处于高频率的不断变化中，信息一旦传递加工不及时，就很难有效地利用。对此，日本的商业情报专家认为：一个准确程度达到百分之百的情报，其价值还不如一个准确程度只有50%，但赢得了时间的情报。特别是在竞争激烈之际，企业采取对策如果慢了一步，就会遭到覆灭的命运。可见，加强信息的收集能力，提高信息的加工效率，尽可能缩短从收集到投入使用的时间，对于最大限度地发挥营销信息的时效性是十分重要的。

2. 更新性强

市场营销信息随市场的变化与发展处于不断的运动中，这一运动客观上存在着新陈代谢。因此，市场活动的周期性并不意味着简单的重复，而必定是在新环境下的新过程。虽然新过程与原有的过程有时间上的延续性，但绝不表明可以全部沿用原有的信息，企业营销部必须不断地、及时地收集分析各种新信息，以不断掌握新情况，研究问题，取得营销主动权。

3. 双向性

在商品流通中，商品的实体运动表现为从生产者向消费者的单向流动，而市场营销信息的流动则不然，它带有双向性：一面是信息的传递；另一面是信息的反馈，因此，收集市场信息就显得格外重要。

4. 针对性

我们在市场营销过程中要具有针对性，把握好最佳消费群体的消费动态。

（四）市场营销信息的分类

营销信息可以分为内部营销信息和外部营销信息。

1. 内部营销信息

内部营销信息主要包括有关订单、装运、成本、存货、现金流程、应收账款和销售报告等各种反映企业经营现状的信息。

2. 外部营销信息

外部营销信息主要是指市场信息，它集中反映了商品供需变化和市场的发展趋势。主要包括：

（1）市场需求信息。主要由以下三个方面组成：购买力信息，它反映了社会购买能力，如用户的数量与收入情况、用户的构成、用户的各种分布等；购买动机信息，它反映了用户产生购买动机的各种原因；反映用户各种偏好等的潜在需求信息。

📖 **案例衔接 5-2**

联想集团预测需求布局 PC 市场

在新一轮产业革命进程中，数字经济已成为全球产业升级的不二之选。智能制造、工业物联网和智慧城市的逐步推进，工业软件的成熟应用，DaaS 模式的兴起，网络安全诉求的提升，新基建等政策部署的拉动，都使得商用 PC 的应用场景不断丰富，升级迭代速度不断提升，市场需求不断激发。商用市场作为 PC 行业最大的细分市场，因而成为行业未来最具发展机遇的市场。

以联想集团、惠普、戴尔等为代表的领先企业，正加强其在商用 PC 乃至数字经济全链条的前瞻布局，其中联想集团是在这两个领域均已有长期布局的代表之一。针对中小企业客户，联想集团正式发布以联想扬天家族新品及以联想 thinkplus 大智慧屏为核心的全新智能产品及方案，并启动"联想智商务万客计划"，全速推动中小企业数字化转型进程。联想集团不仅加大了商用领域的 PC 布局，且已凭借其"端-边-云-网-智"全要素技术积累成为企业数字化转型的解决方案提供者。这使得联想集团一方面日益享受商用 PC 市场的红利，另一方面也在商用 PC 市场为自己创造着更多红利，形成市场需求与企业收益之间的良性循环。

（数字经济加速渗透，商用需求成 PC 市场最热看点（2022-04-15）.https://www.ithome.com/0/613/258.htm.）

（2）竞争信息。市场经济的一个主要特征是竞争性，竞争信息主要反映了市场竞争状况，这对于企业制定正确的经营对策具有十分重要的意义。

（3）用户信息。用户信息包括企业用户的基本情况和潜在用户的分布情况、用户的主要特点和支付能力、信用程序等反面的评价。

（4）合作伙伴信息。由于企业在生产中需要购买各种原材料和零配件，并且需要一系列的销售商来将产品推向市场，在生产过程中，还可能需要其他厂商的协助生产，因此营销信息系统需要原材料与零配件供应商、合作生产企业和分销商等的信息。

总之，营销信息系统需要收集和处理大量信息，以便对市场做出快速响应，不但要及时响应顾客的产品和服务需求，还需要能够根据市场变化，及时调整营销策略。

案例衔接 5-3

依法使用商业大数据，保护消费者信息安全

自由、平等、公正、法治，是从社会层面对社会主义核心价值观基本理念的提炼。依法使用大数据保护公民隐私安全，正是社会主义核心价值观的体现。商业大数据是双刃剑，一方面促进商业活动，另一方面也很大程度上记录了消费者行为轨迹。消费者信息安全保护包括大数据伦理问题：哪些是合理采集？哪些又属于过度采集？如果消费者个人信息泄露了怎么办？现阶段，被收集的消费、游戏、娱乐、交通等行为大数据的安全隐患引发了国家的高度重视，2019 年 5 月，被称为"中国版 GDPR"的《数据安全管理办法（征求意见稿）》发布。2019 年 11 月开始，公安部加大了App 违法违规采集个人信息集中整治力度，共下架整改 100 款 App，其中考拉海购、房天下、樊登读书、天津银行等知名 App 也在列，多涉及无隐私协议、收集使用个人信息范围描述不清、超范围采集个人信息和非必要采集个人信息等情形。

二、市场营销信息系统

（一）市场营销信息系统的概念

市场营销信息系统（Marketing Information System，MIS），是指一个由人员、机器和程

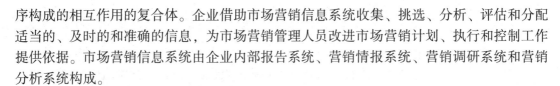

序构成的相互作用的复合体。企业借助市场营销信息系统收集、挑选、分析、评估和分配适当的、及时的和准确的信息，为市场营销管理人员改进市场营销计划、执行和控制工作提供依据。市场营销信息系统由企业内部报告系统、营销情报系统、营销调研系统和营销分析系统构成。

（二）市场营销信息系统的构成

不同企业其信息系统的具体构成会有所不同，但基本框架大体相同，一般由内部报告系统、营销情报系统、营销调研系统、营销分析系统这样四个子系统构成。

下面我们分别阐述市场营销信息系统的四个子系统。

1. 内部报告系统

内部报告系统是决策者们利用的最基本的系统。它的最大特点是：

（1）信息来自企业内部的财务会计、生产、销售等部门；

（2）通常是定期提供信息，用于日常营销活动的计划、管理和控制。内部报告系统提供的数据包括订单、销量、存货水平、费用、应收应付款、生产进度、现金流量等。

其中的核心是"订单—发货—账单"的循环，即销售人员将顾客的订单送至企业；负责管理订单的机构将有关订单的信息送至企业内的有关部门；有存货的立即备货，无存货的则要立即组织生产；最后，企业将货物及账单送至顾客手中。

企业应设计一个面向用户的内部报告系统。它提供给营销人员的应是他们想要的、实际需要的和可以经济地获得的信息三者的统一。在设计内部报告系统时，企业还应避免发生下述错误：一是每日发送的信息太多，以致决策者疲于应付；二是过于着重眼前，使决策者对每一微小的变动都急于做出反应。

2. 营销情报系统

营销情报系统的主要功能是向营销部门及时提供有关外部环境发展变化的情报。有的著作认为营销情报系统是营销人员日常搜集有关企业外部的市场营销资料的一些来源或程序。

营销情报人员通常用以下四种方式对环境进行观察：

（1）无目的的观察，观察者心中无特定的目的，但希望通过广泛的观察来搜集自己感兴趣的信息；

（2）条件性观察，观察者心中有特定的目的，但只在一些基本上已认定的范围内非主动地搜集信息；

（3）非正式搜寻，营销情报人员为某个特定目的，在某一指定的范围内，做有限度而非系统性的信息搜集；

（4）正式搜寻，营销人员依据事前拟定好的计划、程序和方法，以确保获取特定的信息，或与解决某一特定问题有关的信息。

营销决策者可能从各种途径获得情报，如阅读书籍、报刊，上网查询，与顾客、供应商、经销商等交谈，但这些做法往往不太正规并带有偶然性。管理有方的企业则采取更正规的步骤来提高所收集情报的质量和数量：

（1）训练和鼓励销售人员收集情报；

（2）鼓励中间商及其他合作者向自己通报重要信息；

（3）聘请专家收集营销情报，或向专业调查公司购买有关竞争对手、市场动向的情报；

（4）参加各种贸易展览会；

（5）内部建立信息中心，安排专人查阅主要的出版物、网站，编写简报等。

3. 营销调研系统

营销调研系统的任务是：针对企业面临的明确具体的问题，对有关信息进行系统的收集、分析和评价，并对研究结果提出正式报告，供决策部门用于解决这一特定问题。

营销调研系统与内部报告系统和营销情报系统最本质的区别在于：它的对性很强，是为解决特定的具体问题而从事信息的收集、整理、分析。企业在营销决策过程中，经常需要对某个特定问题或机会进行重点研究。如开发某种新产品之前，或遇到了强有力的竞争对手，或要对广告效果进行研究等。显然，对这些市场问题的研究，无论是内部报告系统还是情报系统都难以胜任，而需要专门的组织来承担。有时甚至企业自身也缺乏获取信息以及进行这类研究的人力、技巧和时间，不得不委托企业研究结果的客观性。

例如，企业打算对产品大幅度降价，往往会责成一个精干的调研小组，对降价的可行性、利和弊、风险以及预防性措施进行专题研究，并把调研结果呈决策人参考。

再如，某企业打算与外商合资，往往会责成一个调研小组对外商的真实背景、合资的可行性、利弊分析等进行专题调研，写成报告供决策人参考。

企业可以临时组成一个精干的调研小组来完成这种调研任务，也可以委托外部的专业调研公司来完成这种任务，大公司一般会设立专门的营销调研部门。

4. 市场营销分析系统

市场营销分析系统是指一组用来分析市场资料和解决复杂的市场问题的技术和技巧。这个系统由统计分析模型和市场营销模型两个部分组成，第一部分是借助各种统计方法对所输入的市场信息进行分析的统计库；第二部分是专门用于协助企业决策者选择最佳的市场营销策略的模型库。

通过以上市场营销信息系统的四个子系统所研究的内容及这些子系统之间的关系的分析，可以看出企业的市场营销信息系统具有以下重要职能：

集中——搜寻与汇集各种市场信息资料；处理——对所汇集的资料进行整理、分类、编辑与总结；分析——进行各种指标的计算、比较、综合；储存与检索——编制资料索引并加以储存，以便需要时查找；评价——鉴明输入的各种信息的准确性；传递——将各种经过处理的信息迅速准确地传递给有关人员，以便及时调整企业的经营决策。

一个有效的市场营销信息系统一般应具备如下素质：

（1）它能向各级管理人员提供从事工作所必需的一切信息。

（2）它能够对信息进行选择，以便使各级管理人员获得与他能够且必须采取的行为有关的信息。

（3）它提供信息的时间限于管理人员能够且应当采取行动的时间。

（4）它提供所要求的任何形式的分析、数据与信息。

（5）它所提供的信息一定是最新的，并且所提供的信息的形式都是有关管理人员最容易了解和消化的。

（三）营销信息系统的处理需求

营销信息系统具有自身特点，其建设必须满足下列需求：

1. 协作处理

营销活动的实现和营销方案的获得是通过一系列相关功能单元而实现的，处理过程本质上是多个功能单元和操作人员的协作求解过程，例如对顾客订单的响应，需要销售人员、合同管理人员、生产与运输计划生成系统等共同完成。而且，决策任务常常由多项子任务组成，而每项子任务需要不同领域的知识和经验，由不同的专家或决策者承担。

在营销过程中发挥作用的包括数据库系统、专家系统、决策支持系统和人类专家等，它们在营销活动中发挥不同作用，如何将这些异构的功能单元集成起来，很大程度上影响着营销信息系统的功能和效率，也是营销信息系统建设中的一个首要问题。

2. 分布式系统

系统是由地域或逻辑分散的不同机构、设备、人员组成，因而造成信息、数据与知识的分布，以及处理功能的分布。营销信息来源于不同的部门、用户，分布于系统中的不同结点，通过计算机网络进行数据、信息的交换。

3. 智能化

由于营销信息系统所处理的数据量大量增加，其存储的信息种类、查询方式和信息处理手段等方面均面临着新的发展。从存储的信息种类来看，除了存储结构化的事实性数据，还要存储非结构化的启发性知识。从信息的查询方式来看，需要扩展严格条件匹配的单一查询方式，提供不确定性的和自然语言形式的查询方式。从信息的处理手段来看，不仅要对信息进行常规处理，而且有时需要对信息进行智能处理，如利用知识提供智能决策支持和咨询服务。

对这些问题的解决，需要通过在营销信息系统中集成知识处理技术，为系统提供知识定义和操作功能，以及基于知识的推理能力。智能化是信息系统面向更广泛的实际应用领域和满足更高层次需求的必然趋势，为了满足不同处理需要，系统必须具备多种知识管理和处理技术，这进一步增加了系统的复杂性，有效解决相互间协作、集成问题变得更加突出。因此，需要研究采用新技术开发营销信息系统，提升其功能。

一个企业的营销系统是由地域分散的销售部门、市场研究部门和决策机构组成的，并且由于竞争的加剧，企业必须能够及时地分辨市场环境和机遇，对客户的产品和服务需求能够及时满足，因而企业的营销信息系统是一个分布式的实时系统。

同时，市场营销活动是建立在对市场的了解和分析基础上，对市场的了解需要收集、整理大量的营销信息。市场营销信息具有很强的时效性，处于不断的更新变化之中，这就要求企业营销部门必须不断地及时收集各种信息，以便不断掌握新情况，研究新问题，取得市场营销主动权。通过企业营销信息系统，帮助管理者建立与企业内外部的信息连接。

第二节　市场营销调研的内容与程序

现代市场营销观念强调顾客导向，要求市场营销者重视顾客的需求。要做到这一点，市场营销者必须通过市场营销调研，了解市场需求及竞争者的最近动态，广泛收集市场营销信息，准确掌握有关顾客需要的实际资料，从而保障营销决策的顾客导向。

一、市场营销调研的含义和作用

市场营销调研（Marketing Research），就是运用科学的方法，有目的、计划、系统地收集、整理和分析研究有关市场营销方面的信息，提出解决问题的建议，供营销管理人员了解营销环境，发现机会与问题，作为市场预测和营销决策的依据。市场调研与狭义的市场调查不同，它是对市场营销全过程的分析和研究。

市场营销调研是企业营销活动的出发点，其作用十分重要：

1. 有利于制定科学的营销规划

通过营销调研，分析市场、了解市场。才能根据市场需求及其变化、市场规模和竞争格局、消费者意见与购买行为、营销环境的基本特征，科学地制定和调整企业的营销规划。

2. 有利于优化营销组合

企业根据营销调研的结果，分析研究产品的生命周期，开发新产品，制定产品生命周期各阶段的营销策略组合。如根据消费者对现有产品的接受程度、对产品及包装的偏好，改进现有产品，开发新用途，研究新产品创意、开发和设计；测量消费者对产品价格变动的反应，分析竞争者的价格策略，确定合适的定价；综合运用各种营销手段，加强促销活动、广告宣传和售后服务，增进产品知名度和顾客满意度；尽量减少不必要的中间环节，节约储运费用，降低销售成本，提高竞争力。

3. 有利于开拓新市场

通过市场调研，企业可发现消费者尚未满足的需求，测量市场上现有产品及营销策略满足消费需求的程度，从而不断开拓新的市场。营销环境的变化，往往会影响和改变消费者的购买动机和购买行为，给企业带来新的机会和挑战，企业可据以确定和调整发展方向。

📖 **案例衔接 5-4**

日本与大庆油田

20世纪60年代，中国大庆油田还处于对外保密状态，日本的石化设备公司就开始了对大庆油田有关市场营销信息的搜集工作。该公司从中国报纸、广播等零星孤立的只言片语中分析发现，中国有一个大油田已勘探成功，正准备大规模开发，油田的地点在寒冷的东北地区，油田的规模、产量也估计出来了，然后根据这些表面信息，该公司进而分析出油田的特点，针对该油田特点积极设计制造适用于该油田具体条件的石油设备，最后在中国对外招标中轻易地战胜了美国、英国、法国、德国同行，赢得了中国的订货。以上说明中国大庆油田营销信息的表面内容是客观存在的，全世界可以共享，但只有日本的企业抓住了中国大庆油田营销信息的本质内容并加以利用，而且利用得十分成功。该案例告诉我们，企业领导人不要仅仅利用市场营销信息的表面内容，而是要利用其本质内容。

二、市场营销调研的类型和内容

(一) 市场营销调研的类型

根据研究的问题、目的、性质和形式不同，市场营销调研一般分为四种类型。

1. 探测性调研

探测性调研是指在企业对市场状况不甚明了或对问题不知从何处寻求突破时所采用的一种方式，其目的是要发现问题的所在，并明确地提示出来，以便确定调研的重点。探索性调研的结果一般只是试验性的、暂时性的，或作为对问题进一步研究的开始。

2. 描述性调研

描述性调研是一种常见的项目调研，是指对面临的不同因素、不同方面现状的调查研究，其资料数据的采集和记录，着重于客观事实的静态描述。大多数的市场营销调研都属于描述性调研，例如，市场潜力和市场占有率、产品的消费群结构、竞争企业的状况的描述。在描述性调研中，可以发现其中的关联因素，但是，此时我们并不能说明两个变量哪个是因、哪个是果。与探测性调研相比，描述性调研的目的更加明确，研究的问题更加具体。

在描述性调研中，一般要回答以下几个方面的问题，也称为 "6W" 或 "5W1H"。

(1) 谁 (Who)：访问的对象是谁。

(2) 什么 (What)：想从他们那里得到什么信息。

(3) 为什么 (Why)：为什么需要得到这些信息。

(4) 何时 (When)：什么时候去收集这些信息。

(5) 何地 (Where)：到什么地点去收集这些信息。

(6) 如何 (How)：以什么方式或手段来收集信息。

📖 案例衔接 5-5

百货商店顾客光顾情况的描述性调研

在百货商店光顾情况调研中，5W1H 分别如下。

(1) 谁 (Who)。谁应该被看成是某特定百货商店的主顾？提供选择的可能是：进入商店的任何人，不管他 (她) 是否买了什么东西；在商店买了东西的任何人；至少每月一次在商店买东西的任何人；家庭中负责在商店购买的人。

(2) 什么 (What)。应从被调查者中获取什么信息？许多方面都可能得到，包括：各种商品到不同商店去购买的频度；按照主要的选择准则来评价各个商店；对于要尽心检验的假设的有关信息；心理和生活方式、媒介接触行为及人口状况。

(3) 何时 (When)。应在什么时间从被调查者中去获取信息？可能选择的范围是：购物之前；购物之中；购物之后理科调查；购物之后给些时间让他们评价自己的购物体验，然后调查。

(4) 何地 (Where)。应在什么地方与被调查者接触以获取所需的信息？供选择的可能是：在商店内；在商店内但仍在商业街 (城) 中；在停车场或汽车站。

（5）为什么（Why）。为什么要从被调查者中获取信息？为什么要搞这项市场调查？一些可能的理由为：改进商店的形象；提高顾客惠顾率和市场占有率；改变商品的组合结构；研究搞一个适当的促销运动；确定新商店的地点。

（6）什么方式（How）。以什么方式从被调查者中获取信息？可能的方式大致有：观察被调查者的行为；面访调查；电话访问调查；邮寄问卷调查。

3. 因果关系调研

因果关系调研是指为了查明项目不同要素之间的关系，以及查明导致产生一定现象的原因所进行的调研。通过这种形式调研，可以清楚外界因素的变化对项目进展的影响程度，以及项目决策变动与反应的灵敏性，具有一定程度的动态性。因果关系调研的目的是找出关联现象或变量之间的因果关系。

4. 预测性调研

预测性调研是指专门为了预测未来一定时期内某一环节因素的变动趋势及其对企业市场营销活动的影响而进行的市场调研。如市场上消费者对某种产品的需求量变化趋势调研，某产品供给侧的变化趋势调研等。这类调研的结果就是对事物未来发展变化的一个预测。

（二）市场营销调研的内容

市场营销调研的内容是十分广泛的，但归纳起来，主要是以下三个方面。

1. 市场需求容量（The Market Needs）调研

市场需求容量调研主要包括：市场最大和最小需求容量；现有和潜在的需求容量；不同商品的需求特点和需求规模；不同市场空间的营销机会以及企业和竞争对手的现有市场占有率等情况的调查分析。

2. 可控因素（The Controllable Factor）调研

可控因素调研主要包括对产品、价格、销售渠道和促销方式等因素的调研：

（1）产品调研：包括有关产品性能、特征和顾客对产品的意见和要求的调研；产品寿命周期调研，以了解产品所处的寿命期的阶段；产品的包装、名牌、外观等给顾客的印象的调研，以了解这些形式是否与消费者或用户的习俗相适应。

（2）价格调研：包括产品价格的需求弹性调研；新产品价格制定或老产品价格调整所产生的效果调研；竞争对手价格变化情况调研；选样实施价格优惠策略的时机和实施这一策略的效果调研。

（3）销售渠道调研：包括企业现有产品分销渠道状况，中间商在分销渠道中的作用及各自实力，用户对中间商尤其是代理商、零售商的印象等项内容的调研。

（4）促销方式调研：主要是对人员推销、广告宣传、公共关系等促销方式的实施效果进行分析对比。

3. 不可控制因素（The Uncontrollable Factor）调研

（1）政治环境调研：包括对企业产品的主要用户所在国家或地区的政府现行政策、法令及政治形势的稳定程度等方面的调研。

（2）经济发展状况调研：主要是调查企业所面对的市场在宏观经济发展中将产生何种变化。调研的内容有各种综合经济指标所达水平和变动程度。

（3）社会文化因素调研：调查一些对市场需求变动产生影响的社会文化因素，诸如文化程度、职业、民族构成，宗教信仰及民风，社会道德与审美意识等方面的调研。

（4）技术发展状况与趋势调研：主要是了解与本企业生产有关的技术水平状况及趋势，同时还应把握社会相同产品生产企业的技术水平的提高情况。

（5）竞争对手调研：在竞争中要保持企业的优势，就必须随时掌握竞争对手的各种动向，在这方面主要是关于竞争对手数量、竞争对手的市场占有率及变动趋势、竞争对手已经并将要采用的营销策略、潜在竞争对手情况等方面的调研。

📖 **案例衔接 5-6**

> ### 市场调研促企业发展
>
> 　　20 世纪 80 年代，海湾地区的空调市场基本上被欧美企业占领，日本企业因进入较晚，市场占有率非常低。在经过详细的环境调查后，日本企业发现了一个非常有价值的突破口：海湾地区受天气的影响，风沙较大，而欧美的空调器并没有对产品进行相应改造，故空调器经常出现停转的现象。经过简单改造，日本企业推出了一种带有风沙过滤装置的空调器，并且在广告中极力宣传这一特点，很快该企业就占领了海湾地区空调市场。

三、市场营销调研的程序

市场营销调研程序是指在具有一定规模的调查中，从调研准备到调研结束整个活动过程的具体步骤。在市场调研中，按照正确的程序进行，有助于提高调研工作的效率和质量。由于市场调研目的不同、范围和内容不同，市场调研的程序也不完全相同。在这里，我们仅就一般情况，把市场调研分为三个阶段（图 5.1）。

图 5.1 市场营销调研程序

（一）调研准备阶段

调研准备是整个过程的开端。在这个阶段上，主要是确定需要调研的具体问题。问题确定得准确与否，决定着调研能否取得成效。如果问题确定得不准确，整个调研将是无效劳动。所以在正式调研之前，必须做好调研准备工作，确定市场调研的主要问题，即制定调研课题。具体可以分为以下步骤：

1. 发现问题

发现问题是解决问题的前提。所谓的问题就是主观与客观的不适应，企业营销存在的问题就是企业营销与市场环境的不适应，例如产品质量问题、价格问题、促销方面的问题等。营销问题一般会在市场销售中表现出来。

发现问题有多种渠道，可以来自经营者的观测，可以来自信息资料的分析，也可以来自业务部门或用户的反映。注意确定的问题不要面太宽，也不能面太窄。

2. 问题分析

发现经营中存在的问题以后，接着要对问题进行分析，判断问题的症结所在，弄清应该调查什么。

对所要调查的问题明确了，就可以有针对性地把确定的问题转化为调研课题。调研课题要注意以下几点：

（1）调查的课题必须是企业营销中的关键问题或主要问题。

（2）必须是企业的可控因素。

（3）应该是企业力所能及的。根据调研课题确定具体的调研提纲。

3. 制定调研计划

详尽的调研计划是搞好营销调研的保证。调研计划中应确定以下问题：

（1）资料来源。根据调研内容来确定具体资料的来源。营销调研所收集的资料分为第二手资料和第一手资料两种。第二手资料是指企业在以往营销过程中收集、整理、可以运用、保存起来的信息，以及存在于企业外部有关市场营销信息的政府资料、商业资料、行业资料。第一手资料是为特定的调研目标而专门收集的信息。

（2）调研方法。当企业决定需要收集第一手资料时，可以采用的方法主要有：询问法、观察法和实验法。可根据调研内容来确定具体的方法。

（3）调研工具和方式。在收集第一手资料时，可以使用的调研工具主要有调查问卷，问卷就是根据调查目的和对象而设制的调查表。一般的营销调研都是采用抽样调查的方式，这就需要决定样本大小即向多少人进行调查的问题。

（4）调研日程安排。调研日程的安排涉及三个要素：人员、时间和活动。调研日程一般是以流程图为基础安排的。根据调研任务，可以利用流程图把从事某项调研的有关活动、所需时间和人员分工有机结合起来进行具体安排。

（5）调研费用预算。在编制调研预算时，通常先把某项调研的所有活动或事件都一一列明，然后估算每项活动的费用，最后再汇总；或者先估计完成每项活动所需的时间，再乘以标准小时工资或日工资，最后再汇总。预算仅仅是一种估计，所以应有一定的灵活性，即预算金额要有一个上下差异幅度。如某调研项目的预算为 58 000 元±10%。

（二）调研实施阶段

这一阶段的主要任务，是组织有关人员深入实际，按照调研计划要求，系统地收集各种可靠的资料。这一阶段可按下列内容进行：

1. 明确调查任务、要求

市场调查是一项繁杂而细致的工作，因此要进行合理的分工协作，更重要的是让调查人员明确每一阶段自己的调查任务，了解每项调查内容的要求，掌握应用的调查技术。

2. 收集现成资料

第二手资料是他人调查和整理的现成资料，取得这部分资料比较容易，付出的精力也比较少。在市场调查中，应该根据调查要求，组织调查人员收集第二手资料，即现成资料，尽量减少那些不必要的劳动。只有在二手资料难以提供决策所需信息的情况下才有必要去收集原始资料。二手资料的收集应该按照"先里后外，由近及远"的原则行事。即先从企业内部收集，后从企业外部收集；先收集时间相隔较近的，后收集时间相隔较远的。具体资料来源有：

（1）内部来源。有企业档案，包括会计记录、推销员报告和其他各种报告。以发票为例，销售发票是企业有关销售的会计记录的基础；从销售发票里我们可以找出诸如客户名称、客户地址、货物名称、成交数量、金额、折扣、装运日期、运输方式、销售地区等信息。有企业内部知情人，包括企业内部的推销员、技术员、调研人员、产品经理、公关经理和企业的代理商、经销商和广告代理商等都可以提供有关信息资料。

（2）外部来源。可以分成组织机构、文献资料、网络信息、企业外部知情人和专业营销调研公司。在企业外部有许多能向企业提供营销资料的机构，如图书馆、各级商会、贸易促进机构、同业公会、研究所、银行、消费者协会和其他企业等，上述各类组织机构提供的资料大多来自他们的各种出版物和网站。

3. 收集第一手资料

第一手资料是通过自己进行调查取得的原始资料，取得这部分资料投入大，时间也长。但第一手资料的优点在于资料的及时性、准确性和可靠性。这一步骤就是进行现场的实地调查。在收集第一手资料时，应该根据调查方案确定的调查方式，选择好被调查对象，运用适当的调查方法，准确收集有关资料。收集第一手资料，是调查人员运用具体的调查方法取得资料的活动。由于选择的调研方法不同，资料收集技术的要求、难易度也是不同的。在实训中，我们用得较多的调查方法是拦截问卷调查。

（三）调研总结阶段

营销调研的作用能否充分发挥，它和做好调研总结的两项具体工作密切相关。

1. 资料的整理和分析

通过营销调查取得的资料往往是相当凌乱，有些只是反映问题的某个侧面，带有很大的片面性或虚假性，所以对这些资料必须做审核、分类、制表工作。审核即是去伪存真，不仅要审核资料的正确与否，还要审核资料的全面性和可比性。分类是为了便于资料的进一步利用。制表的目的是使各种具有相关关系或因果关系的经济因素更为清晰地显示出来，便于做深入的分析研究。

2. 编写调研报告

调研报告是调研活动的结论性意见的书面报告。编写原则应该是客观、公正、全面地反映事实，以求最大限度地减少营销活动管理者在决策前的不确定性。调研报告包括的内容有：调研对象的基本情况、对所调研问题的事实所做的分析和说明、调研者的结论和建议。

第三节 市场营销调研方法

市场营销调研方法是调查人员取得第一手资料的技术手段。在市场调查中，常用的调查方法有观察法、询问法、实验法。

一、观察法

这是指调查人员对调查对象认真地察看和客观地记录分析。它可分为三种具体形式：

（一）直接观察法

调查人员直接到调查现场进行观察。例如，在柜台前观察消费者的购买行为，记录他们对商品的挑选情况；在橱窗前观察过往顾客对橱窗的反应，分析橱窗设计的吸引力；在大街上观察人们的穿着和携带的商品，以分析市场动向、开发新产品。

（二）痕迹观察法

在调查现场观察和分析被调查者活动后留下的痕迹。这种方法在各种调查中广泛应用，也应用于市场调查。例如，从居民的垃圾中分析居民的消费水平；国外有的汽车商派人观察汽车上收音机的指针停留的位置，以便选择受司机欢迎的电台做广告。

（三）行为记录法

通过有关仪器，对调查对象的活动进行记录和分析。例如，美国尼尔逊广告公司，通过电子计算机系统在美国各地 12 500 个家庭中的电视机上装上电子监听器，每 90 秒扫描一次。每一个家庭只要收看 3 秒钟电视节目就会被记录下来，据此选择广告的最佳时间。在我国，有的大专院校用录像机录下消费者购买行为，以分析消费者的购买动机和购买意向。

观察法的优点是取得的资料客观，反映的问题接近实际，但是，只能观察一些表面现象，不容易了解调查对象的内在因由，特别是难以了解消费者的心理动机。

二、询问法

这是调查人员通过口头或书面形式向被调查者提出问题，从而取得资料的调查方法。询问法是营销调研中用得最多的一种，它是从具有代表性的样本那里收集信息的方法，询问法主要有访问调查法、电话调查法、邮寄调查法。

（一）访问调查法

调查人员同被调查者直接接触，通过谈话取得所需情况。访问调查可采用个别访问和集体座谈两种形式。个别访问常常用于探索性调查上，如企业遇到重要问题，走访有关专家，寻找一些解决问题的思路。也可以就市场有关需求向消费者了解其购买倾向、特点、要求等。个别访问又可分为预约访问和街头拦截访问。集体座谈一般找三五个人在一起。集体座谈可以相互启发、集思广益，但应注意不要让有影响的人物左右局势，形成一边倒的虚假意见。访问调查法的结果是否正确，与被调查人的认识水平和诚实程度有密切关系。

（二）电话调查法

电话调查法一般是根据抽样的要求，了解一些比较简单的问题。如企业一项措施的出台，用电话询问对方的反映。电话调查迅速及时，可在较短的时间内调查较多的人，同时费用也低，但难以进行深入的调查。

（三）邮寄调查法

将设计好的调查表或问卷邮寄给被调查者，让其在规定的时间内填好寄回。这种调查方法的优点是不受地理条件限制，被调查者有充分的考虑时间进行回答，费用也较低，同时比较客观，不受调查人员情绪和态度的影响。这种调查方法的缺点是回收率低，寄出的问卷往往不能如数收回；再者，产生了误解也无法说明。利用这种方法要注意问卷要简单明了，还可以利用有奖征答的形式，既起到广告宣传作用，又达到调查的目的。

三、实验法

这是指在给定的条件下，通过实验对比，进行观察分析的一种方法。具体方法有：

（一）实验室实验法

把被调查对象召集在实验场进行心理和行为方面的实验。例如，在测定一个新的广告效果时，可在不受外界干扰的室内，发给被试者一本广告样本，让他们在规定的时间内从头到尾翻阅，然后再让他们回答哪一种形式的广告给他们留下的印象最深和能够引起购买欲望。这种方法常用于研究消费者的心理。

（二）市场实验法

把市场作为试验场所进行试验性调查。例如，在测定某种商品的具体形式时，可以把所设计的不同规格、款式、价格、颜色的商品，在选定的市场上进行试销，观察购买者的反应，然后根据消费者的意见，决定采用何种规格、何种款式、何种价格和何种颜色。这种方法获得的资料真实准确，但调查成本很高。

（三）模拟实验

利用电子计算机进行市场模拟实验。这种调查方法是把企业营销诸因素编制在一定的程序中，通过输入不同的环境变量，求得输出结果进行分析。目前，这种方法只在理论研究中使用，尚未用于市场调查的实践。

（四）抽样方法

市场营销的调研人员通过抽样得出对统计总体的估计。一个样本是从总体中选出并代表总体的，理想的样本能够代表并解释总体的情况，从而帮助调研人员对人们的想法或行为做出准确的估计。

设计样本一般需要确定以下三个问题。

首先，调查谁？这个问题的答案时常并不清楚。例如，对家庭购买汽车问题的调研，研究人员应该访问丈夫、妻子、其他家庭成员、销售人员，还是他们全体？研究人员必须决定需要什么信息以及谁能提供这些信息。

其次，调查多少人？大样本的结果比小样本的结果更可靠，但并不意味着一定要对整个目标市场或大部分目标市场进行抽样。选得对的话，把总体的百分之一作为样本已经很可靠了。

最后，怎样确定样本中的人选？使用随机样本，每个样本成员都有机会进入样本，研究人员可以确定样本误差的区间。但是，如果随机样本所需成本太大或是所需时间太长，研究人员时常会使用随机样本。由于各种抽样方法所需成本不同，时间限制也不一样，因而准确性和统计性也有差别。究竟哪种好，要看研究的需要。常用的抽样方法包括以下几种：

1. 非概率抽样方法（Non-probability Sampling）

（1）偶遇抽样（Random Sampling）。常见的未经许可的街头随访或拦截式访问、邮寄式调查、杂志内问卷调查等都属于偶遇抽样的方式。它的优点是花费小（包括经费和时间）、抽样单元可以接近、容易测量并且合作。缺点是存在选择偏差，如被调查者的自我选择、抽样的主观性偏差等。

（2）判断抽样（Judgement Sampling）。判断抽样是基于调研者对总体的了解和经验，从总体中抽选有代表性的单位作为样本，这种方法优点是发挥研究者的主观能动性，但受主观因素影响较大。

（3）配额抽样（Quota Sampling）。配额抽样是根据总体的结构特征来给调查员分派定额，以取得一个与总体结构特征大体相似的样本。配额保证了在这些特征上样本的组成与总体的组成是一致的。

（4）雪球抽样（Snowball Sampling）。雪球抽样是先随机选择一组调查对象，访问这些调查对象之后，再请他们提供另外一些属于所研究的目标总体的调查对象，根据所提供的线索选择此后的调查对象。

2. 概率抽样方法（Probability Sampling）

（1）分层抽样（Stratified Sampling）。分层抽样是将总体的 N 个单位分成互不交叉、互不重复的若干个部分，称为层；然后在每个层内分别抽选若干个样本，构成一个容量为个样本的一种抽样方式。分层的作用主要有三：一是为了工作的方便和研究目的的需要；二是为了提高抽样的精度；三是为了在一定精度的要求下，减少样本的单位数以节约调查费用。分层抽样是我们应用最普遍的抽样技术之一。

（2）整群抽样（Cluster Sampling）。整群抽样是将总体中各单位归并成若干个互不交叉、互不重复的集合，称为群；然后以群为抽样单位抽取样本的一种抽样方式。整群抽样应用整群抽样时，要求各群有较好的代表性，即群内各单位的差异要大，群间差异要小。整群抽样的优点是实施方便、节省经费，特别适用于缺乏总体单位的抽样框。

（3）等距抽样（Interval Sampling）。等距抽样是将总体中各单位按一定顺序排列，根据样本容量要求确定抽选间隔，然后随机确定起点，每隔一定的间隔抽取一个单位的一种抽样方式。等距抽样的最主要优点是简便易行，且当对总体结构有一定了解时，充分利用已有信息对总体单位进行排队后再抽样，则可提高抽样效率。

（4）多阶抽样（Multi-stage Sampling）。多级抽样是指在抽取样本时，分为两个及两个以上的阶段从总体中抽取样本的一种抽样方式。其具体操作过程是：第一阶段，将总体分为若干个一级抽样单位，从中抽选若干个一级抽样单位入样；第二阶段，将入样的每个一级单位分成若干个二级抽样单位，从入样的每个一级单位中各抽选若干个二级抽样单位入样……依此类推，直到获得最终样本。其优点在于适用抽样调查的面特别广，没有一个包括所有总体单位的抽样框或总体范围太大无法直接抽取样本等情况，可以相对节省调查费用。

本章小结

　　市场营销信息系统：是指一个由人员、机器和程序所构成的相互作用的复合体。企业借助市场营销信息系统收集、挑选、分析、评估和分配适当的、及时的和准确的信息，为市场营销管理人员改进市场营销计划、执行和控制工作提供依据。市场营销信息系统由四个子系统构成：内部报告系统、营销情报系统、营销调研系统、营销分析系统。

　　市场营销调研主要就是运用科学的方法，有目的、有计划地收集、整理和分析研究有关市场营销方面的信息，获得合乎客观事物发展规律的见解，提出解决问题的建议，供营销管理人员了解营销环境，发现机会与问题，并将其作为市场预测和营销决策的依据。市场营销调研作用主要表现为有利于制定科学的营销规划；有利于优化营销组合；有利于开拓新的市场。

　　市场营销调研类型分为探测性调研、描述性调研和因果关系调研。调研的内容主要有市场需求容量调研、可控因素调研、不可控因素调研三个方面。

　　要做好营销调研，就要很好地掌握营销调研的一些重要概念、方法和技术。营销调研过程的5个关键步骤：确定问题与调研目标—拟定调研计划—收集信息—分析信息—提交报告。

　　市场调研方法是调查人员取得第一手资料的技术手段。在市场调研中，常用的调研方法是：观察法、实验法、询问法。

练习题

一、单项选择

1. 市场营销管理人员用以了解有关外部环境发展趋势的信息的各种来源与程序的是（　　）。

　A. 市场营销信息系统　　　　　　　B. 内部报告系统

　C. 市场营销情报系统　　　　　　　D. 市场营销分析系统

2. 市场研究是以（　　）观念为基础的。

　A. 产品观念　　B. 推销观念　　C. 市场营销观念　　D. 社会营销观念

3. 最有效的，而且最经济、实用的调查方法是（　　）。

　A. 电话访问　　B. 人员访问　　C. 深层询问法　　D. 试验法

4. 为了试验特定市场营销刺激对顾客行为的影响，可采用（　　）。

　A. 观察法　　　B. 实验法　　　C. 调查法　　　D. 专家估计

5. 由人、设备和程序组成，它为营销决策者收集、挑选、分析、评估和分配所需要的、适时的信息，这被定义为（　　）。

　A. 营销信息系统　　B. 营销分析系统　　C. 内部报告系统　　D. 营销调研系统

6. 企业在情况不明时，为找出问题的症结，明确进一步调研的内容和重点，通常要进行（　　）。

　A. 探测性预测　　B. 描述性调研　　C. 因果性调研　　D. 临时性调研

7. 对所面临的不同因素、不同方面现状的调查研究，其资料数据的采集和记录，着重于客观事实的静态描述，通常要进行（ ）。

A. 探测性预测   B. 描述性调研   C. 因果性调研   D. 临时性调研

8. "订单—发货—账单"的循环是（ ）的核心。

A. 营销情报系统   B. 营销分析系统   C. 内部报告系统   D. 营销调研系统

二、案例分析

麦当劳的营销调研

2022年5月11日，麦当劳中国全新平台"麦麦夜市"正式上线，以新消费模式加码发力"夜经济"。首发新品"麦麦夜小堡"和"出神卤化鸡架"，与此前推出的热门单品"青花椒风味半鸡"一起组成了"麦麦夜市"专属菜单。当日起，每天17点麦当劳中国餐厅及线上点餐渠道，都将准时开启"夜间模式"主题界面。"麦麦夜小堡""出神卤化鸡架""青花椒风味半鸡"和薯条、啤酒等组成不同规格的套餐出售，价格为18~59元。

多年来，麦当劳一直在注重营销调研的基础上致力于数字化转型，包括在App上直接点菜，以及在微信、支付宝等应用里上线小程序。今天的麦当劳已经在数字化发展的道路上布局多年，这个时候做夜市完全可以用数字化进一步降低自己的人力成本，从而解决之前不方便做夜市的难题。回顾过去，麦当劳的所有营销创新都是基于深入细致的营销调研。

几年前，麦当劳曾推出一款巧克力三叶草双层奶昔。为了让消费者同时品尝到巧克力和薄荷两种口味，麦当劳请谷歌团队设计了一种吸管，能同时喝到最底下的咖啡、中间层的奶油薄荷以及最上层的奶昔。这根吸管形似秸秆，在弯曲的部分打了三个孔，借助流体力学原理，确保消费者第一口就可以吸到50%巧克力与50%薄荷完美配比的奶昔，而不用等上下两层慢慢融化。

为了增加店内奶昔的销量，麦当劳请哈佛商学院教授克莱顿·克里斯坦森（Clayton Christensen）及其团队协助开展营销调研。经过一系列的现场观察、问卷调查和深度访谈，克莱顿团队发现了一个有趣的现象：大约有50%的奶昔是早上卖掉的，而买奶昔的几乎是同一批客户，他们只买奶昔，并且基本上是开车打包带走的。

调研团队又开展了更深入的访谈、观察和分析，结果发现，原来这些买奶昔的顾客每天一大早都有同样的事情要做：要开很久的车去上班，路上很无聊，开车时就需要做些事情让路程变得有趣一点；想买东西吃的时候并不是真的饿，但是大约2小时后，也就是大致上午和中午的中间时段他们就会饥肠辘辘了。他们通常会怎样解决这些问题呢？有人试过吃香蕉，但发现香蕉消化得太快，很快又饿了。也有人试过吃面包圈，但面包圈太脆会掉屑，边吃边开车，会弄得到处都是。还有人吃过士力架巧克力，但是早餐吃巧克力总觉得对健康不利。而奶昔无疑是最合适不过的。用细细的吸管吸厚厚的奶昔要花很长时间，并且基本上能抵挡住阵阵来袭的饥饿感。有位受访者说："这些奶昔真够稠的！我一般要花20分钟才能用那根细细的吸管吸干净。谁会在意它的营养成分呢！我就不在乎。我就知道整个上午都饱了，而且奶昔杯刚好能与我的杯座配套。"

在掌握以上需求信息之后，麦当劳对如何改进奶昔胸有成竹。如何才能帮顾客更好地打发无聊的开车时间呢？那就是，让奶昔再稠一些，让顾客的食用时间更长一点。为此，可以考虑加上一点果肉，虽然不一定让每个消费者都觉得健康，却能给顾客无聊的旅程增

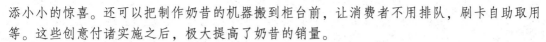

添小小的惊喜。还可以把制作奶昔的机器搬到柜台前，让消费者不用排队，刷卡自助取用等。这些创意付诸实施之后，极大提高了奶昔的销量。

思考题

1. 麦当劳是如何开展奶昔需求的营销调研的？

2. 假如你是该调研项目的负责人，你将采取哪些措施来进一步提升营销调研的准确性？

第六章　市场竞争者分析

知识目标

　　通过本章内容学习了解竞争类型，理解竞争者识别的相关概念，掌握市场竞争战略分析的方法，并能分析处于不同竞争地位企业的竞争策略。

德育目标

　　通过本章内容学习，突出企业恶性竞争带来的不良后果和影响，让学生具备良性竞争意识、团队协作能力和开拓创新精神。

开篇案例

蒙牛、伊利"鹬蚌相争"，网红小众"渔翁得利"

　　中国乳业市场一直风云迭起，共事 16 年，牛根生辞职，于 1999 年创立蒙牛，准备再造一个伊利，昔日"战友"反目成仇。之后，伊利和蒙牛的竞争拉开帷幕。一直以来中国牛奶行业并不平静，除了阳光乳业已经在 2022 年 5 月成功上市外，东方财富数据显示，目前在排队或声称有意向启动上市的乳企已有近 10 家，其中不少是中小乳企。

　　为何在蒙牛、伊利牢牢掌握中国奶业半壁江山的情况下，仍有不少奶企"刺客"获得频繁出圈？这个问题要从两方面来看。

　　第一个，是蒙牛、伊利本身口碑两极化。

　　2020 年 7 月 10 日晚间，一篇题为《深扒蒙牛、伊利 6 大罪状，媒体不敢说，那就我来说》的文章开始在网络流传，引发热议。

　　其实，对于蒙牛、伊利垄断中国奶业、"血汗工厂"、奶源卫生的质疑，几十年来，从未间断。蒙牛、伊利的"招黑体质"就体现在，但凡某家奶企出了问题，蒙牛、伊利必会被拉出来"骂一顿"。就比如前不久，麦趣尔被曝检出丙二醇，网友群起而攻之，顺带开始暗戳戳地讽刺蒙牛、伊利。

第二个，是年轻人不拘于固定选择，开始宣示在牛奶消费市场的话语权，即便蒙牛、伊利经验再"老道"，他们也要尝尝新鲜玩意。

在小红书上，与小众牛奶相关的笔记达3万篇，他们已经厌倦了"蒙牛、伊利二选一"。很多年轻人都认为，一些小众奶醇香、浓稠，各有风味，口味更胜一筹。比如大理的欧亚牛奶、新疆的天润、贵州的山花、广东的燕谭、宁夏的夏进等，这些区域性的品牌凭借着"老乡"的安利走到台前。

小众奶之外，网红奶品牌也开始出圈，认养一头牛、麦趣尔、燕麦奶Oatly等品牌，都对市场虎视眈眈。

虽然对于蒙牛、伊利而言，现在这些小品牌的"小打小闹"无碍大局。但是积少成多，当这样的网红小众品牌越来越多的时候，也是蒙牛、伊利市场份额一点一点被蚕食的时候。

也就是说，蒙牛、伊利即便占据近70%的市场，也并不是高枕无忧。总而言之，蒙牛、伊利"本是同根生"，却"相煎何太急"，二者的斗争不会停止。在各大商超中，蒙牛和伊利的产品十分相似，双方无论谁推出新品，另一方就立马推出同款商品，到底谁模仿谁，已经说不清了，只剩下你追我赶，谁也不服谁的惨烈竞争，这种竞争反而给了小众品牌牛奶可乘之机。

（https://baijiahao.baidu.com/s?id=1743198022050146239&wfr=spider&for=pc 基于网络资料整理）

第一节　竞争与竞争者识别

一、竞争

（一）竞争的内涵

竞争（Competition）或称为市场竞争，在同一市场上如果存在两个以上的企业生产同一性的或可替代的产品，就会存在竞争。在有多个厂家生产同一产品的时候，购买者在市场上就可以有多种选择，这就迫使竞争者为了自己的生存和发展进行较量和争夺顾客，市场就进入不断"优化"的过程，这就是市场经济活力的来源。

市场竞争的概念包含三层基本含义：

第一，市场竞争是指在同一目标市场范围内，能对其他企业的营销活动发生影响的一种市场行为。

第二，这些企业的产品相互具有替代性。所谓替代性，有两种情况：一是完全替代，即各竞争对手之间的产品基本没有差异，如钢材、煤炭、民用石化燃料等。二是不完全替代，即各竞争对手的产品之间具有差异，但在满足需要方面，具有一定的相似性，因此可以替代。不完全替代的结果是，市场对一个企业所在行业产品的需求，被另一行业提供的另一种类的产品满足，因而一个企业所在行业产品的市场总需求被抵消。

第三，市场竞争指所有参与方都在争取市场需求的变化，使朝有利于本企业的交换目标方向转化。即市场竞争指的是在同一个目标市场中，参与竞争的每一方都希望目标市场能为自己所有或所用，使本企业的产品能顺利交换出去。

（二）市场竞争的分类

对市场竞争，可用两种分类标志进行分类：

1. 按参与竞争的企业数量分类

该分类方法主要是理论经济学采用的，用以建立相应的经济分析模型。在市场营销管理的研究范围里，可借用来分析一个行业的竞争激烈程度。根据市场竞争的激烈性，可以把市场分为完全竞争市场、垄断竞争市场、寡头垄断市场和完全垄断市场四种类型。

（1）完全竞争（Pure Competition）。完全竞争是指在一个行业中有多家企业，生产和销售无差别的可相互替代的产品，任何一个企业的行为都不会对市场主要经济变量产生影响，即当某个企业减少产出量时，不会使市场感到供应量减少因而使价格升高；或者，任何一家企业提高其产品销售价格，都对顾客没有任何强制性约束力（即顾客不会不得已而接受之）。因为企业数量足够多，顾客就可以自由转向别的企业购买其所需要的产品。所以，在完全竞争行业，任何一个企业只能是价格的"接受者"而不是价格的"制定者"。

（2）垄断竞争（Monopolistic Competition）。垄断竞争是指在一个行业中有许多企业生产和销售有差别的产品，不同企业之间的产品可以相互替代又不能完全替代。

在垄断竞争中，企业既非完全的"价格接受者"，也非完全的"价格制定者"。任何一个企业的产品，在产品同质部分是价格接受者，在产品异质部分则是价格制定者。当产品具有的异质部分，竞争者不能模仿且受消费者喜爱，就可能获取成本溢价，直到顾客认为这个产品的差异部分支付价格过高为止。和完全竞争不同的是，垄断竞争的行业需求曲线和企业的需求曲线都是向右下方倾斜的。且在垄断竞争中，行业的需求曲线一定比完全竞争行业的需求曲线更富有弹性。

（3）寡头垄断（Oligopoly Competition）。如果在一个行业中，只有少数几家企业供应产品，即为寡头垄断，在这样的行业中，任何一个企业的市场行为均会影响到市场经济变量并发生变化。如其中任何一个企业减少产品供给量，就可能造成市场供给量短缺，从而导致价格上升。比如具有资源垄断性的行业——石油行业与石油制品行业中，企业如果提高产品价格，由于其他企业没有资源生产这种产品，顾客不可能转向其他企业寻求供应。不仅自然资源可以造成寡头垄断，地理位置的限制、政府禁令、资金数量、技术独占等，也是在市场中形成寡头垄断的原因。

（4）完全垄断（Perfect Monopoly）。完全垄断市场是一种与完全竞争市场相对立的极端形式的市场类型，是指整个行业中只有唯一一个供给者的市场类型。完全垄断市场的假设条件有三个方面：第一，整个市场的物品、劳务或资源都由一个供给者提供，但是有众多的消费者；第二，没有任何相似的替代品，消费者不可能购买到性能等方面相近的替代品；第三，新的企业进入这个行业比较困难，从而排除了竞争。

2. 按竞争对顾客（市场）需要的影响分类

这是营销学中对竞争的分类方法，如图6.1所示。

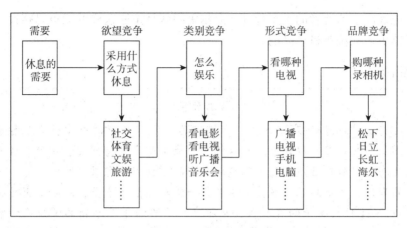

图 6.1　竞争的四种类型

在图 6.1 中，假定一个人在学习或是工作以后会劳累，那么就有休息的需要。这种休息的需要指向了具体能够满足物（方式）时，就是欲望。而休息可用多种方式满足——可以和朋友相聚（社交活动），可以玩一场球（体育活动），可以出去远足（旅游），等等。也即在同样一种需要下，可以有多种欲望产生，但一经选定某种方式，就会放弃其他满足方式。在这里，企业首先碰到的是欲望竞争。如果企业提供的产品，不属于该人所选定的用来满足需要的方式，就根本不可能为该人所购买。现在我们假定此人选定了"文娱活动"，接下来，他就要考虑"怎么娱乐"，这就是类别竞争；假定他选择了看电视，其他的娱乐形式就被放弃了。同样，企业的产品如果不属于该类别，也不会被此人购买。再接下去，这个人就要考虑"看哪种电视"，这就是形式竞争，即以哪种产品形式来满足需要。再假定他选择了手机，则其他产品就被放弃了。再接下来，他该面临选择哪家企业的产品，这就进入了品牌竞争。

二、竞争者识别

公司的现实和潜在竞争者的范围是很广泛的，如果不能正确地识别竞争者，就会患上"竞争者近视症"。在动态的竞争环境中，目前不起眼的竞争，说不定就是未来强劲的竞争者。所以，公司被潜在竞争者击败的可能性往往大于现实的竞争者。公司应当从行业竞争和业务范围的角度来识别竞争者。

（一）现代竞争观念与竞争者识别

竞争观念是指企业应当从消费者的角度来看待竞争，因此，应该将所有能够满足顾客某种真正需要的企业都看成是竞争对手。

具备这种竞争观念，可以使企业真正把握竞争的本质——竞争的真正目的是不断提高社会成员的福利水平，同时也能使企业具有广阔的竞争视野，能够始终从顾客要求出发来确定竞争战略，把握市场竞争的主动权。

如洗衣机生产企业，向顾客提供的产品是满足顾客"清洁"的需要，因此，洗衣机的清洁功能就可以不仅限于衣服类用品，还可以包括对食品、物品的清洁，进而任何提供给消费者清洁食品、其他家庭用品产品的企业，都是洗衣机企业的竞争对手。

如果洗衣机企业能够增加洗衣机这类功能，则企业不仅为产品找到了更广阔的市场，同时也极大地提高了消费者的满意程度。海尔集团就是按照这样的竞争思路设计出为顾客需要的、功能更多的洗衣机产品的。

 案例衔接6-1

海尔智家

要想把标着"Haier"商标的产品，搬进各个国家用户的家中，海尔智家就必须满足不同国家用户的多元化需求。在这方面，海尔智家坚持研发、制造、营销三位一体的本土化布局，针对性地满足不同地域市场的独特用户需求。

在巴基斯坦，穆斯林家庭成员非常多，一次要洗很多衣服，海尔智家给他们设计了一次可以洗21件大袍子的洗衣机；在印度，了解到印度冰箱的常规设计容易导致用户"弯腰病"的痛点后，海尔冰箱针对当地人的素食文化和大冷藏需求的使用习惯，推出不弯腰BM冰箱；在日本，针对日本用户对生食的偏爱，海尔冰箱通过搭载冷冻智能恒温科技，为生冷海鲜提供稳定的存储环境，保证品质、鲜味和口感。

（https://www.haier.com/press-events/news/20220526_181418.shtml 根据网络资料整理）

（二）业务范围导向与竞争者识别

企业在确定和扩大业务范围时都自觉或不自觉地受到导向性思路的支配，导向不同，竞争者识别和竞争战略就不同。

1. 产品导向与竞争者识别

产品导向指企业业务范围限定为经营某种定型产品，在不进行或很少进行产品更新的前提下设法寻找和扩大该产品的市场。

企业的经营业务范围包括四个方面：①寻找潜在顾客；②发现顾客需求；③满足顾客需求的技术；④运用这些技术生产出的产品。根据这些内容可知，产品导向指企业的产品和技术都是既定的，而购买这种产品的顾客群体和所要迎合的顾客需求却是未定的，有待于寻找和发掘。在产品导向下，企业业务范围扩大指市场扩大，即顾客增多和所迎合的需求增多，而不是指产品种类或花色品种增多。例如，铅笔公司"产品导向"下的业务范围是：我们生产学生铅笔。自行车公司"产品导向"下的业务范围定义为：我们生产加重自行车。

实行产品导向的企业仅仅把生产同一品种或规格产品的企业视为竞争对手。

产品导向的适用条件是：现有产品不愁销路；企业实力薄弱，无力从事产品更新。当原有产品供过于求而企业又无力开发新产品时，主要营销战略是市场渗透和市场开发。市场渗透是设法增加现有产品在现有市场的销售量，提高市场占有率。市场开发是寻找新的目标市场，用现有产品满足新市场的需求。

2. 技术导向与竞争者识别

技术导向指企业业务范围限定为经营用现有设备或技术生产出来的产品。业务范围扩大指运用现有设备和技术或对现有设备和技术加以改进而生产出新的花色品种。对照企业业务的四项内容看，技术导向指企业的生产技术类型是确定的，而用这种技术生产出何种产品、服务于哪些顾客群体、满足顾客的何种需求却是未定的，有待于根据市场变化去寻找和发掘。比如，铅笔公司"技术导向"的业务范围定义是：我们生产铅笔。铅笔种类包括学生铅笔、绘画铅笔、绘图铅笔、办公铅笔、彩色铅笔等各式各样的铅笔。凡是铅笔都在生产经营之列，而不局限于学生铅笔或某种铅笔。自行车公司"技术导向"的业务范围定义为：我们生产自行车。产品种类包括加重车、轻便车、山地车、赛车等，而不局限于某种类型的自行车。

技术导向把所有使用同一技术、生产同类产品的企业视为竞争对手。适用条件是某具体品种已供过于求，但不同花色品种的同类产品仍然有良好前景。与技术导向相适应的营销战略是产品改革和一体化发展，即对产品的质量、样式、功能和用途加以改革，并利用原有技术生产与原产品处于同一领域不同阶段的产品。

3. 需要导向与竞争者识别

需要导向指企业业务范围确定为满足顾客的某一需求，并运用可能互不相关的多种技术生产出分属不同大类的产品去满足这一需求。

需要导向避免了技术导向可能产生的"竞争者近视症"。技术导向未把满足同一需要的其他大类产品的生产企业视为竞争对手。例如，铅笔的竞争者包括钢笔、圆珠笔、铅笔、墨水笔、毛笔和电脑等；激光照排的普及淘汰了铅字印刷业；高速公路的广泛铺设减少了铁路的乘客。当满足同一需要的其他行业迅猛发展时，本行业产品就会被淘汰或严重供过于求，继续实行技术导向就难以维持企业生存。

对照业务范围的四项内容来看，需要导向指所迎合的需要是既定的，而满足这种需要的技术、产品和所服务的顾客群体却随着技术的发展和市场的变化而变化。比如，书写用品公司（可由铅笔公司、钢笔公司等发展而来）"需要导向"下的业务范围定义为：我们满足书写需要。产品种类包括铅笔、钢笔、圆珠笔、墨水笔、毛笔、掌上电脑、电脑等。短程交通公司（可由自行车公司、摩托车公司等发展而来）"需要导向"下的业务范围定义：我们满足短程交通需要。产品种类包括自行车、助力车、摩托车等。

实行需要导向的企业把满足顾客同一需要的企业都视为竞争者，而不论它们采用何种技术、提供何种产品。适用条件是市场商品供过于求，企业具有强大的投资能力、运用多种不同技术的能力和经营促销各类产品的能力。如果企业受到自身实力的限制而无法按照需要导向确定业务范围，也要在需要导向指导下密切注视需求变化和来自其他行业的可能竞争者，以更广的视野发现机会和避免危险。

需要导向的竞争战略是新产业开发，进入与现有产品和技术无关但满足顾客同一需要的行业。根据需要导向确定业务范围时，应考虑市场需求和企业实力，避免过窄或过宽。过窄则市场太小，无利可图；过宽则力不能及。例如，铅笔公司若将自身业务范围定义为满足低年级学生练习硬笔字的需要则太窄，其他的铅笔市场被忽视；若定义为满足人们记录信息的需要则太宽，衍生出许多力不能及的产品，如电脑、录音机等。

4. 顾客导向和多元导向

顾客导向指企业业务范围确定为满足某一群体的需要。业务范围扩大指发展与原顾客群体有关但与原有产品、技术和需要可能无关的新业务。对照企业业务的四项内容看，顾客导向指企业要服务的顾客群体是既定的，但此群体的需要有哪些，满足这些需要的技术和产品是什么，则要根据内部和外部条件加以确定。比如，学生用品公司（可由铅笔公司发展而来），"顾客导向"下的业务范围定义为：我们满足中小学生学习需要。产品种类可包括铅笔、钢笔、圆珠笔、墨水笔、毛笔、学生电脑、练习簿、书包、绘图尺、笔盒、实验用品、其他用具等。

顾客导向的适用条件是企业在某类顾客群体中享有盛誉和销售网络等优势并且能够转移到公司的新增业务上。换句话说，该顾客群体出于对公司的信任和好感而乐于购买公司增加经营的、与原产品生产技术上有关或无关的其他产品，公司也能够利用原有的销售渠道促销新产品。当前许多企业采用"品牌延伸"策略，将已经成名的品牌用到与原产品技术上或需要上都不相关的其他产品上，就属此类。比如，百事公司生产百事牌运动鞋，与原已成名的产品百事可乐在技术上、需要上都不相同，但是所销售的顾客群体相同。

顾客导向的优点是能够充分利用企业在原顾客群体的信誉、业务关系或渠道销售其他类型产品，减少进入市场的障碍，增加企业销售和利润总量。缺点是要求企业有丰厚的资金和运用多种技术的能力，并且新增业务若未能获得顾客信任和满意将损害原有产品的声誉和销售。

多元导向指企业通过对各类产品市场需求趋势和获利状况的动态分析确定业务范围，新发展业务可能与原有产品、技术、需要和顾客群体都没有关系。如宝洁公司经营幼儿食品，菲利浦·莫里斯公司经营啤酒、饮料和冷冻食品等。适用条件是企业有雄厚的实力、敏锐的市场洞察力和强大的跨行业经营的能力。多元导向的优点是可以最大限度地发掘和抓住市场机会，撇开原有产品、技术、需要和顾客群体对企业业务发展的束缚；缺点是新增业务若未能获得市场承认将损害原已成名的产品声誉。

第二节　竞争战略分析

从市场竞争的普遍规律而言，企业为增强竞争能力、争取竞争优势的基本市场竞争战略主要有三种：低成本竞争战略、产品差异化战略和目标聚焦战略。

一、低成本竞争战略

低成本竞争战略，是通过将产品的生产与经营成本降低到比所有的竞争对手更低的水平，以获得竞争优势的一种竞争战略。低成本竞争战略要求企业努力规划并建立起一定规模的生产或服务设施，利用追求规模经济、原材料的优惠等途径，形成企业的低成本优势。

一般而言，企业如果处在低成本的地位，采购低成本竞争战略，会使其拥有较大的优势。首先，能获得高于同行业平均水平的收益。因为低成本意味着当其他竞争对手已无利可图时，本企业仍然可以获得相当部分的利润。其次，受消费者和供应商的砍价威胁小。因为低成本地位有利于企业在买方强大的讨价还价中，能够较好地维护自身的利益。作为买方，在砍价时一般有一个下限，就是把价格压低到居于其次地位的竞争对手的水平。此外，低成本也容易形成对强大的供应商砍价威胁的防卫，因为低成本使企业在对付卖方产品涨价时有较高的灵活性。最后，抬高了市场进入门槛。因为低成本地位使企业产品在价格方面具有较强的竞争力，准备进入这一市场的企业必须在规模效率相当高时，才可能获得预期的利润。这无形中给潜在的竞争对手筑起了一道比较高的市场准入门槛，使潜在的竞争对手望而却步。

不过，低成本竞争战略也存在着不少弊病。因为企业为获得低成本的地位，往往会忽视技术进步或技术革新，这样会使得企业在服务质量方面缩水，使消费者失去对企业产品和服务的信任。另外，过分强调低成本，也容易使企业走进过分追求规模经济和市场占有率的路径，反而会增加管理成本。

二、产品差异化战略

产品差异化战略，是指在市场上使本企业的产品在质量、功能、品种、样式、档次、商标、包装等某一个或几个方面具有显著的特色，或与其他竞争对手的同类产品有显著的差异，并以此为手段，与竞争对手进行竞争的战略。产品差异化战略是企业保持其市场地位和获得超过平均水平回报率的较为有效的一种方式，如果企业能够取得并保持自己的产品差异化特色，并使消费者乐意接受自己产品或服务的较高价格，这会给企业带来较好的收益。

能够成功采取产品差异化战略的企业可以获得不少益处：第一，避免与竞争对手发生正面冲突，降低了竞争成本。第二，增加产品对消费者的吸引力，从而增加产品的销售量。第三，在产品价格的制定上可以获得较大的空间，以适应不同市场的需要。第四，降低替代品的威胁程度和潜在竞争对手的威胁程度等。

当然，产品差异化战略的实行，对企业而言也存在着弊病。比如，企业在实行产品差异化战略时，会与争取更大的市场份额相矛盾，因为企业实行产品差异化的成本是比较高的，这样一来，产品的市场价格就无法低下来，不利于市场的拓展。另外，竞争对手的模仿缩小了本企业产品差异化的突出之处，现在市场上销售的各种产品往往在内在功能和外在造型等方面非常相似，使消费者在选择时可能无法准确地辨别出不同产品间的差异。

三、目标聚焦战略

目标聚焦战略，是指由于企业资源的有限性或企业所具备的竞争优势只能在市场的一定范围内发挥作用，企业很难在目标市场开展全面的竞争，因而要在市场进行细分的基础上集中力量，或主攻某一特定的消费者群体，或主攻某个产品系列的某一品种，或主攻某一国别或地区市场，从而取得比竞争对手更高的效率和收益的战略。

目标聚焦战略要求企业对产品或服务进行详细的市场细分，如根据民族、收入、家庭规模、消费者生活方式、兴趣、个性特征以及消费者对产品或服务的需求等标准来进行细分，并且要求企业的决策层要具备敏锐的市场洞察力，能够深入分析各个细分市场的需求规模和获利能力，研究现有的市场竞争对手的性质和特点，把握竞争环境的变化趋势，善于发现市场的空白点，合理地选择企业所期望的目标市场。由于目标聚焦战略只集中精力于局部市场，所需投资资本较小并且经营成本也较低，因此，目标聚焦战略受到了广大中小企业的青睐。当然，采用目标聚焦战略的企业所选定的目标市场如果和其他部分市场没有任何差异的话，那么，这种竞争战略就无法获得成功。在一般的市场范围中，都会存在部分未能得到满足的消费需求，目标聚焦战略就是帮助企业专门致力于为这部分市场提供产品和服务，从而在与竞争对手目标市场的差异中获取竞争优势。

第三节　处于不同竞争地位企业的竞争策略

随着一个产品的市场步入成熟，企业在行业中所占市场份额逐渐拉开并维持一个相对稳定的局面，不同市场份额者之间进行比较长久的竞争。因此，研究市场领先者、挑战者、追随者和补缺者的竞争战略，对于掌握一般的竞争方法有重要意义。

一、市场领先者的竞争战略

市场领先者是在行业中处于领先地位的营销者，占有最大市场份额，一般是该行业的领先者。这类企业更关心的是自己市场地位的稳固性和能否有效保持已有的市场份额。作为市场领先者，需要对自身的弱点经常进行检讨，并正确地选择竞争战略。

市场领先者要保持自己的市场占有额和在行业中的经营优势，有三种主要的战略可供选择：

一是扩大市场总需求战略——属于发展战略类型。企业需要找到扩大市场总需求的方法，因此，采用"欲望竞争"的观念，是市场领先企业应具有的主要竞争观念。

二是防御战略——属于维持性战略。市场领先企业应采取较好的防御措施和有针对性的进攻，来保持自己的市场地位。尤其需强调的是，市场领先者绝不能一味地采取"防御"，或说是单纯消极的防御。如同军事上所奉行的"最好的防御是进攻"的原则一样，市场领先者也应该使自己具有竞争的主动性和应变能力。

三是扩大市场份额的战略——属于用进攻方法达到防御目的的战略。在市场需求总规模还能有效扩大的情况下，市场领先者也应随市场情况变化调整自己的营销组合，努力在现有市场规模下扩大自己的市场份额。

（一）扩大市场总规模的战略

一般在同行业产品结构基本不变时，当市场总规模扩大，市场领先者得到的好处会大于同行业中其他企业。因此，市场领先者总是首先考虑扩大现有市场规模。

市场领先者可以通过以下途径扩大市场的总规模：

1. 寻找新用户

当产品具有吸引新购买者的潜力时，寻找新用户是扩大市场总规模最简便的途径。主要策略有：

（1）新市场战略。即针对未用产品的群体用户（一个新的细分市场），说服他们采用产品，比如，说服男子采用化妆品。

（2）市场渗透战略。就是对现有细分市场中还未用产品的顾客，或只偶尔使用的顾客，说服他们采用产品或是增加使用量。如口服滋补品的营销者强调产品日常保健功能，使顾客认为不是只有患病才要使用，如果平时也使用，就可增加产品消费量。

（3）地理扩展战略。即将产品销售到国外或是其他地区市场去。

2. 发现产品的新用途

现有产品的市场可以通过发现产品新用途并推广这些新用途来扩大市场对产品的需

求。比如，为小型普通录音机增添自动录音功能并能连接到电话线路上使用，使之成为电话录音器，就可使顾客在音响产品进入市场并对小型录音机产品被大量替代以后，再购买小型录音机。

（二）保持现有市场份额的战略

保持现有市场份额的战略是市场领先者经常要实行的战略。一般有如下几种：

1. 阵地防御

采取阵地防御，是在现有市场四周构筑起相应的"防御工事"。典型的做法是企业向市场提供较多的产品品种和采用较大分销覆盖面，并尽可能地在同行业中采用低定价策略。这是一种最为保守的竞争做法，因缺少主动进攻，长期实行，会使企业滋生不思进取的思想和习惯。美国的福特汽车公司和克勒斯勒汽车公司都曾由于采取过这种做法而先后从顶峰上跌下来；而美国可口可乐公司，在不同的时期，都积极地向市场提供消费者喜欢的产品，而不是据守于单品种的可乐饮料市场，公司不仅开发了各种非可乐饮料，在软饮料市场上不断进取，而且在酒精饮料市场上也大举图谋，这就没有给竞争对手更多的可乘之机。作为世界饮料业的巨子，可口可乐公司的市场领先地位得以长期稳固。

2. 侧翼防御

侧翼防御是指市场领先者对在市场上最易受攻击处，设法建立较大的业务经营实力或是显示出更大的进取意向，借以向竞争对手表明：在这一方面或领域内，本企业是有所防备的。比如，20 世纪 80 年代中期，当 IBM 公司在美国连续丢失个人计算机市场和计算机软件市场份额后，对行业或是组织市场的用户所使用的小型计算机加强了营销力度，率先采用改良机型、降低产品销售价格的办法来顶住日本和西德几家计算机公司在这一细分市场上的进攻。

3. 先发制人的防御

这是一个以进攻的姿态进行积极防御的做法，即在竞争对手欲发动进攻的领域内，或是在其可能的进攻方向上，首先挫伤它，使其无法进攻或不敢再轻举妄动。例如日本精工公司在世界各地市场分销达 2 300 种钟表产品，使竞争对手很难找到其没有涉足的领域。日本本田公司素以生产摩托车闻名，该公司从 20 世纪 80 年代中期开始进入轿车生产领域，但仍然每年推出几款新型摩托车产品。每当有竞争对手生产同样摩托车产品时，本田公司就采取首先降价的防御措施，因此该公司在摩托车市场的领先地位得以长久保持。

4. 反击式防御

当市场领先者已经受到竞争对手攻击时，采取主动的，甚至是大规模的进攻，而不是仅仅采取单纯防御的做法，就是反击式防御。如日本的松下公司每当发现竞争对手意欲采取新促销措施或是降价销售时，总是采取增强广告力度或是更大幅度降价的做法，以保持该公司在电视、录像机、洗衣机等主要家电产品的市场领先地位。

5. 运动防御

运动防御指市场领先者将其业务活动范围扩大到其他领域，一般是扩大到和现有业务相关的领域。如美国施乐公司为保持其在复印机产品市场的领先地位，从 1994 年开始，积极开发电脑复印技术和相应软件，并重新定义本公司是"文件处理公司"而不再是

"文件复制公司"，以防止随着计算机技术对办公商业文件处理领域的渗入而使公司市场地位被削弱。

6. 收缩防御

当市场领先者的市场地位已经受到来自多个方面的竞争对手的攻击时，企业自己可能受到短期资源不足与竞争能力限制，只好采取放弃较弱业务领域或业务范围、收缩到企业应该主要保持的市场范围或业务领域内，就是收缩防御。收缩防御并不放弃企业现有细分市场，只是在特定时期集中企业优势，应付来自各方面竞争的威胁和压力。可口可乐公司在 20 世纪 80 年代放弃了公司曾经新进入的房地产业和电影娱乐业，以收缩公司力量对付饮料业越来越激烈的竞争。

（三）扩大市场份额的战略

市场领先者也可以在有需求增长潜力的市场中，通过进一步扩大市场份额来寻求发展。据有关的研究认为，"市场份额在 10% 以下的企业，其投资报酬率在 9% 左右……而市场份额超过 40% 的企业将得到 30% 的平均投资报酬率，或者是市场份额在 10% 以下的企业的平均投资报酬率的 3 倍"。

对于市场领先者来说，实行扩大市场份额的战略能取得有效结果的条件：一是市场需求弹性较大，这样通过扩大市场份额可以取得成本经济性。二是顾客对产品具有"质量响应"的特点。所谓"质量响应"是指随着产品质量提高，顾客愿意为之支付更高的产品价格。这样，企业就可能为质量的提高而获取质量溢价。

扩大市场份额战略的主要做法有：

1. 产品创新

产品创新是市场领先者主要应该采取的能有效保持现有市场地位的竞争策略。20 世纪 80 年代中期，日本松下公司平均每 6 个月对其录像机产品进行更新，Intel 公司每 6 个月会更新其 CPU 产品。

📖 案例衔接 6-2

小米产品创新改变世人对中国制造印象

海尔智能家居的挑战者不仅是格力、海信，悄然而来的还有做智能手机的小米品牌，它把多年停留在概念上的智能家居玩得风生水起，小米电视、小米电饭煲、小米电水壶、小米电风扇，这些家电企业多年的产品，如今被小米智能化超越了。

"新国货运动"是小米科技创始人雷军常常提到的一句话。雷军说，自己创办小米的时候，一直在思考一个问题："中国已经成为世界的制造大国，为什么我们自己做出来的国货，中国消费者很多时候评价并不高？"

"多数人都觉得国产货很 low（低下）、廉价，质量不怎么样。"雷军分析，这是因为以前中国还处在商品稀缺的阶段，只要商品能够做得出来就会有人买，大家没有动力去改变这件事。但随着生产力水平的提升，改革开放 30 多年的发展，从"商品稀缺"到了"商品过剩"，而中国消费者的消费需求也在发生变化，随着消费升级，他们需要越来越多的好产品。

　　"5年前就是从这个基本的想法出发，我们开始做小米。"雷军说，"如果用10年的时间，小米有二三十个单品成为世界第一，我觉得小米就能够带领中国的整个产业，改变世界对我们的印象。"

　　以小米插线板为例，雷军坦言："这个插线板真的没想到一干就干了一年半时间，因为可能比大家想象的难。"

　　"如果你要想做好，几乎每个器件都需要定制，连每根线都需要定制，因为原有的柔韧度不够，结果花了1 000万元的研发费用干了1年半才做了插线板。做完以后一发布，相当受欢迎，远远超出了我的想象。"

　　除了插线板，小米生态链上的企业还生产空气净化器、手环、移动电源，到2015年年底，有十几家已经发布了产品。

　　"我希望通过这样的方式，带动整个中国在制造、在产品上往前走一大步。"雷军总结，20世纪70年代索尼这样的公司崛起带动了整个日本工业。在80年代的时候，三星这样的公司带动了韩国工业。现在希望小米能够推动整个中国"新国货运动"，帮助更多的创业公司，一方面使优质的产品在各行各业里能够大量出现，另一方面，希望借助互联网的效率，将这些产品做到足够便宜，让每一个消费者都能享受科技的乐趣。

（https://www.yicai.com/news/4741982.html 根据网络资料整理）

2. 质量策略

　　质量策略也是市场领先企业采用较多的市场竞争策略。即不断向市场提供超出平均质量水平的产品。这种竞争做法，或者是为了直接从高质量产品中得到超过平均投资报酬率的收入；或者是在高质量产品的市场容量过小时，不是依靠其获得主要营销收入，而仅仅是为了维持品牌声誉或保持企业产品的市场号召力，从而能为企业的一般产品保持较大市场销售量。

3. 多品牌策略

　　此策略为美国的P&G（宝洁）公司首创，即在企业销路较大的产品项目中，采用多品牌营销，使品牌转换者在转换品牌时，都是在购买本企业的产品。

4. 增加或是大量广告策略

　　市场领先企业，往往可以在一定的时期，采用高强度多频度的广告来促使消费者经常保持对自己的品牌印象，增加其对品牌熟悉的程度或产生较强的品牌偏好。

5. 有效或较强力度销售促进

　　通过更多销售改进工作来维持市场份额。如不断加强售后服务，提供更多质量保证，建立更多的销售和顾客服务网点。

二、市场挑战者的竞争战略

　　市场挑战者是市场占有率位居市场领先者之下而在其他的竞争对手之上的企业，并不能完全把它们看成是竞争实力一定次于市场领先者的，因为有时很可能它们是一些很有实力的企业，因为暂时对某项业务还没有投入更多精力或还没有将其作为主要业务来发展。市场挑战者往往可以采取两种竞争战略：一是向市场领先者发起进攻，夺取更多的市场份额；二是固守已有的市场地位，使自己成为不容易受到其他竞争者攻击的对象。

（一）市场挑战者的战略目标

市场挑战者可有两类战略目标，即进攻目标和固守目标。

1. 进攻目标

市场挑战者在市场上发起进攻，或是攻击市场领先者较弱的细分市场，或是攻击比自己更小的企业。当市场挑战者具有如下条件时，就可以考虑选取进攻目标：

（1）当企业在行业中具有一定的市场声望，并且可以利用已有声望来扩大现有的市场份额，而又难以寻找到新的市场时；

（2）当企业财力较强，有充足的资金积累，却还没有更为适宜的新投资领域时；

（3）当主要的竞争者——它们可能是一个市场领先者，也可能是一个和自己的地位相差不多的挑战者——转换了战略目标，而竞争对手所实行的新的营销战略和本企业已经实行的营销战略很类似时；

（4）主要的竞争者如果正在犯某种营销错误，留下可乘之机时。

2. 固守目标

市场挑战者在下列情况或有下列条件时，采取固守战略：

（1）当所在行业市场需求处于总体性缩小或衰退时；

（2）估计竞争对手会对所遭受的进攻做出激烈反应，而本企业缺乏后继财力予以支撑可能出现的长期竞争消耗战时；

（3）企业虽找到了更好的新的投资发展领域，但对新领域的发展风险不能准确估计，因而需要在现有的市场中维持一段时间时；

（4）主要的竞争对手调整了竞争战略或采用了新的营销战略目标，本企业一时还不能摸清对手意图时。

（二）市场挑战者的进攻战略

市场挑战者在本行业中要寻求进一步的发展，一般要靠采取进攻战略。因此，进攻战略是市场挑战者主要奉行的竞争战略。

市场挑战者的进攻战略主要有五种：

1. 正面进攻

该战略是正面地向对手发起进攻，攻击对手真正实力所在，而不是它的弱点。即便不能一役以毙之，也可极大消耗对手实力。进攻的结果，取决于谁的实力更强或更有持久力，即正面进攻采取的是实力原则。正面进攻的常用做法有：

（1）产品对比。将自己的产品和竞争对手的产品用合法形式进行特点对比，使竞争者的顾客相信应重新考虑是否有必要更换品牌。比如百事可乐公司就曾利用可口可乐公司产品配方保密的特点，在伊斯兰国家散布可口可乐公司是由犹太血统的人领导的，并说可口可乐中掺有猪油，曾使许多阿拉伯国家听而信之，禁止进口"可口可乐"。

（2）采用攻击性广告。即使用同竞争者相同的广告媒介，拟定有对比性的广告文稿，针对竞争者的每种广告或广告中体现的其他的营销定位因素进行攻击。如在巴西占市场份额第二的剃刀片制造商，向占市场第一位的美国吉利公司发动进攻时，用了这样的广告："'它的价格是最低的吗？''不！''它的包装是好的吗？''不！''它是最耐用的吗？''不！''它给经销商最优惠的折扣吗？''不！'。"表现出咄咄逼人的攻势。

（3）价格战。价格战既是传统竞争手法，也是今天为市场挑战者在比较极端的情况下仍会考虑采用的竞争战略。价格战的后果是难以预料的，尤其是可能使参战的每一方都受到损失，甚至严重损失。所以，在现代营销活动中，价格战并不是市场挑战者首选的战略。价格战有两种做法：一是将产品的价格定得比竞争者价格更低，或是调整到低于竞争者的价格。如果竞争者没有采取降价措施，而且消费者相信本企业所提供的产品在价值上和竞争者，尤其和市场领先者的产品相当，则此种方法会奏效。二是采用相对降低价格的做法。即企业通过改进产品的质量或提供更多的服务，明显提高产品可觉察价值，但保持原销售价格。这要求企业做到：必须在提高质量的同时，采取降低成本的方法，以能够保持原来的盈利水平；必须能使顾客相信或有相应的价值感觉，使顾客能认为本企业的产品质量高于竞争者；必须是为"反倾销"立法所允许的，即在法律许可的范围内。

2. 侧翼进攻

侧翼进攻采取的是"集中优势兵力攻击对方的弱点"的战略原则。当市场挑战者难以采取正面进攻时，或者是使用正面进攻风险太大时，往往会考虑采用侧翼进攻。侧翼进攻包括两个战略方向——地理市场或细分市场，来向对手发动攻击。

（1）地理市场战略方向。向同一地理区域市场范围竞争对手发起进攻。常用的做法主要有两种：一是在竞争对手所经营的相同市场范围内，建立比竞争对手更强有力的分销网点，以"拦截"竞争对手的顾客；二是在同一地理区域内，寻找到竞争对手产品没有覆盖的市场片，即"空白区"，占领些区域并组织营销。

（2）细分市场的战略方向。指利用竞争对手产品线的空缺或是营销组合定位的单一而留下的空缺，冲入这些细分市场，迅速地用竞争对手所缺乏的产品品种加以填补。美国微软公司的比尔·盖茨当年就是利用了各个大型电脑公司 DOS 操作系统互不兼容的特点，创立出通用性很好的个人微机 DOS 操作系统而发展起来的。实际上，当年微软公司的DOS 产品，是向所有市场领先者发动攻击。但盖茨并没有专门针对任何特定竞争对手产品，而攻击的是这些对手的共同弱点所在。因此使这些各自为战的大公司都"束手无策"，以致微软公司"坐大"，成为世界电脑软件产品的领袖。

案例衔接 6-3

义乌开出全球首家新能源产品细分市场

全球首个新能源产品数字市场开业，义乌市场迎来又一次升级迭代。

2023 年 3 月 17 日，国际商贸城二区东新能源数字市场正式开业，标志着义乌市场又一次革新，其高度细分的垂直化布局，满足了经营户和采购商更精准地选品、贸易数字化的需求，开启传统市场向数字市场跃迁的重要一步。据悉，新能源产品数字市场借助义乌太阳能光伏产业基础打造，是国内乃至全球首个新能源产品展示交易的专业市场。

义乌市政府相关负责人表示："义乌市场作为市场贸易变革先进者，在传统市场向数字市场的跃迁中迈出重要一步，以二区东新能源市场为试点和抓手，加快数字基建和数字贸易平台搭建。"新能源市场定位义乌未来数字市场样板，未来将围绕新贸易、新地标、新市场三条主线，提供一站式数字化国际贸易履约服务，为第六代市场——全球数字贸易中心提供探索样板。

（https://new.qq.com/rain/a/20230317A05IX300根据网络资料整理）

3. 包围进攻

包围进攻是在对方市场领域内，同时在两个或两个以上的方面发动进攻的做法。用来对付如果只在单一方面进攻会迅速采取反应的竞争对手，使被攻击者首尾难顾。该战略要求具有的条件是：

（1）竞争对手留下的市场空白不止一处，因而提供比竞争对手更多的东西，使消费者愿意接受或是迅速采用；

（2）本企业确实具有比竞争对手更大的资源优势。

包围战略奉行的是"速决速胜"原则，尽快使攻击奏效，不陷入"持久战"的泥潭中。日本的索尼公司在向原由美国几大公司控制的世界电视机市场进攻时，采用了此类做法。即提供的产品品种比任何一个美国公司提供的产品品种都齐全，使当时这些老牌大公司节节败退。

4. 绕道进攻

绕道进攻如同采用军事上的"迂回进攻"的方法，即尽量避免正面冲突，在对方没有防备的地方或是不可能防备的地方发动进攻。对于市场挑战者来说，有三种可行方法：

（1）多样化，即经营相互无关联的产品；

（2）用现有的产品进入新的地区市场发展多样化；

（3）以用新技术为基础生产的产品来代替用老技术生产的产品。其中，尤以用新技术生产产品的做法最容易获得成功。

5. 游击进攻

游击进攻是采用"骚扰对方""拖垮对方"的方法，适合实力较弱、短期内没有足够财力的企业，在向较强实力对手发起攻击时采用。此做法的特点是：进攻不是在固定的地方、固定方向上展开，而是"打一枪换一个地方"，如采用短期促销、降价、不停变换广告，进行骚扰等。

游击进攻不是企图取得直接胜利，企业不可能靠"游击方法"彻底战胜竞争对手。所以，有时市场挑战者往往是在准备发动较大的进攻时，先用游击进攻作为全面进攻的战略准备，迷惑对手，干扰对手的战略决心或者是"火力侦察"。

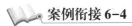

案例衔接 6-4

百事可乐"红"了

百事可乐与可口可乐向来是一蓝一红，泾渭分明，但百事公司在中国率先打破了这一分界。百事可乐在新的促销活动中一反常规地推出了红色可乐罐。

为了支持中国国家运动队，百事可乐公司给百事可乐罐配上了中国国旗的颜色。不过除一道蓝色条纹外通体红色的新可乐罐也让不少人感到惊讶——它与可口可乐奥运纪念罐的外观颇为相似。而百事可乐此次"换红装"只会在中国市场推广，是"百事敢为中国红"等一系列支持中国国家队活动中的一项。百事公司计划红色包装的百事可乐仅销售一个季度，具体生产数量也没有确定。显然对于百事可乐而言，这个变化是一次大胆的尝试。

在北京奥运会临近之际，百事可乐与可口可乐都在竞相摇旗呐喊，希望将更多碳酸饮料消费者吸引到自己品牌的旗下。面对作为奥运赞助商的对手，百事可乐此次以国家自豪为突破口，将产品包装与国旗挂钩可谓大胆的游击式营销。此举既搭上了奥运会的便车，又没有越过奥运赞助商的雷池半步。百事可乐哪怕是暂时采取红色包装，也能搅浑可口可乐这潭水。要知道，在美国可口可乐的红色已是其标志性颜色，但在中国该品牌认知度及忠诚度较低的市场却并非如此。

（http://news.ppzw.com/article_print_96391.html 根据网络资料整理）

三、市场追随者的竞争战略

（一）市场追随者竞争战略的特点

对于市场份额大大小于市场领先者的追随者来说，其如果没有产品在技术上的真正进步或营销组合上有效改进的办法与机会，那么就要在取得的市场份额内，不断改进营销，通过增加顾客的满意度来保持顾客。市场追随者如果主动细分市场、集中力量于最优顾客群，向他们提供比所有竞争对手都好的营销服务，或进行有效市场与产品开发，着重实际的盈利水平而不是追求不实际的市场份额，并且采取有效的营销管理，也可成为非常成功的企业。

（二）市场追随者的战略类型

市场追随者有以下三种战略类型：

1. 紧紧追随

紧紧追随是指在尽可能多的细分市场和营销组合中模仿市场领先者的做法。在这种情况下，市场追随者很像是一个市场挑战者。但是市场追随者采取避免直接发生冲突的做法，使市场领先者的既有利益不受妨碍或威胁。比如，在产品功能上，市场追随者可以和市场领先者一致；但是在品牌声望上，却和市场领先者保持一定差距。

2. 保持一段距离的追随

市场追随者总是和市场领先者保持一定的距离，如在产品的质量水平、功能、定价的性能价格比、促销力度、广告密度，以及分销网点的密度等方面，都不使市场领先者和挑战者觉得市场追随者有侵入的态势或表示。市场领先者往往很乐意有这种追随者存在，并让它们保持相应的市场份额，以使自己更符合"反垄断法"的规定。采取这种策略的市场追随者一般靠兼并更小的企业来获得增长。

3. 有选择的追随

采取在某些方面紧跟市场领先者，而在另外一些方面又走自己的路的做法。这类企业具有创新能力，但是它在整体实力不如对方的时候，需要采用完全避免直接冲突的做法，以便企业有时间悉心培养自己的市场和竞争实力，可望在以后成长为市场挑战者。

四、市场补缺者的竞争战略

除了寡头竞争行业，其他行业中都存在一些数量众多的小企业，这些小企业差不多都是为一个更小的细分市场或者是为一个细分市场中存在的空缺提供产品或服务。中国台湾地区就有不少照相器材产品制造商，专为世界大公司主流产品生产配套产品，如快门线、镜头盖用的连接线、脚架套等；中国台湾地区也是目前世界上最大的计算机配套产品生产地。再如我国许多街道小厂，原来生产冰箱保护器这类小产品等。由于这些企业对市场的补缺，许多大企业可集中精力生产主要产品，而这些小企业也可获得很好的生存空间。

作为市场补缺者，在竞争中最关键的是应该寻找到一个或多个安全的和有利可图的补缺基点。理想的市场补缺基点应该具有的特点是：

第一，有足够的市场需求量或购买量，从而可以获利；

第二，有成长潜力；

第三，为大的竞争者所不愿经营或者是忽视了的；

第四，企业具有此方面的特长，或者可以很好地掌握补缺基点所需要的技术，为顾客提供合格的产品或服务；

第五，企业可以靠建立顾客信誉保卫自己，对抗大企业攻击。

补缺战略的关键其实是"专业化"，即利用分工原理，专门生产和经营具有特色的或是拾遗补阙的市场需要的产品或服务。由于是在一个较小的领域内追求较大市场份额，补缺也可以使那些最小的企业获得发展或者是取得较高的投资盈利。一般而言，在以下几方面可以找到专业化的竞争发展方向：

第一，最终使用者的专业化。专门为最终使用用户提供服务或配套产品，如一些较小的计算机软件公司专门提供防病毒软件，成为"防病毒专家"。

第二，纵向专业化。专门在营销链的某个环节上提供产品或服务，如专业性的设备搬运公司、清洗公司等。

第三，顾客类型专业化。集中力量专为某类顾客服务，如在产业用品的市场上，存在许多为大企业忽视的小客户，市场补缺企业专为这些小客户服务。某些小型装修公司专门承接家庭用户的住房装修业务，这些是大型装修公司所不愿意为之的。

第四，地理区域专业化。将营销范围集中在比较小的地理区域，这些地理区域往往具有交通不便的特点，大企业不愿经营。

第五，产品或产品线专业化。企业专门生产一种产品或是一条产品线，这些产品是被大企业看作市场需求不够、达不到经济生产批量要求而放弃的，如家用电器维修安装业务。

第六，定制专业化。当市场领先者或是市场挑战者比较追求规模经济效益时，市场补缺者往往可以碰到许多希望接受定制业务的顾客。专门为这类客户提供服务，构成一个很有希望的市场。近年来，我国城市中的许多家庭，在住房装修、家具等产品和服务方面，越来越倾向于定制，就为许多小企业或个体业主提供虽然分散却数量极大的营销机会。

第七，服务专业化。专门为市场提供一项或有限的几项服务。近年来我国城市中出现的许多搬家服务公司、家教服务中心，农村中的农技服务公司、种子服务公司等，就是小企业采用这类专业化发展的做法实例。

本章小结

市场竞争是构成营销的重要的基础要素，竞争就是指两个以上企业在同一市场生产提供相同或可替代产品。从营销角度对竞争分类，主要有欲望竞争、类别竞争、形式竞争和品牌竞争。竞争对手是市场竞争的行为主体，能够生产提供与一个企业相同产品或服务的其他企业，就是这个企业的竞争对手。从营销管理角度对竞争对手进行分类，重要的是按占有份额划分，从大到小有市场领先者、市场挑战者、市场追随者和市场补缺者。

市场领先者的竞争战略主要是保持已有的市场份额，主要奉行扩大市场总规模、防御和扩大市场份额的战略。市场挑战者具有进攻性，主要奉行进攻战略，进攻战略有正面进攻、侧翼进攻、包围进攻、绕道进攻和游击进攻。市场追随者需要保持现有份额并谋求一定发展，主要的竞争战略有紧紧追随、保持一定距离的追随和有选择的追随。市场补缺者都是小企业，在竞争中要按专业化分工的原则确定发展方向，找到"理想的补缺基点"来获得发展机会。

练习题

一、单项选择题

1. 企业要制定正确的竞争战略和策略，就应深入地了解（　　）。

A. 技术创新　　　　B. 消费需求　　　　C. 竞争者　　　　D. 本企业特长

2. 产品导向的适用条件是（　　）。

A. 产品供不应求　　　　　　　　B. 产品供过于求

C. 产品更新换代快　　　　　　　D. 企业形象好

3. 对某些特定的攻击行为没有迅速反应或强烈反应的竞争者属于（　　）。

A. 从容型竞争者　　B. 选择型竞争者　　C. 凶狠型竞争者　　D. 随机型竞争者

4. 一般来说，"好"的竞争者的存在会给公司（　　）。

A. 增加市场开发成本　　　　　　B. 带来一些战略利益

C. 降低产品差别　　　　　　　　D. 造成战略利益损失

5. 企业根据市场需求不断开发出适销对路的新产品以赢得竞争的胜利属于（　　）。

A. 速度制胜　　　　B. 技术制胜　　　　C. 创新制胜　　　　D. 优质制胜

6. 企业要通过攻击竞争者而大幅度地扩大市场占有率，应攻击（　　）。

A. 近竞争者　　　　　B. "坏"竞争者　　C. 弱竞争者　　　　D. 强竞争者

7. 市场领先者扩大市场总需求的途径是（　　　）。

A. 寻找产品新用途　B. 以攻为守　　　　C. 扩大市场份额　　D. 正面进攻

8. 市场领先者保护其市场份额的途径是（　　　）。

A. 以攻为守　　　　　B. 增加使用量　　　C. 转变未使用者　　D. 寻找新用途

9. 市场追随者在竞争战略上应当（　　　）。

A. 攻击市场领先者　　　　　　　　　　B. 向市场领先者挑战

C. 跟随市场领先者　　　　　　　　　　D. 不做出任何竞争反应

10. 市场利基者发展的关键是（　　　）。

A. 多元化　　　　　　B. 避免竞争　　　　C. 紧密跟随　　　　D. 专业化

二、名词解释

1. 市场竞争

2. 市场领先者

3. 市场挑战者

4. 市场追随者

5. 市场补缺者

三、案例分析

东鹏特饮反超红牛

根据尼尔森 IQ《功能饮料市场增长研究分析报告》，我国能量饮料行业集中度高，市场前五名品牌（红牛、东鹏特饮、乐虎、中沃、魔爪）市场占有率达到 89.90%。其中东鹏特饮的市场份额持续提升，据东鹏饮料年报显示，2021 年，东鹏销售量占比 31.7%，首次超越红牛成为能量饮料市场第一，销售额占比 23.40%，位居市场第二。

纵观"东鹏新霸主争夺战"，其战略明显分两步走：2015 年前，截取红牛现实流量；2015 年后，另辟新细分赛道，成就行业 TOP1 地位。

2013 年，红牛把从 2005 年开始使用的广告语"困了累了喝红牛"改为"你的能量超乎你想象"，东鹏特饮也随之将广告语改为"累了困了喝东鹏特饮"，借助红牛给消费者留下的功能饮料印象进行消费者培育。要注意的是，该阶段东鹏确实是在模仿红牛，抢占红牛的主体客户群体：泛蓝领群体。但是 2015 年以后，东鹏不止换了广告语，整体战略也发生了重大改变。

2015 年开始，东鹏饮料正式确定"品牌年轻化"战略。创始人林木勤把"年轻就要醒着拼"作为东鹏特饮新的 Slogan（标志），将原本功能饮料满足体力需求变为体力和精神需求兼顾，目标客群也从泛蓝领群体扩大至整个年轻人群体。2022 年，作为官方指定功能饮料，东鹏绑定体育赛事如杭州亚运会、汕头亚青会，持续打造品牌年轻化，塑造体育健儿"为国争光，东鹏能量"的拼搏形象。

（https://www.bilibili.com/read/cv22418447根据网络资料整理）

问题：东鹏特饮在 2015 年之前主要处于何种竞争地位？2015 年之后使用的是何种竞争战略？

第七章 市场营销的 STP 战略

📐 知识目标

通过本章内容学习正确市场细分的方法与步骤，理解市场细分中应遵循的原则，掌握市场细分的内涵、市场细分的标准，以及企业采用不同目标市场战略的条件及应考虑的因素。

🎯 德育目标

通过本章内容学习，提升学生对中国文化和中国特色社会主义市场的热爱，增加学生对中国文化的自信，帮助学生了解中国市场特点，培养学生针对中国市场情况进行分析的能力。

📦 开篇案例

小罐茶，大师做

小罐茶的创始人为了有效地锁定目标客户群，挖尽了心思。

首先，小罐茶创始人对使用茶叶的顾客进行了分析，发现饮用茶叶的顾客分布广泛。整个茶叶市场上可以识别出中、低、高三类消费群体。然后，又对竞争对手的目标顾客进行调查分析。在了解了每种顾客会对哪种茶叶有强烈需求后发现：单品类茶叶销售有很大的人群局限性，而全品类覆盖又不现实。

这条宝贵的信息，成为小罐茶爆破茶叶大楼的应力点。

对这条信息，小罐茶做的举措可谓是教科书级别的。为了避免单品类茶叶无法满足消费者需求的弱势，小罐茶有技巧地筛选出市场上主流知名品类中的八款茶品——普洱茶、大红袍、西湖龙井、铁观音、黄山毛峰、茉莉花茶、白茶、滇红，并将注重茶叶质量、具有高端茶叶消费需要的群体作为主要目标客户群体。这类客户较为"挑剔"：他们不仅比较重视产品的质量，并且对产品的外观设计及包装、使用体验等也有着高质量的要求。

为了能够在同质化的茶叶市场中脱颖而出，小罐茶特地邀请了日本工业设计大师神原秀夫亲自把关产品的包装设计，由他设计的"一罐一泡"的铝制小罐一经上市，很快得到了市场的大众的青睐。近几年来小罐茶仍在不断地保持视觉外形更加时尚、现代化。

为了更好地打动顾客，提高自己的品牌影响力，小罐茶特地请来了制茶业的八位大师，让八位制茶大师深度参与取材过程。这让小罐茶的每一单品都有全国公认的制茶大师把关，从而凸显了其高贵的品质。

小罐茶将铝制包装首次运用在了茶叶上，并开辟了"一罐一泡"的独特方法，实现了同类产品视觉差异化。考虑到自己的目标客户主要为中高端消费者群体，小罐茶对茶叶的品质要求、便携性、卫生性和体验性的要求较高。为了充分发挥这个优势，在附加产品上，小罐茶设计出了独创的铝制充氮工艺和小罐茶茶具。

从清朝中国对外贸易基本茶叶"垄断"，到如今出口的茶叶比率在不断减少，但实际数量仍在增大，我们看到了祖国的强大，同时也清楚地认识到经济的繁荣，每一件商品都在扮演着不同的身份。让我们这样想象一下：未来，小罐茶成为中国茶叶的领军品牌，它给中国市场注入无限的活力。各大新兴的茶叶品牌，在这片大地如同雨后春笋般涌现。它们追逐着小罐茶的脚步，砥砺前行。它们扮演着不同的角色，让茶叶成为每个人生活的一部分。

（https://baijiahao. baidu. com/s?id=1693912800286146864&wfr=spider&for=pc 根据网络资料整理）

确认和分析预期消费者的过程是目标市场营销的关键，也是制定一个成功的营销战略的关键。战略营销的制定过程需要经历三个主要阶段，如图 7.1 所示。

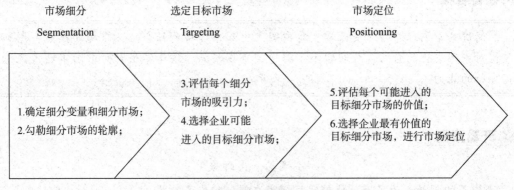

市场细分	选定目标市场	市场定位
Segmentation	Targeting	Positioning

图 7.1　目标市场营销战略的步骤

第一节　市场细分战略

一、市场细分的概念及理论依据

（一）市场细分的概念

不同的消费者对某种特定的物品有不同的需求，如由消费者的年龄、性别或适用场合所决定的对服装或鞋子的不同需求。面对需求的不同，营销者若想满足不同消费者的预期要求，就必须把整体市场划分成若干个不同的群体，并加以详细分析。只有这样，才能真正了解各个消费者群体想要从所购买的提供物中获得什么利益。

市场细分（Market Segmentation）就是以消费者需求的某些特征或变量为依据，区分具有不同需求的顾客群体。市场细分以后所形成的具有相同需求的顾客群体成为细分市场或分市场。分属不同细分市场的客户对同一产品的欲望和需求存在明显的差别，满足这种差别有利于企业营销效率的提高。

（二）市场细分战略的产生与发展

考察现代市场营销发展史，企业最初实行的是大量市场营销，后来随着市场形势的变化转而实行产品差异化营销，第二次世界大战之后开始实行目标市场营销。市场细分是 20 世纪 50 年代中期美国市场营销学家温德尔·斯密（Wendell R. Smith）首次提出的。

大量营销（Mass Marketing），也称为大众化营销，指卖方大量生产某种规格单一的产品，并通过众多的渠道大量推销这种产品，试图用这一产品来吸引市场上所有的购买者，如在 20 世纪 60 年代之前的可口可乐饮料、福特黑色 T 型车，中国改革开放前的灰色、蓝色中山装，永久、飞鸽自行车等。因为物资短缺，生产观念在企业中颇为盛行，大多数企业实行大量营销，这种营销方式可以大大降低成本和价格，创造尽可能大的潜在市场，获得更多的利润。现在，大量营销在许多消费品市场已经走到了尽头。

产品差异化营销（Product Different Marketing），指企业向市场推出多种与竞争者产品不同的，具有不同质量、外观、性能的品种各异的产品，如不同号码、不同面料、不同颜色或款式的服装，试图满足不同消费者的各种需求。从大量营销到产品差异化营销是一个进步，但它的出发点仍旧是厂商，细分的依据多来自产品的设计、技术和材料等，而非来自对顾客需求的认知，也没有明确的目标市场。因此，它带有很大的盲目性，其结果是不仅没能很好地满足消费者的需要，而且由于产品的规格型号过多导致生产的复杂性、小批量和高成本，以及库存增加，占压资金过多，而导致财务费用上升。

目标市场营销（Target Marketing），指以顾客的需要为出发点，在调研细分市场需求的基础上，选择出最适合公司的有吸引力的目标市场，按照目标市场的需求特征，去开发与之相适应的产品或服务的营销组合。康师傅红烧牛肉面就是针对大陆北方人这一目标市场的需求特征而开发的。20 世纪 50 年代，处在买方市场形势下的西方企业纷纷接受现代市场营销观念，开始实行目标市场营销，于是市场细分策略应运而生。市场细分理论的产生，使传统营销观念发生了根本的变革，体现了以顾客为中心的营销哲学，而前两者则表现为以厂商为中心的营销观念，在理论和实践中都产生了极大的影响，被西方理论家称为"市场营销革命"。

二、市场细分的作用

（一）有利于发现市场机会，开拓新市场

市场营销机会是已出现于市场但尚未加以满足的需求。这种需求往往是潜在的，一般不易发现。运用市场细分的手段便于发现这类需求，并从中寻找适合企业开发的需求，从而抓住市场机会，使企业赢得市场主动权。例如，香港香皂市场竞争一直很激烈，但我国外贸部门通过市场细分发现，香港香皂市场竞争激烈的主要是高中档产品，低档香皂却是

一个"空当"。于是内地香皂业利用工资低的优势，顺利地进入了香港低档香皂市场。

（二）有助于掌握目标市场的特点，有针对性地制定营销策略

每一个企业的营销能力对于整体市场来说，都是有限的。所以，企业必须将整体市场细分，确定自己的目标市场，把自己的优势集中到目标市场上。否则，企业就会丧失优势，从而在激烈的市场竞争中遭受失败。特别是有些小企业，更应该注意利用市场细分原理，选择自己的市场。而且在细分后的市场上，信息容易了解和反馈，一旦消费需求发生变化，企业可迅速改变营销策略，制定相应的对策，提高企业的应变能力和竞争能力。

（三）有利于集中资源投资于目标市场

任何一个企业的资源，包括人力、物力、资金都是有限的，所以，合理地利用资源是每个企业营销管理的目标。通过细分市场，一旦选择了适合自己的目标市场，企业就可以集中人、财、物等资源，先争取局部市场上的优势，然后再控制选定的目标市场的消费需求。

（四）有利于提高企业竞争力

在企业之间竞争日益激烈的情况下，通过有效地市场细分，有利于发现目标消费者群的需求特性，从而调整产品结构，增加产品特色，提高企业的市场竞争能力，有效地与竞争对手相抗衡。例如，日本有两家最大的糖果公司，以前生产的巧克力都满足儿童消费市场，森永公司为增强其竞争能力，经过市场调查与充分论证，研制出一种"高王冠"的大块巧克力，定价70日元，推向成人市场。明治公司也不甘示弱，通过市场细分，选择了三个子市场：初中生市场、高中学生市场和成人市场。该公司生产出两种大块巧克力，一种每块定价40日元，用于满足十二三岁的初中学生；另一种每块定价60日元，用于满足十七八岁的高中学生。两块合包在一起，定价100日元，适合满足成人市场。明治公司的市场细分策略，比森永公司高出一筹。

三、市场细分的标准

细分市场，确定标准是关键。市场细分的基础是消费者需求的差异性，所以凡是使消费者需求产生差异的因素都可以作为标准。由于各类市场的特点不同，因此市场细分的标准也有所不同。

（一）消费者市场的细分标准

消费者市场的细分通常是求大同存小异。一般从事消费品市场研究的人员，通常把消费品市场的细分标准概括为地理因素、人口统计因素、心理因素和行为因素四个方面，每个方面又包括一系列的细分变量，如表 7.1 所示。

表 7.1　消费品市场细分标准表

细分标准	细分变量
地理因素	地理位置、城镇大小、地形、地貌、气候、交通状况和人口密度等
人口统计因素	年龄、性别、职业、收入、民族、宗教、教育、家庭人口和家庭生命周期等
心理因素	生活方式、性格、购买动机和态度等
行为因素	购买时间、购买数量、购买频率和对品牌忠诚度等

1. 按地理因素细分

按地理因素细分，就是按消费者所处的地理位置、地理环境等变数来细分市场。处在不同地理环境下的消费者，对于同一类商品往往会有不同需求和偏好。例如，对摩托车的选购，城市居民喜欢式样新颖、豪华的踏板车型，而农村的居民则喜欢坚固耐用的粗犷车型。因此，对消费品市场进行地理位置细分是非常必要的。

（1）地理位置。我国地域广阔，地区之间经济发展不平衡，形成了具有不同购买力的区域市场。按行政区域细分，在我国可以划分为华北、东北、华东、中南、西北、西南等几个地区；也可以按照地理区域细分，如划分为省、自治区、市、县等，或内地、沿海、城市、农村等。不同地理位置的消费者需求存在着差异，沿海地区的消费水平明显高于内地，这些水平较高的区域市场就是奢侈品的主要销售市场。又如，按不同气候带划分市场，对销售防暑降温、御寒保暖的产品就是一种有效的市场细分方式。而在美国对咖啡味道的要求，东部人喜欢清淡，西部人则要求浓重一些。美国通用食品公司针对不同地区消费者偏好的差异而推销不同口味的咖啡，取得很好的效益。

📖 **案例衔接 7-1**

波司登羽绒服走向全世界

在着力推动产品创新的同时，波司登不断强化渠道升级，以更加精细化的经营方式为消费者带来更好的服务体验。一方面，波司登升级线下渠道发展，进驻国内主流商圈，同时在国外，开设英国伦敦全球旗舰店，在意大利进驻 350 多家买手店，覆盖主流人群。另一方面，波司登发力天猫等线上电商渠道，加强与消费者的触及和沟通。继天猫旗舰店开出后，波司登顺应户外生活方式趋势，在天猫重磅开启波司登户外旗舰店。户外产品销售细分化经营，为户外领域的消费者、中高端消费者提供更加便捷、优质的服务体验。据了解，波司登户外旗舰店上线产品涵盖春夏秋冬四季户外出行服装，满足露营、滑雪、登峰、商务、时尚休闲等多个场景穿搭，和消费者共同探索更丰富的户外生活方式。

（2）城镇大小。可划分为大城市、中等城市、小城市和乡镇。处在不同规模城镇的消费者，在消费结构方面存在较大的差异。例如，大城市的居民受到用地的制约，大多数只能购买商品房，而小城镇的居民则大多数可以自己建房。

（3）地形和气候。按地形可分为平原、丘陵、山区和沙漠地带等；按气候可分为热带、寒冷、亚热带、温带、长江以南、秦岭以北、秦岭以南等。不同的地理环境下的消费者，对同一类商品往往会出现差别较大的需求特征。例如，北方消费者对冬衣，耐寒、保暖用品需求时间长、数量大，而南方消费者则需要更多的春夏服装及雨具；饮食素来也有"南甜、北咸、东辣、西酸"之说。

2. 按人口统计因素细分

按人口统计因素细分，就是按年龄、性别、职业、收入、家庭人口、家庭生命周期、民族、宗教、国籍等变数，将市场划分为不同的群体。由于人口变数比其他变数更容易测量，因此适用范围更加广泛。

（1）年龄。不同年龄段的消费者，由于生理、性格、爱好和经济状况的不同，对消费品的需求往往存在很大的差异。因此，可按年龄将市场划分为各具特色的消费者群，例如，儿童市场、青年市场、中年市场和老年市场等。从事服装、食品、保健品、药品、健身器材、书刊等商品经营业务的企业，经常采用年龄来细分市场，但应注意心理年龄和生理年龄的差别。例如，美国福特汽车公司曾按照年龄来细分汽车市场，该公司专为想买便宜跑车的年轻人推出了"野马"牌车，可在实际销售中，很多中老年人也出人意料地加入购买者的行列，成为"野马"车的主要用户。福特公司的调查表明：中老年人认为驾驶"野马"车可使他们显得年轻。这说明"野马"车的目标市场不是生理上年轻的人，而是那些心理上年轻的人。

（2）性别。按性别可将市场分为男性市场和女性市场。不少商品在用途上有明显的性别特征，例如，男装和女装、男表和女表。在购买行为、购买动机等方面，男女之间也有很大的差异，例如，妇女是服装、化妆品、节省劳动力的家庭用具、小包装食品等市场的主要购买者。男士则是香烟、饮料、体育用品等市场的主要购买者。美容美发、化妆品、珠宝首饰、服装等许多行业，长期以来按性别细分市场。

案例衔接 7-2

随着消费升级，以及女性权利地位的提升，性别差异化开始越发明显，比如，化妆品领域最为常见的"男士专用"为一些新进入的小品牌留出了生存空间——因为绝大部分化妆品的目标顾客都是女性，但市场中有实力的大品牌林立，且市场已经充分细分，连孕期化妆品市场都已经竞争饱和，这时候新进入的小品牌很难生存，于是有了细分的男士专用化妆品，这里市场不是很大，但是竞争压力相对也很小，让后进入的小品牌可以在这个领域找到自己的竞争优势。曾经清扬洗发水首创了男士专用洗发水的概念，也令其产品的市场份额与认知度大大地跃进了很多。

反过来，很多看似男性专有的市场也存在很多女性顾客。比如曾经相机的制造霸主，一直觉得喜欢摄像的都是男性，所以无论从外观还是功能、体积等，都以男性顾客为参考因素，直到一位女性高管提出了女性更喜欢拍照，并尝试生产了一些操作简单、重量轻、体积小、外观可爱的相机，相机市场另外38%女性顾客份额才得以释放出来。现在手机已经取代了非专业相机，其中女性的使用率更超过男性，因此一些国产手机品牌在拍照功能上发力，很多甚至只是在后期处理（软件）上下功夫，却因此俘获了大量女性顾客。

（https://www.jianshu.com/p/46b97eba0468 根据网络资料整理）

（3）收入。收入的变化直接影响消费者的需求欲望和支出模式。根据平均收入水平的高低，可将消费者划分为高收入、次高收入、中等收入、次低收入、低收入五个群体。收入高的消费者比收入低的消费者购买更高价格的商品，例如汽车、钢琴、电脑、豪华家具、珠宝首饰等；收入高的消费者一般喜欢到大百货公司或品牌专卖店购物，收入低的消费者则通常在住地附近的商店、仓储超市购物。因此，汽车、旅游、房地产等行业一般按收入变数细分市场。

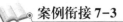

案例衔接 7-3

　　作为大众眼中"高价茶饮"的代表，喜茶此前一直维持着 30 多元的单价，在 2022 年也悄悄降价了。

　　1 月，喜茶宣布下调部分产品价格，其中，纯茶类降价 3~5 元、5 款水果茶降价 2~3 元、芝士茶降价 1 元。2 月，喜茶又宣布年内不再推出 29 元以上饮品，并承诺现有产品不涨价。后续更进一步宣布全线新品定价均不超过 20 元。

　　所有曾经被划分在高价位区间的奶茶品牌也一起降价了。3 月，奈雪的茶宣布推出 9~19 元的"轻松系列"，并承诺将每月上新至少一款 20 元以下产品。同月，乐乐茶也宣布将推出 20 元以下产品，最低价位产品低至 8 元。低于 10 元的价位，已然杀入了蜜雪冰城的"地盘"。

　　2020 年 4 月，#奶茶超过 30 元你还会喝吗#话题登上热搜，至此，30 元似乎成了奶茶界的价格分水岭。

　　（https://danji. szmianfei. com/a/8242. html 根据网络资料整理）

　　（4）民族。世界上大部分国家都拥有多种民族，我国更是一个多民族的大家庭，共有 56 个民族。这些民族都有自己的传统习俗和生活方式，从而呈现出各种不同的商品需求，例如，我国西北地区少数民族饮茶很多、回族不吃猪肉等。只有按民族来细分市场，才能满足各族人民的不同需求，并进一步扩大企业的商品市场。

　　（5）职业。不同职业的消费者，由于知识水平、工作条件和生活方式等不同，其消费需求存在很大的差异，例如，教师比较喜欢购买书籍、报刊，文艺工作者则比较喜欢美容和购买服装等。企业通过这种行为细分，抓住有利时机开展营销活动，就可以收到事半功倍的效果。

　　（6）教育状况。受教育程度不同的消费者，在志趣、生活方式、文化素养、价值观念等方面都会有所不同，因而会影响他们的购买种类、购买行为、购买习惯等。例如，购买电脑的消费者多数受教育程度较高。

　　（7）家庭人口。据此可分为单身家庭（1 人）、单亲家庭（2 人）、小家庭（2~3 人）、大家庭（4~6 人或 6 人以上）。家庭人口数不同，在住宅大小、家具、家用电器乃至日常消费品的包装大小等方面都会出现差异。处在不同生命周期的家庭，其家庭支出模式往往也不一样。因此，按照家庭生命周期细分消费者市场也是一种有效的方法。比如新婚家庭对于住房、房屋装饰、家具、家电等产品有较大需求；有孩子的家庭，在孩子成人前，相当部分的开支都用在了孩子的生活和教育上；而在满巢后期和空巢阶段，家庭收入较多，开支也较以前小了许多，用在旅游、娱乐方面的开支就逐渐上升。

案例衔接 7-4

　　不同规模家庭的消费结构特征相比，非常明显的差异在于食品、居住、家庭设备及日用品、医疗保健、文教娱乐等方面：（1）食品支出在消费结构中的占比随家庭规模的上升而逐渐下降，1 人户食品占比达 35.9%，5 人户家庭则降至 30.2%。家庭人数越少，点外卖的频率越高，人均菜品数量也会有所上升，食物成本上升。（2）随着家庭人员数量上升，人均住房支出呈下降趋势，一人户住房支出占比 18.6%，6 人及以上家庭的住房支出仅占总消费的15.6%。房租属于共享型支出，人越多，人均支出越少。（3）家庭设备及日用品呈正"V"形趋势，2人户消费占比最低。2人户消费占比11.3%，其他户数呈上升趋势，1人户占比13.4%，5人户占比上升至16.6%。由于我国2人户家庭大部分为老年人家庭，而老年人相对青年人家庭更为节俭，家庭设备及日用品更新消耗速度相对较慢。而随着家庭人数的增加，日用品等非共享型支出会相应增加，因而整体呈现上升趋势。（4）医疗保健呈倒"V"形趋势，2人户消费占比最高。2人户的医疗保健开支占比为14.6%，其他户数呈上升趋势，1人户占比为7.6%，6人以上家庭占比增加至10.6%。我国2人家庭中老年人占比较高，因此医疗保健开支较大。医疗作为非共享性支出，每个人的支出独立，占总消费的比重会随着家庭人数的增加而增加。（5）3人以上家庭的文教娱乐支出显著高于1人和2人户，分别占比11.9%、12.4%、11.8%、11.3%，而1人户与2人户文教娱乐支出占比明显下降，分别为6.9%、7.1%。1人2人家庭以成年人和老年人为主，因此教育支出较少，而3人以上家庭大多由成人、孩子以及老人、成人、孩子构成，孩子的存在导致教育费用的增加。

（https：//baijiahao. baidu. com/s？ id = 1756497806009523747&wfr = spider&for = pc 根据网络资料整理）

3. 按心理因素细分

按心理因素细分，就是将消费者按其生活方式、性格、购买动机和态度等变数分成不同的群体。

（1）生活方式。生活方式是消费者对自己的工作、休闲和娱乐的态度。人们的生活方式不同，对商品的爱好和要求就有所差异。一个消费者的生活方式一旦发生变化，就会产生新的需要。人们的生活方式可细分为"传统型""社交型"等类型。现在越来越多的企业按照消费者不同的生活方式来细分市场，并设计制造与之相适应的产品和推出针对性强的营销组合。例如，有些汽车制造商为"奉公守法"的消费者设计经济、安全、污染少的汽车，为"玩车者"设计生产华丽的、操纵灵敏度高的汽车；有些服装制造商为"朴素妇女""时髦妇女""有男子气的妇女"等分别设计和生产不同的妇女服装，并且产品价格、经销商店、广告宣传也有所不同。

（2）性格。消费者的性格对商品的偏爱有很大的关系。性格可以分为内向与外向、乐观与悲观等。性格外向、感情容易冲动的消费者往往好表现自己，因而他们喜欢能表现自己个性的商品；性格内向的消费者则喜欢大众化，往往购买比较朴素的商品；富于创造性和冒险心理的消费者，则对新奇、刺激性强的商品特别感兴趣。

企业应根据消费者性格上的差异，努力赋予其产品以与某类消费者性格相投的"品牌个性"，来树立"品牌形象"。例如，20世纪50年代后期，福特的用户被认为是独立、感情易冲动、善于适应环境变化和雄心勃勃的消费者群；通用汽车公司雪佛兰汽车的用户曾被认为是节俭保险、计较信誉、较少男子气概的消费者群。这些公司努力使个性不同的消费者对自己的产品发生兴趣，从而促进销售。

我国的奇瑞QQ车以"秀我本色，个性共鸣反映"来吸引消费者，也是考虑到消费者性格的特点。

4. 按行为因素细分

（1）购买时间。许多商品的消费具有时间性：烟花爆竹的消费主要在春节期间；月饼的消费主要在中秋节以前；旅游点在旅游旺季生意最兴隆。因此，企业可以根据消费者产生需要、购买或使用商品的时间细分市场，例如，航空公司、旅行社在寒暑假期间大做广告、实行优惠票价，以吸引师生乘飞机外出旅游；商家在酷热的夏季大做空调广告，以有效增加销量；双休日商店的营业额大增，而在元旦、春节期间，销售额则更大。因此，企业可根据购买时间细分市场，在适当的时候加大促销力度，采取优惠价格，以促进商品销售。

（2）购买数量。据此可分为大量用户、中量用户和小量用户。大量用户人数不一定多，但消费量大，许多企业以此为目标，反其道而行之也可取得成功。例如，文化用品大量使用者是知识分子和学生，化妆品大量使用者是青年妇女等。

（3）购买频率。许多商品的市场可以按照使用频率来对消费者细分，例如，经常使用者、初次使用者、潜在使用者和非使用者。原则上，实力雄厚的大企业应着重吸引潜在使用者和非使用者。原则上，实力雄厚的大企业应着重吸引潜在使用者，以扩大市场；中小企业相对而言力量较弱，应注意吸引经常使用者，以巩固市场。近年来，随着我国经济的发展和居民收入水平的提高，许多市场上都存在着大量的潜在使用者，例如，旅游、娱乐、高技术电器、信息、通信及家庭护理服务等市场尤为突出。企业应密切注意需求动态，抓住机遇，迅速成长。

（4）对品牌忠诚度。可以按照消费者对品牌的忠诚度来对市场进行细分，因为消费者对很多商品都存在"品牌偏好"。一般可以分为四种类型的消费者：一是单一品牌忠诚者，他们坚定地忠诚于某种品牌，在任何时候都只购买一种特定的品牌商品；二是几种品牌忠诚者，他们同时忠诚两三个品牌，交替购买自己偏好的几个固定品牌的商品；三是转移的忠诚者，这类消费者经常由偏好一种品牌转变为喜欢另一种品牌；四是非忠诚者，这种消费者在购买某类商品时，并无一定的品牌偏好，购买行为常有很大的随意性。前两类消费者占市场的比重较大，其他企业很难进入，即使进入，也很难提高市场占有率。在转移的忠诚者比重较大的市场，企业应深入分析消费者品牌忠诚转移的原因，及时找出营销工作中的缺陷，采取适当措施，加强顾客的品牌忠诚度。

（二）生产资料市场的细分标准

生产资料市场除了使用生活资料市场的细分标准外，还要根据生产资料的特点，增加最终用户、用户规模和购买力、用户地点作为细分生产资料的标准，如表 7.2 所示。

表 7.2　生产资料市场细分补充标准

细分标准	细分变量
最终用户	商品的规格、型号、品质、功能、价格等
用户的规模和购买力	大、中、小量用户，购买次数，户数，资金等
用户地点	资源条件、自然环境、企业地理位置、生产力布局、交通运输及通信条件等

1. 最终用户

这是生产者市场细分最常用的标准。不同用户购买同一种商品的使用目的往往是不同的，因而对商品的规格、型号、品质、功能和价格等方面提出不同的要求，追求不同的利益。例如，钢材市场上，有些企业买来制造机器设备，有的用来建筑楼房。生产商制造出来的轮胎，有的装在飞机上，有的装在汽车上，有的装在摩托车上。最终用途的不同，对商品的规模、型号、质量和价格等方面的需求也就不同，因此，企业应对不同的用户制定不同的市场营销组合来满足用户的需要，促进销售。

2. 用户的规模和购买力

在生产者市场，客户购买行为的差异很大，购买数量、付款方式、购货条件等远比消费者市场的差别显著，这与工业用户的规模差异关系密切。通常，大客户个数少，但购买力大；小客户个数多，但个体购买力较差。在美国产业市场上，购买力高度集中于少数大客户，10%的大客户占年购买量的80%左右。西方很多公司建立适当的制度来分别与大客户和小客户打交道。例如，美国一家办公室用具制造商按照客户规模将用户市场细分为两大类：一类是大客户，如国际商用机器公司、标准石油公司等；另一类是小客户。对大客户，由制造商客户经理负责联系；对小客户，则由一般推销人负责联系。企业对大客户市场和小客户市场应分别采取不同的营销组合。

3. 用户地点

用户地点涉及当地资源条件、自然环境、地理位置及生产力布局等因素，这些因素决定地区工业的发展水平、发展规模和生产布局，形成不同的工业区域，产生不同的生产资料需求特点。工商企业按用户的地点来细分市场，选择用户较为集中的地区作为自己的目标市场，不仅联系方便，信息反馈快，而且可以更有效地规划运输路线，节省运力与运费，同时，也能更加充分地利用营销力量，降低营销成本。比如，香港地区地价昂贵，香港企业则希望购买精小的机械设备。自然环境、资源、生产力布局等因素，造成某些行业集中于某些地区，如我国东北地区，钢铁、机械、煤炭、森林工业比较集中；山西省则集中着煤炭、煤化工和能源工业。

四、市场细分的方法与步骤

（一）市场细分的方法

1. 单一标准法

单一标准法是指根据市场主体的某一因素进行细分，如按品种来细分粮食市场，按性别细分服装市场或按用途细分钢材市场等。当然，按单一标准细分市场，并不排斥环境因素的影响作用，要考虑环境因素的作用更符合细分市场的科学性要求。

2. 主导因素排列法

主导因素排列法是指一个细分市场的选择存在多因素时，可以从消费者的特征中寻找和确定主导因素，然后与其他因素有机结合，确定细分目标市场。例如，职业与收入一般是影响女青年服装选择的主导因素，文化、婚姻、气候则居于从属地位，因此，应以职业、收入作为细分女青年服装市场的主要依据。

3. 系列因素法

当细分市场所涉及的因素是多项的，并且各项因素之间先后有序，可由粗到细，由浅入深，由简至繁，由少到多，逐步进行细分，使目标市场越来越具体。例如，服装市场细分就可以利用系列因素法，如图 7.2 所示。

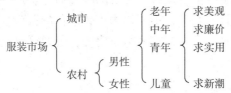

图 7.2 利用系列因素法细分服装市场

（二）市场细分的步骤

一家航空公司对从未乘过飞机的人很感兴趣。而从未乘过飞机的人又可以细分为害怕飞机的人、对乘飞机无所谓的人，以及对乘飞机持肯定态度的人。在持肯定态度的人中，又包括高收入有能力乘飞机的人。于是这家航空公司就把力量集中在开拓那些对乘飞机持肯定态度，只是还没有乘过飞机的高收入群体。通过这一系列过程这家航空公司找出了自己的客户群。这就是一个简单的市场细分过程，市场细分是一个动态的过程，包括以下七个步骤。

1. 依据需求选定产品市场范围

每一个企业，都有自己的任务和追求的目标，作为制定发展战略的依据。它一旦决定进入哪一个行业，接着便要考虑选定可能的产品市场范围。产品市场范围应以市场的需求而不是产品特性来定。比如一家住宅出租公司，打算建造一幢简朴的小公寓。从产品特性如房间大小、简朴程度等出发，它可能认为这幢小公寓是以低收入家庭为对象的，但从市场需求的角度来分析，便可看到许多并非低收入的家庭，也是潜在顾客。举例来说，有的人收入并不低，市区已有宽敞舒适的居室，但又希望在宁静的乡间再有一套房子，作为周末生活的去处，所以，公司要把这幢普通的小公寓，看作整个住宅出租业的一部分，而不能孤立地看成只是提供给低收入家庭居住的房子。

2. 列举潜在顾客的基本需求

选定产品市场范围后，公司的营销专家们可以通过"头脑风暴法"，从地理变量、行为和心理变量几个方面，大致估算一下潜在的顾客有哪些需求。这一步能掌握的情况有可能不那么全面，却为以后的深入分析提供了基本资料。比如，这家住宅出租公司可能会发现，人们希望小公寓住房满足的基本需求，包括遮蔽风雨、停放车辆、安全、经济、设计良好、方便工作、学习与生活、不受外来干扰、足够的起居空间、满意的内部装修、公寓管理和维护等。

3. 分析潜在顾客的不同需求

公司依据人口变量做抽样调查，向不同的潜在顾客了解哪些需求对他们更为重要。比如，在校外租房住宿的大学生，可能认为最重要的需求是遮风避雨、停放车辆、经济、方便上课和学习等；新婚夫妇的希望是遮蔽风雨、停放车辆、不受外来干扰、满意的公寓管理等；较大的家庭则要求遮蔽风雨、停放车辆、经济、足够的儿童活动空间等。这一步至少应进行到有三个细分市场出现。

4. 移去潜在顾客的共同需求

现在公司需要移去各细分市场或各顾客群的共同需求。这些共同需求固然很重要，但只能作为设计市场营销组合的参考，不能作为市场细分的基础。比如说，遮蔽风雨、停放车辆和安全等项，几乎是每一个潜在顾客都希望的，公司可以把它用作产品决策的重要依据，但在细分市场时则要移去。

5. 为细分市场暂时取名

公司对各子市场剩下的需求要做进一步分析，并结合各细分市场的顾客特点，暂时安排一个名称。

6. 进一步认识各细分市场的特点

公司还要对每一个细分市场的顾客需求及其行为进行深入考察，进一步了解各细分市场的特点掌握了哪些、还要了解哪些，以便进一步明确各细分市场有没有必要再做细分，或重新合并。比如，经过这一步骤，可以看出，新婚者与世纪伴侣（或金婚者）的需求差异很大，应当作为两个细分市场。同样的公寓设计，也许能同时迎合这两类顾客，但对他们的广告宣传和人员销售的方式都可能不同。企业要善于发现这些差异。要是他们原来被归属于同一个细分市场，现在就要把他们区分开来。

7. 测量各细分市场的大小

以上步骤基本决定了各细分市场的类型。公司紧接着应把每个细分市场同人口变量结合起来分析，以测量各细分市场潜在顾客的数量。因为企业进行市场细分，是为了寻找获利的机会，这又取决于各细分市场的销售潜力。不引入人口变量是危险的，有的细分市场或许根本就不存在顾客。

五、有效市场细分的原则

从企业市场营销的角度来看，并非所有的细分市场都是有意义的。一般而言，一个成功、有效的市场细分应遵循以下几个基本原则。

1. 可衡量性

可衡量性即表明该细分市场特征的有关数据资料必须能够加以识别和衡量，亦即进行细分市场时所采用的细分变量具有实际意义，并且是可以在实际中进行测量的，比如年龄、性别、收入等可衡量的变量。有些细分市场很难测量，比如沉溺于网吧的青少年的数量规模。

2. 可进入性

可进入性指细分出来的市场应是企业营销活动能够抵达的，即企业通过营销努力能够使产品进入市场，并对市场中的客户施加积极影响，从而占领目标市场。企业的资源及营销组合，足以覆盖该细分市场，费用不太高，并能有所作为。比如一家小型航空公司，由于公司的规模有限，飞机少，不足以为各个细分市场制定不同的营销策略来覆盖所有的细分市场。另外，有些细分市场是可望而不可即的，有极大的进入障碍。如我国的电视传媒业私人资本是不可进入的。民营加油站也遇到了来自两大石油巨头设置的进入障碍。有时细分市场的退出成本太高，即使可进入，但风险太大，如民航业。

3. 可盈利性

即细分出来的子市场,有足够的需求量且具有一定发展潜力,能够使企业赢得长期稳定的利润。在进行市场细分时企业必须考虑细分市场的容量,即客户的数量,以及他们的购买数量、购买能力和购买服务的频率。如果市场细分的规模过小,市场容量太小,就没有必要去细分。比如福特汽车公司曾经在 20 世纪 50 年代打算专门为身高在 1.2 米以下的人生产特制汽车,如特殊的产品设计、与大众化汽车生产不同的生产线及工装设备。这必然造成成本的大量增加,但更好地满足了特殊消费者的需求。通过市场调研与细分后,发现这一汽车细分市场的需求极其有限,人口较少,盈利前景黯淡,最终放弃了这一构想。

4. 差异性

差异性即各细分市场的消费者对产品的偏好必须存在明显的差异。如果某一市场中的消费者都以同一种方式来使用某种产品,并且需要从该产品中获得相同的利益,如味精、白糖、食盐的消费需求,对其进行细分就毫无意义。

第二节 目标市场选择战略

一、目标市场的含义

企业进行市场细分的最终目的是有效地选择并进入目标市场。所谓目标市场(Market Targeting)是指企业要进入的那个市场,即企业拟投其所好、为之服务的那个顾客群(这个顾客群有颇为相似的需要)。任何企业都应该在市场细分的基础上,通过评估各个细分市场,根据自己的经营目标和资源条件选择和确定一个或几个最有利于企业经营、最能发挥企业资源优势的细分市场作为自己的目标市场,然后根据目标市场的特点,实施企业的营销决策与策略。这个决策的过程就是目标市场选择。

企业进行市场营销,应在细分市场的基础上发现可能的目标市场并对其进行选择。因为:首先,对企业来说,并非所有的细分市场和可能的目标市场都是企业所愿意进入和能进入的;其次,作为一个企业,无论规模多大、实力多强,都无法满足所有消费者的所有需求。由于资源的限制,企业不可能有足够的人力、财力、物力去满足整体市场的需求,因此,为保证企业的营销效率,避免资源的浪费,企业必须把营销活动局限在一定的市场范围之内,否则,势必会分散企业的力量,达不到预期的营销目标。鉴于上述原因,企业必须在细分市场的基础上,根据自身的资源优势,权衡利弊,选择合适的目标市场。

二、目标市场应具备的条件

企业选择目标市场是否适当,直接关系到企业的营销成败以及市场占有率。因此,选择目标市场时,必须认真评价细分市场的营销价值,分析研究其是否值得去开拓,能否实现以最少的人财物消耗,取得最大的销售效果。一般说来,一个细分市场要能成为理想的市场,必须具备以下条件:

（一）有足够的市场需求

任何一个市场只要存在尚未满足的现实需求和潜在需求，就有市场机会，需求满足程度的高低决定市场机会的大小。理想的目标市场应该是有利可图的市场，没有需求而不能获利的市场谁也不会去选择。

（二）市场上有较理想的潜在消费者

要有足够的销售额，市场仅存在未满足的需求，不等于有购买力和销售额。如果没有购买力或购买力很低，就不可能构成现实市场，因此，选择目标市场必须对目标市场消费者的购买力、购买欲望进行分析和评价。我国 2000 年家庭彩电拥有量，城市达到 110 台/百户，农村为 9 台/百户。这说明我国农村市场潜力很大，但由于农民的支付能力太低而难以开发。

（三）市场竞争还不激烈

市场竞争还不激烈，也就是意味着竞争对手未能控制市场，有可能乘势开拓市场，占有一定的市场份额，在市场竞争中取胜。

综上所述，选择目标市场，就是选择一个或几个以上有利于本企业扩大产品销售的市场，保持市场的相对稳定，而不是越多越好。据英国市场营销协会的安德鲁·芬斯勒教授对英国、法国、德国等国家的 360 家出口大企业的调查，90%的出口产品集中在少数几个目标市场，而盈利却比无目标市场的企业高出 30%~40%。

三、企业选择目标市场应考虑的因素

目标市场战略的三种类型各有优缺点，因而各有其适用的范围和条件。一个企业究竟采用哪种战略应根据企业的自身条件、市场需求的特点、产品的特点、产品市场生命周期、竞争者的目标市场战略等具体情况来决定。

（一）企业的自身条件

企业在选择目标市场营销战略时，首先要考虑企业所选定的目标市场能否有利于企业任务、目标以及战略的实现；其次，要考虑企业的实力状况如何，选择的目标市场是否有利于发挥企业的资源优势与能力优势。如果企业资源条件好，经济实力和营销能力强，可以采取差异性目标市场战略。

（二）市场需求的特点

市场需求的特点是指市场的同质性，主要是指消费者需求、偏好及各种行为特征的类似程度及各细分市场间的区别程度。当市场消费者需求比较接近，偏好及特点大致相似，对营销方式的要求无多大差别时，说明市场同质性高，企业可采用无差异性市场战略。如果市场上消费者需求的同质性较小，明显地对同一商品在花色、品种、规格、价格、服务方式等方面有不同要求时，则宜采用差异性市场战略或集中性市场战略。

（三）产品的特点

产品的特点指产品或服务在性能特点等方面具有较小的差异，主要表现为消费者对产品特征感觉具有较大的相似性。有些商品在品质上差异较小，比如汽油、钢铁等产品，可以采取无差异性市场战略；相反，对于服装、家用电器、家具等这类品质上差异较大的商品，宜采用差异性市场战略或集中性市场战略。

（四）产品市场生命周期

在产品市场寿命周期的不同阶段，可以实施不同的目标市场营销战略。在投入期，新产品刚刚上市，由于竞争者少，产品品种与形式比较单一，市场营销的重点是刺激消费者需求，因此，比较适合实施无差异性市场战略或集中性市场战略。产品进入成熟期时，产品品种日益增多、竞争对手林立，企业要想维持或者扩大销售量，巩固在某一细分市场上的优势地位，则可采用差异性目标市场战略。

（五）竞争者的目标市场战略

一般来说，企业应采取同竞争对手有区别的营销战略。如果规模实力雄厚的、强有力的竞争对手实行的是无差异性目标市场战略，则企业最好选择差异性目标市场战略；如果竞争对手采用差异性目标市场战略，则企业应在某一细分市场上，采用差异性或集中性目标市场战略；如果市场上竞争对手很多，为了树立企业及其产品在不同消费者心目中的良好形象，最好采用差异性或集中性目标市场战略，相反，则采用无差异性目标市场战略。

四、目标市场选择类型

在企业市场营销活动中，企业必须选择和确定目标市场，这是企业制定市场营销战略的首要内容和基本出发点。企业应该根据其能力和资源条件选择具有较强吸引力的细分市场。可供企业选择的目标市场范围策略主要有以下五种，如图 7.3 所示。

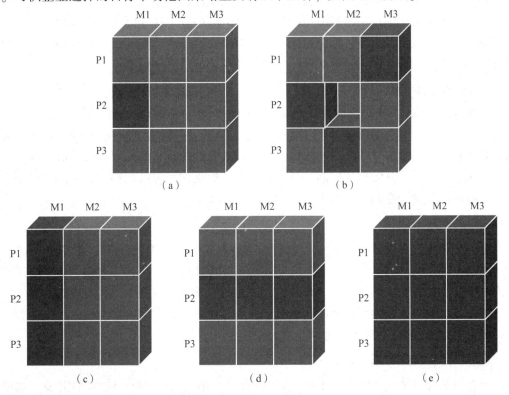

图 7.3　目标市场选择的五种模式

（a）集中单一市场；（b）有选择的专门化；（c）市场专门化；（d）产品专门化；（e）完全覆盖市场

（一）集中单一市场

最简单的方式是企业只选择一个细分市场，实行密集营销，只生产一类产品（P2）供给一个顾客群（M1）。顶益最初集中于北方市场营销康师傅红烧牛肉碗面。采用此战略一般基于以下考虑：企业本来就具备在该细分市场上获胜的必备条件；或企业资源有限，只能在一个细分市场经营；也许这个细分市场没有竞争对手。这是中小企业常用的"聚焦"战略，也称为对位营销。对位市场（Market Niche）是指具有独特需求的一小部分消费者，他们一般愿意向那些专门满足他们的需求的企业支付高价购买商品。大部分企业采用这种战略是因为初次进入一个新市场，缺乏经验，而求稳妥保险。TCL公司1996年进入彩电市场就是对准收入较高的目标市场提供29英寸彩电。

这种战略模式的好处是，能使企业集中力量，可在一个细分市场上占有较高的市场份额。由于顾客群单一集中，营销者能够对其有较深的了解，争取较高的市场渗透率。如果选择恰当的话，可获得较高的投资收益率。其不利之处就是风险较大，违背了"不要把所有的鸡蛋都放在一个篮子里"的原则。由于目标市场范围狭小，一旦市场形势突然变坏，如消费者偏好转移，价格下跌，出现强有力的竞争者，企业就可能陷入困境。

（二）有选择的专门化

为降低集中单一市场战略可能面临的风险，许多企业喜欢选择几个相互无关的细分市场作为目标市场（P1M3，P2M1，P3M2）。如春兰最初只是生产空调，后来进入汽车行业。海尔最早只生产电冰箱，后来收购了青岛洗衣机厂，又生产空调，兼并了黄山电视机厂，收购了青岛城市信用社、鞍山信托公司而进入金融业。这实际上是多元化战略，如果运用得当可以有效分散风险，即使企业在某个市场失利，也能在其他市场得到弥补。但其缺点也十分明显，即分散了企业的资源，增加了营销的难度和成本。

（三）市场专门化

企业专门为满足某个顾客群（M1）某方面的各种需要而提供多种产品（P1，P2，P3）。如老板电器公司为家庭提供多种厨房电器，尤其是定位于高端的老板牌吸油烟机，以其优越的品质和良好的服务获得了声誉。市场专门化战略的优点是能够深入细致地了解目标市场的需求，提供满足其需要的产品。其风险在于，如果该顾客群的购买力下降，或减少开支，企业的经营就会受到严重影响。

（四）产品专门化

企业集中生产一类产品（P2），提供给各类顾客（M1，M2，M3）。如格力电器专门生产空调，同时向家庭、公司、政府机关、餐馆等顾客群销售。其优点是企业专注于某一种或一类产品，有利于形成生产、技术和营销方面的优势，挖掘生产和规模经济潜力。但是，如果该行业出现新的替代品或趋于饱和，企业经营绩效就会出现滑坡的危险。如四川长虹因彩电行业仅有5%的微薄毛利，经营十分艰难。

（五）完全覆盖市场

企业以其提供物（P1，P2，P3）满足所有顾客群（M1，M2，M3）的需要。如德国大众试图以普及型桑塔纳、桑塔纳2000、奥迪来满足中国市场上政府用车、公司商务用车、家庭私家车的需要。这种战略只有大企业才有可能采用。

五、目标市场选择战略

在企业拓展市场的过程中，并非所有的细分市场和可能的目标市场都是企业所愿意进入和可以进入的。因此，为保证企业的营销效率，避免资源的浪费，必须把企业的市场营销活动局限在一定的有限的市场范围内，否则，势必会分散企业的力量，达不到预期的目标。

那么，企业如何根据自己的任务、目标、资源和特长来选择目标市场呢？

一般情况下，企业在决定为目标市场提供产品或服务时有三种战略可供选择：

（一）无差异性目标市场战略

无差异性目标市场战略，是指企业将整个市场作为自己的目标市场，把整个市场看成一个大市场。企业对整个市场只推出一种商品，采用一种价格，使用相同的分销渠道，去占领总体市场的策略。通过无差异的大规模营销，以吸引更多的消费者。所以，这种战略比较重视消费者需求的相似性，而忽略消费者需求的差异性，将目标市场所有消费者需求都看作是一样的，因而把总体市场作为企业的目标市场，而不进行市场细分，如图7.4所示。

图 7.4　无差异性目标市场战略

这种目标市场战略的优点是：由于不需要对市场进行细分，面对整个目标市场只实施一套营销组合策略，所经营产品的品种少而批量大，从而大大降低生产运输、市场调研和宣传费用。因此，能够节省大量的营销成本，实现规模经济效益，提高利润率。但是，由于企业只提供单一产品，难以满足消费者多样化的需求，不能适应瞬息万变的市场形式，应变能力差，同时由于忽略消费者的需求差异，容易被其他企业模仿，从而引起激烈的竞争，使企业获利机会减少。

这种战略比较适用于那些有广泛需求、能大量销售、规模经济效益明显的产品或服务。在生产理念和推销理念时期，它是大多数企业实施的营销战略。但随着消费者需求向多样化、个性化发展，其适用范围会逐步缩小。

案例衔接 7-5

可口可乐的无差异性营销

在市场上运用无差异性市场战略最成功的是可口可乐。可口可乐公司从1886年问世以来，一直采用无差异性市场战略，生产一种口味、一种配方、一种包装的产品满足世界156个国家和地区的需求，称作"世界性的清凉饮料"。1985年，可口可乐公司宣布了要改变配方的决定，不料成千上万个电话打到公司，对公司改变可口可乐的配方表示不满和反对。该公司不得不继续大批量生产传统配方的可口可乐。

（http://www.iqinshuo.com/224.html 根据网络资料整理）

（二）差异性目标市场战略

差异性目标市场战略，是指企业在市场细分的基础上，选择两个或两个以上细分市场作为目标市场，针对不同细分市场上的消费者需求，分别设计和实施不同营销组合策略，以满足消费者需求，如图7.5所示。

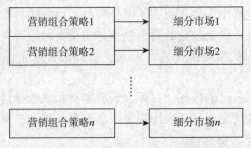

图7.5　差异化目标市场战略

差异性目标市场战略有利于满足不同消费者的需求，提高市场占有率和经济效益。企业的产品如果同时在几个子市场都占有优势，就会提高消费者对企业的信任感，进而提高重复购买率。同时，企业通过多样化的渠道和多样化的产品线进行销售，通常会使总销售额增加。但是在创造较高销售额的同时，也增大了生产成本、管理成本、营销成本等，使产品价格升高，从而使企业失去竞争优势。

差异性营销战略适用于消费者需求弹性较大的商品、成熟期的产品以及规格等级复杂的产品。日用消费品中绝大部分商品均可以采用这种目标市场营销战略。但是，企业能否采用这种目标市场战略，需要结合自身实力和目标通盘考虑。

案例衔接7-6

小米从只卖手机的品牌，成了一个手机+IOT+软件服务的品牌，美团从一个团购网站品牌，扩展成了团购+外卖+出行的品牌，字节跳动从一个新闻资讯品牌，成了新闻+短视频+其他业务的品牌。这些企业如果不按照差异化战略只做自己最初的业务，就很难实现更大的增长。

（https://www.4vv4.com/article/6365.html 根据网络资料整理）

（三）集中性目标市场战略

集中性目标市场战略也称为密集性目标市场战略，是指企业把整个市场细分后，集中力量进入某一细分市场，针对该细分市场设计一套营销组合策略，实行专业化生产和经营，占领一个或少数几个细分市场，以获取较高市场占有率的一种营销战略。实施这种战略通常是为了在一个较小或很小的细分市场取得较高的，甚至是支配地位的市场占有率，而不去追求在整体市场或较大市场上占有较小的份额，如图7.6所示。

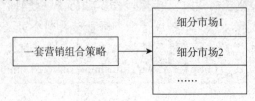

图7.6　集中性目标市场战略

集中性目标市场战略可以使企业深入了解特定细分市场的需求，提供有针对性的服务，从而提高企业在所选目标市场上的地位和信誉。同时，企业实行专业化经营，可以节约营销成本和营销费用，从而降低成本，提高企业投资利润率。但这种市场战略最大的缺点在于风险性较大，最容易受竞争者冲击。因为企业将所有力量集中于某一细分市场，当目标市场消费者需求迅速发生变化或出现强大竞争对手时，如果企业的应变能力与抗风险能力差，将会存在较大的经营风险，企业可能陷入困境。

集中性目标市场战略主要适用于那些资源力量有限的小企业。因此，小企业在大企业没有注意到或者不愿顾及、自己又力所能及的某个细分市场上全力以赴，往往更容易取得营销成功。比如，生产空调器的企业不是生产各种型号和款式、面向不同顾客和用户的空调机，而是专门生产安装在汽车内的空调机，又如汽车轮胎制造企业只生产用于换胎业务的轮胎，均是采用此战略。

案例衔接 7-7

中国的医药生产经营企业通常以一个或少数几个细分市场为目标市场，针对一部分特定的消费者群的需求，实行专业化生产和专门化经营策略。东阿阿胶专注于补血市场，正大天晴药业专注于肝药市场，贵州益佰专注于止咳市场，修正药业专注于胃药市场，九鑫集团专注于除螨市场，傅山药业专注于心脑血管及肝病用药市场。专业化生产有利于企业充分发挥优势，降低成本，提高投资报酬率。专门化经营，营销对象集中，易于取得比较优势。但风险较大，一旦市场发生突然变化，如出现强有力的竞争对手，或消费者的兴趣转移等，企业可能陷入困境。

（https://m.idongde.com/q/53d3cfF8dFf4E476/a2242538.shtml?s=pqizavu 根据网络资料整理）

第三节　市场定位战略

一、市场定位的含义及过程

（一）市场定位的含义

市场定位（Market Positioning）是在 20 世纪 70 年代由美国两位营销学家艾·里斯和杰克·特劳特提出的，其含义是企业根据竞争者现有产品在市场上所处的位置，针对顾客对该类产品某些特征或属性的重视程度，为本企业产品塑造与众不同、印象鲜明的形象，并将这种形象生动地传递给顾客，从而使该产品在市场上确定适当的位置，形成企业独一无二、不可替代的竞争优势。

（二）市场定位的过程

市场定位的关键是企业要设法在自己的产品上找出比竞争者更具有竞争优势的特性。这就要求企业采取一切手段在产品特色上下工夫。一般来讲，企业市场定位的过程可以通过识别潜在竞争优势、准确选择竞争优势、显示独特竞争优势三个基本步骤来进行，如图7.7 所示。

1. 识别潜在竞争优势

这是市场定位的基础。一般情况下，企业的竞争优势表现在两方面：成本优势和产品差别化优势。为实现此目标，企业首先必须进行规范的市场研究，切实了解目标市场需求特点以及这些需求被满足的程度。一个企业能否比竞争者更深入、更全面地了解顾客，是能否取得竞争优势、实现产品差别化的关键。另外，企业可以从以下三个方面评估竞争者：一是竞争者的业务经营情况，比如，估测其近3年的销售额、利润率、市场份额、投资收益率等；二是评价竞争者的核心营销能力，主要包括产品质量和服务质量的水平等；三是评估竞争者的财务能力，包括获利能力、资金周转能力、偿还债务能力等。

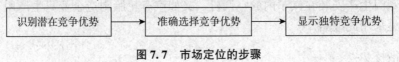

图7.7　市场定位的步骤

2. 准确选择竞争优势

竞争优势表明企业能够胜过竞争对手的能力，选择竞争优势实际上就是一个企业与竞争者各方面实力相比较的过程。通常的方法是分析、比较企业与竞争者在经营管理、技术开发、采购、生产、市场营销、财务和产品七个方面究竟哪些是强项、哪些是弱项，借此选出最适合本企业的优势项目，以初步确定企业在目标市场上所处的位置。

3. 显示独特竞争优势

这一步骤的主要任务是企业要通过一系列的宣传促销活动，将其独特的竞争优势准确传播给潜在顾客，并在顾客心目中留下深刻印象。为此，企业首先应使目标顾客了解、知道、熟悉、认同、喜欢和偏爱本企业的市场定位，在顾客心目中建立与该定位相一致的形象。其次，企业通过各种努力强化目标顾客形象、保持目标顾客的了解、稳定目标顾客的态度和加深目标顾客的感情来巩固与市场相一致的形象。最后，企业应注意目标顾客对其市场定位理解出现的偏差或由于企业市场定位宣传上的失误而造成的目标顾客模糊、混乱和误会，及时纠正与市场定位不一致的形象。

二、市场定位的基本方法

与其说市场定位是为了在消费者心目中留下特别的印象，不如说为了与竞争对手进行形象区分，因此，市场定位的一个重要内容就是如何与竞争对手展开争夺。市场定位是一种竞争性定位，它反映市场竞争各方的关系，是为企业有效参与市场竞争服务的。企业常用的定位类型有以下四种。

（一）避强定位

这是一种避开强有力的竞争对手进行市场定位的模式。企业不与对手直接对抗，将自己置于某个市场"空隙"，发展目前市场上没有的特色产品，开拓新的市场领域。

这种定位的优点是：能够迅速地在市场上站稳脚跟，并在消费者心中尽快树立起一定形象。由于这种定位方式市场风险较小，成功率较高，常常为多数企业所采用。例如美国的Aims牌牙膏专门对准儿童市场这个空隙，因而能在Crest（佳洁士，"宝洁"公司出品）和Colgate（高露洁）两大品牌统治的世界牙膏市场上占有10%的市场份额。又如，可口可乐、百事可乐是世界软饮料行业的领导企业，如果在可乐市场上与它们竞争，后果可能不

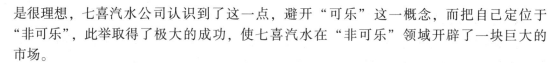

是很理想，七喜汽水公司认识到了这一点，避开"可乐"这一概念，而把自己定位于"非可乐"，此举取得了极大的成功，使七喜汽水在"非可乐"领域开辟了一块巨大的市场。

（二）迎头定位

这是一种与在市场上居支配地位的竞争对手"对着干"的定位方式，即企业选择与竞争对手重合的市场位置，争取同样的目标顾客，因此在产品、价格、分销、供给等方面少有差别。

在世界饮料市场上，作为后起的百事可乐进入市场时，就采用过这种方式，"你是可乐，我也是可乐"，与可口可乐展开面对面的较量。实行迎头定位，企业必须做到知己知彼，应该了解市场上是否可以容纳两个或两个以上的竞争者，自己是否拥有比竞争者更多的资源和能力，是不是可以比竞争对手做得更好。否则，迎头定位可能会成为一种非常危险的战术，将企业引入歧途。

当然，也有些企业认为这是一种更能激发自己奋发向上的市场定位。

（三）重新定位

重新定位通常是指对那些销路少、市场反应差的产品进行二次定位。初次定位后，随着时间的推移，新的竞争者进入市场，选择与本企业相近的市场位置，致使本企业原来的市场占有率下降；或者由于顾客需求偏好发生转移，原来喜欢本企业产品的人转而喜欢其他企业的产品，因而市场对本企业产品的需求减少。在这些情况下，企业就需要对其产品进行重新定位。所以，一般来讲，重新定位是企业为了摆脱经营困境、寻求重新获得竞争力和增长的手段。不过，重新定位也可作为一种战术策略，并不一定是因为陷入了困境，相反，可能是由于发现新的产品市场范围。例如，某些专门为青年人设计的产品在中老年人中也开始流行后，这种产品就需要重新定位。重新定位有时需要承担很大的风险，企业在做出重新定位决策时，一定要慎重，必须仔细分析原有定位需要改变的原因，重新认识市场，明确企业的优势，选择最具优势的定位，并通过传播、不断强化新的定位。

📖 案例衔接 7-8

百雀羚的重新定位

近日，百雀羚做了一个大胆的决定，将品牌定位升级为"科技新草本"，重新定义中国式草本护肤，并且与多年的合作伙伴——全球生物科技巨头德国默克集团正式签署了战略合作协议，这也是百雀羚开启"科技新草本"升级的第一步。随着国产化妆品品牌国际地位的提高，百雀羚已经成为全球化妆品行业的"引领者"，开启了东方美引领全球美学的风潮。

所谓"科技新草本"，百雀羚给出了 8 字诠释——"草本为核，科技加持"，即在"高效护肤"的全新诉求之下，汇集全球硬核顶尖科技，探索"高效科技+东方草本"的完美融合，以现代科技赋能东方草本，携手全球顶尖科技权威，持续创新，用前沿科技激发天然草本卓效护肤潜能，同时传承 89 年国货底蕴，专研东方女性肌肤，高效不刺激。

（http：//www.pinguan.com/article/content/19210.html 根据网络资料整理）

（四）创新定位

创新定位是指企业寻找新的尚未被占领但有潜在市场需求的位置，填补市场上的空缺。例如，日本的索尼公司生产的索尼随身听等一批新产品，正是填补了市场上迷你电子产品的空缺。采用这种定位方式时，企业应明确创新定位所需的产品在技术上、经济上是否可行，有无足够的市场容量，能否保障企业的可持续发展。

三、市场定位战略

市场定位的核心是要使公司的产品与竞争者的产品有差别，上述四种定位方式均需要通过差异化手段来实现。例如，美国联合航空公司长期以来把"旅途愉快"作为企业的目标，因此，公司员工必须在每条航线上向顾客传递这一承诺，并为顾客提供所期望的优质服务。差异化是市场定位的根本战略，营销人员必须考虑顾客与公司产品或服务联系的整个过程，采用不同的战略做到差异化，使产品和服务不同于竞争者。具体策略表现在以下5个方面。

（一）产品差异化战略

产品差异化战略是市场定位的重要内容。企业可以从产品的特征、产品质量、产品性能、耐用性、可靠性、产品款式和设计等方面突出其差异，在目标市场上建立被顾客认同、自己独有的优势。许多产品能够实现高度的差异化，如汽车、服装、家具、商业建筑等。日本汽车行业流行着这样一种说法："丰田的安装，本田的外形，日产的价格，三菱的发动机。"可见，这体现了日本四家主要汽车公司的核心专长与优势。还有一些同质产品，差异化程度非常小，被认为是很难实现差异化的产品，如茶叶、鸡蛋、钢铁和食盐等。但事实上，也是可以实现有效的差异化。成春鸡蛋曾以其鸡蛋中的胆固醇含量比其他品牌低而著称；同样是感冒药，康泰克声称自己药力持久，可长达12小时，"早一粒、晚一粒，即可缓解鼻塞、打喷嚏等症状"，因而以较高的价格占领市场。

企业在把无差异产品转化为差异化产品，在给顾客增加利益的同时，也可能带来企业成本的增加。因此，企业应当注意，并非所有的产品差异化都是有价值的或有意义的。菲利浦·科特勒认为有效的差异化应达到以下标准：

（1）重要性。该差异化应向顾客让渡较高价值的利益。

（2）独特性。该差异化是其他企业所没有的，或者是该企业以一种突出、独特的方式提供的。

（3）优越性。该差异化明显优于通过其他途径来获得相同的利益。

（4）沟通性。该差异化是易于向顾客通报和沟通的，是顾客能够看得见的。

（5）不易模仿性。该差异化是其竞争者难以模仿的。

（6）承担性。该差异化是顾客有能力购买的。

（7）盈利性。该差异化能够让企业获得足够的利润。

（二）服务差异化战略

服务差异化战略是指向目标市场提供与竞争者不同的优质服务。除了实际产品差异化外，企业还可以使其与产品有关的服务区别于其他企业。而随着企业对产品差异化战略的重视，实现产品的差异化变得越发困难，此时，企业的竞争力逐渐转移到顾客服务水平上。竞争成功的关键取决于服务的数量和质量，企业可以通过快速、便利和细心的送货、安装和维修服务来实现服务差异化，也可以通过向顾客提供培训服务和咨询服务来提高服务差异化水平。例如，许多银行开设了 24 小时金融自助服务区，在假日和晚上为顾客提供便利的服务；许多汽车消费者宁愿为选择能提供一流服务的汽车经销商而支付较多的成本。

案例衔接 7-9

巴奴火锅北京店的服务差异化战略

火锅行业的竞争越来越激烈，一些品牌增设烧烤、酒水吧、下午茶等业务。巴奴在北京的第八家门店在北京姚家园万象汇开业，与其他门店不同的是，该店为北京首家拥有海鲜档口的巴奴火锅店。业内认为，增设海鲜档口是巴奴差异化创新的新动作。巴奴姚家园万象汇店在原有门店的基础上新增海鲜池和酒水吧。针对年轻消费者的多元化需求，酒水吧主打现场制作，包含现榨果汁、现酿啤酒以及现制饮品。海鲜池推出鲍鱼、小章鱼、黑虎虾等海鲜产品。有业内人士分析认为，巴奴增设海鲜、酒水吧除了能拓展营收渠道之外，也与其他火锅品牌形成差异化竞争。

（https：//baijiahao.baidu.com/s? id = 1731219546380146991&wfr = spider&for = pc 根据网络资料整理）

（三）渠道差异化战略

分销渠道也可以实现差异化。渠道差异化战略是指企业可以通过设计渠道的覆盖范围、专业化程度等实现差异化优势。如亚马逊、戴尔电脑等企业通过高质量的直销渠道将自己和竞争对手区别开来，实现差异化，取得了巨大的成功，顾客与企业的联系只要一个电话或者通过因特网就可以实现，非常方便快捷。

（四）人员差异化战略

人员差异化策略就是企业通过聘用和培训比竞争者更为优秀的人员以获取差别优势。

经过良好训练的员工应具备的基本素质包括：熟练掌握企业必须的产品知识和技能；具有良好的个人品质，热情、友好、诚信、尊重他人；具有良好的职业道德，强烈的责任心、事业心、上进心；具有敏捷的思维能力，对顾客的要求和困难能迅速做出反应；善于与顾客沟通、交流，能将信息准确无误地传达给顾客。日航拥有一支高素质的航空员工队伍，从机长到空中小姐都训练有素，为乘客提供优质服务，贯穿入关—空中—出关的全过程，赢得各国乘客的赞美，凡乘过此日航的乘客，很难再选择其他的航空公司。

（五）形象差异化战略

形象差异化战略是指在产品的核心部分与竞争者同类的情况下塑造不同的产品形象和品牌形象以获取差别优势。建立一个鲜明而独特的形象需要企业不断地创新和不懈的努力，需要企业持续不断地利用传播工具清晰地向顾客传达产品的独特利益和定位。具有优秀创意的标志融入某一文化的氛围，也是实现形象差异化的重要途径。如麦当劳的金色模型"M"，让人无论在何处看到这一标志就会马上联想起麦当劳舒适宽敞的店堂、优质的服务和新鲜可口的汉堡、薯条。企业也可以通过名人来建立品牌形象，如"飞人"乔丹的耐克篮球鞋。

本章小结

市场细分、选择目标市场和市场定位成为目标市场营销战略的三要素，简称为 STP 战略。这是本章最重要的概念，也是现代市场营销理论的核心框架。对消费者市场进行细分的依据包括地理细分、人口细分、心理细分和行为细分，对产业市场细分的依据主要有最终用户和用户规模。为使细分出来的市场真正有用，细分市场必须具有可衡量性、可接近性、可盈利性和可区分性。

在企业细分市场后，需要对每个细分市场进行评估，根据目标市场应具备的条件，决定企业要以多少细分市场及哪些细分市场作为进军的目标。企业可以采用三种不同的目标市场营销战略，即无差异性目标市场战略、差异性目标市场战略和集中性目标市场战略。

定位是使营销者的产品或品牌在市场上获得一个独特的位置。企业定位的方法主要有避强定位、迎头定位、重新定位和创新定位四种战略。定位战略主要有产品差异化战略、服务差异化战略、渠道差异化战略、人员差异化战略、形象差异化战略。

练习题

一、单项选择选题

1. 一个市场是否有价值，主要取决于该市场的（　　　　）。

A. 需求状况　　　　　　　　　　B. 竞争能力

C. 需求状况和竞争能力　　　　　D. 中间商多少

2. 收入、民族、性别和年龄是消费者市场细分变量中的（　　　　）。

A. 地理变量　　　　B. 人口变量　　　　C. 心理变量　　　　D. 行为变量

3. 市场营销人员把具有一种或多种共同的特征，并引起他们具有非常相似的产品需求的一组个人或组织称为（　　　　）。

A. 社会市场营销　　B. 一个细分市场　　C. 市场份额　　　　D. 一个顾客基础

4. "七喜"饮料一问世就向消费者宣称"我不是可乐，我可能比可乐更好"，突出宣传自己不含咖啡因的特点，其采取的市场定位战略是（　　　　）。

A. 迎头定位战略　　B. 创新定位战略　　C. 避强定位战略　　D. 重新定位战略

5. 有效的市场细分必须具备以下条件（　　　　）。

A. 市场要有同质性、应变性、市场范围相对较小

B. 市场要有可进入性、可变性、垄断性、同质性

C. 市场具有可测量性、需求大量性、效益性、应变性

D. 市场具有可衡量性、可进入性、可营利性、差异性

6. 企业只推出单一产品，运用一种营销策略，力求适合尽可能多的顾客需求，这种战略是（　　　　）。

A. 无差异性市场战略　　　　　　B. 差异性市场战略

C. 集中性市场战略　　　　　　　D. 密集性市场战略

7. 最适于实力不强的小企业或出口企业在最初进入外国市场时采用的目标市场战略是（　　）。

    A. 无差异性市场战略   B. 差异性市场战略

    C. 集中性市场战略   D. 大量市场营销

8. （　　）是实现市场定位的前提条件。

    A. 市场细分   B. 产品差异化   C. 市场集中化   D. 定位专业化

9. 采用无差异性市场战略的最大优点是（　　）。

    A. 市场占有率高   B. 成本的经济性   C. 市场适应性强   D. 需求满足程度高

10. 重新定位，是对销路少、市场反应差的产品进行（　　）定位。

    A. 避强定位   B. 对抗性   C. 竞争性   D. 二次

二、判断题（判断下列各题是否正确。正确的在题干后的括号内打"√"，错误的打"×"。）

1. 若企业资源与能力有限，可选择差异性市场战略。   （　　）

2. 一个理想的目标市场必须有足够的市场需求。   （　　）

3. 不进行市场细分，企业选择市场就可能是盲目的；不认真鉴别各个细分市场的特点，就不能有针对性地开展市场营销活动。   （　　）

4. 市场细分理论并不认为企业任何时候都不能将整个市场视为一个目标市场。

                                             （　　）

5. 迎头定位有时会产生危险，但如果成功会取得巨大市场优势。   （　　）

6. 可盈利性是指企业易于进入的目标市场。   （　　）

7. 市场细分的理论依据是消费者存在需求偏好差异。   （　　）

8. 无差异性市场战略也可称为低成本战略。   （　　）

9. 目标市场营销是市场细分的基础。   （　　）

10. 某轴承厂生产几乎所有规格的滚珠轴承，该厂采用的是无差异性市场战略。

                                             （　　）

三、案例分析题

从酒水到鲜花，看盒马如何深耕细分市场

中秋临近，酒水销售即将迎来高峰，盒马的酒水业务也恰逢其时地全面升级了。9月8日，盒马在北上深杭等10个城市开出首批"盒马X18酒窖"，全国近300家门店也在陆续升级中。

按照盒马的说法，这次升级在溯源保真的基础上极大提升了丰富性，商品种类达到1 200多款，既有近7万元的茅台、1982年的拉菲，也有十几元的"小甜水"，53度飞天茅台和第七代五粮液珍藏版还实现了直采直供。酒类专送服务速度更快，让你"想喝就喝"。

盒马用新零售加码酒类赛道，出乎意料又在情理之中。出乎意料的是这次盒马升级的力度这么大，情理之中的是这两年盒马一直在搞创新做新业态。

比如2020年年底推出了盒马烘焙和盒马跨境GO。盒马烘焙的面包全部当天现做，人均10元起，一开业就门庭若市；盒马跨境GO整合了天猫全球采购、菜鸟全球供应链等，保税网购可最快30分钟送达。

2021年4月，盒马又推出了鲜花业务"盒马花园"，把鲜花业务独立包装成新零售鲜花连锁品牌，目标是成为国内最大花卉零售商。据粗略统计，5年间盒马已开出10+新业态，把各种细分赛道一步步深耕起来。

值得注意的是，盒马拓展赛道的速度非常快，不仅新业态多，而且新品迭代速度比行业快3~4倍。更可怕的是，2021年盒马上新了2万多款新品，其中6 000多款是自有品牌，在品类的丰富性、独特性上都逐步做到了行业领先。

（https：//www.sbvv.cn/chachong/64717.html 根据网络资料整理）

问题：盒马酒水销售是根据什么进行的市场细分？盒马的整体目标市场选择战略是什么？盒马的市场定位战略是什么？

第八章 产品策略

知识目标

通过本章内容学习了解产品的品牌决策以及包装决策，理解产品组合策略、新产品的开发和扩散策略，掌握产品和产品整体概念、产品生命周期的有关理论，并能根据实际情况进行产品策略的选择。

德育目标

通过本章内容学习，突出工匠精神，向学生强调确保产品质量，是市场营销成功的基础，有致力于做好中国市场的态度，树立社会主义核心价值观。

开篇案例

谭木匠的生意经

谭传华创办的谭木匠一直以来都是木梳行业的佼佼者。对手模仿也追不上谭木匠的成功秘诀就是创新和独特性。今天的谭木匠产品涉及 126 个种类、574 个型号、2 480 种款式，每年创造利润过亿元。公司每年推出富有文化气息的木梳新品 300 多款，这些自主设计开发的款式都拥有专利。

重庆谭木匠工艺品有限公司的经营顾问李平说："我们很少打广告，主要依靠口碑相传，但是我们的制造成本很高。"每年谭传华都要拿出近 500 万元投入新产品的设计开发中。除了产品的推陈出新，谭传华对质量的管理也非常苛刻。1995 年，谭传华不顾厂里干部的劝阻和银行的还贷压力，为了企业的长远发展，他烧掉了价值 30 万元有质量问题的梳子。谭木匠的产品非常丰富，产品实用性和艺术性很好地结合。在包装方面，将产品的传统特色定位也落实得很到位。谭木匠很会有效整合社会资源，长期举办有奖征稿活动，收集民间创意，从中筛选出新产品的设计创意，给中标者一定的奖励。不得不说，谭木匠在品牌塑造方面的确有一套。

谭木匠的梳子做的已经不仅仅是产品，而是文化。这也正是他们的成功之处。

（https：//www.zbintel.com/wz/52936306.htm 根据网络资料整理）

第一节　产品整体概念及产品组合

企业制定经营战略时，首先要明确企业能提供什么样的产品和服务去满足消费者的要求，也就是要解决产品策略问题，它是市场营销组合策略的基础。从一定意义上讲，企业成功与发展的关键在于产品满足消费者的需求的程度以及产品策略正确与否。所以产品策略是营销组合策略中最重要的决策。如果不能制定合适的产品策略，也就无所谓定价、分销了。

一、产品的整体概念

市场营销学认为，产品是指人们通过购买而获得的能够满足某种需求和欲望的物品的总和，它既包括具有物质形态的产品实体，又包括非物质形态的利益，这就是"产品的整体概念"，即对产品的概念已经在过去的核心产品、形式产品、附加产品这三个层次的基础上，新增了期望产品和潜在产品，如图 8.1 所示。

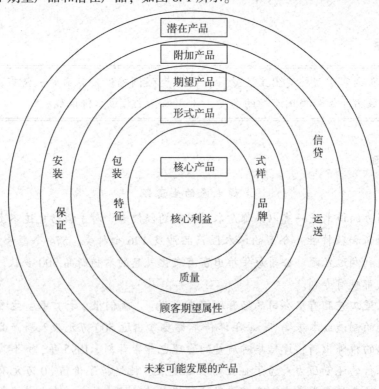

图 8.1　产品的整体概念层次示意图

（一）核心产品层次

产品最基本的层次是核心利益，即消费者购买某种产品时所追求的利益，是顾客真正要买的东西，因而在产品整体概念中也是最基本、最主要的部分。消费者购买某种产品，并不是为了占有或获得产品本身，而是为了获得能满足某种需要的效用或利益。例如，洗衣机的核心利益体现在它能让消费者方便、省时、省力地清洗衣物。

（二）形式产品层次

这是指核心产品借以实现的形式，即向市场提供的实体和服务的形象。如果有形产品是实体品，则它在市场上通常表现为产品质量水平、外观特色、式样、品牌名称和包装等。产品的基本效用必须通过某些具体的形式才得以实现。市场营销者应首先着眼于顾客购买产品时所追求的利益，以求更完美地满足顾客需要，从这一点出发再去寻求利益得以实现的形式，进行产品设计。

（三）期望产品层次

这是指购买者购买某种产品通常所希望和默认的一组产品属性和条件。一般情况下，顾客在购买某种产品时，往往会根据以往的消费经验和企业的营销宣传，对所欲购买的产品形成一种期望，如对于旅店的客人，期望的是干净的床、香皂、毛巾、热水、电话和相对安静的环境等。顾客所得到的，是购买产品所应该得到的，也是企业在提供产品时应该提供给顾客的，对于顾客来讲，在得到这些产品基本属性时，并没有太多的偏好，但是如果顾客没有得到这些，就会非常不满意，因为顾客没有得到他应该得到的东西，即顾客所期望的一整套产品属性和条件。

（四）附加产品层次

这是指顾客购买有形产品时所获得的全部附加服务和利益，包括提供信贷、免费送货、质量保证、安装、售后服务等。附加产品的概念来源于对市场需要的深入认识。因为购买者的目的是满足某种需要，因而他们希望得到与满足该项需要有关的一切。美国学者西奥多·莱维特曾经指出："新的竞争不是发生在各个公司的工厂生产什么产品，而是发生在其产品能提供何种附加利益（如包装、服务、广告、顾客咨询、融资、送货、仓储及具有其他价值的形式）。"

（五）潜在产品层次

这是指一个产品最终可能实现的全部附加部分和新增加的功能。许多企业通过对现有产品的附加与扩展，不断提供潜在产品，给予顾客的就不仅仅是满意，还能使顾客在获得这些新功能的时候感到喜悦。所以潜在产品指出了产品可能的演变，也使顾客对于产品的期望越来越高。潜在产品要求企业不断寻求满足顾客的新方法，不断将潜在产品变成现实的产品，这样才能使顾客得到更多的意外惊喜，更好地满足顾客的需要。

产品整体概念是对市场经济条件下产品概念完整、系统、科学的表述。它对市场营销管理的意义表现在：

（1）它以消费者基本利益为核心，指导整个市场营销管理活动，是企业贯彻市场营销观念的基础。企业市场营销管理的根本目的就是要保证消费者的基本利益。消费者购买电视机是希望业余时间充实和快乐；消费者购买计算机是为了提高生产和管理效率；消费者购买服装是要满足舒适、风度和美感的要求等。概括起来，消费者追求的基本利益大致包括功能和非功能两方面的要求。消费者对前者的要求是出于实际使用的需要，而对后者的要求则往往是出于社会心理动机。而且，这两方面的需要又往往交织在一起，并且非功能需求所占的比重越来越大。而产品整体概念，正是明确地向产品的生产经营者指出，要竭尽全力地通过有形产品和附加产品去满足核心产品所包含的一切功能和非功能的要求，充分满足消费者的需求。可以断言，不懂得产品整体概念的企业不可能真正贯彻市场营销观念。

（2）只有通过产品五层次的最佳组合才能确立产品的市场地位。营销人员要把对消费者提供的各种服务看作是产品实体的统一体。由于科学技术在今天的社会中能以更快的速度扩散，也由于消费者对切身利益关切度的提高，营销者的产品以独特形式出现越来越困难，消费者也就越来越以营销者产品的整体效果来确认哪个厂家、哪种品牌的产品是自己喜爱和满意的。尤其是国内消费者在购买家电产品时，往往对有两层包装纸盒的产品（"双包装产品"）更信任，对于不少缺乏电器专业知识的消费者来说，判别家电产品的质量可靠性，往往是以包装好坏作为决策的依据。对于营销者来说，产品越能以一种消费者易觉察的形式来体现消费者购物选择时所关心的因素，越能获得好的产品形象，进而确立有利的市场地位。

（3）产品差异构成企业特色的主体，企业要在激烈的市场竞争中取胜，就必须致力于创造自身产品的特色。不同产品项目之间的差异是非常明显的。这种差异或表现在功能上，如鸣笛水壶与一般水壶之别；或表现在设计风格、品牌、包装的独到之处，甚至表现在与之相联系的文化因素上，如各种服装的差异；或表现在产品的附加利益上，如各种不同的服务，可使产品各具特色。总之，在产品整体概念的三个层次上，企业都可以形成自己的特色，而与竞争产品区别开来。而随着现代市场经济的发展和市场竞争的加剧，企业所提供的附加利益在市场竞争中也显得越来越重要。国内外许多企业的成功，在很大程度上应归功于它们更好地认识了服务等附加产品在产品整体概念中的重要地位。

二、产品组合

在现代社会化大生产和市场经济条件下，对于一个企业来说，不可能只靠一种产品打天下。为了获得更多的市场份额、提高自己的竞争力，为了更好地迎合顾客的需求，更重要的是为了企业能够持续发展，一般情况下，企业都会有几条生产线，以生产不同规格不同型号的多种产品。

（一）产品组合的有关概念

（1）产品组合，又称为产品搭配，是指某一企业所生产和销售的全部产品大类及产品项目的组合（表8.1）。

表8.1　洗化用品产品组合表

产品线	产品组合深度					产品组合宽度
香皂	A1	A2	A3			
洗发水	B1	B2	B3	B4	B5	
洗衣粉	C1	C2				
肥皂	D1	D2	D3	D4		

（2）产品大类，又称为产品线，是指产品类别中具有密切关系（或经由同种商业网点销售，或同属于一个价格幅度）的一组产品项目。如表 8.1 中的香皂、洗发水、洗衣粉和肥皂等产品线。有时，每条产品线还包括若干条亚产品线。如宝洁公司洗发护发产品线就包括了飘柔、潘婷、海飞丝、沙宣及伊卡璐这五个不同品牌的亚产品线。

（3）产品项目，又称为产品品种，是指某一品牌或产品大类内由价格、外观及其他属性来区别的具体产品。如香皂产品线中包括了 A1、A2、A3 品种。

产品组合由各种各样产品线组成，每条产品线又由许多产品项目构成。产品组合可以用宽度、长度、深度和关联性来描述。

（4）产品组合的宽度，是指企业的产品组合中产品线的数目。如表 8.1 中所示有 4 条产品线，其产品组合的宽度就是 4。一般情况下，超市经营的产品线多，专营商场经营的产品线少。

（5）产品组合的长度，是指企业的产品组合中产品项目的总数。即一个企业中不同规格或不同品牌的产品的数目累加，如表 8.1 中所示产品组合的总长度为 14。

（6）产品组合的深度，是指构成企业产品组合的产品线中每一产品项目所包含的产品品种数。如某种商品有 2 种花色、3 种规格，那么这种产品组合的深度就是 6。

（7）产品组合的关联度，是指企业的各条产品线在最终用途、生产条件、销售渠道或其他方面相互关联的程度。如宝洁公司生产洗涤剂、牙膏、香皂、方便尿布和纸巾等，这些产品线都属于日用消费品，通过相同的销售渠道，其产品组合的相关性较强。

产品组合的宽度、长度、深度和关联性在市场营销战略上具有重要意义。企业增加产品组合的宽度（即增加产品大类，扩大经营范围，甚至跨行经营，实行多角化经营），可以充分发挥企业的特长，使企业尤其是大企业的资源、技术得到充分利用，提高经营效益。企业增加产品组合的长度和深度（即增加产品项目，增加产品的花色、式样等），可以迎合广大消费者的不同需要和爱好，以招徕、吸引更多顾客。企业增加产品组合的关联性（即使各个产品大类在最终使用、生产条件、分销渠道等各方面密切关联），则可以提高企业在某一地区、行业的声誉。

（二）产品组合的原则

企业的产品组合方式应遵循有利于促进销售和有利于增加企业利润这一原则，一般说来，拓宽产品系列有利于发挥企业的潜能，开辟新市场，同时能避免较大风险，"东方不亮西方亮"，加深产品系列可以促使企业经营专业化，适合更多的特殊需要，突出其特色，加强产品系列的关联性，可以增强企业的市场地位，提高竞争实力。

企业在进行产品组合时，涉及三个层次的问题需要做出抉择，即是否增加、修改或剔除产品项目，是否扩展、填充和删除产品线，是哪些产品线需要增设、加强、简化或淘汰，以此来确定最佳的产品组合。

三个层次问题的抉择应该遵循既有利于促进销售，又有利于增加企业的总利润这个基本原则。

（三）产品组合的分析

为弄清企业现有的产品组合是否符合企业的总体战略、营销战略相一致，应根据市场营销环境的变化对企业现有的产品加以调整，企业需要对每一项产品的市场地位、该项产品在本企业经营中的重要程度、不同产品项目间的相互关系和组合方式进行分析。对本企业产品组合的分析和观察一般采用以下思路和方法。

分析企业各个产品的处境，以确定哪些是企业过去的主要产品；哪些是企业目前的主要产品；哪些是企业未来的主要产品；哪些产品在竞争条件下，可以为企业盈利；哪些产品仍存在销路，可继续经营；哪些产品已完全失去销路；哪些产品尚未打开销路。对企业各个产品的处境进行分析观察，可将各个产品的合集看作企业的一个战略业务单元，采用波士顿咨询矩阵法或行业吸引力——企业竞争力矩阵，对各个产品线进行分析评价，以确定哪些产品应该发展、维持，哪些产品应收缩或放弃。

结合企业目标市场的选择情况，观察企业产品定位的合理性。

对企业产品项目关系及其对企业的贡献进行分析。

一般来说，不同产品项目对销售总额和利润所做的贡献可能不同。通过观察产品的总体组合方式，分析不同产品项目对企业的经营贡献，可以确定产品项目的主次关系。这样便可以在产品生产时做到主次有序，以充分发挥企业的优势和潜力。

（四）产品组合策略的优化和调整

企业在调整和优化产品组合时，依据情况的不同，可选择如下策略：

1. 扩大产品组合

包括拓展产品组合的宽度和加强产品组合的深度。前者是在原产品组合中增加一条或几条产品大类，扩大经营产品范围；后者是原有产品大类中增加新的产品项目。当企业预测现有产品大类的销售额和利润额在未来一段时间内有可能下降时，就应考虑在现行产品组合中增加新的产品大类，或加强其中有发展潜力的产品大类；当企业打算增加产品特色，或为更多的细分市场提供产品时，则可选择在原有产品大类内增加新的产品项目。一般而言，扩大产品组合，可使企业充分地利用人、财、物资源，分散风险，增强竞争能力。

2. 缩减产品组合

当市场繁荣时，较长、较宽的产品组合会为许多企业带来较多的盈利机会，但当市场不景气或原料、能源供应紧张时，缩减产品反而可能使总利润上升。这是因为从产品组合中剔除了那些获利很小甚至不获利的产品大类或产品项目，使企业可集中力量发展获利多的产品大类和产品项目。通常情况下，企业的产品大类有不断延长的趋势，原因主要有：生产能力过剩迫使产品大类经理开发新的产品项目；经销商和销售人员要求增加产品项目，以满足顾客的需要；产品大类经理为了追求更高的销售量和利润增加产品项目。但是，随着产品大类的延长，设计、工程、仓储、运输、促销等市场营销费用也随着增加，最终将会减少企业的利润。在这种情况下，需要对产品大类的发展进行相应的遏制，删除那些得不偿失的产品项目，使产品大类缩短，提高经济效益。

3. 产品延伸

每一企业的产品都有其特定的市场定位。产品延伸策略指全部或部分地改变公司原有产品的市场定位，具体做法有向下延伸、向上延伸和双向延伸三种。

一是向下延伸。指企业原来生产高档产品，后来决定增加低档产品。企业采取这种策略的主要原因是：企业发现其高档产品的销售增长缓慢，因此不得不将其产品大类向下延伸；企业的高档产品受到激烈的竞争，必须用侵入低档产品市场的方式来反击竞争者；企业当初进入高档产品市场是为了建立其质量形象，然后再向下延伸；企业增加低档产品是为了填补空隙，不使竞争者有隙可乘。企业在采取向下延伸策略时，会遇到一些风险，如企业原来生产高档产品，后来增加低档产品，有可能使名牌产品的形象受到损害，所以，低档产品最好用新商标，不要用原先高档产品的商标；企业原来生产高档产品，后来增加低档产品，有可能会激怒生产低档产品的企业，导致其向高档产品市场发起反攻；企业的经销商可能不愿意经营低档产品，因为经营低档产品所得利润较少。

二是向上延伸。指企业原来生产低档产品，后来决定增加高档产品。主要理由是：高档产品畅销，销售增长较快，利润率高；企业估计高档产品市场上的竞争者较弱，易于被击败；企业想使自己成为生产种类全面的企业。

案例衔接 8-1

长城汽车正式发布了其全新的高端品牌"WEY"，中文名为"魏派"。

此次正式发布的 WEY 品牌 LOGO，其看似简单的阿拉伯数字"1"的设计，其实蕴含了更多深刻的寓意。WEY 品牌采用了"竖型"LOGO。长城汽车解释它的灵感来自 WEY 的家乡——保定。在这座古城的直隶总督府门前曾经矗立着全国最高的旗杆。借鉴传统，表达了 WEY 品牌对故乡保定的由衷敬意，同时，品牌 LOGO 也包含了美好的愿景，WEY 品牌的追求和承诺是树立中国豪华 SUV 的旗帜与标杆。

（http：//www.oebrand.cn/news_active.php？id=15 根据网络资料整理）

采取向上延伸策略也要承担一定风险，如可能引起生产高档产品的竞争者进入低档产品市场，进行反攻；顾客可能不相信企业能生产高档产品；企业的销售代理商和经销商可能没有能力经营高档产品。

三是双向延伸。即原定位于中档产品市场的企业掌握了市场优势以后，决定向产品大类的上下两个方向延伸，一方面增加高档产品，另一方面增加低档产品，扩大市场阵地。

4. 产品线现代化

现代社会科技发展突飞猛进，产品现代化成为一种不可改变的大趋势，产品线也有必要进行现代化改造。产品大类现代化策略首先面临这样的问题：是逐步实现技术的改造，还是以更快的速度用全新设备更换原有产品大类。逐步现代化策略可以节省资金耗费，但是缺点是竞争者很快会察觉，并有充足的时间重新设计它们的产品大类；而快速现代化策略虽然在短时期内耗费资金较多，同时也存在比较大的市场风险，但竞争中却可以出其不意，给竞争者以打击。

5. 产品线特色化

产品线经理在产品线中选择一个或少数几个产品品种进行特色化。有时需要对产品线低档产品型号进行特色化，使之充当"开拓销路的廉价品"。有时，如果发现产品线上有一端销售情况良好，而另一端却又问题，可以努力促进对销售较慢的产品的需要。

第二节　产品市场生命周期

比尔·盖茨曾说过，大公司成功的秘诀在于，当人们还在使用公司的产品时，公司已经在着手淘汰它了。我国企业界人士通俗的说法是：生产一代，研发一代，储备一代，构思一代。产品生命周期理论已成为企业在开发新产品、规划产品的更新换代、分析市场形式及制定产品市场营销策略和经营决策时，进行预测、分析、比较研究、资本运算和调控的重要工具。

一、产品生命周期的概念

产品生命周期理论是美国哈佛大学教授雷蒙德·弗农（Raymond Vernon）1966年在其《产品周期中的国际投资与国际贸易》一文中首次提出的。产品生命周期是指产品从进入市场到退出市场所经历的市场生命循环过程。弗农认为：产品生命是指产品的营销生命，产品和人的生命一样，要经历形成、成长、成熟、衰退这样的周期。产品只有经过研究开发、试销，然后进入市场，其市场生命周期才算开始。产品退出市场，标志着生命周期的结束。

产品生命周期具有以下含义：

（1）任何产品都有一个有限的市场生命。

（2）产品销售经过不同的生命周期阶段时都对销售者提出了不同的挑战。

（3）在产品生命周期不同的阶段，产品利润有高有低。

（4）在产品生命周期不同的阶段，产品需要不同的营销、财务、制造、购买和人事战略。

二、产品生命周期阶段

典型的产品生命周期一般可以分成四个阶段，即介绍（引入）期、成长期、成熟期和衰退期。

（一）第一阶段：介绍（引入）期

这是指产品从设计投产直到投入市场进入测试阶段。新产品投入市场，便进入了介绍期。此时产品品种少，顾客对产品还不了解，除少数追求新奇的顾客外，几乎无人实际购买该产品。生产者为了扩大销路，不得不投入大量的促销费用，对产品进行宣传推广。该阶段由于生产技术方面的限制，产品生产批量小，制造成本高，广告费用大，产品销售价格偏高，销售量极为有限，企业通常不能获利，反而可能亏损。

（二）第二阶段：成长期

当产品进入引入期，销售取得成功之后，便进入了成长期。成长期是指产品通过试销效果良好，购买者逐渐接受该产品，产品在市场上站住脚并且打开了销路。这是需求增长阶段，需求量和销售额迅速上升。生产成本大幅度下降，利润迅速增长。与此同时，竞争者看到有利可图，将纷纷进入市场参与竞争，使同类产品供给量增加，价格随之下降，企业利润增长速度逐步减慢，最后达到生命周期利润的最高点。

（三）第三阶段：成熟期

这是指产品走入大批量生产并稳定地进入市场销售。经过成长期之后，随着购买产品的人数增多，市场需求趋于饱和，此时，产品普及并日趋标准化，成本低而产量大，销售增长速度缓慢直至转而下降，由于竞争的加剧，导致同类产品生产企之间不得不加大在产品质量、花色、规格、包装服务等方面加大投入，在一定程度上增加了成本。

（四）第四阶段：衰退期

这是指产品进入了淘汰阶段。随着科技的发展以及消费习惯的改变等原因，产品的销售量和利润持续下降，产品在市场上已经老化，不能适应市场需求，市场上已经有其他性能更好、价格更低的新产品，足以满足消费者的需求。此时成本较高的企业就会由于无利可图而陆续停止生产，该类产品的生命周期也就陆续结束，以致最后完全撤出市场。

产品生命周期是一个很重要的概念，它和企业制定产品策略以及营销策略有直接的联系。管理者要想使他的产品有一个较长的销售周期，以便赚取足够的利润来补偿在推出该产品时所做出的一切努力和经受的一切风险，就必须认真研究和运用产品的生命周期理论，此外，产品生命周期也是营销人员用来描述产品和市场运作方法的有力工具。但是，在开发市场营销战略的过程中，产品生命周期却显得有点力不从心，因为战略既是产品生命周期的原因又是其结果，产品现状可以使人想到最好的营销战略，此外，在预测产品性能时产品生命周期的运用也受到限制。

三、产品生命周期曲线

（一）标准产品的生命曲线

标准产品生命周期曲线的特点：在产品开发期间该产品销售额为零，公司投资不断增加；在引入期，销售缓慢，初期通常利润偏低或为负数；在成长期销售快速增长，利润也显著增加；在成熟期利润在达到顶点后逐渐走下坡路；在衰退期间产品销售量显著衰退，利润也大幅度滑落。如图8.2所示，该曲线适用于一般产品的生命周期的描述；不适用于风格型、时尚型、热潮型和扇贝型产品的生命周期的描述。

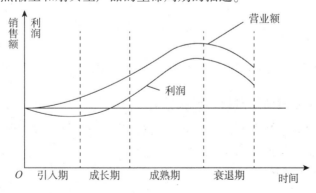

图 8.2　标准产品生命周期图

（二）特殊的产品生命周期

特殊的产品生命周期包括风格型产品生命周期、时尚型产品生命周期、热潮型产品生命周期、扇贝形产品生命周期四种特殊的类型，它们的产品生命周期曲线并非通常的 S 形（图 8.3）。

风格型产品生命周期：风格是一种在人类生活基本但特点突出的表现方式。风格一旦产生，可能会延续数代，根据人们对它的兴趣而呈现出一种循环再循环的模式，时而流行，时而又可能并不流行。

时尚型产品生命周期：时尚是指在某一领域里，目前为大家所接受且欢迎的风格。时尚型产品生命周期特点是，刚上市时很少有人接纳（称之为独特阶段），但接纳人数随着时间慢慢增长（模仿阶段），终于被广泛接受（大量流行阶段），最后缓慢衰退（衰退阶段），消费者开始将注意力转向另一种更吸引他们的时尚。

热潮型产品生命周期：热潮是一种来势汹汹且很快就吸引大众注意的时尚，俗称时髦。热潮型产品生命周期往往快速成长又快速衰退，主要是因为它只是满足人类一时的好奇心或需求，所吸引的只限于少数寻求刺激、标新立异的人，通常无法满足更强烈的需求。

扇贝型产品生命周期：主要指产品生命周期不断地延伸再延伸，这往往是因为产品创新或不时发现新的用途。

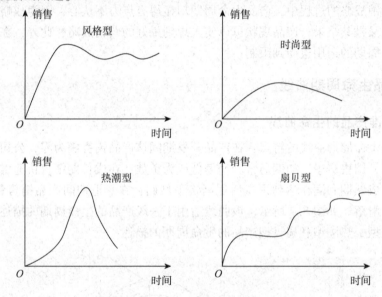

图 8.3　特殊产品生命周期图

（三）产品各个生命周期阶段的营销策略

典型的产品生命周期的四个阶段呈现出不同的市场特征，企业的营销策略也就以各阶段的特征为基点来制定和实施。

1. 介绍期的营销策略

介绍期的特征是产品销量少，促销费用高，制造成本高，销售利润很低甚至为负值。根据这一阶段的特点，企业应努力做到：投入市场的产品要有针对性，进入市场的时机要合适，设法把销售力量直接投向最有可能的购买者，使市场尽快接受该产品，以缩短介绍期，更快地进入成长期。

在产品的介绍期，一般可以由产品、分销、价格、促销四个基本要素组合成各种不同的市场营销策略。仅将价格高低与促销费用高低结合起来考虑，就有下面四种策略：

（1）快速撇脂策略。即以高价格、高促销费用推出新产品。实行高价策略可在每单位销售额中获取最大利润，尽快收回投资；高促销费用能够快速建立知名度，占领市场。实施这一策略须具备以下条件：产品有较大的需求潜力；目标顾客求新心理强，急于购买新产品；企业面临潜在竞争者的威胁，需要及早树立品牌形象。一般而言，在产品引入阶段，只要新产品比替代的产品有明显的优势，市场对其价格就不会那么计较。

（2）缓慢撇脂策略。以高价格、低促销费用推出新产品，目的是以尽可能低的费用开支求得更多的利润。实施这一策略的条件是：市场规模较小；产品已有一定的知名度；目标顾客愿意支付高价；潜在竞争的威胁不大。

（3）快速渗透策略。以低价格、高促销费用推出新产品。目的在于先发制人，以最快的速度打入市场，取得尽可能大的市场占有率。然后再随着销量和产量的扩大，使单位成本降低，取得规模效益。实施这一策略的条件是：该产品市场容量相当大；潜在消费者对产品不了解，且对价格十分敏感；潜在竞争较为激烈；产品的单位制造成本可随生产规模和销售量的扩大迅速降低。

（4）缓慢渗透策略。以低价格、低促销费用推出新产品。低价可扩大销售，低促销费用可降低营销成本，增加利润。这种策略的适用条件是：市场容量很大；市场上该产品的知名度较高；市场对价格十分敏感；存在某些潜在的竞争者，但威胁不大。

2. 成长期市场营销策略

新产品经过市场介绍期以后，消费者对该产品已经熟悉，消费习惯也已形成，销售量迅速增长，这种新产品就进入了成长期。进入成长期以后，老顾客重复购买，并且带来了新的顾客，销售量激增，企业利润迅速增长，在这一阶段利润达到高峰。随着销售量的增大，企业生产规模也逐步扩大，产品成本逐步降低，新的竞争者会投入竞争。随着竞争的加剧，新的产品特性开始出现，产品市场开始细分，分销渠道增加。企业为维持市场的继续成长，需要保持或稍微增加促销费用，但由于销量增加，平均促销费用有所下降。针对成长期的特点，企业为维持其市场增长率，延长获取最大利润的时间，可以采取下面几种策略：

（1）改善产品品质。如增加新的功能，改变产品款式，发展新的型号，开发新的用途等。对产品进行改进，可以提高产品的竞争能力，满足顾客更广泛的需求，吸引更多的顾客。

（2）寻找新的细分市场。通过市场细分，找到新的尚未满足的细分市场，根据其需要组织生产，迅速进入这一新的市场。

（3）改变广告宣传的重点。把广告宣传的重心从介绍产品转到建立产品形象上来，树立产品名牌，维系老顾客，吸引新顾客。

（4）适时降价。在适当的时机，可以采取降价策略，以激发那些对价格比较敏感的消费者产生购买动机和采取购买行动。

3. 成熟期市场营销策略

进入成熟期以后，产品的销售量增长缓慢，逐步达到最高峰，然后缓慢下降；产品的销售利润也从成长期的最高点开始下降；市场竞争非常激烈，各种品牌、各种款式的同类产品不断出现。

对成熟期的产品，宜采取主动出击的策略，使成熟期延长，或使产品生命周期出现再循环。为此，可以采取以下三种策略：

（1）市场调整。这种策略不是要调整产品本身，而是发现产品的新用途、寻求新的用户或改变推销方式等，以使产品销售量得以扩大。

（2）产品调整。这种策略是通过产品自身的调整来满足顾客的不同需要，吸引有不同需求的顾客。整体产品概念的任何一层次的调整都可视为产品再推出。

（3）市场营销组合调整。即通过对产品、定价、渠道、促销四个市场营销组合因素加以综合调整，刺激销售量的回升。常用的方法包括降价、提高促销水平、扩展分销渠道和提高服务质量等。

4. 衰退期市场营销策略

衰退期的主要特点是：产品销售量急剧下降；企业从这种产品中获得的利润很低甚至为零；大量的竞争者退出市场；消费者的消费习惯已发生改变等。面对处于衰退期的产品，企业需要进行认真的研究分析，决定采取什么策略、在什么时间退出市场。通常有以下几种策略可供选择：

（1）继续策略。继续沿用过去的策略，仍按照原来的细分市场，使用相同的分销渠道、定价及促销方式，直到这种产品完全退出市场为止。

（2）集中策略。把企业能力和资源集中在最有利的细分市场和分销渠道上，从中获取利润。这样有利于缩短产品退出市场的时间，同时又能为企业创造更多的利润。

（3）收缩策略。抛弃无希望的顾客群体，大幅度降低促销水平，尽量减少促销费用，以增加目前的利润。这样可能导致产品在市场上的衰退加速，但也能从忠实于这种产品的顾客中得到利润。

（4）放弃策略。对于衰退比较迅速的产品，应该当机立断，放弃经营。可以采取完全放弃的形式，如把产品完全转移出去或立即停止生产；也可采取逐步放弃的方式，使其所占用的资源逐步转向其他的产品。

第三节　品牌与包装

一、品牌的概念

所谓品牌是销售者给自己的产品规定的商业名称，通常由文字、标记、符号、图案和颜色等要素或这些要素的组合构成，用作一个销售者或销售集团的标识，以便同竞争者的产品相区别。一个品牌一般包含三个基本要素，即品牌名称、品牌标识和商标。

品牌名称是指品牌中可以用语言文字称谓表达、可以读出声音的部分。如海尔、长虹、联想等。品牌标识是指品牌中可以识别但不能读出声音的部分，如某种符号、图案或其他设计等。现代的品牌标识设计更崇尚简洁，如耐克的品牌标识就是"潇洒一勾"，却能够凸显耐克品牌的体育运动特征。商标是商品的生产者、经营者在其生产、制造、加工、拣选或者经销的商品上或者服务的提供者在其提供的服务上采用的，用于区别商品或

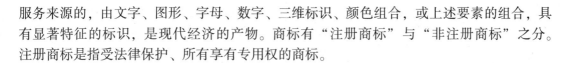

服务来源的，由文字、图形、字母、数字、三维标识、颜色组合，或上述要素的组合，具有显著特征的标识，是现代经济的产物。商标有"注册商标"与"非注册商标"之分。注册商标是指受法律保护、所有享有专用权的商标。

二、品牌策略

品牌策略是一系列能够产生品牌积累的企业管理与市场营销方法，包括 4P 与品牌识别在内的所有要素。主要有品牌化策略、品牌使用者策略、品牌名称策略、品牌战略策略、品牌再定位策略、品牌延伸策略等。

（一）品牌化策略

品牌化策略是指企业决定是否给产品起名字、设计标识的活动。历史上，许多产品不用品牌。生产者和中间商把产品直接从桶、箱子和容器内取出来销售，无须供应商的任何辨认凭证。中世纪的行会经过努力，要求手工业者把商标标在他们的产品上，以保护他们自己并使消费者不受劣质产品的损害。在美术领域内，艺术家在他们的作品上附上了标记，这就是最早的品牌标记的诞生。今天，品牌的商业作用为企业特别看重，品牌化迅猛发展，已经很少有产品不使用品牌了。像大豆、水果、蔬菜、大米和肉制品等过去从不使用品牌的商品，现在也被放在有特色的包装袋内，冠以品牌出售，这样做的目的自然是获得品牌化的好处。

使用品牌对企业有如下好处：有利于订单处理和对产品的跟踪；保护产品的某些独特特征被竞争者模仿；为吸引忠诚顾客提供了机会；有助于市场细分；有助于树立产品和企业形象。

尽管品牌化是商品市场发展的大趋向，但对于单个企业而言，是否要使用品牌还必须考虑产品的实际情况，因为在获得品牌带来的上述好处的同时，建立、维持、保护品牌也要付出巨大成本，如包装费、广告费、标签费和法律保护费等。所以在欧美的一些超市中又出现了一种无品牌化的现象，如细条面、卫生纸等一些包装简单、价格低廉的基本生活用品，这使得企业可以降低在包装和广告上的开支，以取得价格优势。

一般来说，对于那些在加工过程中无法形成一定特色的产品，由于产品同质性很高，消费者在购买时不会过多地注意品牌。此外，品牌与产品的包装、产地、价格和生产厂家等一样，都是消费者选择和评价商品的一种外在线索，对于那些消费者只看重产品的式样和价格而忽视品牌的产品，品牌化的意义也就很小。如果企业一旦决定建立新的品牌，那不仅仅只是为产品设计一个图案或取一个名称，而必须通过各种手段来使消费者达到品牌识别的层次，否则这个品牌的存在也是没有意义的。未加工的原料产品以及那些不会因生产商不同而形成不同特色的商品仍然可以使用无品牌策略，这样可以节省费用，降低价格，扩大销售。

（二）品牌使用者策略

品牌使用者策略是指企业决定使用本企业（制造商）的品牌，还是使用经销商的品牌，或两种品牌同时兼用。

一般情况下，品牌是制造商的产品标记，制造商决定产品的设计、质量、特色等。享有盛誉的制造商还将其商标租借给其他中小制造商，收取一定的特许使用费。近年来，经销商的品牌日益增多。西方国家许多享有盛誉的百货公司、超级市场、服装商店等都使用自己的品牌，有些著名商家（如美国的沃尔玛）经销的 90% 商品都用自己的品牌。同时强有力的批发商中也有许多使用自己的品牌，以增强对价格、供货时间等方面的控制能力。

当前，经销商品牌已经成为品牌竞争的重要因素。但使用经销商品牌对于经销商会带来一些问题。经销商需大量订货，占用大量资金，承担的风险较大；同时经销商为扩大自身品牌的声誉，需要大力宣传其品牌，经营成本提高。经销商使用自身品牌也会带来诸多利益，比如因进货数量较大则其进货成本较低，因而销售价格较低，竞争力较强，可以得到较高的利润。同时经销商可以较好地控制价格，可以在某种程度上控制其他中间商。

在现代市场经济条件下，制造商品牌和经销商品牌之间经常展开激烈的竞争，也就是所谓品牌战。一般来说，制造商品牌和经销商品牌之间的竞争，本质上是制造商与经销商之间实力的较量。在制造商具有良好的市场声誉，拥有较大市场份额的条件下，应多使用制造商品牌，无力经营自己品牌的经销商只能接受制造商品牌。相反，当经销商品牌在某一市场领域中拥有良好的品牌信誉及庞大的、完善的销售体系时，利用经销商品牌也是有利的。因此进行品牌使用者决策时，要结合具体情况，充分考虑制造商与经销商的实力对比，以求客观地做出决策。

（三）品牌名称策略

品牌名称策略是指企业决定所有的产品使用一个或几个品牌，还是不同产品分别使用不同的品牌。在这个问题上，大致有以下四种决策模式：

1. 个别品牌名称

即企业决定每个产品使用不同的品牌。采用个别品牌名称，为每种产品寻求不同的市场定位，有利于增加销售额和对抗竞争对手，还可以分散风险，使企业的整个声誉不致因某种产品表现不佳而受到影响。如"宝洁"公司的洗衣粉使用了"汰渍""碧浪"；肥皂使用了"舒肤佳"；牙膏使用了"佳洁士"。

2. 对所有产品使用共同的家族品牌名称

即企业的所有产品都使用同一种品牌。对于那些享有高声誉的著名企业，全部产品采用统一品牌名称策略可以充分利用其名牌效应，使企业所有产品畅销。同时企业宣传介绍新产品的费用开支也相对较低，有利于新产品进入市场。如美国通用电气公司的所有产品都用 GE 作为品牌名称。

3. 各大类产品使用不同的家族品牌名称

企业使用这种策略，一般是为了区分不同大类的产品，一个产品大类下的产品使用共同的家族品牌，以便在不同大类产品领域中树立各自的品牌形象。例如史威夫特公司生产的一个产品大类是火腿；还有一个大类是化肥，就分别取名为"普利姆"和"肥高洛"。

4. 个别品牌名称与企业名称并用

即企业决定其不同类别的产品分别采取不同的品牌名称，且在品牌名称之前都加上企业的名称。企业多把此种策略用于新产品的开发。在新产品的品牌名称上加上企业名称，可以使新产品享受企业的声誉，而采用不同的品牌名称，又可使各种新产品显示出不同的特色。例如海尔集团就推出了"探路者"彩电、"大力神"冷柜、"大王子"、"小王子"和"小小神童"洗衣机。

（四）品牌战略策略

品牌战略决策有四种，即产品线扩展策略、多品牌策略、新品牌策略、合作品牌策略。

1. 产品线扩展策略（Line Extension）

产品线扩展指企业现有的产品线使用同一品牌，当增加该产品线的产品时，仍沿用原有的品牌。这种新产品往往都是现有产品的局部改进，如增加新的功能、包装、式样和风格等。通常厂家会在这些商品的包装上标明不同的规格、不同的功能特色或不同的使用者。产品线扩展的原因是多方面的，如可以充分利用过剩的生产能力；满足新的消费者的需要；率先成为产品线全满的公司以填补市场的空隙，与竞争者推出的新产品竞争或为了得到更多的货架位置。产品线扩展的利益有：扩展产品的存活率高于新产品，而通常新产品的失败率在80%~90%；满足不同细分市场的需求；完整的产品线可以防御竞争者的袭击。产品线扩展的不利有：它可能使品牌名称丧失它特定的意义。产品线的不断加长，会淡化品牌原有的个性和形象，增加消费者认识和选择的难度；有时因为原来的品牌过于强大，致使产品线扩展混乱，再加上销售数量不足，故难以冲抵它们的开发和促销成本；如果消费者未能在心目中区别出各种产品时，会造成同一种产品线中新老产品自相残杀的局面。

2. 多品牌策略（Multi Brands）

在相同产品类别中引进多个品牌的策略称为多品牌策略。证券投资者往往同时投资多种股票，一个投资者所持有的所有股票集合就是所谓证券组合（Portfolio），为了减少风险增加盈利机会，投资者必须不断优化股票组合。同样，一个企业建立品牌组合，实施多品牌战略，往往也是基于同样的考虑，并且这种品牌组合的各个品牌形象相互之间是既有差别又有联系的，不是大杂烩，组合的概念蕴含着整体大于个别的意义。

（1）培植市场的需要。没有哪一个品牌单独可以培植一个市场。尽管某一品牌起初一枝独秀，但一旦等它辛辛苦苦开垦出一片肥沃的市场，其他人就会蜂拥而至。众多市场竞争者共同开垦一个市场，有助于该市场的快速发育与成熟。当市场分化开始出现时，众多市场贡献者的广告战往往不可避免，其效果却进一步强化了该产品门类的共同优势。有的市场开始时生气勃勃，最后却没有形成气候，其原因之一在于参与者寥寥。一个批发市场如果只有两三间小店，冷冷清清，该市场就不是什么市场了。多个品牌一同出现是支持一个整体性市场所绝对必需的。以个人计算机市场为例，如果只有苹果一家企业唱独角戏，没有其他电脑厂家跟进，绝对不可能形成今天这样火爆的 PC 市场。

（2）多个品牌使企业有机会最大限度地覆盖市场。没有哪一个品牌能单枪匹马地占领一个市场。随着市场的成熟，消费者的需要逐渐细分化，一个品牌不可能保持其基本意义不变而同时满足几个目标。这就是为什么有的企业要创造数个品牌以对应不同的市场细分的初衷。另外，近年来西方零售商自我品牌的崛起向制造商发出了有力的挑战，动摇着制造商在树立和保持品牌优势上的主动和统治地位。多品牌战略有助于制造商遏制中间商和零售商控制某个品牌进而左右自己的能力。

多品牌提供了一种灵活性，有助于限制竞争者的扩展机会，使得竞争者感到在每一个细分市场的现有品牌都是进入的障碍。在价格大战中捍卫主要品牌时，多品牌是不可或缺的。把那些次要品牌作为小股部队，给发动价格战的竞争者以迅速的侧翼打击，有助于使挑衅者首尾难顾。与此同时，核心品牌的领导地位则毫发无损。领先品牌肩负着保证整个产品门类的盈利能力的重任，其地位必须得到捍卫；否则，一旦它的魅力下降，产品的单位利润就难以复升，最后该品牌将遭到零售商的拒绝。

（3）突出和保护核心品牌。当需要保护核心品牌的形象时，多品牌的存在更显得意义重大，核心品牌在没有把握的革新中不能盲目冒风险。例如，为了捍卫品牌资产，迪士尼企业在其电影制作中使用多个品牌，使得迪士尼企业可以产生各种类型的电影，从而避免了损伤声望卓著的迪士尼的形象。在西方，零售系统对品牌多样化的兴趣浓厚，制造商运用多品牌策略提高整体市场份额，以此增加自己与零售商较量的砝码。

所以，多品牌策略有助于企业培植、覆盖市场，降低营销成本，限制竞争对手和有力地回应零售商的挑战。

多品牌策略虽然有着很多优越性，但同时也存在诸多局限性。

（1）随着新品牌的引入，其净市场贡献率将呈一种边际递减的趋势。经济学中的边际效用理论告诉我们，随着消费者对一种商品消费的增加，该商品的边际效用呈递减的趋势。同样，对于一个企业来说，随着品牌的增加，新品牌对企业的边际市场贡献率也将呈递减的趋势。这一方面是由于企业的内部资源有限，支持一个新的品牌有时需要缩减原有品牌的预算费用；另一方面，企业在市场上创立新品牌会由于竞争者的反抗而达不到理想的效果，他们会针对企业的新品牌推出类似的竞争品牌，或加大对现有品牌的营销力度。此外，随着企业在同一产品线上品牌的增多，各品牌之间不可避免地会侵蚀对方的市场。在总市场难以骤然扩张时，很难想象新品牌所吸引的消费者全部都是竞争对手的顾客，或是从未使用过该产品的人，特别是当产品差异化较小，或是同一产品线上不同品牌定位差别不甚显著时，这种品牌间相互蚕食的现象尤为显著。

（2）品牌推广成本较大。企业实施多品牌策略，就意味着不能将有限的资源分配给获利能力强的少数品牌，各个品牌都需要一个长期巨额宣传预算。对有些企业来说，这是可望而不可即的。

3. 新品牌策略（New Brand）

为新产品设计新品牌的策略称为新品牌策略。当企业在新产品类别中推出一个产品时，它可能发现原有的品牌名不适合它，或是对新产品来说有更好更合适的品牌名称，企业需要设计新品牌。例如，春兰集团以生产空调著名，当它决定开发摩托车时，采用春兰这个女性化的名称就不太合适，于是采用了新的品牌"春兰豹"。又如，原来生产保健品的养生堂开发饮用水时，使用了更好的品牌名称"农夫山泉"。

4. 合作品牌策略（Co Branding）

合作品牌（也称为双重品牌）是两个或更多的品牌在一个产品上联合起来，每个品牌都期望另一个品牌能强化整体的形象或购买意愿。

合作品牌的形式有多种。一种形式是中间产品合作品牌，如富豪汽车公司的广告说，它使用米其林轮胎。另一种形式是同一企业合作品牌，如摩托罗拉公司的一款手机使用的是"摩托罗拉掌中宝"，掌中宝也是公司注册的一个商标。还有一种形式是合资合作品牌，如日立的一种灯泡使用"日立"和"GE"联合品牌。

（五）品牌再定位策略

品牌再定位策略是指一种品牌在市场上最初的定位也许是适宜的、成功的，但是到后来企业可能不得不重新定位。原因是多方面的，如竞争者后来推出它的品牌，并削减了企业的市场份额；顾客偏好也会转移，使对企业品牌的需求减少；或者公司决定进入新的细分市场。

在做出品牌再定位决策时，首先应考虑将品牌转移到另一个细分市场所需要的成本，包括产品品质改变费、包装费和广告费。一般来说，再定位的跨度越大，所需成本越高。其次，要考虑品牌定位于新位置后可能产生的收益。收益大小是由以下因素决定的：某一目标市场的消费者人数；消费者的平均购买率；在同一细分市场竞争者的数量和实力，以及在该细分市场中为品牌再定位要付出的代价。

"七喜"品牌的重新定位是一个成功的典型范例。七喜牌饮料是许多软饮料中的一种，调查结果表明，主要购买者是老年人，他们对饮料的要求是刺激性小和有柠檬味。七喜公司使了一个高招，进行了一次出色的活动，标榜自己是生产非可乐饮料的，从而获得了非可乐饮料市场的领先地位。

（六）品牌延伸策略

品牌延伸策略是将现有成功的品牌，用于新产品或修正过的产品上的一种策略。

1. 品牌延伸的概念

品牌延伸（Brand Extensions），是指一个现有的品牌名称使用到一个新类别的产品上。品牌延伸并非只借用表面上的品牌名称，而是对整个品牌资产的策略性使用。品牌延伸是实现品牌无形资产转移、发展的有效途径。品牌延伸一方面在新产品上实现了品牌资产的转移，另一方面又以新产品形象延续了品牌寿命，因而成为企业的现实选择。

2. 品牌延伸的好处

（1）可以加快新产品的定位，保证新产品投资决策的快捷准确。

（2）有助于减少新产品的市场风险。品牌延伸，是新产品一问世就已经取得了品牌化，甚至获得了知名品牌化，就可以大大缩短被消费者认知、认同、接受、信任的过程，极为有效地防范了新产品的市场风险，并且可以节省数以千万计的巨额开支，有效地降低了新产品的成本费用。与同类产品相比，它就与之站在同一起点上，甚至略优于对手，具备了立于不败之地的竞争能力。

（3）品牌延伸有助于强化品牌效应，增加品牌这一无形资产的经济价值。

（4）品牌延伸能够增强核心品牌的形象，能够提高整体品牌组合的投资效益。

3. 品牌延伸策略的坏处

（1）损害原有品牌形象。当某一类产品在市场上取得领导地位后，这一品牌就成为强势品牌，它在消费者心目中就有了特殊的形象定位，甚至成为该类产品的代名词。将这一强势品牌进行延伸后，近因效应（即最近的印象对人们的认知的影响具有较为深刻的作用）的存在，就有可能对强势品牌的形象起到巩固或减弱的作用。如果品牌延伸运用不当，原有强势品牌所代表的形象信息就被弱化。

（2）有悖消费心理。一个品牌取得成功的过程，就是消费者对企业所塑造的这一品牌的特定功用、质量等特性产生特定的心理定位的过程。企业把强势品牌延伸到和原市场不相容或者毫不相干的产品上时，就有悖消费者的心理定位。如"999"原是胃药中的著名品牌，延伸到啤酒上，消费者就难以接受。这类不当的品牌延伸，不但没有什么成效，而且还会影响原有强势品牌在消费者心目中的特定心理定位。

（3）容易形成此消彼长的"跷跷板"现象。当一个名称代表两种甚至更多的有差异的产品时，必然会导致消费者对产品的认知模糊化。当延伸品牌的产品在市场竞争中处于绝对优势时，消费者就会把原强势品牌的心理定位转移到延伸品牌上。这样一来，就无形中削弱了原强势品牌的优势。这种原强势品牌和延伸品牌竞争态势此消彼长的变化，即为"跷跷板"现象。

（4）株连效应。将强势品牌名冠于别的产品上，如果不同产品在质量、档次上相差悬殊，就会使原强势品牌产品和延伸品牌产品产生冲击，不仅损害了延伸品牌产品，还会株连原强势品牌。

（5）淡化品牌特性。当一个品牌在市场上取得成功后，在消费者心目中就有了特殊的形象定位，消费者的注意力也集中到该产品的功用、质量等特性上。如果企业用同一品牌推出功用、质量相差无几的同类产品，使消费者昏头转向，该品牌特性就会被淡化。

三、产品包装策略

（一）产品包装概念

产品包装，一般地说就是给生产的产品装箱、装盒、装袋、包裹、捆扎。产品包装对于生产者是最普通的事，现在很多人已经把它看成一种营销手段、名牌战略，在营销谋略中也占一席之地。

（二）产品包装的作用

（1）保护产品良好的包装可以使产品在营销管理过程中，起到防潮、防热、防冷、防挥发、防污染、保鲜、防易碎、防变形等保护作用。

（2）促进销售特别是在实行顾客自我服务的情况下，更需要利用产品包装来向广大顾客宣传介绍产品，吸引顾客注意力。

（3）增加价值产品经过包装以后，往往可以大大提高产品的附加值，消费者一般愿意为良好包装带来的方便、美感、可靠性和声望多付钱。

（三）产品包装原则

产品包装一般遵循以下原则：

1. 适用原则

包装的主要目的是保护商品。因此，要根据产品的不同性质和特点，合理地选择包装材料和包装技术，确保产品不损坏、不变质、不变形，并且符合环保标准，易于运输等。

📖 **案例衔接 8-2**

整治过度包装 倡导绿色低碳

过度包装早已不是新鲜话题，大体可以分为两种情况，一种是"三流产品，一流包装"，大搞"套娃"式礼盒；另一种则是与其他商品混装搭售，说是卖月饼、粽子，实则卖红酒、茶叶乃至金条，动辄搞出"天价"。无论哪一种过度包装，都失去了节日文化该有的纯正味道。

过度包装给环境和资源带来的危害显而易见。研究表明，我国包装废弃物占城市生活垃圾的 30%~40%，其中很大一部分由过度包装产生。过度包装喧宾夺主、华而不实，严重浪费资源不说，更抬高了市场物价，有的还涉嫌消费欺诈。过度包装使消费者无法判断商品的价值，严重误导消费者，助长了送礼攀比的不良习气。

遏制过度包装不能没有细化标准。经过多年治理，过度包装现象已有所改观，但某些商家仍与执法机关"斗智斗勇"。因此，要从源头上减少资源消耗，倡导文明健康的节日文化，首先要给何谓"过度包装"画出更为明确的标准，画出更为清晰的红线。

相关国家标准的此番修改，细化到包装层数不应超过三层，不应使用贵金属、红木等贵重材料等，既是针对新情况的与时俱进，亦是针对老问题的再度强化，为的是要引导绿色生产，遏制过度包装改头换面重出江湖。

（https：//baijiahao.baidu.com/s？id=1733906862487800034&wfr=spider&for=pc 根据网络资料整理）

2. 美观原则

在设计上要求外形新颖、大方、美观，具有较强的艺术性。

3. 经济原则

在符合营销策略的前提下，包装时应尽量降低包装成本。

（四）产品包装策略

1. 类似包装策略

企业对其生产的产品采用相同的图案、近似的色彩、相同的包装材料和相同的造型进行包装，便于顾客识别出本企业产品。对于忠实于本企业的顾客，类似包装无疑具有促销的作用，企业还可因此而节省包装的设计、制作费用。但类似包装策略只能适宜于质量相同的产品，对于品种差异大、质量水平悬殊的产品则不宜采用。

2. 配套包装策略

按各国消费者的消费习惯，将数种有关联的产品配套包装在一起成套供应，便于消费者购买、使用、和携带，同时还可扩大产品的销售。在配套产品中如加入某种新产品，可使消费者不知不觉地习惯使用新产品，有利于新产品上市和普及。

3. 再使用包装

再使用包装指包装内的产品使用完后，包装物还有其他的用途。如各种形状的香水瓶可作装饰物，精美的食品盒也可被再利用等。这种包装策略可使消费者感到一物多用而引起其购买欲望，而且包装物的重复使用也起到了对产品的广告宣传作用。应该谨慎使用该策略，避免因成本加大引起商品价格过高而影响产品的销售。

4. 附赠包装策略

在商品包装物内附加奖券或实物，或包装本身可以换取礼品，吸引顾客的再次消费，激发消费者的购买欲望。我国出口的芭蕾珍珠膏，每个包装盒附赠珍珠别针一枚，顾客购至 50 盒即可串一条美丽的珍珠项链，这使珍珠膏在国际市场十分畅销。

5. 改变包装策略

改变包装策略即改变和放弃原有的产品包装，改用新的包装。由于包装技术、包装材料的不断更新，消费者的偏好不断变化，采用新的包装以弥补原包装的不足，企业在改变包装的同时必须配合好宣传工作，以消除消费者以为产品质量下降或其他而引发误解。

6. 更新包装策略

更新包装，一方面是通过改进包装使销售不佳的商品重新焕发生机，重新激起人们的购买欲；另一方面是通过改进，使商品顺应市场变化。有些产品要改进质量比较困难，但是如果几年一贯制，总是老面孔，消费者又会感到厌倦。经常变一变包装，给人带来一种新鲜感，销量就有可能上去。

7. 复用包装策略

复用是指包装再利用的价值，根据目的和用途基本上可以分为两大类：一类是从回收再利用的角度来讲，如产品运储周转箱、啤酒瓶、饮料瓶等，复用可以大幅降低包装成本，便于商品周转，有利于减少环境污染。另一类是从消费者角度来讲，商品使用后，其包装还可以作为其他用途，以达到变废为宝的目的，而且包装上的企业标识还可以起到继续宣传的效果。这就要求在包装设计时，考虑到再利用的特点，以保证再利用的可能性和方便性。如瓷制的花瓶作为酒瓶来用，酒饮完后还可以做花瓶。再如用手枪、熊猫、小猴等造型的塑料容器来包装糖果，糖果吃完后，其包装还可以做玩具。

8. 企业协作的包装策略

企业在开拓新的市场时，由于宣传不够等原因其知名度可能并不高，所需的广告宣传投入费用又太大，而且很难立刻见效。这时可以联合当地具有良好信誉和知名度的企业共同推出新产品，在包装设计上重点突出联手企业的形象，这是一种非常实际有效的策略，在欧美、日本等发达国家是一种较为普遍的做法。如日本电子产品在进入美国市场时滞销，后采用西尔斯的商标，以此占领了美国市场。

9. 绿色包装策略

随着消费者环保意识的增强，绿色环保成为社会发展的主题，伴随着绿色产业、绿色消费而出现的绿色概念营销方式成为企业经营的主流。因此在包装设计时，选择可重复利用或可再生、易回收处理、对环境无污染的包装材料，容易赢得消费者的好感与认同，也有利于环境保护与与国际包装技术标准接轨，从而为企业的发展带来良好的前景。如用纸质包装替代塑料袋装，羊毛材质衣物中夹放轻柔垫纸来取代硬质衬板，既美化了包装，又顺应了发展潮流，一举两得。

📖 案例衔接 8-3

以包装回收为主的绿色行为已经成为一种新的社会风尚，企业也在行动，各显神通，推出共享快递盒、循环快递袋、快递纸箱回收服务，等等。

京东开创了中国第一款简约包装纸箱，第一款洗发水电商原发包装，通过商品包装减量化等方式，截至 2021 年 5 月底，京东物流带动全行业减少一次性包装用量近100 亿个。

京东推出的"青流箱"已经常态化，这种循环快递箱由可复用材料制成，无须胶带封包，破损后还可以回收再生，2020年"双11"期间，京东物流循环中转袋平均使用率超90%，共减少一次性包装垃圾10万吨。

绿色包装不只是一个行业问题，还是一个综合性的社会问题，绿色包装需要企业、市场协同发展，更需要消费者理念的转变和行动上实际配合。

（https：//baijiahao.baidu.com/s？id = 1736299221533267943&wfr = spider&for = pc 根据网络资料整理）

10. 系列式包装策略

系列式包装策略，即企业生产经营的产品都用相同或相似的包装，引入 CI 设计的企业往往采取这种包装策略，因为系列包装可以使产品，甚至使企业形象更加明显。

11. 开窗式包装

开窗式包装策略是指在包装物上留有"窗口"，让消费者通过"窗口"来直接认识和了解产品，其目的在于直接让消费者体会、认识产品的品质。

12. 联带式包装策略

联带式包装策略，即将具有消费联带性的产品包装在一起，其目的在于给消费者以便利感和整体感。

13. 分量式包装策略

分量式包装策略，即对一些称重产品，根据消费者在不同时间、地点购买和购买量不同采用重量、大小不同的包装，也有一些价格较贵的产品实行小包装，给消费者以便利感，还有一些新产品，为让消费者试用而采用小包装，其目的在于给消费者以便利感、便宜感、安全感。

14. 等级式包装策略

由于消费者的经济收入、消费习惯、文化程度、审美眼光、年龄等存在差异，对包装的需求心理也有所不同。一般来说，高收入者、文化程度较高的消费层，比较注重包装设计的制作审美、品位和个性化；而低收入消费层则更偏好经济实惠、简洁便利的包装设计。因此，企业将同一商品针对不同层次的消费者的需求特点制定不同等级的包装策略，以争取不同层次的消费群体。

15. 情趣式包装策略

情趣式包装追求包装造型、色彩、图案的艺术感，通过包装的造型、色彩等来赋予一定的象征意义，其目的在于激发消费者的情感，使消费者产生联想。

16. 年龄式包装策略

年龄式包装策略，即按年龄段设计相应的包装，亦即包装采用年龄的造型、图案、色彩等，其目的在于满足不同年龄消费者的需要。

17. 性别式包装策略

性别式包装策略，即按性别不同采用与性别相适应的包装。男性用品包装追求潇洒、质朴，女性用品包装崇尚温馨、秀丽、新颖、典雅，其目的在于满足不同性别消费者的需要。

18. 礼品式包装策略

这种包装策略是指包装华丽，富有欢乐色彩，包装物上常冠以"福""禄""寿""喜""如意"等字样及问候语，其目的在于增添节日气氛和欢乐，满足人们交往、礼仪之需要，借物寓情，以情达意。

第四节　新产品开发

在竞争异常激烈的市场上，没有持续开发新产品的能力，就意味着公司只能以现有产品去应付消费者不断变化的需求，其最终会被市场淘汰。因此，新产品开发对一个企业来说非常重要，是企业在经济全球化和竞争加剧的形势下，寻求发展机会和竞争优势的重要手段。

一、新产品的概念及类型

（一）新产品的概念

市场营销中所说的新产品同科学技术发展意义上的新产品的含义不完全一样。市场营销理论中强调消费者的观点，所谓新产品就是指与旧产品相比，具有新的功能、新的特征、新的结构和新的用途，能满足顾客新需求的产品。因此，新产品是一个广泛的、动态的、相对的概念，它一般是相对老产品而言，因时因地而异。

（二）新产品的类型

市场营销学意义上的新产品含义很广，包括从纯技术角度生产的新产品、从生产角度改变功能或形态的产品和从顾客角度具体新用途的产品。具体来说，新产品有以下五种类型。

1. 全新产品

全新产品即应用新技术、新工艺、新材料，在全世界首先开发，能开创全新市场的产品。例如，电话、飞机、打字机、盘尼西林（青霉素）、电子计算机等的发明，被视为1860—1960年世界公认的最重要的一部分全新产品。这类产品从理论到技术，从实验室到工业生产，要花费很长的时间、巨大的人力和财力，开发风险大，成功率低，绝大多数企业都做不到。全新产品与老产品比较是一种完全的质变。

2. 换代新产品

换代新产品即在原有产品的基础上，部分采用新技术、新工艺、新材料制成的、性能有显著提高的新产品。例如，计算机经历了电子管、晶体管、集成电路、大规模或超大规模集成电路和人工智能计算机五代，后一代与它的前一代比较，都属于换代新产品。再如，模拟电视发展到数字电视，模拟手机发展到数字手机再发展到3G手机，也都是换代新产品。这类新产品在市场上比全新新产品多，中小企业由于技术力量和其他力量薄弱，对产品的更新换代投入也较少。多数换代新产品与老产品比较是一种部分的质变。

3. 改进新产品

改进新产品即对现有产品在质量、性能、结构、品种、材料等方面进行改良之后生产出来的产品。例如，普通牙膏改为药物牙膏，普通洗发精改为护发养发洗发精，新款式的服装、汽车等。这种新产品只是在原有产品上增加一些特色，以满足各种顾客的不同需求，许多企业都比较容易做到。但应注意，一种产品只是在花色、外观、表面装饰、包装装潢等方面的改进和提高不属于新产品。改进新产品与老产品比较是一种量变。

4. 仿制新产品

仿制新产品又称为企业新产品，即仿照市场上已有的产品生产的产品，对企业自身来说是新产品。例如，市场上出现的大量新型号手机和车型都是模仿已有产品生产出来的。我国许多企业都引进和仿制国外产品，但要注意引进较新甚至能跟上国际先进水平的新产品，同时注意消化吸收和创新，以缩短和国际先进水平之间的差距。

5. 重新定位产品

重新定位产品即寻找现有产品的新用途或新消费群，在这个扩展的市场上该产品被称为新产品。例如，前面讲到的阿司匹林，一次次发现它的新用途，一次次获得新的消费群，该产品就一次次成为新产品。

二、新产品的开发流程

一个公司应当有一个正式的新产品开发管理程序，它是指从产生新产品的构思到产品经过商业化最终上市的整个管理活动所经历的过程。有一个规范的新产品开发管理程序，一方面可以提高效率，另一方面可以防范潜在的风险。针对以上不同类型的新产品，其开发管理程序也存在一定的差别，但常见的新产品的开发管理程序如图 8.4 所示。

图 8.4　新产品开发的程序

（一）寻求新产品构思

新产品开发过程的第一个阶段是寻找产品创意。新产品构思或称新产品创意，是指向市场提供一种能够满足其需求的新提供物的设想。公司新产品创意的来源主要有企业内部和外部两个方面。内部来源如企业员工、高层管理者、技术人员、营销人员；外部来源包括顾客、经销商、消费者、竞争对手、政府、专利机构、科研机构、高等院校等。但以下几个方面是主要来源。

1. 顾客

顾客的需求和欲望是寻找新产品创意的基本点。他们在使用过程中所感受到的产品缺陷或新要求，提出的抱怨或建议等，都可能成为新产品的构思来源。有调查表明，美国成功的技术革新和新产品有 60%~80% 来自用户的建议或使用中提出的改进意见。

2. 竞争者

监测竞争对手的新产品开发是企业获取新产品创意常用的方法。列夫在 1978 年提出了研究竞争对手新产品的五步法：第一，购买最新的竞争产品；第二，逐一拆解分析，不漏掉每一个细节；第三，反向设计产品，在拆解分析时，绘出图纸，列出零件清单及研究制造方法；第四，进行财务分析，估计其成本构成；第五，进行盈亏平衡分析，确定市场需求规模，确定售价，估算潜在利润。这种方法也就构成了模仿开发产品的反求工程的核心任务。

3. 中间商

经营某种产品的中间商，由于经常接触顾客，熟悉和了解顾客的需求和抱怨。同时由于经营产品，他们也非常清楚市场上同类产品（包括竞争产品）的现状和优劣。长期的经验，使他们对产品的技术也相对熟悉。因此，中间商是获取新产品创意的潜在宝藏。

4. 高层管理人员

许多公司的新产品创意来自公司的高管。高层管理者熟悉公司的总体战略及全面情况，对现有产品组合有较成熟的设想，也非常乐意提出新产品的设想。

5. 公司员工

公司各部门的员工都可能为新产品开发提出建议。事实上，新产品开发并不是孤立的活动，它需要公司内部许多部门和人员的配合，需要多种工艺技术创新的支持，也需要外部有关公司的合作创新。

6. 研发人员

企业中的研究开发人员熟悉技术，如果能将技术和需求很好地结合起来，则能够提出颇具价值的新产品创意。

7. 其他来源

其他来源如发明家、专利持有人、科研机构、行业顾问、咨询公司、广告代理商、营销调研公司等。

（二）筛选构思

为了获得有吸引力的创意，必须对所获得众多新产品创意进行筛选。筛选创意的目的就是淘汰那些不可行或可行性较低的创意，使公司有限的资源集中于成功机会较大的创意上。筛选创意一般要经过粗选和精选两个阶段。粗选，即经验筛选。精选，是对经过粗选的创意采用定量的方法惊醒评价。筛选创意时，一般要考虑两个因素：一是该创意是否与企业的策略目标相适应，表现为利润目标、销售目标、销售增长目标、形象目标等几个方面；二是企业有无足够的能力开发这种创意。这些能力表现为资金能力、技术能力、人力资源、销售能力等。

（三）概念形成与测试

经过筛选后留下的新产品构思还要进一步发展成为新产品概念。在这里，首先应当明确产品创意、产品概念和产品形象之间的区别。产品创意是指企业从自己的角度考虑能够向市场提供的可能产品的构想。新产品概念形成或发展是指从消费者的角度对新产品构思进行的详尽描述，如对新产品的性能、用途、形状、优点、价格、提供的利益等进行的描述。而产品形象则是对某种现实产品或潜在产品所形成的特定形象。在形成产品概念时需要明确：①谁使用这种产品？②它能给消费者带来的主要利益是什么？③这种产品通常在何时使用？④这种产品主要适合在哪些场合使用？⑤消费者为什么使用这些产品？⑥消费者如何使用这些产品？

企业在确定最佳产品概念，进行产品和品牌的市场定位后，就应当对产品概念进行测试。所谓产品概念测试是指用文字、图画描述或者用实物将产品概念展示于目标客户面前，观察他们的反应。

（四）初步制定营销策略

对于通过测试的新产品概念，营销者应该制定一个关于它的概略性的营销计划。这个营销计划可以认为是对前面各阶段工作的总结，以及后面各阶段工作的基础，并且可以在后面各阶段中不断完善。

概略性营销计划一般应包括三个部分：第一部分，描述新产品的目标市场及其规模、结构和行为，确立其市场定位，预计销售量和市场份额，制定最初几年的利润目标。第二部分，描述该产品的计划价格、分销策略和第一年的营销预算。第三部分，描述预期的长期销售量和利润目标，以及不同时期的营销组合。

（五）营业分析

在这一阶段，企业营销管理者要复查新产品未来的销售额、成本和利润的估计，看看它们是否符合企业的目标。如果符合，就可以进行新产品开发。

（六）产品开发

通过营业分析的新产品概念将进入产品开发阶段，将构思的新产品开发出产品原型。这一阶段更多的是技术性研究与开发以及工程设计和对产品实体的开发工作。

公司里的研发部门会同生产和技术部门要开发出基于新产品概念的一个原型。大多数情况下，这一工作是由一个跨职能的新产品开发小组完成的。同时需要公司有关部门的配合，有时还涉及外部供应商的配合与支持。海尔在开发其 Dothan 笔记本电脑时，必然需要英特尔公司技术人员的帮助，才能掌握 CPU 的指令系统。新产品原型开发是一个关键阶段。

产品开发的周期长，花费昂贵是新产品开发的重要特征。如果新产品在市场上失败，代价也是相当大的，严重的可能导致公司一蹶不振。因此，对新产品概念的筛选、发展、营业分析等都应当是十分慎重的。

（七）市场试销

如果企业的高层管理者对某种新产品开发实验结果感到满意，就着手用品牌名称、包装和初步营销方案把这种新产品装扮起来，把产品推上真正的消费者舞台进行实验。这是新产品开发的第七阶段。其目的在于了解消费者和经销商对于经营、使用和再购买这种新产品的实际情况以及市场大小，然后再酌情采取适当政策。

市场实验的规模取决于两个方面：①投资费用和风险大小；②市场实验费用和时间。投资费用和风险越高的新产品，实验的规模应越大；反之，投资费用和风险较低的新产品，实验规模可小一些。从市场实验费用和时间来讲，所需市场实验费用越多，时间越长的新产品，市场实验规模应越小；反之，则可大一些。不过，总的来说，市场实验费用不宜在新产品开发投资总额中占太大比例。

（八）正式上市

在这一阶段，企业高层管理者需要做出以下几个决策。

（1）何时推出新产品，是指企业决定在什么时间将新产品投放市场最适宜。

（2）何地推出新产品，是指企业决定在什么地方推出新产品最适宜。选择市场时一般要考察这样几个方面：市场潜力、企业在该地区的声誉、投放成本、该地区调查资料的质量高低、对其他地区的影响力以及竞争渗透能力。

（3）向谁推出新产品，是指企业要把它的分销和促销目标面向最优秀的顾客群体。

（4）如何推出新产品，是指企业管理部门要制定开始投放市场的营销策略。

📖 **案例衔接 8-4**

以"智"为先！从制造大国迈向制造强国

随着 5G、人工智能、云计算等技术的逐渐成熟，智能制造也迎来了新的发展契机。

近日，国家统计局公布了 2022 年 1—4 月份投资情况，其中制造业领域的投资数据变化令人欣慰，尤其是制造业企业技改投资的大幅增加，进一步夯实了我国从制造大国迈向制造强国的基础。

作为促进产业升级的必要举措，加速制造业智能化、数字化转型已成为社会共识，而实力雄厚的科技企业则扮演着带头人的角色，在不断加速自身智能化转型的过程中，带领行业进行智能化升级。

前瞻产业研究院的分析指出，2010—2020 年，我国智能制造业产值规模逐年攀升；2020 年，我国智能制造行业的产值规模约为 25 056 亿元，同比增长 18.85%。机构预计，未来几年我国智能制造行业将保持 15% 左右的年均复合增速，到 2026 年这一规模将达 5.8 万亿元左右。

市场规模的逐年攀升，折射出智能制造领域具备的巨大发展空间，这也吸引了众多企业的参与。从技术层面来看，具备强大的科研实力与丰富的智能化实践经验的科技企业，在智能制造领域拥有先天优势，也理应成为这一国家重大战略规划的带头人之一。

作为制造业的"老兵"，联想集团也在智能制造领域不断写出"新传"。基于"端-边-云-网-智"全要素技术架构，联想集团锻造了包括智能化的供应链管理系统，高度自动化的混线柔性生产，产品设计和制造过程中的虚实结合，端到端的质量追溯、监控、分析和管理，以及通过大数据和人工智能驱动预测性分析决策的 5 大能力，并在武汉、合肥、深圳打造了智能制造"铁三角"。

其中，武汉工厂自主开发了 5G+IoT 自动化产线"量子线"，通过 5G 网络和边缘计算、云计算平台的协同等，使产品交付效率提高了 20% 以上；联宝科技，则是联想集团全球最大的 PC 研发和制造基地、国家级智能制造示范基地；联想南方智能制造基地将通过智能物流、智能排产、智能生产线的结合与应用，提升全链条生产效率。

（https://baijiahao.baidu.com/s?id=17343542792310580003&wfr=spider&for=pc
根据网络资料整理）

三、新产品的采用与扩散

（一）新产品的采用

消费者在购买一种新产品之前会经历几个明显的学习阶段。公司的营销会引导消费者度过这些阶段，因而能够降低他们购买新产品的风险。美国著名学者埃弗雷特·M.罗杰斯对新产品的推广过程做了界定："一个新的观念从它的发明创造开始到最终的用户或者采用者的传播过程。"并指出，该过程一般经历五个阶段。

1. 认识阶段

在认识阶段，消费者要受个人因素（如个人的性格特征、社会地位、经济收入、性别年龄、文化水平等）、社会因素（如文化、经济、社会、政治、科技等）和沟通行为因素的影响。他们逐步认识到创新产品，并学会使用这种产品，掌握其新的功能。

2. 说服阶段

在认识阶段消费者的心理活动尚停留在感性认识上，在说服阶段，消费者常常要亲自操作新产品，以避免购买风险。不过即使如此也并不能促使消费者立即购买，除非营销部门能让消费者充分认识到新产品的特性。

3. 决策阶段

通过对产品特性的分析和认识，消费者开始决策，即决定采用还是拒绝采用该种新产品。

4. 实施阶段

当消费者开始使用创新产品时，就进入了实施阶段。于是，消费者就考虑以下问题了："我怎样使用该产品？"和"我如何解决操作难题？"这时，企业营销人员就要积极主动地向消费者进行介绍和示范，并提出自己的建议。

5. 证实阶段

在证实阶段，消费者往往会告诉朋友们自己采用创新产品的明智之处，倘若他或她无法说明采用决策是正确的，那么就可能中断采用。

（二）新产品的扩散

所谓新产品的扩散，是指新产品上市后随着时间的推移不断地被越来越多的消费者采用的过程。扩散与采用的区别，仅仅在于看问题的角度不同。采用过程是从微观角度考察消费者个人由接受创新产品到成为重复购买者的各个心理阶段，而扩散过程则是从宏观角度分析创新产品如何在市场上传播并被市场所采用的更为广泛的问题。

1. 新产品的特性与新产品扩散

新产品能否为市场迅速接受，首先取决于新产品的特性。第一，新产品的相对优点。新产品的相对优点愈多，即在诸如功能性、可靠性、便利性、新颖性等方面比原有产品的优越性愈大，满足消费者需要的程度就愈高，市场接受和扩散速度就愈快。第二，新产品的使用方法是否复杂。一般而言，新产品的结构和使用方法简单，才有利于新产品的推广扩散，消费品更是如此。第三，新产品的明确性。即新产品的性能或优点是否容易被人们观察和描述，是否容易被说明和示范。第四，新产品与目标市场的消费习惯、消费方式和消费观念是否协调一致。当新产品与目标市场的消费习惯、消费方式和价值观念相适应或较为接近，就会加速产品的推广使用。反之，一种新产品的使用，需要改变消费者原有的消费方式、消费习惯和价值观念，那么新产品的扩散速度就会受到影响。第五，新产品的可试性。新产品允许购买者试用可以加快产品的扩散速度，尤其是一些在试用后，短时间内可以表明使用效果的产品更是如此。

2. 消费者的个性差异与新产品扩散

在新产品的市场扩散过程中，由于社会地位、消费心理、消费观念、个人性格等多因素的影响，不同顾客对新产品接受快慢程度不同。企业如果善于分析顾客对新产品的反应差异，就有利于加快新产品的市场扩散。

美国学者罗杰斯在对新产品扩散过程的研究中发现，某些人性格上的差异是影响消费者接受新技术和新产品的重要因素。就消费品而言，罗杰斯按照顾客接受新产品的快慢程度，把新产品的采用者分为五种类型：创新采用者、早期采用者、早期大众、晚期大众和落后采用者。

3. 新产品扩散策略

第一，抓住时机，广而告之。新产品刚上市，消费者对其一概不知或知者甚少。对此，必须抓住时机展开广告、公关攻势，大力宣传新产品与旧产品相比有哪些特点、优点，结构是否合理、造型是否新颖、功能是否齐全、操作是否简单、价格是否便宜，运用新产品能给消费者带来哪些利益和效用。通过广而告之，可以使消费者在短时期内了解某一新产品，加快扩散速度。

第二，把握新产品的投放时机和投放地区。首先，把握投放时机。如果新产品是用来代替本企业旧产品的，那么应在旧产品库存量最少的时候上市；如果新产品的需求具有明显的季节性，应在最恰当的季节投放；如果新产品需要进一步改进，则应等到产品进一步完善后再投放，切忌仓促上市。其次，把握投放地区。一般情况下，应集中在某一地区市场上开展广告和促销活动，取得一定的市场份额再向全国各地市场扩展；但是，实力雄厚并拥有通畅的国内、国际销售网络的大企业，有时也可以直接将新产品推向全国或国际市场。最后，把握新产品的开发方向。为了加快新产品的扩散速度，企业在开发新产品时，必须适应消费需要和科学技术的发展变化。

4. 新产品扩散过程管理

新产品扩散过程管理是指企业通过采取措施使新产品扩散过程符合既定市场营销目标的一系列活动。企业之所以能对扩散过程进行管理，是因为扩散过程除受到外部不可控因素（如竞争者行为、消费者行为、经济形势等）的影响外，还要受企业市场营销活动（产品质量、人员推销、广告水平、价格策略等）的制约。

企业扩散管理的目标：介绍期销售额迅速起飞；成长期销售额快速增长；成熟期产品渗透最大化，尽可能维持一定水平的销售额。

为了使产品扩散过程达到其管理目标，要求企业市场营销管理部门采取一些措施和策略：

（1）实现迅速起飞，需要派出销售队伍，主动加强推销；开展广告攻势，使目标市场很快熟悉创新产品；开展促销活动，鼓励消费者试用新产品。

（2）实现快速增长，需要保证产品质量，促进口头沟通；继续加强广告攻势，影响后期采用者；推销人员向中间商提供各种支持；创造性地运用促销手段使消费者重复购买。

（3）实现渗透最大化，需要继续采用快速增长的各种策略；更新产品设计和广告策略，以适应后期采用者的需要。

（4）要想长时间维持一定水平的销售额，需要使处于衰退期的产品继续满足市场需要；扩展分销渠道；加强广告推销。

本章小结

产品的整体概念由五个层次组成。要把产品整体概念和消费者需求联系起来理解并加以运用。产品组合、产品线的概念非常重要。可以产品组合的宽度、长度、深度和相关性来考察产品组合。产品线决策包括产品线扩展、产品线缩减、产品线现代化和产品线特色化。

品牌的整体含义有利于理解品牌的重要价值。品牌决策包括品牌化、品牌归属、品牌统分、品牌战略、品牌重新定位等。

产品生命周期对于认识和深刻理解产品、需求、竞争、营销、战略决策相互作用的关系和动态演变与运动过程十分重要。理解并掌握产品在导入期、成长期、成熟期和衰退期的主要特征和重要的营销方略，对于掌握营销的本质具有重要意义。

在进行产品包装时，要遵循产品包装三原则，并理解类似包装策略、配套包装策略、再使用包装、附赠包装策略等包装策略。

在营销学中定义的新产品不局限于纯技术的创新，只要产品在功能或形态上有改进，与原有产品有差异，并为顾客带来新的利益，就可视为新产品。

练习题

一、单选题。

1. 形式产品是指（   ）借以实现的形式或目标市场对某一需求的特定满足形式。

A. 期望产品　　　　B. 延伸产品　　　　C. 核心产品　　　　D. 潜在产品

2. 延伸产品是指顾客购买某类产品时，附带获得的各种（   ）的总和。

A. 功能　　　　　　B. 利益　　　　　　C. 属性　　　　　　D. 用途

3. 期望产品，是指购买者在购买产品时，期望得到与（   ）密切相关的一整套属性和条件。

A. 服务　　　　　　B. 质量　　　　　　C. 产品　　　　　　D. 用途

4. 产品组合的宽度是指产品组合中所拥有（   ）的数目。

A. 产品项目　　　　B. 产品线　　　　　C. 产品种类　　　　D. 产品品牌

5. 成长期营销人员的促销策略主要目标是在消费者心目中建立（   ）争取新的顾客。

A. 产品外观　　　　B. 产品质量　　　　C. 产品信誉　　　　D. 品牌偏好

6. 新产品开发的（   ）阶段，营销部门的主要责任是淘汰那些不可行或可行性较低的创意，使公司有限的资源集中于成功机会较大的创意上。

    A. 概念形成   B. 筛选   C. 构思   D. 市场试销

    7. 市场出现了用唐老鸭、米老鼠等塑料玩具来包装糖果很受儿童欢迎，这是（   ）策略。

    A. 统一包装   B. 再使用包装   C. 分档包装   D. 附赠品包装

二、简答题

1. 什么是产品生命周期？产品生命周期各阶段的营销策略是什么？

2. 品牌策略有哪些？

三、案例分析

民族品牌爱斯即膜的崛起

近年来，从小米到华为，从李宁、安踏到鸿星尔克，一个个民族品牌的崛起也预示着民族品牌已经进入崛起的加速轨道。

民族品牌崛起并非偶然，其内在因素是民族品牌的诸多行为获得了国人的认可，如：2020年，河南暴雨，经营惨淡的鸿星尔克却斥资5 000万元支援灾区，这种行为是外资品牌无法做出的，也是当下年轻人更加认同民族品牌的因素之一；现如今，民族品牌的产品品质大幅提升，"物美价廉"成为民族品牌产品的标签，让利给消费者是民族品牌不约而同的行为，这也是当下年轻人更加认同民族品牌的重要因素。

同为民族品牌，爱斯即膜也一直致力于推动民族企业崛起。

作为我国的民族品牌，爱斯即膜具有强烈的民族自豪感和社会责任感。2020年，疫情突如其来，爱斯即膜为助力抗疫，第一时间联合中国红十字会，向武汉捐赠价值百万的抗疫物资，并得到红十字会的充分肯定。在危难面前，爱斯即膜始终坚守社会责任，向社会传递着爱与希望。

除了具有强烈的社会责任感之外，爱斯即膜对于产品同样认真负责。为赶超外资品牌的产品品质，爱斯即膜从原料品质入手，避免使用劣质原料，其使用的原料均为优质产地产出，如：罗马洋甘菊、法国茉莉、荷兰白池花、欧洲深海鲟鱼子精华、云南高山白玉兰花等，从源头上对标外资品牌的质量；此外，对于品质更不敢有丝毫懈怠，紧抓科研，成立因肤定制研发中心，8年时间里成功申请10余项专利，以此提升护肤品品质，为消费者提供更为专业的产品。

（https：//baijiahao.baidu.com/s？id＝1748003671728843695&wfr＝spider&for＝pc 根据网络资料整理）

问题：爱斯即膜是如何做到品牌崛起的？

第九章 价格策略

知识目标

通过本章内容学习了解企业的价格调整及价格变动的反应，理解营销定价的主要因素，掌握定价的一般方法及定价策略。

德育目标

通过本章内容学习，培养学生正确认知和评价价格在有效营销中的作用，有对待市场价格的正确态度，树立遵守行业规制、不以价格扰乱市场的思想理念。

开篇案例

"国货之光"海尔公平竞争——不打价格战

在目前国内市场冰箱大战、空调大战、彩电大战愈演愈烈的形势下，许多厂商都采取了降价销售、买"一"送"一"、"清仓大甩卖"、特价销售等促销手段。这些促销手段有一个共同的缺陷，即眼睛只盯着某种具体商品，希望通过这些宣传促销活动，提高该商品的销售额和市场占有率，这些行为在很大程度上仍然停留在以推销产品为中心的"产品促销"阶段。相反，海尔集团公司所开展的宣传促销活动，则已不是仅仅针对某种具体产品，而是集中于一个共同的目标——海尔品牌。

由于家电市场的竞争环境愈发激烈，已经有数十家家电企业曾经提起价格的屠刀，因此降价似乎已经成了占领市场的不二法则。然而经过我们仔细观察不难发现，作为家电企业的老大，海尔似乎总是远离降价，所有产品始终保持较高的价格，而它的市场占有率始终占据市场前三名，在大多数产品的高端市场，则牢牢占据着老大的位置。这一切，都是因为海尔坚定地实施品牌战略的结果——凭借其良好的品牌形象打价值战，而不是打价格战，正是海尔高人一筹的定价策略。

第一节　影响定价的主要因素

价格策略是企业营销组合的重要因素之一，它直接决定着企业市场份额的大小和盈利率的高低。企业的定价决策受企业内部因素的影响，也受外部环境因素的影响（图9.1）。随着营销环境的日益复杂，制定价格策略的难度越来越大，不仅要考虑成本补偿问题，还要考虑消费者接受能力和竞争状况。

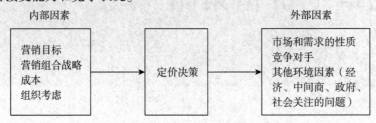

图9.1　影响定价的因素

一、影响定价决策的内部因素

（一）定价目标

要了解价格和制定价格，必须考虑许多方面的因素。首先要明确的是公司的目标是什么，是增加市场份额、改善企业收入、最大化利润，还是其他目标。如果营销部门已经对公司目标有一个清晰的把握，那么确定价格在内的营销组合，便是一件相对容易的事情。相反，如果定价与公司的目标相背离，可能花了很大精力，结果并不是公司想要的。因此，定价成功与否很大程度上取决于定价决策和公司目标的契合度。企业定价目标主要有以下几种。

1. 维持生存

如果企业产品严重过剩，卖不出去，难以维持正常的生产经营，在定价上往往把维持生存作为主要目标，制定较低的价格，其目的是让产品尽快出手，使企业获得急需的周转资金和活力，因为利润比起生存来次要得多。许多企业通过大规模的价格折扣，来保持企业活力。只要其价格能弥补变动成本和一些固定成本，企业的生存便可以维持。

2. 追求最大利润

获利是企业生存和发展的必要条件，因此许多企业以获取最大的利润为定价目标，为了达到这个目标，企业制定高价策略。最大利润既有长期和短期之分，又有企业全部产品和单个产品之别。有些企业为了追求长期利润的最大化，可能在短期内承受一定的亏损，如为了开拓市场、打开销路，常常采取较低的价格以争取顾客。当然，并不排除在某种特定时期及情况下，对其产品制定高价以获取短期最大利润。还有一些多品种经营的企业，经常使用组合定价策略，即有些产品的价格定得比较低，有时甚至低于成本以招徕顾客，借以带动其他产品的销售，从而使企业利润最大化。在这种目标的指引下，公司往往忽视

了其他营销组合因素、竞争对手的反应及有关的政策法规，从而影响了它的长期利益。

3. 提高投资收益率

任何企业投资经营都要追求一定的预期报酬，而投资报酬通常是以投资收益率来反映的。当企业在市场中处于绝对有利地位或者企业生产经营的是受保护、没有竞争者的产品时，适合采用投资收益率目标。

4. 提高市场占有率

许多企业把维持或提高市场占有率作为其目标，采取降低价格的策略来提高市场占有率。一般来说，销量大幅度提高会降低单位产品的成本，从而使降低的损失得到补偿；另外，这样做可以排挤、打击竞争对手。

5. 追求质量最优化

一些企业为了在市场中树立一个产品质量最优的形象，往往在生产成本、产品研发及促销方面做较大的投入，为补偿这些支出，它们会在对自己的产品或服务定价时定得比较高。反过来这种较高的价格又进一步提高了产品的优质形象，增强了对追求高档产品的那部分消费者的吸引力。

6. 以取得竞争优势为目标

实行这种目标的企业希望通过价格对付或防御竞争对手。企业为避免发生价格战，造成恶性竞争，从有利于竞争的目标出发制定价格，往往以低于、等于或者高于竞争者的价格出售商品。此目标主要适用于在竞争中处于追随地位的企业。

（二）营销组合战略

由于价格是市场营销组合因素之一，产品定价时要注意价格策略与产品的整体设计、分销和促销策略相匹配，形成一个协调的营销组合。如果产品是根据非价格图表来定位的，那么有关质量、促销和销售的决策就会极大地影响价格；如果价格是一个重要的定位因素，那么价格就会极大地影响其他营销组合因素的决策。因此，营销人员在定价时必须考虑到整个营销组合，不能脱离其他营销组合而单独决定。

（三）成本

产品从原材料到成品要经过一系列复杂的过程，在这个过程中必定要耗费一定的资金和劳动，这种在产品的生产经营中所产生的实际耗费的货币表现就是成本，它是产品价值的基础，也是制定产品价格的最低经济界限，是维持简单再生产和经营活动的基本前提。产品的价格必须能够补偿产品生产、分销和促销的所有支出，并能补偿企业为产品承担风险所付出的代价。低成本的企业能设定较低的价格，从而取得较高的销售量和利润额。因此，企业想扩大销售或增加利润，就必须降低成本，从而降低价格，提高产品在市场上的竞争力。如果企业生产和销售产品的成本大于竞争对手，那么企业将不得不设定较高的价格或减少利润，从而使自己处于竞争劣势。在这里要考虑的产品成本包括：①固定成本；②变动成本；③总成本；④平均成本。使总成本得到补偿的定价意味着价格至少不能低于平均成本。如果要盈利，则价格必须高于平均成本。

案例衔接 9-1

星巴克的定价

　　星巴克在我国主要有中杯 355 毫升、大杯 473 毫升、特大杯 591 毫升三种杯型，价格各相差 3 元。拿摩卡来说，中杯 30 元，大杯 33 元，而特大杯需要 36 元。相当于消费者如果从中杯升级到特大杯，虽然多花了 6 元，却多得了 236 毫升咖啡，显然性价比更高，所以无论是店内消费还是外带、外卖，卖得最多的都是特大杯，那么星巴克是不是亏大了？不，星巴克赚得更多！星巴克的定价原则是：不管中杯饮品的价格是高是低，其特大杯的价格都只加 6 元！

　　消费者到星巴克喝咖啡，享受的不仅仅是咖啡，还有幽雅的环境以及悠闲时光，以及有人帮忙制作专业级别的咖啡的服务。消费者点的摩卡咖啡，里面有咖啡、牛奶，还会放巧克力和奶油，原料成本大约只占 14.3%。经营咖啡店最主要的成本是房租和人工成本，房租在北京这样的一线城市，约占 20%。人工成本约占 8.2%。扣除水电费、税费等其他成本，每杯咖啡的净利润约为 2.85 元。当中杯升级到特大杯时，制作咖啡的人工成本不会变，水电费、房租也不会变，只有原材料咖啡豆、牛奶的成本增加了一点，但每杯咖啡的收入却净增了 6 元。

（四）组织考虑

　　每个企业规模有大小、财务状况不同、经销指标不同，企业价值取向有不同，对于追求利润型企业，高价格是企业选择定价方向；而对于追求市场份额的企业来讲，中、低价格定位是企业定价方向。同时根据企业自身状况需考虑综合因素（品牌、市场地位、推广费用、渠道建设情况、产品的包装、产品规格）来制定价格。

二、影响定价的外部因素

（一）市场和需求的性质

　　与成本决定价格的下限相反，市场和需求决定价格的上限。在设定价格之前，营销人员必须理解产品价格与产品需求之间的关系。市场需求是影响定价的一个重要因素。不同商品的需求特点不同，消费者对价格会有不同的反应。某种商品的最高价格取决于市场需求。在市场经济条件下，只要产品卖得出去，市场有比较强烈的需求，企业就会尽可能地定高价；反之，如果产品卖不出去，市场没有需求或需求很小，那么企业也可能以低于成本的价格甩卖出去。因此，在影响定价的诸多因素中，市场需求是最重要的因素。

　　在市场经济条件下，市场一般划分为完全竞争市场、垄断竞争市场、完全垄断市场和寡头垄断市场四种结构类型。企业及其产品在市场上的竞争状况不同，企业的定价策略也不同。企业价格决策面临的竞争主要来自同行业生产者、经营者之间的竞争，尤其是市场处于买方市场的势态下，卖方之间的竞争十分激烈，企业价格决策者必须熟悉本企业产品在市场竞争中所处的地位，分析市场中竞争对手的数量，它们的生产、供应能力及市场行为，从而作出相应的价格策略。

　　同时市场供求状况也是企业价格决策的主要依据之一。企业对产品的定价，一方面必须补偿经营所耗费的成本费用并保证一定的利润；另一方面也必须适应市场对该产品的供求变化，能够为消费者所接受。例如，企业的产品是哪个人群使用，是儿童、老人、男士还是女性，是用于家庭消费，还是团体消费，是豪华型消费，还是普通消费，一般来讲用于儿童、女性、团体消费或豪华型消费的产品价格都相应高，企业采用的是高价位，反之亦然。否则，企业的价格决策会陷入一厢情愿的境地。企业需考虑整体消费水平、消费习性、市场规模和容量以及市场发展趋势几个因素来对产品进行综合评价制定价格。

（二）竞争对手

竞争价格因素对定价的影响主要表现为竞争价格对产品价格水平的约束。同类产品的竞争最直接地表现为价格竞争。如果企业采取高价格、高利润的战略，就会引来竞争；而低价格、低利润的战略可以阻止竞争对手进入市场或者把它们赶出市场。如果企业试图通过适当的价格和及时的价格调整来争取更多顾客，这就意味着其他同类企业将失去部分市场，或维持原有市场份额要付出更多的营销努力，因而在竞争激烈的市场上，企业都会认真分析竞争对手的价格策略，密切关注其价格动向并及时做出反应。

（三）其他外部因素（经济、中间商、政府、社会关注问题）

在设定价格时，企业还必须考虑外部环境中的其他因素。经济条件对企业的定价策略有很大影响，如经济增长和衰退、通货膨胀和利率等因素会影响产品的生产成本以及消费者对产品和价值的看法。企业制定价格时应该能够给销售商带去可观的利润，鼓励他们对产品的支持，以及帮助他们有效地销售产品。营销人员需要了解影响价格的政府法律法规，并确保自己的定价决策具有可辩护性。同时企业在制定价格时，企业的短期销售、市场份额和目标利润将必须服从整个社会的需要。

第二节　定价方法

一、常用的定价方法

企业定价有三种导向，即成本导向、需求导向和竞争导向。其中，成本导向定价法包括成本加成定价法、目标利润定价法和可变成本定价法，需求导向定价法包括认知价值定价法、需求差别定价法和反向定价法，竞争导向定价法又包括随行就市定价法、密封投标定价法和竞争定价法。

（一）成本导向定价法

成本是企业生产经营的实际耗费，客观上要求通过产品的销售得到补偿，并实现价值。所以，在企业定价实务中，首先考虑以成本为中心定价。成本导向定价法以产品成本为依据，综合考虑其他因素制定价格。

1. 成本加成定价法

所谓成本加成定价，是指按照单位成本加上一定百分比的加成来制定产品销售价格。加成的含义就是一定比率的利润。所以，成本加成定价公式为：

$$P = C(1 + R)$$

式中，P 为单位产品售价；C 为单位产品成本；R 为成本加成率。

与成本加成定价的方法类似，零售企业往往以售价为基础进行加成定价。其加成率的衡量方法有两种：①用零售价格来衡量，即加成（毛利）率＝毛利（加成）/售价。②用进货成本来衡量，即加成率＝毛利（加成）/进货成本。

将一个固定的、惯例化的加成加在成本上，这样定价从逻辑上是否行得通？回答是否定的。在制定价格的过程中，任何忽略现行价格弹性的定价方法都难确保企业实现利润最大化，无论是长期利润还是短期利润。需求弹性总是处在不断变化中，因而，最适加成也应随之调整。

最适加成与价格弹性反比。如果某品牌的价格弹性高，最适加成就应相对低些。如果某品牌的价格弹性低，最适加成则应相对高些。而且，当价格弹性保持不变时，加成也应保持相对稳定，以制定出最适价格。

成本加成定价法之所以受到企业界欢迎，主要是由于：①成本的不确定性一般比需求少，将价格盯住单位成本，可以大大简化企业定价程序，而不必根据需求情况的瞬息万变而做调整。②只要行业中所有企业都采取这种定价方法，则价格在成本与加成相似的情况下也大致相似，价格竞争也会因此减至最低限度。③许多人感到成本加成法对买方和卖方讲都比较公平，当买方需求强烈时，卖方不利用这一有利条件谋取额外利益而仍能获得公平的投资报酬。

2. 目标利润定价法

所谓目标利润定价法，是指根据估计的总销售收入（销售额）和估计的产量（销售量）来制定价格的一种方法。目标定价法要使用损益平衡图这一概念。损益平衡图描述了在不同销售水平上预期的总成本和总收入。图9.2是一张假设的损益平衡图。

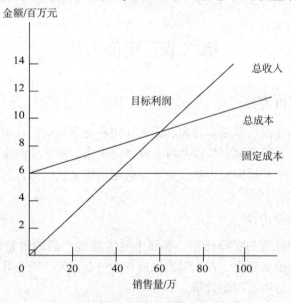

图9.2 决定目标价格的损益平衡表

不论销售量多少，固定成本是 600 万元。管理人员的任务是：①估计各种不同产出水平的总成本。总成本曲线按固定的速率上升，直到最大产能为止。②估计未来一期的产能水平。假设企业预期产能为 80%，即产能为 100 万件时预期销售 80 万件，生产这一产量的总成本为1 000万元。③确定目标报酬率。假设企业希望利润为成本的20%，则利润目标为200万元。因此，在产能为80%时总收入必须是1 200万元。总收入曲线上另外一点为零产能时，其对应值也为零。将点（80，1 200）与点（0，0）连成一条直线，便是总收入曲线。总收入曲线的斜率就是所要制定的价格。本例中斜率$K=15$，如果企业定价为每单位15元，且售出80万件，则按此价格可实现20%的报酬率，赚得20万元。

目标定价法有一个重要的缺陷，即企业以估计的销售量求出应制定的价格，殊不知价格又恰恰是影响销售量的重要因素。要实现80万件的销售量，15元/件的价格可能偏高或偏低。在上述分析中，忽略了需求函数，即不同价格下企业可售出的数量。借助估计的需求曲线及20%的利润的条件，企业就可以解决将价格与销售量统一起来的问题，从而确保用所定价格来实现预期销售量的目标。

3. 可变成本定价法

可变成本定价法又称为目标贡献定价法，即以单位变动成本为定价基本依据，加入单位产品贡献，形成产品售价。即：价格＝单位可变成本＋单位商品贡献额。

在这里，商品售价超出可变成本的部分被视为贡献。贡献的意义在于，单位商品的销售收入在补偿其变动成本之后，首先用来补偿固定成本费用。在盈亏分界点之前，所有商品的累积贡献均体现为对固定成本费用的补偿，超市无盈利可言。到达盈亏分界点之后，商品销售收入中的累积贡献才是现实的盈利。

由于补偿全部固定成本费用是超市获取盈利的前提，因此，所有商品销售收入中扣除其变动成本后的余额，不论能否真正成为超市盈利，都是对超市的贡献。在实践中，由于以可变成本为基础的低价有可能刺激商品销量大幅提高，因此，贡献额有可能弥补固定成本甚至带来盈利。

目标贡献定价的关键在于贡献的确定。其步骤如下：

（1）确定一定时期内超市目标贡献。年目标贡献＝年预计固定成本费用＋年目标盈利额。

（2）确定单位限制因素贡献量。单位限制因素贡献量＝年目标贡献/限制因素单位总量。其中，限制因素指超市所有商品在市场营销过程中必须经过的关键环节，如劳动时数、资金占用等，也可根据超市商品自身特性加以确定。各种限制因素单位加总即为限制因素单位总量。

（3）根据各种商品营销时间的长短及难易程度等指标，确定各种商品在营销过程中对各种限制因素的占用数量（或比例）。

（4）形成价格。价格＝单位可变成本费用＋单位限制因素贡献量×单位商品所含限制因素数量。

目标贡献定价法有以下优点：

（1）易于在各种商品之间合理分摊固定成本费用。限制因素占用多，其价格中所包含的贡献量就大，表明该种商品固定成本分摊额较多。

（2）有利于超市选择和接受市场价格。在竞争作用下，市场价格可能接近甚至低于超市的平均成本，但只要这一价格高于平均变动成本，公司就可接受，从而大大提高超市的竞争能力。

（3）根据各种商品贡献的多少安排超市的商品线，易于实现最佳商品组合。

（二）需求导向定价法

需求导向定价法是从买主的角度出发，主要考虑到购买者的接受程度，依据购买者对商品价格的反应和接受能力来制定价格，而不是依据卖方的成本定价。

1. 认知价值定价法

所谓认知价值定价法，就是企业根据购买者对产品的认知价值来制定价格的一种方法。认知价值定价与现代市场定位观念相一致。企业在为其目标市场开发新产品时，在质量、价格、服务等各方面都需要体现特定的市场定位观念。因此，首先要决定所提供的价值及价格；之后，企业要估计在此价格下所能销售的数量，再根据这一销售量决定所需要的产能、投资及单位成本；接着，管理人员还要计算在此价格和成本下能否获得满意的利润。如能获得满意的利润，则继续开发这一新产品，否则，就要放弃这一产品概念。

认知价值定价的关键，在于准确地计算产品所提供的全部市场认知价值。企业如果过高地估计认知价值，便会定出偏高的价格；如果过低地估计认知价值，则会定出偏低的价格。为准确把握市场认知价值，必须进行市场营销研究。

 案例衔接 9-2

伦敦餐厅让顾客定价

伦敦法灵顿街的小海湾餐厅在 2009 年 2 月推出了一项活动——支付你认为值得的价格。在该餐厅的菜单上所有的食物都不标出价格。顾客消费后不知价格几何，最后自己决定花多少钱埋单。不过，无论顾客付多少费用，服务员都微笑着接受。小海湾餐厅的食物虽然没有标价，但档次和质量并没有下降。菜单上的菜品包括"米其林星级机构"力荐的鹅肝酱、熏鲑鱼、鱼子酱和腓力牛排等。

2. 需求差别定价法

所谓需求差异定价法，是指产品价格的确定以需求为依据，首先强调适应消费者需求的不同特性，而将成本补偿放在次要的地位。这种定价方法的特征是，对同一商品在同一市场上制定两个或两个以上的价格，或使不同商品价格之间的差额大于其成本之间的差额。其好处是可以使企业的定价最大限度地符合市场需求，促进商品销售，有利于企业获取最佳的经济效益。

事实上，这种价格差异的基础是：顾客需求、顾客的购买心理、产品样式、地区差别以及时间差别等，采用这种方法定价，一般是以该产品的历史定价为基础，根据市场需求变化的具体情况，在一定幅度内变动价格。这种方法的具体实施通常有四种方式：

（1）基于顾客差异的差别定价。这是根据不同消费者消费性质、消费水平和消费习惯等差异，制定不同的价格。如会员制下的会员与非会员的价格差别；学生、教师、军人与其他顾客的价格差别；新老顾客的价格差别；国外消费者与国内消费者的价格差别等可以根据不同的消费者群的购买能力、购买目的、购买用途的不同，制定不同的价格。

（2）基于不同地理位置的差别定价。由于地区间的差异，同一产品在不同地区销售时，可以制定不同的价格。例如班机与轮船上由于舱位对消费者的效用不同而价格不一样；电影院、戏剧院或赛场由于观看的效果不同而价格不一样。

（3）基于产品差异的差别定价。质量和规格相同的同种产品，虽然成本不同，但企业在定价时，并不根据成本不同按比例定价，而是按外观和式样不同来定价。这里定价所考虑的真正因素是不同外观和式样对消费者的吸引程度。比如说，营养保健品中的礼品装、普通装及特惠装三种不同的包装，虽然产品内涵和质量一样，但价格往往相差很大。

（4）基于时间差异的差别定价。在实践中我们往往可以看到，同一产品在不同时间段里的效用是完全不同的，顾客的需求强度也是不同的。在需求旺季时，商品需求价格弹性化，可以提高价格；需求淡季时，价格需求弹性较高，可以采取降低价格的方法吸引更多顾客。

实行区别需求定价必须具备一定的条件，否则，不仅达不到差别定价的目的，甚至会产生负作用。这些条件包括以下四个方面。

（1）从购买者方面来说，购买者对产品的需求有明显的差异，需求弹性不同，市场能够细分，不会因差别价格而导致顾客的反感。

（2）从企业方面来说，实行不同价格的总收入要高于同一价格的收入。

（3）从产品方面来说，各个市场之间是分割的，低价市场的产品无法向高价市场转移。

（4）从竞争状况来说，无法在高价市场上进行价格竞争。

3. 反向定价法

反向定价法，又称可销价格倒推法，是指企业根据产品的市场需求状况，通过价格预测和试销、评估，先确定消费者可以接受和理解的零售价格，然后倒推批发价格和出厂价格的定价方法。这种定价方法的依据不是产品的成本，而是市场的需求定价，力求使价格为消费者所接受。分销渠道中的批发商和零售商多采取这种定价方法。其计算公式为：

出厂价格 = 市场可销零售价格 × （1 - 批零差价率） × （1 - 销进差率）

采用反向定价法的关键在于如何正确测定市场可销零售价格水平。测定的标准主要有：①产品的市场供求情况及其变动趋势；②产品的需求函数和需求价格弹性；③消费者愿意接受的价格水平；④与同类产品的比价关系。

测定的方法有：

（1）主观评估法。由企业内部有关人员参考市场上的同类产品，比质比价，结合考虑市场供求趋势，对产品的市场销售价格进行评估确定。

（2）客观评估法。由企业外部的有关部门和消费者代表，对产品的性能、效用、寿命等方面进行评议、鉴定和估价。

（3）实销评估法。以一种或几种不同价格在不同消费对象或区域进行实地销售，并采用上门征询、问卷调查、举行座谈会等形式，全面征求消费者的意见，然后判明试销价格的可行性。

采用这一定价法时，需要对产品的市场容量和商品的价格弹性有一个大体的估计，并且企业的目标利润是确定的。这才能确保反向定价在实践上可以完成。

（三）竞争导向定价法

竞争导向定价法是企业通过研究竞争对手的生产条件、服务状况、价格水平等因素，依据自身的竞争实力，参考成本和供求状况来确定商品价格。以市场上竞争者的类似产品的价格作为本企业产品定价的参照系的一种定价方法。

这种定价方法主要有三方面特点。竞争导向定价主要包括随行就市定价法、竞争定价法和密封投标定价法。

1. 随行就市定价法

所谓随行就市定价法，是指企业按照行业的平均现行价格水平来定价。在以下情况下往往采取这种定价方法：①难以估算成本；②企业打算与同行和平共处；③如果另行定价，很难了解购买者和竞争者对本企业的价格的反应。不论市场结构是完全竞争的市场，还是寡竞争的市场，随行就市定价都是同质产品市场的惯用定价方法。

在完全竞争的市场上，销售同类产品的各个企业在定价时实际上没有多少选择余地，只能按照行业的现行价格来定价。某企业如果把价格定得高于时价，产品就卖不出去；反之，如果把价格定得低于时价，也会遭到削价竞争。

在寡头竞争的条件下，企业也倾向于和竞争对手要价相同。这是因为这种条件下市场上只有少数几家公司，彼此十分了解，购买者对市场行情也很熟悉，因此，如果各大公司的价格有差异，顾客就会转向价格较低的企业。所以，按照现行价格水平，在寡头竞争的需求曲线上有一个转折点。如果某公司将价格定得高于这个转折点，需求就会相应减少，因为其他公司不会随之提价（需求缺乏弹性）；相反，如果某公司将其价格定得低于这个转折点，需求则不会相应增加，因为其他公司可能也削价（需求有弹性）。总之，当需求有弹性时，一个寡头企业不能通过提价而获利；当需求缺乏弹性时，一个寡头企业也不能通过降价而获利。

在异质产品市场上，企业有较大的自由度决定其价格。产品差异化使购买者对价格差异的存在不甚敏感。企业相对于竞争者总要确定自己的适当位置，或充当高价企业角色，或充当中价企业角色，或充当低价企业角色。总之，企业总要在定价方面有别于竞争者，其产品策略及市场营销方案也尽量与之相适应，以应付竞争者的价格竞争。

2. 主动竞争定价法

主动竞争定价法，不是追随竞争者的价格，而是根据零售店商品的实际情况及与竞争对手的商品差异状况来确定价格。一般为富于进取心的零售店所采用。定价时首先将市场上竞争商品价格与零售店估算价格进行比较，分为高、一致及低三个价格层次。其次，将零售店商品的性能、质量、成本、式样、产量等与竞争零售店进行比较，分析造成价格差异的原因。再次，根据以上综合指标确定零售店商品的特色、优势及市场定位，在此基础上，按定价所要达到的目标，确定商品价格。最后，跟踪竞争商品的价格变化，及时分析原因，相应调整零售店商品价格。

3. 密封投标定价法

该法通常采用公开招标的办法，即采购机构（买方）在报刊上登广告或发出函件，说明拟采购商品的品种、规格、数量等具体要求，邀请供应商（卖方）在规定的期限内投标。政府采购机构在规定的日期内开标，选择报价最低的、最有利的供应商成交，签定采购合同。某供货企业如果想做这笔生意，就要在规定的期限内填写标单。上面填明可供应商品的名称、品种、规格、数量、交货日期等，密封送给招标人（政府采购机构），这叫作投标。这种价格是供货企业根据对竞争者的报价的估计制定的，而不是按照供货企业自己的成本费用或市场需求来制定的。供货企业的目的在于赢得合同，所以它的报价应低于竞争对手（其他投标人）的报价。这种定价方法叫作密封投标定价法。然而，企业不能将其报价定得低于某种水平。确切地讲，它不会将报价定得低于边际成本，以免使其经营状况恶化。如果企业报价远远高出边际成本，虽然潜在利润增加了，却减少了取得合同的机会。

二、选定最后的价格

首先，必须考虑所制定的价格是否符合政府的有关政策和法令的规定，否则就会违法，受到法律制裁。企业的定价政策需考虑这些方面：企业需要的定价形象、对待价格折扣的态度以及对待竞争者的价格的指导思想，企业的市场营销人员选定最后价格时须检查所制定的价格是否符合企业的定价政策。

其次，还要考虑消费者的心理。利用消费者心理，采取声望定价，把实际上价值不大的商品的价格定得很高（如把实际上值10元的香水定为100元），或者采用奇数定价（把一台电视机的价格定为1 299元），以促进销售。

最后，还要考虑企业内部有关人员（如推销人员、广告人员、会计出纳人员等）对定价的意见，经销商、供应商等对定价的意见，以及竞争对手对所定价格的反应等。

第三节　定价基本策略

一、新产品定价策略

一般来讲，新产品定价有两种策略可供选择。

（一）撇脂定价

它是指在产品生命周期的最初阶段，把产品的价格定得很高，以攫取最大利润，有如从鲜奶中撇取奶油。企业之所以能这样做，是因为有些购买者主观认为某些商品具有很高的价值。从市场营销实践来看，在以下条件下企业可以采取撇脂定价：市场有足够的购买者，他们的需求缺乏弹性，即使把价格定得很高，市场需求也不会大量减少。高价使需求减少一些，因而产量减少一些，单位成本增加一些，但这不致抵销高价所带来的利益。在高价情况下，仍然独家经营，别无竞争者。有专利保护的产品就是如此。某种产品的价格定得很高，会使人们产生这种产品是高档产品的印象。

实行撇脂定价的条件包括以下几个方面：

第一，市场上存在一批购买力很强且对价格不敏感的消费者；

第二，这样的一批消费者的数量足够多，企业有厚利可图；

第三，暂时没有竞争对手推出同样的产品，本企业的产品具有明显的差别化优势；

第四，当有竞争对手加入时，本企业有能力转换定价方法，通过提高性价比来提高竞争力；

第五，本企业的品牌在市场上有传统的影响力。

在上述条件具备的情况下，企业就应该采取撇脂定价的方法。使用撇脂定价法不是偶然的，某些企业和某些行业普遍、长期使用撇脂定价法。

案例衔接 9-3

雷诺公司原子笔的定价策略

据说，美国雷诺公司 1945 年从阿根廷引进圆珠笔制造技术，在当年圣诞节前夕以"原子笔"为名将产品投放市场。由于"二战"后物资紧缺加上节日来临，人们需要价廉物美的礼品，以及雷诺公司独特的广告宣传，人们对这种"可在水中写字，还可在高海拔地区写字"的"原子时代的奇妙的笔"产生了极大的好奇心，在美国的许多地方发生了抢购潮。当时这种笔每支的制造成本才 0.5 美元，却以 12.5 美元的零售价投放市场，半年时间，雷诺公司生产原子笔共投入 2.6 万美元，获得了 15.6 万美元的丰厚利润。竞争者见原子笔获利甚丰蜂拥而上，原子笔价格不断下降，雷诺公司速将每支笔的价格降至 0.7 美元，给了竞争者有力一击。

（二）渗透定价

渗透定价即企业把它的创新产品的价格定得相对较低，以吸引大量顾客，提高市场占有率。从市场营销实践看，企业采取渗透定价需具备以下条件：市场需求对价格极为敏感，因此，低价会刺激市场需求迅速增长；企业的生产成本和经营费用会随着生产经营经验的增加而下降；低价不会引起实际和潜在的竞争。

 案例衔接 9-4

小米手环：在曾被高估的行业，做个被低估的赢家

智能手环在国内市场早已为用户所知，已经成为一个新潮的象征。当第一代小米手环以 79 元的低价出现在市场上时，消费者的反应可想而知。2014 年 8 月 16 日，第一代小米手环开售，3 个月内就卖出了第一个百万销量。与其他智能手环不同的是，其销量越到后面增长速度越快，到第四个百万销量时甚至连一个月都没用到。

当时市面上绝大部分品牌的手环的定价都在 200 元以上，小米手环却把价格定为 79 元。低价是当时小米手环的关键优势。但这并不是为了跟那些卖 200 元以上的品牌比拼。之所以定到几乎不赚钱的价格，主要是为了击退山寨跟随者。很多人不知道，山寨商是品牌硬件商当时最担心的竞争对手之一。小米公司表示，无论如何控制成本，山寨产品都会更便宜，如果小米手环卖到 199 元、299 元，那是为山寨商做了推广。因为山寨商不用考虑各种品牌和市场方面的投入以及税收之类的问题，他看到你的东西特别好，你卖到 199 元，他就敢卖 99 元甚至更低。

二、产品组合定价策略

当产品只是某一产品组合中的一部分时，企业必须对定价方法进行调整。这时候，企业要研究出一系列价格，使整个产品组合的利润实现最大化。因为各种产品之间存在需求和成本的相互联系，而且会带来不同程度的竞争，所以定价十分困难。

（一）产品线定价

企业通常开发出来的是产品线，而不是单一产品。当企业生产的系列产品在需求和成本的内在联性时，为了充分发挥这种内在关联性的积极效应，企业可采用产品线定价策略。在定价时，首先确定某种产品的最低价格，它在产品线中充当领袖价格，吸引消费者购买产品线中的其他产品；其次，确定产品线中某种商品的最高价格，它在产品线中充当品牌质量和收回投资的角色；最后，产品线中的其他产品也分别依据其在产品线中的角色不同而制定不同的价格。

（二）选择品定价

许多企业在提供主要产品的同时，还会附带一些可供选择的产品或特征。

（三）补充产品定价

有些产品需要附属或补充产品。

（四）分部定价

服务性企业经常收取一笔固定费用，再加上可变的使用费。

（五）副产品定价

在生产加工肉类、石油产品和其他化工产品的过程中，经常有副产品。如果副产品价值很低，处理费用昂贵，就会影响到生产品制定定价。制造商确定的价格必须能够弥补副产品的处理费用。如果副产品对某一顾客群有价值，就应该按其价值定价。副产品如果能带来收入，将有助于公司在迫于竞争压力时制定较低的价格。

（六）产品系列定价

企业经常以某一价格出售一组产品。

三、折扣与折让策略

企业为了鼓励顾客及早付清货款、大量购买、淡季购买，还可以酌情降低其基本价格。这种价格调整叫作价格折扣和折让。价格折扣和折让有五种：

（一）数量折扣

数量折扣指按购买数量的多少，分别给予不同的折扣，购买数量越多，折扣越大。其目的是鼓励大量购买，或集中向本企业购买。数量折扣包括累计数量折扣和一次性数量折扣两种形式。累计数量折扣规定顾客在一定时间内，购买商品若达到一定数量或金额，则按其总量给予一定折扣，其目的是鼓励顾客经常向本企业购买，成为可信赖的长期客户。一次性数量折扣规定一次购买某种产品达到一定数量或购买多种产品达到一定金额，则给予折扣优惠，其目的是鼓励顾客大批量购买，促进产品多销、快销。

数量折扣的促销作用非常明显，企业因单位产品利润减少而产生的损失完全可以从销量的增加中得到补偿。此外，销售速度的加快，使企业资金周转次数增加，流通费用下降，产品成本降低，从而导致企业总盈利水平上升。

运用数量折扣策略的难点是如何确定合适的折扣标准和折扣比例。如果享受折扣的数量标准定得太高，比例太低，则只有很少的顾客才能获得优待，绝大多数顾客将感到失望；购买数量标准过低，比例不合理，又起不到鼓励顾客购买和促进企业销售的作用。因此，企业应结合产品特点、销售目标、成本水平、企业资金利润率、需求规模、购买频率、竞争者手段以及传统的商业惯例等因素来制定科学的折扣标准和比例。

（二）现金折扣

现金折扣是对在规定的时间内提前付款或用现金付款者所给予的一种价格折扣，其目的是鼓励顾客尽早付款，加速资金周转，降低销售费用，减少财务风险。采用现金折扣一般要考虑三个因素：折扣比例；给予折扣的时间限制；付清全部货款的期限。在西方国家，典型的付款期限折扣表示为"3/20，Net 60"。其含义是在成交后 20 天内付款，买者可以得到 3%的折扣，超过 20 天，在 60 天内付款不予折扣，超过 60 天付款要加付利息。

由于现金折扣的前提是商品的销售方式为赊销或分期付款，因此，有些企业采用附加风险费用、管理费用的方式，以避免可能发生的经营风险。同时，为了扩大销售，分期付款条件下买者支付的货款总额不宜高于现款交易价太多，否则就起不到"折扣"促销的效果。

提供现金折扣等于降低价格，所以，企业在运用这种手段时要考虑商品是否有足够的需求弹性，保证通过需求量的增加使企业获得足够利润。此外，由于我国的许多企业和消费者对现金折扣还不熟悉，运用这种手段的企业必须结合宣传手段，使买者更清楚自己将得到的好处。

（三）功能折扣

中间商在产品分销过程中所处的环节不同，其所承担的功能、责任和风险也不同，企业据此给予不同的折扣称为功能折扣。对生产性用户的价格折扣也属于一种功能折扣。功能折扣的比例，主要考虑中间商在分销渠道中的地位、对生产企业产品销售的重要性、购买批量、完成的促销功能、承担的风险、服务水平、履行的商业责任，以及产品在分销中所经历的层次和在市场上的最终售价，等等。功能折扣的结果是形成购销差价和批零差价。

鼓励中间商大批量订货，扩大销售，争取顾客，并与生产企业建立长期、稳定、良好的合作关系是实行功能折扣的一个主要目标。功能折扣的另一个目的是对中间商经营的有关产品的成本和费用进行补偿，并让中间商有一定的盈利。

（四）季节折扣

有些商品的生产是连续的，而其消费却具有明显的季节性。为了调节供需矛盾，这些商品的生产企业便采用季节折扣的方式，对在淡季购买商品的顾客给予一定的优惠，使企业的生产和销售在一年四季能保持相对稳定。例如，啤酒生产厂家对在冬季进货的商业单位给予大幅度让利，羽绒服生产企业则为夏季购买其产品的客户提供折扣。

季节折扣比例的确定，应考虑成本、储存费用、基价和资金利息等因素。季节折扣有利于减轻库存，加速商品流通，迅速收回资金，促进企业均衡生产，充分发挥生产和销售潜力，避免因季节需求变化所带来的市场风险。

（五）回扣和津贴

回扣是间接折扣的一种形式，它是指购买者在按价格目录将货款全部付给销售者以后，销售者再按一定比例将货款的一部分返还给购买者。津贴是企业为特殊目的，对特殊顾客以特定形式所给予的价格补贴或其他补贴。比如，当中间商为企业产品提供了包括刊登地方性广告、设置样品陈列窗等在内的各种促销活动时，生产企业给予中间商一定数额的资助或补贴。又如，对于进入成熟期的消费者，开展以旧换新业务，将旧货折算成一定的价格，在新产品的价格中扣除，顾客只支付余额，以刺激消费需求，促进产品的更新换代，扩大新一代产品的销售。这也是一种津贴的形式。

企业实行折扣战略时，除考虑以上因素外，还应该考虑企业流动资金的成本、金融市场汇率变化、消费者对折扣的疑虑等因素。目前我国商界总代理、总经销方式越来越普遍，折扣在经销方式中的运用也非常普遍。一种现象极为突出，即厂家和大的经销商注意在地区影响范围内消除折扣的差异性，市场内同一厂商的同种商品折扣标准混乱，消费者或用户难以确定应该选择哪一种价格，结果折扣差异性在自己市场内形成了冲抵，影响了经销总目标的实现。

四、差别定价策略

所谓差别定价，也叫价格歧视，就是企业按照两种或两种以上不反映成本费用的比例差异的价格销售某种产品或劳务。差别定价有四种形式：

（1）顾客差别定价，即企业按照不同的价格把同一种产品或劳务卖给不同的顾客。

（2）产品形式差别定价，即企业对不同型号汽车或形式的产品分别制定不同的价格，但是，不同型号或形式产品的价格之间的差额和成本费用之间的差额并不成比例。

（3）产品部位差别定价，即企业对于处在不同位置的产品或服务分别制定不同的价格，即使这些产品或服务的成本费用没有任何差异。

（4）销售时间差别定价，即企业对于不同季节、不同时期甚至不同钟点的产品或服务也分别制定不同的价格。

案例衔接 9-5

蒙玛公司巧用时间差别定价法

蒙玛公司在意大利以"无积压商品"而闻名，其秘诀之一就是对时装分多段定价。它规定新时装上市，以3天为一轮，凡一套时装以定价卖出，每隔一轮按原价削10%，以此类推，那么到10轮（一个月）之后，蒙玛公司的时装价就削到了只剩35%左右的成本价了。这时的时装，蒙玛公司就以成本价售出。因为时装上市还仅一个月，价格已跌到1/3，谁还不来买？所以一卖即空。蒙玛公司最后结算，赚钱比其他时装公司多，又没有积货的损失。国内也有不少类似范例。杭州一家新开张的商店，挂出"日价商场"的招牌，对店内出售的时装价格每日递减，直到销完。此招一出，门庭若市。

企业采取需求差别的定价必须具备以下条件：①市场必须是可以细分的，而且各个市场部分须表现出不同的需求程度。②以较低价格购买某种产品的顾客没有可能以较高价格把这种产品倒卖给别人。③竞争者没有可能在企业以较高价格销售产品的市场上以低价竞销。④细分市场和控制市场的成本费用不得超过因实行价格歧视所得额外收入，这就是说，不能得不偿失。⑤价格歧视不会引起顾客反感，放弃购买，影响销售。⑥采取的价格歧视形式不能违法。

五、心理定价策略

（一）声望定价

声望定价（Prestige Pricing），属于心理定价（Psychological Pricing）的一种，为了提高潜在消费者的认知价值，有些名牌商品或著名企业，故意把价格定成整数或高价，限制潜在的买主，并创造一种高品质的印象，成为声望定价或整数定价。质量不易鉴别的商品最适合采用此法，因为消费者有崇尚名牌的心理，往往以价格来判断质量。

声望定价往往采用整数定价方式，其高昂的价格能使顾客产生"一分钱一分货"的感觉，从而在购买过程中得到精神的享受，达到良好效果。

如德国拜耳公司和我国同仁堂的药品，尽管价格较高，但是仍比一般的低价药畅销。保洁公司将海飞丝打入中国市场时，在同类商品中定价最高，结果反而畅销。

声望定价是指企业利用消费者仰慕名牌商品的某种心理来制定商品的价格，故意把价格定成高价。对质量不易鉴别的商品，供应方最适宜采取此法，因为消费者有崇尚名牌的心理，往往以价格判断质量，认为高价代表高质量。但声望定价有时被销售厂商滥用，如价格高得离谱，使消费者不能接受，在很多情况下，顾客要的是价格与质量相匹配。两种在物质上相同的产品可以通过不同的包装去索取不同的价格。

📖 案例衔接 9-6

"价格飞天"的茅台

进入 2018 年，茅台公司将 53 度 500 毫升飞天茅台酒出厂价从 819 元提高至 969元，同时指导零售价从 1 299 元提升至 1 499 元。提价之后，尽管茅台公司声称严控价格，要求经销商不能触碰 1 499 元的价格红线，但实际上，市场上茅台酒的价格已经飙升至 2 000 元。而茅台率先扛起涨价大旗后，高端白酒行业更是陷入价格飞涨的集体狂欢中。

1 月 30 日，国家发改委价监局召开白酒行业价格法规政策提醒告诫会。茅台在会上被点名做重点发言表态。当天，国家发改委还下发了《关于组织开展全国烟酒市场价格专项巡查的通知》，要求相关部门对烟酒市场价格出现异常波动情况加大巡查频次和力度。而巡查的重点为，严厉打击哄抬价格、严厉打击价格垄断行为等，防范节日期间烟酒价格异常波动，确保烟酒市场价格基本稳定。

在被国家发改委点名后，2 月 2 日，茅台集团召开茅台酒市场工作会，会议要求全力抓好茅台酒的价格稳定和市场供应，要求所有经销商把库存的茅台酒全部投放市场，近期进货的市场投放率不得低于 90%，春节前保证 7 000 吨以上的茅台酒供应量。

市场工作会召开两天后，茅台开出了 2018 年首批重磅罚单，对 10 家违约经销商进行了处罚通报，其中，遵义、上海、长沙、广州四地 5 家存在哄抬价格、搭售、转移销售的经销商，被处以取消经销计划的处罚，河南、南京、上海和北京四地的 5 家违约经销商则受到扣减合同的处罚。

（二）尾数定价

尾数定价又称奇数定价，即利用消费者以数字认识的某种心理制定尾数价格，使消费者产生价格较廉的感觉，还能使消费者留下定价认真的印象，即认为有尾数的价格是经过认真的成本核算的价格，从而使消费者对定价产生信任感。

尾数定价产生的特殊效果：

1. 便宜

标价99.96元的商品和100.06元的商品，虽然仅差0.1元，但前者给消费者的感觉是还不到"100元"，而后者却使人产生"100多元"的想法，因此前者可以使消费者认为商品价格低、便宜，更令人易于接受。

2. 精确

带有尾数的价格会使消费者认为企业定价是非常认真、精确的，连零头都算得清清楚楚，进而会对商家或企业的产品产生一种信任感。

3. 中意

由于民族习惯、社会风俗、文化传统和价值观念的影响，某些特殊数字常常会被赋予一些独特的含义，企业在定价时如果能加以巧用，其产品就会因之而得到消费者的偏爱。例如，"8"字作为价格尾数在我国南方和港澳地区比较流行，人们认为"8"即"发"，有吉祥如意的意味，因此企业经常采用。又如"4"及西方国家的"13"被人们视为不吉利，因此企业在定价时应有意识地避开，以免引起消费者对企业产品的反感。

（三）招徕定价

零售利用部分顾客求廉的心理，特意将某几种商品的价格定得较低以吸引顾客。某些商店随机推出降价商品，每天、每时都有一两种商品降价出售，吸引顾客经常来采购廉价商品，同时也选购了其他正常价格的商品。如北京地铁有家每日商场，每逢节假日都要举办"1元拍卖活动"，所有拍卖商品均以1元起价，报价每次增加5元，直至最后定夺。但这种由每日商场举办的拍卖活动由于基价定得过低，最后的成交价就比市场价低得多，因此会给人们产生一种卖得越多、赔得越多的感觉。岂不知，该商场用的是招徕定价术，它以低廉的拍卖品活跃商场气氛，增大客流量，带动了整个商场的销售额上升，这里需要说明的是，应用此术所选的降价商品，必须是顾客都需要而且市场价为人们所熟知的才行。

采用招徕定价策略时，必须注意以下几点。

（1）降价的商品应是消费者常用的，最好是适合每一个家庭应用的物品，否则没有吸引力。

（2）实行招徕定价的商品，经营的品种要多，以便使顾客有较多的选购机会。

（3）降价商品的降低幅度要大，一般应接近成本或者低于成本。只有这样，才能引起消费者的注意和兴趣，才能激起消费者的购买动机。

（4）降价品的数量要适当，太多商店亏损太大，太少容易引起消费者的反感。

（5）降价品应与因伤残而削价的商品明显区别开来。

案例衔接 9-7

洛阳老君山"一元"爱心午餐为景区引流量

国庆假日期间，河南省洛阳市 5A 级景区老君山连续 6 年推出无人值守的 1 元午餐。在海拔 1 800 余米的中天门广场推出无人值守的"1 元午餐"，游客自行投币 1 元钱，自助找零，全程无人值守，全凭自觉。"1 元午餐"在保留充满地域特色的糊涂面条基础上，还配备有馒头、煮鸡蛋、土豆、蒸红薯、黄瓜条、圣女果等组合的配餐。餐食分大小份，提倡节约粮食，拒绝浪费。工作人员在最后盘点时，发现竟然多出 615 元。经过盘点，贯穿整个国庆假期的 1 元午餐，7 天共售出 15 782 份，收到的费用扫码支付和现金支付一共是 16 397 元，竟多出了 615 元。虽然是无人值守，但是收入不少反多，景区工作人员说多出的这部分，是一些游客故意不找零或者多给的钱，这也令他们很感动。

老君山的负责人介绍，"1 元午餐"已连续开展 6 年。起初是免费的，因为出现了浪费的情况，所以后来象征性地收 1 元钱。"1 元午餐"的发放点在海拔 1 900 米左右老君山半山腰的一个中转站。工作人员提前采购、加工好食材，现场制作后发放，而这种暖心且实惠的爱心午餐也为老君山景区带来了巨大的客流量。

（四）习惯定价

习惯定价是指消费者在长期中形成了对某种商品价格的一种稳定性的价值评估。许多商品尤其是家庭生活日常用品，在市场上已经形成了一个习惯价格。消费者已经习惯于消费这种商品，只愿付出这么大的代价，如买一块肥皂、一瓶洗涤灵等。对这些商品的定价，一般应依照习惯确定，不要随便改变价格，以免引起顾客的反感。善于遵循这一习惯确定产品价格者往往获益匪浅。

（五）地区定价策略

一般地说，一个企业的产品，不仅卖给当地顾客，而且同时卖给外地顾客。而卖给外地顾客，把产品从产地运到顾客所在地，需要花一些装运费。所谓地区性定价策略，就是企业要决定：对于卖给不同地区（包括当地和外地不同地区）顾客的某种产品，是分别制定不同的价格，还是制定相同的价格。也就是说，企业要决定是否制定地区差价。地区性定价的形式有：

1. FOB 原产地定价

FOB 原产地定价，就是顾客（双方）按照厂价购买某种产品，企业（卖方）只负责将这种产品运到产地某种运输工具（如卡车、火车、船舶、飞机等）上交货。交货后，从产地到目的地的一切风险和费用概由顾客承担。如果按产地某种运输工具上交货定价，那么每一个顾客都各自负担从产地到目的地的运费，这是很合理的。但是，这样定价对企业也有不利之处，即远的顾客就可能不愿购买这个企业的产品，而购买其附近企业的产品。

2. 统一交货定价

这种形式和前者正好相反。所谓统一交货定价，就是企业对于卖给不同地区顾客的某种产品，都按照相同的厂价加相同的运费（按平均运费计算）定价，也就是说，对全国不同地区的顾客，不论远近，都实行一个价。因此，这种定价又叫邮资定价（目前我国邮资也采取统一交货定价，如平信邮货都是 0.5 元，而不论收发信人距离远近）。

案例衔接 9-8

石桥公司统一定价法

20 世纪初，日本人盛行穿布袜子，石桥便专门生产经销布袜子。当时由于大小、布料和颜色的不同，袜子的品种多达 100 多种，价格也是一式一价，买卖很不方便。有一次，石桥乘电车时，发现无论远近，车费一律都是 0.05 日元。由此他产生灵感，如果袜子都以同样的价格出售，必定能打开销路。然而，当他试行这种方法时，同行全都嘲笑他。认为如果价格一样，大家便会买大号袜子，小号的则会滞销，那么石桥必赔本无疑。但石桥胸有成竹，力排众议，仍然坚持统一定价。由于统一定价方便了买卖双方，深受顾客欢迎，布袜子的销量达到空前的数额。

3. 分区定价

这种形式介于前两者之间，就是企业把全国（或某些地区）分为若干价格区，对于卖给不同价格区顾客的某种产品，分别制定不同的地区价格。距离企业远的价格区，价格定得较高；距离企业近的价格区，价格定得较低。在各个价格范围内实行一个价。企业采用分区定价也有问题：①在同一价格区内，有些顾客距离企业较近，有些顾客距离企业较远，前者就合算；②处在两个相邻价格区界两边的顾客，他们相距不远，但是要按高低不同的价格购买同一种产品。

4. 基点定价

即企业选定某些城市作为基点，然后按一定的厂价加上从基点城市到顾客所在地的运费来定价（不管产品实际上是从哪个城市起运的）。有些公司为了提高灵活性，选定许多个基点城市，按照顾客最近的基点计算运费。

5. 运费免收定价

有些企业因为急于和某些地区做生意，负担全部或部分实际运费。这些卖主认为，如果生意扩大，其平均成本就会降低，因此足以抵偿这些费用开支。采取运费免收定价，可以使企业加深市场渗透，并且能在竞争日益激烈的市场上站得住脚。

第四节　价格调整

企业处于一个不断变化发展的环境中，为了求得生存和发展，有时候需要主动降低或提高价格，有时候又需对竞争者的变价做出适当的反应，这些都是价格调整策略。

一、价格调整策略概述

（一）变价的发动者

（1）降价可能基于以下原因：企业的生产能力过剩，在强大的竞争压力之下，企业的成本费用低于竞争者；由于技术的进步而使行业生产成本大大降低。

（2）在以下情况下企业可能会提价：由于通货膨胀企业的产品供不应求；产品的包装、款式、性能等有所改进。

（3）企业主动调价，会对消费者、竞争者、中间商等产生影响。

顾客的反应。消费者一般对价值较高、购买频率也较高的商品价格变动反应较敏感，而对价值低、不经常购买的小商品价格变动反应不太敏感。此外，对降价或提价的反应还依赖具体的商品及市场条件。

竞争者的反应。可以通过两种方法进行了解，一是搜集有关情报，二是运用统计分析方法，研究过去的价格反应策略。

（二）变价的应对者

同质产品市场上，如果一个企业降低，其他企业只能随之降价而异质产品市场上，对竞争者价格变动的反应有更大的自由度。可以对竞争者的价格变动做出以下反应：①维持原有的营销组合。②保持价格不变，修改其他营销策略。③同幅度或不同幅度的价格跟进。

二、削价及提价策略

企业为某种产品制定出价格以后，并不意味着大功告成。随着市场营销环境的变化，企业必须对现行价格予以适当的调整。调整价格，可采用减价及提价策略。企业产品价格调整的动力既可能来自内部，也可能来自外部。倘若企业利用自身的产品或成本优势，主动地对价格予以调整，将价格作为竞争的利器，这称为主动调整价格。有时，价格的调整出于应付竞争的需要，即竞争对手主动调整价格，而企业也相应地被动调整价格。无论是主动调整，还是被动调整，其形式不外乎是削价和提价两种。

（一）削价策略

这是定价者面临的最严峻且具有持续威胁力量的问题，具体表现在以下几个方面：

1. 企业亟须回笼大量现金

对现金产生迫切需求的原因既可能是其他产品销售不畅，也可能是为了筹集资金进行某些新活动，而资金借贷来源中断。此时，企业可以通过对某些需求的价格弹性大的产品予以大幅度削价，从而增加销售额，获取现金。

2. 企业通过削价来开拓新市场

一种产品的潜在顾客往往由于其消费水平的限制而阻碍了其转向现实顾客的可行性。在削价不会对原顾客产生影响的前提下，企业可以通过削价方式来扩大市场份额。不过，为了保证这一策略的成功，有时需要以产品改进策略相配合。

3. 企业决策者决定排斥现有市场的边际生产者

对于某些产品来说，各个企业的生产条件、生产成本不同，最低价格也会有所差异。那些以目前价格销售产品仅能保本的企业，在别的企业主动削价以后，会因为价格的被迫降低而得不到利润，只好停止生产。这无疑有利于主动削价的企业。

4. 企业生产能力过剩

产品供过于求，但是企业又无法通过产品改进和加强促销等工作来扩大销售。在这种情况下，企业必须考虑削价。

5. 企业决策者预期削价会扩大销售

由此可望获得更大的生产规模。特别是进入成熟期的产品，削价可以大幅度增进销售，从而在价格和生产规模之间形成良性循环，为企业获取更多的市场份额奠定基础。

6. 由于成本降低，费用减少，企业削价成为可能

随着科学技术的进步和企业经营管理水平的提高，许多产品的单位产品成本和费用在不断下降，因此，企业拥有条件适当削价。

7. 企业决策者出于对中间商要求的考虑

以较低的价格购进货物不仅可以减少中间商的资金占用，而且为产品大量销售提供了一定的条件。因此，企业削价有利于同中间商建立较良好的关系。

8. 政治法律环境及经济形势的变化，迫使企业降价

政府为了实现物价总水平的下调，保护需求，鼓励消费，遏制垄断利润，往往通过政策和法令，采用规定毛利率和最高价格、限制价格变化方式、参与市场竞争等形式，使企业的价格水平下调。在紧缩通货的经济形势下或者在市场疲软、经济萧条时期，由于币值上升，价格总水平下降，企业产品价格也应随之降低，以适应消费者的购买力水平。此外，消费者运动的兴起也往往迫使产品价格下调。

削价最直截了当的方式是将企业产品的目录价格或标价绝对下降，但企业更多的是采用各种折扣形式来降低价格，如数量折扣、现金折扣、回扣和津贴等形式。此外，变相的削价形式有：赠送样品和优惠券，实行有奖销售；给中间商提取推销奖金；允许顾客分期付款；赊销；免费或优惠送货上门、技术培训、维修咨询；提高产品质量，改进产品性能，增加产品用途。由于这些方式具有较强的灵活性，在市场环境变化的时候，即使取消也不会引起消费者太大的反感，同时又是一种促销策略，因此在现代经营活动中运用得越来越广泛。确定何时削价是调价策略的一个难点，通常要综合考虑企业实力、产品在市场生命周期所处的阶段、销售季节、消费者对产品的态度等因素。比如，进入衰退期的产品，由于消费者失去了消费兴趣，需求弹性变大、产品逐渐被市场淘汰，为了吸引对价格比较敏感的购买者和低收入需求者，维持一定的销量，削价就可能是唯一的选择。由于影响削价的因素较多，企业决策者必须审慎分析和判断，并根据削价的原因选择适当的方式和时机，制定最优的削价策略。

（二）提价策略

提价确实能够增加企业的利润率，却会引起竞争力下降、消费者不满、经销商抱怨，甚至还会受到政府的干预和同行的指责，从而对企业产生不利影响。虽然如此，在实际中仍然存在着较多的提价现象。其主要原因是：

1. 应付产品成本增加，减少成本压力

这是所有产品价格上涨的主要原因。成本的增加或者是由于原材料价格上涨，或者是由于生产或管理费用提高而引起的。企业为了保证利润率不致因此而降低，便采取提价策略。

2. 为了适应通货膨胀，减少企业损失

在通货膨胀条件下，即使企业仍能维持原价，但随着时间的推移，其利润的实际价值也呈下降趋势。为了减少损失，企业只好提价，将通货膨胀的压力转嫁给中间商和消费者。

3. 产品供不应求，遏制过度消费

对于某些产品来说，在需求旺盛而生产规模又不能及时扩大而出现供不应求的情况下，可以通过提价来遏制需求，同时又可以取得高额利润，在缓解市场压力、使供求趋于平衡的同时，为扩大生产准备了条件。

4. 利用顾客心理，创造优质效应

作为一种策略，企业可以利用涨价营造名牌形象，使消费者产生价高质优的心理定势，以提高企业知名度和产品声望。对于那些革新产品、贵重商品、生产规模受到限制而难以扩大的产品，这种效应表现得尤为明显。

为了保证提价策略的顺利实现，提价时机可选择在这样几种情况下：

（1）产品在市场上处于优势地位；

（2）产品进入成长期；

（3）季节性商品达到销售旺季；

（4）竞争对手产品提价。

此外，在方式选择上，企业应尽可能多采用间接提价，把提价的不利因素减到最低限度，使提价不影响销量和利润，而且能被潜在消费者普遍接受。同时，企业提价时应采取各种渠道向顾客说明提价的原因，配之以产品策略和促销策略，并帮助顾客寻找节约途径，以减少顾客不满，维护企业形象，提高消费者信心，刺激消费者的需求和购买行为。

至于价格调整的幅度，最重要的考虑因素是消费者的反应。因为调整产品价格是为了促进销售，实质上是要促使消费者购买产品。忽视了消费者反应，销售就会受挫，只有根据消费者的反应调价，才能收到好的效果。

三、消费者对价格变动的反应

不同市场的消费者对价格变动的反应是不同的，即使处在同一市场的消费者对价格变动的反应也可能不同。从理论上来说，可以通过需求的价格弹性来分析消费者对价格变动的反应，弹性大表明反应强烈，弹性小表明反应微弱。但在实践中，价格弹性的统计和测定非常困难，其状况和准确度常常取决于消费者预期价格、价格原有水平、价格变化趋势、需求期限、竞争格局以及产品生命周期等多种复杂因素，并且会随着时间和地点的改变而处于不断的变化之中，企业难以分析、计算和把握。所以，研究消费者对调价的反应，多是注重分析消费者的价格意识。

价格意识是指消费者对商品价格高低强弱的感觉程度，直接表现为顾客对价格敏感性的强弱，包括知觉速度、清晰度、准确度和知觉内容的充实程度。它是掌握消费者态度的主要方面和重要依据，也是解释市场需求对价格变动反应的关键变量。

价格意识强弱的测定，往往以购买者对商品价格回忆的准确度为指标。研究表明，价格意识和收入呈负相关关系，即收入越低，价格意识越强，价格的变化直接影响购买量；收入越高，价格意识越弱，价格的一般调整不会对需求产生较大的影响。此外，由于广告常使消费者更加注意价格的合理性，同时也给价格对比提供了方便，因而广告对消费者的价格意识也起着促进作用，使他们对价格高低更为敏感。

消费者可接受的产品价格界限是由价格意识决定的。这一界限也就规定了企业可以调价的上下限度。在一定条件下，价格界限是相对稳定的，若条件发生变化，则价格心理界限也会相应改变，因而会影响企业的调价幅度。

依据上面介绍的基本原理，可以将消费者对价格变动的反应归纳为：

（1）在一定范围内的价格变动是可以被消费者接受的；提价幅度超过可接受价格的上限，则会引起消费者不满，产生抵触情绪，而不愿购买企业产品，降价幅度低于下限，会导致消费者的种种疑虑，也对实际购买行为产生抑制作用。

（2）在产品知名度因广告而提高、收入增加、通货膨胀等条件下，消费者可接受价格上限会提高；在消费者对产品质量有明确认识、收入减少、价格连续下跌等条件下，下限会降低。

（3）消费者对某种产品削价的可能反应是：产品将马上因式样陈旧、质量低劣而被淘汰；企业遇到财务困难，很快将会停产或转产；价格还要进一步下降；产品成本降低了。而对于某种产品的提价则可能这样：很多人购买这种产品，我也应赶快购买，以免价格继续上涨；提价意味着产品质量的改进；企业将高价作为一种策略，以树立名牌形象；卖主想尽量取得更多利润；各种商品价格都在上涨，提价很正常。

四、竞争者对价格变动的反应

虽然透彻地了解竞争者对价格变动的反应几乎不可能，但为了保证调价策略的成功，主动调价的企业又必须考虑竞争者的价格反应。没有估计竞争者反应的调价，往往难以成功，至少不会取得预期效果。

如果所有的竞争者行为相似，只要对一个典型竞争者做出分析就可以了。如果竞争者在规模、市场份额或政策及经营风格方面有关键性的差异，则各个竞争者将会做出不同的反应，这时，就应该对各个竞争者分别予以分析。分析的方法是尽可能地获得竞争者的决策程序及反应形式等重要情报，模仿竞争者的立场、观点、方法思考问题。最关键的问题是要弄清楚竞争者的营销目标：如果竞争者的目标是实现企业的长期最大利润，那么，本企业利润降低，它往往不会在价格上做相应反应，而在其他方面做出努力，如加强广告宣传、提高产品质量和服务水平等；如果竞争者的目标是提高市场占有率，它就可能跟随本企业的价格变动，而相应调整价格。

在实践中，为了减少因无法确知竞争者对价格变化的反应而带来的风险，企业在主动调价之前必须明确回答以下问题：

（1）本行业产品有何特点？本企业在行业中处于何种地位？

（2）主要竞争者是谁？竞争对手会怎样理解我方的价格调整？

（3）针对本企业的价格调整，竞争者会采取什么对策？这些对策是价格性的还是非价格性的？它们是否会联合做出反应？

（4）针对竞争者可能的反应，企业的对策又是什么？有无几种可行的应对方案？

在细致分析的基础上，企业方可确定价格调整的幅度和时机。

五、企业对策

竞争对手在实施价格调整策略之前，一般都要经过长时间的考虑，仔细权衡调价的利害，但是，一旦调价成为现实，则这个过程相当迅速，并且在调价之前大多要采取保密措施，以保证发动价格竞争的突然性。企业在这种情况下，贸然跟进或无动于衷都是不对的，正确的做法是尽快迅速地对以下问题进行调查研究：

（1）竞争者调价的目的是什么？

（2）竞争者调价是长期的还是短期的？

（3）竞争者调价将对本企业的市场占有率、销售量、利润、声誉等方面有何影响？

（4）同行业的其他企业对竞争者调价行动有何反应？

（5）企业有几种反应方案？竞争者对企业每一个可能的反应又会有何反应？

在回答以上问题的基础上，企业还必须结合所经营的产品特性确定对策。一般说来，在同质产品市场上，如果竞争者削价，企业必须随之削价，否则大部分顾客将转向价格较低的竞争者但是，面对竞争者的提价，本企业既可以跟进，也可以暂且观望。如果大多数企业都维持原价，最终迫使竞争者把价格降低，使竞争者涨价失败。

在异质产品市场上，由于每个企业的产品在质量、品牌、服务、包装、消费者偏好等方面有着明显的不同，所以面对竞争者的调价策略，企业有着较大的选择余地：

第一，价格不变，任其自然，任顾客随价格变化而变化，靠顾客对产品的偏爱和忠诚度来抵御竞争者的价格进攻，待市场环境发生变化或出现某种有利时机，企业再做行动。

第二，价格不变，加强非价格竞争。比如，企业加强广告攻势，增加销售网点，强化售后服务，提高产品质量，或者在包装、功能、用途等方面对产品进行改进。

第三，部分或完全跟随竞争者的价格变动，采取较稳妥的策略，维持原来的市场格局，巩固取得的市场地位，在价格上与竞争对手一较高低。

第四，以优越于竞争者的价格跟进，并结合非价格手段进行反击。比竞争者更大的幅度削价，比竞争者小的幅度提价，强化非价格竞争，形成产品差异，利用较强的经济实力或优越的市场地位，居高临下，给竞争者以毁灭性的打击。

六、价格调整策略的应用

根据产品的生命周期调整价格策略：

（一）导入期的价格策略

可以根据产品的市场定位而采取三种价格策略。

1. 高价"撇脂"策略

在短期利润最大化的目标下，以远远高于成本的价格推出新产品。好处是不仅在短期内迅速获取盈利，缺点是较高的价格会抑制潜在需求。

2. 低价"渗透定价"

以较低的价格投放新产品，目的是通过广泛的市场渗透迅速提高企业的市场占有率。优点是能迅速打开新产品的销路，缺点是投资回收期较长。

3. 满意定价

介于"撇脂"和"渗透"策略之间的中等价格策略，优点是价格比较稳定，缺点是比较保守。

（二）成长期的价格策略

通常的做法是在不损害企业和产品形象的前提下适当降价。

（三）成熟期的价格策略

总体而言，成熟期的价格策略呈现出低价的特点。

（四）衰退期的价格策略

这一阶段的价格策略主要以保持营业为定价目标，通过更低的价格，一方面驱逐竞争对手，另一方面等待适当时机退出。

本章小结

影响定价的主要因素：内部因素（定价目标、营销组合策略、产品成本、组织考虑），外部因素（市场需求、竞争者的产品和价格、其他如经济、中间商等的外部影响因素）。

大体上，企业定价有三种导向，即成本导向、需求导向和竞争导向。其中，成本导向定价法包括成本加成定价法、目标利润定价法和可变成本定价法，需求导向定价法包括认知价值定价法、需求差别定价法和反向定价法，竞争导向定价法又包括随行就市定价法、密封投标定价法和竞争定价法。

定价策略：①新产品定价策略；②产品组合定价策略；③折扣与折让策略；④差别定价策略；⑤心理定价策略；⑥地区定价策略。

随着市场营销环境的变化，企业必须对现行价格予以适当的调整。调整价格，可采用减价及提价策略，分析竞争者和消费者对价格变动的反应，采取相应的措施。

练习题

一、单选题

1. 企业定价的最高界限是（　　）。

A. 成本　　　　B. 需求　　　　C. 竞争者的价格　　D. 国家的法律规定

2. 某些商店随机推出降价商品，吸引顾客经常来采购廉价商品，同时也选购了其他正常价格的商品，这是（　　）。

A. 声望定价　　B. 尾数定价　　C. 招徕定价　　　D. 差别定价

3. 某汽车制造商给全国各地的地区销售代理商一种额外折扣，以促使它们执行销售、零配件供应、维修和信息提供"四位一体"的功能。这种折扣策略属于（　　）。

A. 现金折扣　　B. 数量折扣　　C. 职能折扣　　D. 季节折扣

4. 体育馆对于不同座位制定不同的票价，采用的是（　　）策略。

A. 产品形式差别定价　　　　　B. 产品部位差别定价

C. 顾客差别定价　　　　　　　D. 销售时间差别定价

5. 企业的产品供不应求，不能满足所有顾客的需要。在这种情况下，企业就必须（　　）。

A. 降价　　　　B. 提价　　　　C. 维持价格不变　　D. 降低产品质量

6. 投标过程中，投标商对其价格的确定主要是依据（　　）制定的。

A. 市场需求

B. 企业自身的成本费用

C. 对竞争者的报价估计

D. 边际成本

7. 某服装店售货员把相同的服装以800元卖给顾客A，以600元卖给顾客B，该服装店的定价属于（　　）。

A. 顾客差别定价

B. 产品形式差别定价

C. 产品部位差别定价

D. 销售时间差别定价

二、简答题

1. 企业在选择不同的折扣策略时所考虑的主要因素是什么？

2. 怎样分析竞争者对企业变价的反应？

三、案例分析题

天天低价——沃尔玛制胜的法宝

沃尔玛的经营理念蕴含在它的"天天平价，始终如一"的经营策略中。沃尔玛在零售这一微利行业，力求比竞争对手更节约开支，这一看似平实但实际上效果显著的经营理念，成为沃尔玛在零售行业保持领先的关键所在，为其确立并成功实施成本领先战略提供了先决条件。

沃尔玛在采购、存货、销售和运输等各个商品流通环节想尽一切办法降低成本，并能够在包含高科技的计算机网络方面和信息化管理方面不惜代价，投入重金打造其有助于降低整体物流成本的高科技信息处理系统。物流成本控制水平是衡量零售企业经营管理水平的重要标志，也是影响零售企业经营成果的重要因素。快捷的信息反馈和高效的物流管理系统，可以使商品库存量大大降低，资金周转速度加快，企业成本自然降低。沃尔玛将涉及采购、存货、运输等各个在内的物流循环链条，作为实施成本领先战略的载体，并通过对该链条的集中管理，把整个链条中各个点的成本降至行业最低。

讨论：

1. 沃尔玛采用了哪种定价策略？

2. 沃尔玛用了哪些具体的方法压低了商品的价格？

第十章 渠道策略

知识目标

通过本章内容学习了解营销渠道的含义和作用，理解营销渠道的职能与类型，掌握营销渠道的设计与管理。

德育目标

通过本章内容学习，引导学生认识分销对满足人民美好生活向往的重要作用，树立不加入传销、不进行传销的思想理念。

开篇案例

国货品牌深度分销的另类玩法——江小白入川记

酒业一直有句名言：西不入川，东不入皖。江小白却硬生生在四川这个酒窝子里创造了一个行业传奇。很多人认为是江小白传播做得好，却不知江小白的渠道分销和推广能力比谁做得都好。成都是中国酒业兵家必争之地，全球酒业的名片之都（每年3月成都的春季糖酒会是中国第一大展会），中国小瓶白酒三大制高点市场之一。酒业有句名言：西不入川，东不入皖。四川和安徽的白酒品牌在行业内依靠创新的商业模式和渠道模式引领整个中国的白酒市场。在其根据地市场更是建立了强大的品牌渠道壁垒，让中国绝大多数行业品牌对这两个省是战略性放弃，但江小白却硬生生在四川这个酒窝子里创造了一个行业传奇。

1. 确定战略定位

四川由1个省会，17个地市，3个州，共183个区、市、县组成，类似一只巨大的螃蟹，我们的市场布局也是由一个蟹肚、两个蟹钳、若干蟹脚组成的。蟹肚、蟹钳、蟹脚在市场布局的不同阶段，其市场地位、作用和进度战略定位都是不同的。成都作为四川省会，就是蟹肚，是整个市场的供给和造血中心，蟹钳成形即可对主要竞争对手进行钳制，比如搞定南充就搞定了川东北，打下西昌就搞定了川西，这就是蟹钳的战略地位。蟹脚只起锦上添花的作用，拿下蟹脚即意味着整个市场已进入进退自如的状态。

从品牌战略而言，中国城市发展高度集中化，一、二线城市和三、四线城市差距越来越大，文化差距越来越大，品牌只会从一、二线城市往三、四线城市延伸与渗透，消费者对品牌的追求永远是落后市场追随先进市场。因此必须聚焦一切资源于战略市场蟹肚成都，如果成都的样板市场雏形没有打造出来，就没有根据地，在整个战略布局中就没有样板效应，没有引爆点。但只要用最快的速度把蟹肚雏形打造出来，效果就会立竿见影。

"打下成都，引爆全川"的战略定位明确之后，我们采用深度分销模式作为核心战术，明确直建队伍、直建终端的打法，把成都分成7个大区、7个纵队、1个大本营和4个办事处。我们快马加鞭组建队伍，通过普查后，制定出作战线路图，7个区分片60个业务小区，每个业务小区200~260个终端。

在铺市阶段，为了更快速高效地抢占终端，我们制定每个网点送6瓶的策略（AB类店单店单策打法），用空间换时间，只有先快速进入终端，踢出这临门一脚，后续动作才能跟进。在铺市阶段如果遇到以前滞销的老产品，则一对一进行更换，重新维护客情，提升品牌新形象。

2. 借势雪花渠道

我们的直营队伍在成都这个蟹肚市场进行深度分销的过程中，发现每个区域都有一部分优质网点没法攻破，更有一些制高点网点因为被配送商或竞品买了酒水专供，江小白根本就进不了卖场。由于渠道上受到一定的阻碍，我们对成都渠道结构进行了一次清查，惊喜地发现了一个突破口——雪花啤酒的渠道。

雪花啤酒在成都有200多个一、二级经销商，10个亿的大盘子，市场占有率达到75%以上，通过深度分销用专业化业务水平精耕每一个片区、每一家网点，许多AB类优质网点与这些经销商有着深厚的感情。而我们的产品和雪花啤酒是反季节互补性产品，啤酒旺季是在10月之前，而江小白是在10月之后。如果让雪花啤酒的经销商经营江小白的话，从运营维度来看，成本降低了，效率提高了，人、车、仓库的平均效益都会提高，同时又丰富了产品结构，还能构建起自己的渠道壁垒，何乐而不为呢？

我们营销团队开会明确，马上启动和雪花啤酒渠道的协同工作。制定了一对一谈判策略，成立渠道拓展小组，区域业代只负责用扫街方式把雪花的区域经销商资料扫出来，我们一个个上门拜访谈判："×总，您这处片区200个网点，我们覆盖达80%、终端生动化达70%，每件给您30元利润，销量突破到一定量后，我们再每件奖您10元。我公司定区定人专业维护，第一轮网点覆盖成本我们承担，区域市场所有的投入、消费者拉动投入都是我们直投，您只需做好配送、渠道协同维护、客情嫁接、财务管理就OK！"

江小白嫁接了雪花三分之一的配送商，在成都市场打通了渠道，让我们无须在渠道上花费精力与竞品博弈，无须在非战略方向消耗有限的资源。我们可以将有限的人力、物力、财力聚焦在消费者这个支点上撬动成都市场。

3. 深度分销——我为江小白代言

经过我们几十号兄弟拼命三郎似的打法，我们进入了成都每一条街巷，让江小白的身影出现在数千家大大小小的餐厅、火锅店、串串店、大排档、面馆……你一日三餐任何一个消费场景下都能看到江小白。就这样一天天侵蚀着你的心智，一天天在你的内心建起品牌小形象，一天天条件反射般念着"我是江小白，生活很简单""吃着火锅唱着歌，喝着小白划着拳"。消费者慢慢从听说过到看到过到了解过，我们通过多轮的网点覆盖和终端生动化营造，让绝大多数消费者都对江小白非常熟悉了，然后开始撬开消费者的嘴，让他们真正喝起来。

为了解决最后一米消费者动销问题，我们制定了"我为江小白代言"活动。活动这么玩：用餐的消费者只需拿着江小白或"我为江小白代言"的电影通告卡合影上传微博和微信朋友圈，并附上一段文字：我们相聚大龙燚（消费者用餐的餐厅名），我们为江小白代言。分享完毕之后，我们的推广小伙伴就会顺势打开2~4瓶江小白为他们倒上，并说道："哥，酒不够的话，餐厅里有卖哦！"小伙伴们一气呵成，把开盖、消费体现、销售动作做完。

"我为江小白代言"不单单是为了消费体验而做体验，它是基于三个痛点来设计的：①餐厅这种三五好友相聚的消费场景缺少一个情绪媒介点爆相聚氛围；②产品基于消费场景火热氛围的二次传播；③消费者真正开瓶畅饮，而不再是只喜欢我们的文案。这个活动解决了产品在消费场景的二次传播，解决了消费者开盖喝起来的体验问题，解决了产品与消费者的场景互动问题，一举三得。

最后，值得一提的是，在移动互联网时代，传统企业要懂得借助新营销重新定义自己，借助新营销的力量为自己的品牌升级转型。

第一节　营销渠道的含义和作用

一、营销渠道含义

营销渠道是市场营销渠道（Marketing Channels）的简称，也被称为：销售渠道（Sales Channels）、分销渠道（Distributing Channels）等。营销渠道有许多不同的定义：

科特勒定义为：营销渠道是指某种货物或劳务从制造商向消费者移动时，取得这种货物或服务的所有权的企业和个人。（注意：①包括制造商和消费者；②大多数服务没有所有权的转移）

科特勒最近的定义：营销渠道是指促使产品或服务顺利地被使用或消费的一整套相互依存的组织。

美国市场营销协会定义为：营销渠道是指企业内部和外部代理商和经销商（批发和零售）的组织机构，通过这些组织，商品（包括产品或服务）才得以上市销售。（注意：产品与服务的营销渠道差异较大）

美国营销学家路易斯·布恩（Louis Boone）和大卫·库尔茨（David Kurtz）的定义被认为是较为完整、较为全面的。其定义为：由各种旨在促进商品和服务的实体流转以及实现其所有权，由制造商向消费者或企业用户转移的各种营销机构及其相互关系构成的一种有组织的系统。此定义不仅描述了营销渠道的基本功能——商品在空间上的位移和实际支付，而且兼有产权交易、物流管理和促销多种功能和内涵。中间商凭借其业务往来关系、经验、专长和经营规模，能以更高的效率将产品提供给目标市场，克服了时间、地点和所有权等将产品和服务与消费者隔离开来的障碍，实现了桥梁的作用。

二、营销渠道的作用

营销渠道中，通常会包含着一系列相互联系、相互合作的组织及个人。他们分别是：制造商及其销售机构（M）、批发商（W）、零售商（R）、代理商（A）、消费者（C）。其中：制造商是营销渠道的源头，而消费者是营销渠道的末端（我们将零售称为营销渠道的终端）。作为营销渠道的源头和末端，制造商和消费者也常常被视为营销渠道的组成成员，但不包括制造商的供应商（Supplier）、辅助机构（Facilitator）——储藏运输（第三方物流）、市场调研、广告策划、金融保险、信息咨询等机构。

俗话说：专业人做专业事。特别在职业分工越来越细化的今天，制造商可能会由于财力不够、经验不足、效益不佳、效率不高、信息不畅、成本不低等原因（后面详细讨论），导致在制造商与消费者之间大量存在各种形式的"中间商"。

这些中间商所承担的职责、任务及服务对象是不相同的，如：制造商的销售机构直接面对大型用户、各地代理商、经销商；经销商面对批发商、大型零售商、大卖场、连锁店；代理商面对小型用户、小型零售商；批发商面对小型零售商、专业用户；零售商则是面对消费者。

营销渠道的组成成员之间的关系，可以大致由图 10.1 示意。制造商的产品或服务可以通过各种不同的渠道送达消费者或客户，有的渠道经过的中间环节较少（如左侧的零级渠道），有的渠道经过的中间环节较多，而涉及较多的中间商（如右侧的三级渠道）。在实践中，营销渠道的结构不会像图 10.1 那样的简单，会更加复杂（下面介绍）。不同的企业、产品、环境、条件，需要对营销渠道进行"设计与选择"。

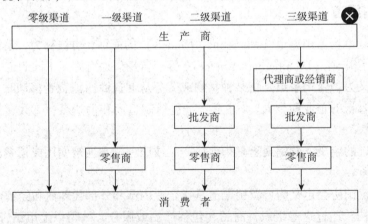

图 10.1 营销渠道的构成示意图

当制造商采用零级渠道将产品直销给消费者时，既可以截留利润，也可以加快资金流动，但是，实践中绝大多数制造商，要想获得产品推广的成功，营销渠道的各个中间环节是不可或缺的。

当制造商通过中间商（如批发商、零售商等）将商品出售给消费者时，可以实现由中间商集中采购、配送、收款（特别是异地），如图 10.2 所示。

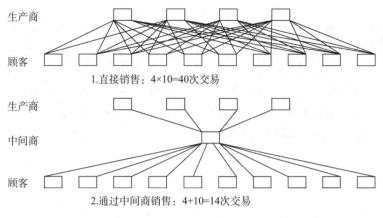

图 10.2 中间商的作用

其作用显而易见：除了解决以上问题（财力不够、经验不足、效益不佳、效率不高、信息不畅、成本不低）外，还可以减少交易次数、扩大销售份额、降低营销费用、减少物流成本等。而且制造商和顾客越多，中间商的作用会越大、优势会越强、效率会越高。

营销渠道的各成员之间需要精诚"合作"，但是，出于各自利益最大化的考虑，营销渠道的各成员之间存在不可规避的"冲突"。加之零售商的销售渠道作用越来越大，谈判实力也越来越强，制造商已无法满足零售商越来越苛刻的"压迫"，而被逼无奈；制造商对销售渠道的认知度、重要性更加了解；批发商的功能有所弱化、功能有所转移，一些掌握了营销渠道的中间商纷纷直接从制造商 OEM（甚至零售商）进货；消费者希望直接从制造商获得低价产品和优质服务。

因此，制造商纷纷采取"直销"形式面对消费者，有的采取自行开店，有的采取联合经营，有的采取特许经营（如服饰行业的 Nike、Adidas，李宁；家电行业的格力、美的、格兰仕等）。

📖 案例衔接 10-1

"电商+纸媒"：阿里巴巴"码上淘"引发年轻人购物新乐趣

从 2 年前开始，传统媒体相继进入转型阶段，报纸作为传统媒体的代表，开始尝试各种各样的经营思路，但效果不佳。马云"码上淘"的推出，成为业界的一线曙光，无疑让纸媒企业看到了新的转型机遇。大多数纸媒曾经做过的电商都被看作"伪电商"，没有技术支撑，没有商户囤积，电商从何谈起？而这次阿里巴巴的"码上淘"，将以"电商+纸媒"的创新方式开始新的尝试。马云提供技术、商户、物流平台，纸媒则负责贡献出它们的读者受众群体资源，并通过报纸在各地的发行渠道，弥补线上很难达到的目标群体。而现代生活节奏越来越快，碎片时间也被不停占据，如果能在等地铁、公交和等人的时候吸引人们关注"码上淘"，相信对于年轻人来说也是另一种乐趣。除了看小说、看电视，又多了一种消磨时间的有趣方式，那就是进入"码上淘"。

　　从阿里巴巴的投资动向看，马云似乎对传统媒体很感兴趣，从收购到合作不断迎合传统媒体的受众群体。其实，传统媒体的价值一直被低估，或者一直未得到充分的开发，它所带给人们的不仅仅是传播新闻的价值，而新闻的背后包含着传媒集团高权威、多资源、强背景等更深层面的社会价值。相信"云式野心"正是相中了传统媒体的这一特点才开始更深层次挖掘纸媒，究竟"码上淘"能为人们带来什么益处和为纸媒带来什么发展，让我们拭目以待。

三、营销渠道的功能

　　当某个"适合"的营销渠道形成之后，营销渠道将发挥其特定的功能。具体表现在：伴随着产品从制造商向顾客的流动过程，还会发生若干个与之相关联的"流动过程"。这些流动过程能够将营销渠道中的各个成员紧密联系，它们被称为营销渠道的"功能流"，主要包括以下八种：

　　（1）实物流（Physical Flows）：是指实体产品从制造商至最终消费者的空间转移过程，包括产品的运输、储存、装卸、配送、存货管理、包装、订单处理等，也称为实体分配（Physical Distribution），国内也常常称为"物流"（Logistic，往往是第三方物流，TPL或3PI-third Party Logistic）。物流得以保证制造商可以采用最低的成本，在正确的时间和地点，将商品送到顾客手中。

　　（2）所有权流（Ownership Flows）：是指实体产品的所有权从营销渠道的一个成员向另一个成员的转移过程。所有权的转移会导致各种风险的产生。（注意：服务、技术的交易通常并不转移所有权，而只是转移使用权，这是服务的一个重要特征——公共性。实体产品——货物一经出售，其使用权和所有权往往随之转移给顾客，制造商不可能保留货物的使用权或所有权，也不可能将货物"一物二卖"，而服务却可为多人同时"使用"——消费，往往不必转移服务的所有权，例如：公交车、教育、咨询、影视）

　　（3）风险流（Risk Flows）：是指各种风险在营销渠道的各成员间的预防、转移、消亡的过程。包括：经济衰退、通货膨胀、市场突变、需求萎缩、库存积压、竞争加剧、资金回笼、天灾人祸、信誉受损、产品过时、保质期、产品质量、应急事件发生、售后服务欠缺、投机行为等风险。

　　（4）资金流（Fund Flows）：是指在营销渠道各成员间伴随所有权转移所形成的资金流动过程（有教材多出一个付款流（Payment Flows），大可不必）。如：零售商通过银行向经销商或批发商支付货款；经销商垫付资金囤货；代理商代收代付（扣除佣金）；支付运费、仓储费、保险费；制造商和经销商向零售商交付进场费、店庆费、场庆费、条码费、堆码费、POP制作费等。

　　（5）促销流（Promotion Flows）：是指营销渠道的一个成员通过广告、人员推销、宣传报道、销售促进等活动对另一个成员或消费者施加影响的过程。营销渠道的所有成员都有对顾客促销的职责。如：经销商寻找潜在顾客，推销商品，组织促销活动（特别是异地）；满足顾客的需求（送货、安装、调试、售后服务、异议处理）。

　　（6）订货流（Order Flows）：是指营销渠道成员定期向其供应商发出订货命令。订货的目的或许是由于其顾客订货，或许是为了保持适量库存以应付潜在需求和预防未来涨价。

（7）谈判流（Negotiation Flows）：是指产品实体和所有权在营销渠道的各成员之间发生转移前时，成员间对交易的合约条款所进行的协商、洽谈、签约的过程。如：作为代理商就价格、交货、结算等条件与顾客（批发商、零售商）达成协议。

（8）信息流（Information Flows）：是指营销渠道的各成员之间相互传递信息的过程。通常是在相邻的成员间进行的双向信息交流。如：经销商、代理商、批发商、零售商收集来自消费者的与商品有关的市场信息。

清华大学李飞描绘了营销渠道的五种功能流（实物流、所有权流、资金流、信息流和促销流），参考图10.3；中国人民大学吕一林也描绘了营销渠道的五种功能流（实物流、所有权流、谈判流、促销流和资金流）。

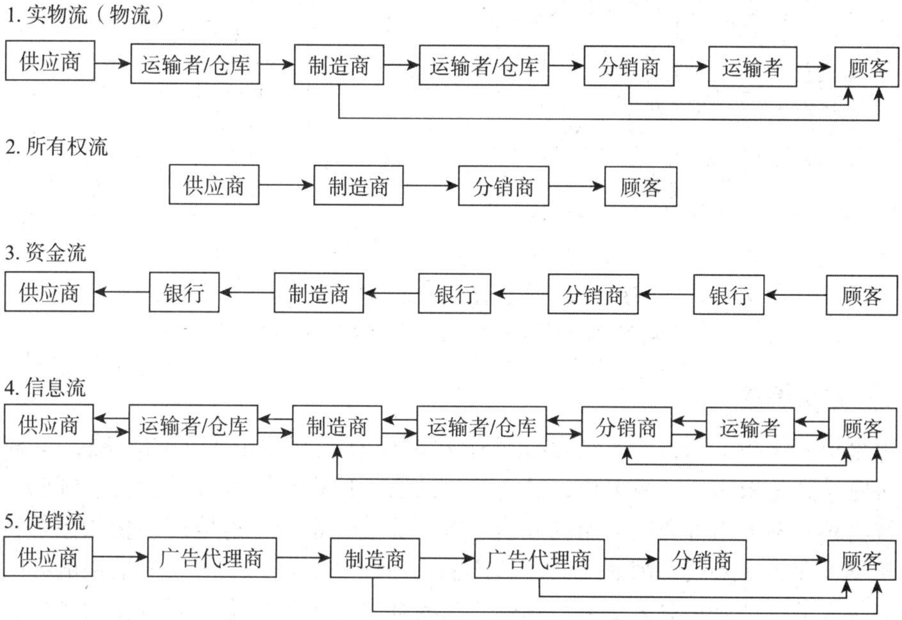

1. 实物流（物流）

供应商 → 运输者/仓库 → 制造商 → 运输者/仓库 → 分销商 → 运输者 → 顾客

2. 所有权流

供应商 → 制造商 → 分销商 → 顾客

3. 资金流

供应商 ← 银行 ← 制造商 ← 银行 ← 分销商 ← 银行 ← 顾客

4. 信息流

供应商 ↔ 运输者/仓库 ↔ 制造商 ↔ 运输者/仓库 ↔ 分销商 ↔ 运输者 ↔ 顾客

5. 促销流

供应商 → 广告代理商 → 制造商 → 广告代理商 → 分销商 → 顾客

图10.3 营销渠道的流程

营销渠道的功能流中，信息流、谈判流、资金流和风险流通常是双向流程；而实物流、所有权流、促销流、订货流则为单向流程（注意：可能发生退货、退款；指向不同）。其中，最为重要的是实物流、资金流和信息流，构成完整的流通体系中的三流。

第二节 渠道成员类型与职能

一、分销渠道的类型

分销渠道一般是按产品从生产者到消费者手中的方式，即有无中间环节可将其分为直接渠道和间接渠道两种类型。

直接渠道是一种不经过任何中间环节，产品直接由生产者出售给消费者的销售渠道。但是，绝大多数产品都是通过间接渠道销售的。间接渠道是指产品通过一层一层的中间商或代理商将产品销售给顾客的。因此，间接渠道就牵涉到一个长度的问题，商品流通经过的环节越多，则渠道就越长；环节越少，渠道就越短。直接渠道没有中间环节，因而是一种最短的分销渠道，其实际上是一种特殊的间接渠道，即零层的间接渠道。因此，可以统一用产品经过的环节多少划分渠道的类型：从零层到 N 层。典型的渠道有零层、一层、二层、三层和四层渠道。图 10.4 展示了消费品和工业品的分销渠道。

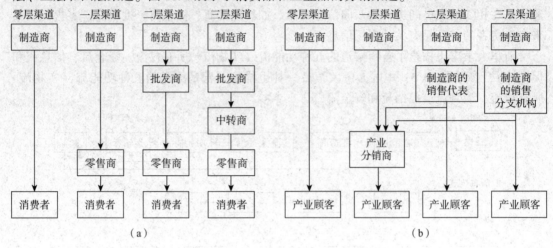

图 10.4　消费者和产业市场分销渠道
（a）消费者市场分销渠道；（b）产业市场分销渠道

（一）零层渠道

零层渠道，是指由制造商不经过任何中间商而直接到达消费者的通路，也称直接渠道。直接营销就是采用了零级渠道，其主要方式有上门推销、家庭展示会、邮购、电话营销、电视直销、网上销售和制造商的专营店等。保险、银行、房地产、化妆品等行业，西方的汽车零售业经常采用直销的形式，新产品上市的介绍期，采用人员推销的方式效果也比较明显。人员推销便于双方交流与沟通，讨价还价，容易成交。同时，由于没有中间环节，节省了大量的流通费用，降低了产品的成本，具有较强的价格优势，容易打开市场。制造商的专营店也是一种重要的零层渠道形式，海尔公司在各个主要城市均设有海尔专营店，展示盒销售其所有的产品。但是，为了避免与它的中间商争夺顾客，通常海尔专营店选址在商业区以外交通便利的地点。

随着经济全球化和信息技术的迅猛发展，现代的直销，又称作直复式营销（Direct Response Marketing）已成为一种重要的销售方式。它的形式多种多样，通过邮局的目录寄售、电话销售、电视购物，以及 21 世纪以来愈发流行的网络营销都是其重要形式。直复式营销既保留了传统人员推销的优势，同时，还大大提高了沟通的时效性、便利性，节约了一对一的沟通成本。

（二）一层渠道

一层渠道是指在生产者与消费者之间只有一个中间环节。在消费者市场上，这个中间环节大多数是经营零售业务的商店、连锁店、超级市场，生产者把产品出售给它们，它们再将产品卖给顾客。海尔公司也通过国美、苏宁、三联的连锁分销网络销售海尔的各种家用电器产品。工业品市场通常是通过各种分销商将产品和服务介绍给顾客。如 TCL 电工通过其分销商销售其电器开关、照明器材等。

（三）二层渠道

二层渠道是通过两个环节将产品从生产者出售给零售商。在消费品市场上，生产者通常先将产品批发给批发商，批发商再将产品转售给零售商。在工业品市场上，生产者除了通过批发商将产品卖给零售商外，还常常通过代理商将产品转售给零售商。这是目前消费品与工业品市场者通行的商品分销模式。批发是一种大规模的流通经营形式，之所以增加了批发的环节，就在于它可以使生产者、零售商、批发商三者在大规模的商品流通中都有利可图。当进入市场的商品数量、种类越来越多时，商品流通的速度以及仓储、运输的效率成为影响营销效果的主要问题。只有一个分销环节比较单一的一层渠道适应不了这种复杂的局面，于是就出现了专业批发机构。

（四）三层渠道

三层渠道与二层渠道的不同点就是在生产者与批发商之间多了一个代理商，或者是一级批发商的环节。代理商通常出现在具有较强的优势产品的营销过程中。这些产品有的是著名厂商或是驰名商标的产品，有的是明显优于对手的高科技产品，也有的是为了防范假冒产品的出现。这类产品采用代理，特别是总代理的形式有利于它们保持产品的市场竞争力。

（五）四层渠道

四层渠道的中间环节形式比较多，其中许多出口企业都采用四层或者五层，甚至六层的渠道形式。比较典型的四层出口渠道形式的中间环节主要有出口商、国外进口商、国外批发商、零售商。

零级和一级渠道称为短渠道，其余称为长渠道。渠道的长短影响制造商对渠道的控制程度。想对产品分销施加更高程度的控制，厂商则会使用短渠道。技术密集型产品像银行自动柜员机、医用 CT 机等，由于需要专业化程度高的技术支持而使用短渠道。长渠道的劣势是效率低、总体成本高，因为每一级中间商都追求特定的加成率。

案例衔接 10-2

国货之光小米：线上线下融合拓展疆域

小米是国内成功的电商企业典型，创业之初主要依赖互联网渠道销售，创造了中国企业营销的传奇。而事实是，光靠互联网，小米是做不到现在的规模和市场份额的。随着小米产品线的拓展与营销的深入，小米近年来在巩固网络渠道的同时，着力拓展了线下连锁专卖店渠道，线上线下相互配合，互为犄角，取得相得益彰的效果。

小米是怎样做的呢？比如，小米的 1S，官方售价 1 499 元。小米实施饥饿营销，号称放出 20 万台小米 1S 让网民来抢购，但实际上只出了 5 万台，其余全部以 1 379 元的批发价放给了联通国代爱施德，爱施德加价 100 元放给各大零售终端，零售端再以建议零售价 1 799 元销售给消费者。小米公司主要负责产品和话题的炒作，并着力建立口碑、媒体炒作与跟进，形成品牌影响力，制造紧俏抢手的声势，经销商则负责线下的销售。

很多人在网上抢不到小米手机，饥饿营销的效果就出现了。实际上不是你抢不到，而是小米压根儿不想以这个零售价格卖给你。说到底，也不是小米不想以这个零售价卖给你，而是因为要是小米都在网上满足了你的需求，线下渠道就只能啃骨头了，那线下渠道还怎么生存呢？小米的做法实质上是对线下渠道的保护。小米老板雷军很清楚，在偌大的中国市场，不做线下渠道小米很难做到超大规模。虽然线下手机渠道被冲击得很厉害，但就全国范围而言线下渠道依然分布广泛，老百姓仍有店铺购物习惯，不做线下渠道就不会有足够的渗透率。事实上，目前小米销售收入中约50%来自线下，联通国代商爱施德在小米渠道拓展中立下了汗马功劳。

（资料来源：胡介埙，分销渠道管理（第四版），大连：东北财经大学出版社，2018.）

二、渠道结构的密度

制造商在分销渠道的某一层次上使用同类中间商数量的多少，称为渠道结构密度。使用同类中间商非常多的情况称为宽渠道，如宝洁公司几乎使用了所有的零售商来销售其产品。使用同类中间商很少的情况称为窄渠道，如属于特殊品的劳力士手表仅在一个地区设立一个零售商。分销渠道结构的密度有三种常用的概念，即密集分销、独家分销和选择分销，如图 10.5 所示。

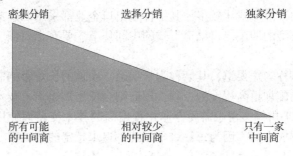

图 10.5　分销渠道结构的密度

（一）密集分销

密集分销即在某一层级上（通常多为零售商）使用尽可能多的中间商，以构成覆盖面宽广密布的分销网络。便利消费品如香烟、洗化品、食品等，多采取密集分销，以提高密布的购买地点和便利性。

（二）独家分销

独家分销是在某一层级上只使用一家中间商来覆盖特定的区域市场。独家分销是最窄的分销渠道，仅适用于特殊品，如某些技术性强、单价昂贵的耐用消费品或高端名牌商品等。

（三）选择分销

选择分销介于上述两者之间，即厂商按照特定条件精选几家中间商来营销自己所经营的商品。选择分销一般适用于选购品的营销，如大型家用电器、服装、图书等。选择分销既有适当的市场覆盖面，又有利于开拓市场扩大销售，也比较容易对中间商施加控制，避免渠道冲突。

三、分销渠道策略

分销渠道策略（Distribution Strategy），指企业为了使其产品进入目标市场所进行的路径选择活动，它关系到企业在什么地点、什么时间、由什么组织向消费者提供商品和劳务。企业应选择经济、合理的分销渠道，把商品送到目标市场。分销渠道策略包括渠道的长短、宽窄决策，中间商的选择以及分销渠道的分析评价和变革等内容。影响分销渠道策略的基本因素有以下五个方面。

（一）产品因素

不同的产品应选择最适合自己的分销渠道，对于大量标准化程度高、通用性强的产品，在策略的选择上应采用长而宽的分销渠道，这样可以通过使用更多的中间商来扩大市场覆盖面，以提高市场占有率。而对于技术复杂、个性化、大型化、贵重的产品，往往更适合使用短而直接的分销渠道，如飞机、船舶、大型客车、计算机系统、药品、珠宝饰品等。而对于不易保存的产品，如海鲜类产品，则要求更为直接的分销渠道。

（二）客户因素

个人客户和组织客户两者在购买行为上具有很大差异，厂商要确定自己的销售对象是消费者，还是产业客户。前者购买批量小而购买频繁，需要使用中间商；后者购买批量大而要求更多的信息和技术服务，需要使用人员推销，即组建自己的销售队伍或分销点与最终用户接触。

分销渠道策略的选择还受到客户数量、购买频率、一次购买金额、地理分布以及对不同营销方式的敏感性等因素的影响。如果客户人数较多，厂家则倾向于利用每一层次都有许多中间商的长渠道。而客户所处的地理因素也制约着分销渠道的选择。如果目标客户集中在一个或者几个特定的区域内，通过人员销售比较合适；当目标客户分散在十分广阔的区域时，使用中间商去接触量大面广的消费者是比较划算的。此外，购买者对不同营销方式的敏感性也会影响渠道选择。例如，越来越多的家具零售商喜欢在商品展销会上选购，从而使得这种渠道迅速发展。

（三）中间商因素

当目标市场是由易于识别、地理位置相对集中的有限买主构成时，人员销售则是有效手段。企业向目标市场提供多种产品并且有足够的资源来满足最终客户所需的服务（如技术支持、送货、售后服务、信贷等），厂商适合直接与最终用户接触，而无须通过中间商。但是另一方面，不使用中间商的直销决策，将意味着企业必须承担那些可由中间商完成的职能（如联系客户、仓储、送货、维修服务等）。而承担这些职能的成本可能非常高昂，尤其是当企业面对十分广阔的市场范围时。

借助中间商执行分销任务时，由于不同的中间商其从事沟通、谈判、储存、交际和信用等方面的能力也各有优势和劣势，设计分销渠道应充分考虑不同中间商的特性。例如，自选超市基本不提供额外服务，产品完全由客户自由选择，也不负责送货，而百货公司则力图提供尽善尽美的销售服务。

（四）竞争者因素

在对分销渠道策略的选择上，企业还应充分考虑竞争者使用什么分销渠道。企业可以选择进入和竞争者一样或接近的销售点，也可以选择和竞争者不一样或远离竞争者的分销渠道。例如肯德基和麦当劳在 20 世纪 80 年代末 90 年代初刚刚进入中国市场时，分销渠道类型相同，均采用直营连锁形式，且地理位置接近。

（五）企业因素

企业自身的能力和特点也对分销渠道的选择产生影响。企业总体规模决定了它的市场规模、分销规模及在选择中间商过程中的地位。一般来说，企业的财力、管理能力和营销资源雄厚，则更有能力使用短而直接的分销渠道。如 TCL 有自己独立的销售公司，建立了可直达县一级的渠道，拥有庞大的销售队伍，而对于相对弱小的厂商，则需要依赖中间商来完成分销功能。而企业过去的渠道经验和现行的营销政策也会影响渠道的设计。以前曾通过某种特定类型的中间商销售产品的企业，会逐渐形成渠道偏好。

产品定价、品牌定位和品牌形象以及消费者的认知度，也影响厂商的分销渠道选择决策。高端产品如高级音响设备、名牌服装、名牌手表等，为保持其独特的品牌定位和形象，只会选择专业店、专营店或经营高端品牌的商品。而超市则只会销售鞋帽、服装等大路货和日用品。

四、中间商

中间商是指那些将购入的产品再销售或租赁以获取利润的厂商，如批发商和零售商。它们为其顾客扮演采购代理人的角色，购买各种产品来转售给顾客。除了销售产品外，它们还不同程度地承担着物流（配送、仓储等）、售后服务（安装、维修、保养等）、退货、促销、市场调研以及为顾客解决贷款等功能。中间商的存在，能通过有效地降低交易联系次数，达到提高交易频率的目的。

（一）中间商的功能

1. 提高销售活动的效率

如今是跨国公司和全球经济迅速发展的时代，如果没有中间商，商品由生产制造厂家直接销售给消费者，工作将非常复杂，而且工作量特别大。对消费者来说，没有中间商也要使购买的时间大大增加。例如，中间商可以同时销售很多厂家的商品，消费者在一个中间商那里就能比较很多厂家的商品，比没有中间商而要跑到各个厂家观察商品要节约大量时间。

2. 储存和分销产品

中间商从不同的生产厂家购买产品，再将产品分销到消费者手中，在这个过程中，中间商要储存、保护和运输产品。

3. 监督检查产品

中间商在订购商品时就考察了厂家在产品方面的设计、工艺、生产、服务等质量保证体系，或者根据生产厂家的信誉、产品的名牌效应来选择产品；进货时，将按有关标准严格检查产品；销售产品时，一般会将产品划出等级。这一系列的工作起到了监督检查产品的作用。

4. 传递信息

中间商在从生产厂家购买产品和向消费者销售产品中，将向厂家介绍消费者的需求、市场的信息、同类产品各厂家的情况，也会向消费者介绍各厂家的特点，无形中传递了信息，促进了竞争，有利于产品质量的提高。

（二）中间商的类型

中间商是处在销售渠道中的各种经销商，它们将商品从厂商逐级分销出去，卖给最终消费者。随着市场中分销模式的发展，中间商的类型越来越复杂，各种中间商互相渗透，你中有我，我中有你，本书按照中间商与最终消费者的接近程度将中间商划分为批发商和零售商两大类。批发商是商品流通中的大动脉，凡是从事不将产品直接销售给最终消费者的流通业务的中间商就是批发商，而零售商则是负责专门从事将产品直接销售给最终消费者的中间商。

1. 批发商

批发商大体上可分为专营批发商、自营批发商、代理商和经纪人。

（1）专营批发商：专营批发商是专门从事各种批发业务的商业企业，它们是批发商的主体。专营批发商拥有产品的所有权，即它们从厂家购进产品，然后再转卖给零售商。因此，它们拥有一定的资金，承担着产品滞销积压以致卖不出去的风险。它们的利润主要来自批发的数量，通常它们的批发价格相对零售商的价格来说较低，但由于经营的数量大，利润也随量增长。

专营批发商的种类很多，按照它们执行附加服务的程度不同，可将其分为执行完全服务批发商和有限服务批发商两种。完全服务批发商执行批发商业的全部职能。它们提供的服务，主要有保持存货、雇用固定的销售人员、提供信贷、送货和协助管理等。它们又分为批发商人和工业分销商两种。批发商人主要是向零售商销售，并提供广泛的服务；工业分销商向制造商而不是向零售商销售产品。有限服务批发商是指为了减少成本费用，降低批发价格，往往只执行一部分服务的批发商。有限服务批发商的主要类型有现购自运批发商、承销批发商、卡车批发商、托售批发商以及邮购批发商等。

（2）自营批发商：自营批发商是由制造商和零售商自己建立的独立批发机构。那些生产或零售规模较大、资金雄厚的制造商和零售商为了实行产供销一条龙的发展战略，不通过批发商，自己在各地，甚至在世界范围内建立自己的批发网络，以便对市场有更大的控制力。例如，某些著名的跨国公司在进入我国市场初期，在我国设立了办事处，有些办事处就承担了批发商的功能。它们不仅负责公司在华的产品销售业务，而且也控制产品的批发、销售、仓储和库存以及零配件的发送环节，提高了自己产品在华的整体竞争力。目前在批发业务中出现了批发商、制造商与零售商联合经营的趋势。一种是工业企业参与批发。工业企业参与批发或工业与批发商联合共同批发产品，可以发挥各自的优势，以销售带动工业品的生产，对双方都有很大的好处。上海曾经有 58 家工业企业同 6 家批发公司签订分别对口联合销售产品的协定，使批发公司每年多收购 6.2 亿元的商品，产生了良好的经济与社会效应。一种是零售与批发业相互兼营。许多实力雄厚的大型百货公司、超级市场、连锁店等零售企业纷纷兼营批发，通过批发来促进销售，扩大销售范围。

（3）代理商：代理商同一般批发商的最大不同之处在于它们对其经营的商品不拥有所有权，它们只是受人委托，替委托人经营商品，从中赚取佣金。实际上，它们只是为买者与卖者提供成交便利的市场润滑剂。它们既不注入资金，也不承担商品销售中的风险，所以，一般情况下，它们从交易中提取的佣金比例比批发商获得的利润要低得多。代理商一般同买方或卖方有着长期稳定的商业代理关系。代理商的业务分为前向代理和后向代理两种。前向代理是为厂家销售产品。它们或是代理销售厂家的全部产品，或是部分产品。前向代理商中的大多数是规模较小的企业，但它们熟悉市场，人员精干，工作效率高。尽管利润率很低，但通过扩大代理商品的规模，同样可以获得可观的利润。后向代理商一般是采购代理商，它们为厂商采购原材料、零部件、配件和产品。它们代表委托厂商，为其提供市场信息、价格、购买、验货、储运、收货等整套服务，完成整个采购过程。

（4）经纪人：经纪人实际上也是一种代理关系，主要作用是为买卖双方牵线搭桥，促其成交，从中赚取佣金。这是一种比代理商更灵活的商业委托关系。一般情况下，是由个人承办业务，既可以同委托人形成长期稳定的商业代理关系，也可以是一次性的代理。在发育成熟的市场中，各行各业都有不少经纪人，如保险经纪人、房地产经纪人、证券经纪人等。经纪人一般是通晓某一行业的专家，熟悉市场，他们为买卖双方提供市场信息，寻找要购买的对象，促使双方以比较合理的价格达成交易，委托人节约了许多交易成本。西方国家职业运动员的比赛、俱乐部的转会一般是通过经纪人来进行。我国足球职业化以来，许多俱乐部自己到国外寻找运动员，由于对国外足球市场行情不了解，往往是花钱不少，但引进球员的效果却不好。这些教训说明，要发展我国的职业体育运动，就必须不断发展和完善体育经纪人市场。

2. 零售商

零售是将产品和服务出售给消费者，供其个人或者家庭使用，从而增加产品和服务的价值的一种商业活动。零售商是将产品直接出售给最终消费者的流通企业，它在一个国家的经济生活中起着越来越重要的作用。现代零售商业的形式复杂多样，新型的零售形式层出不穷。有店铺零售是最早出现的，也是目前在零售业中占据主导地位的零售形式，它以一个固定的地点出售商品，又叫商店零售业。具体可分为以下多种形式。

（1）百货商店和购物中心：百货商店一般在市、区级商业中心、历史形成的商业集聚地，目标顾客以追求时尚和品位的流动顾客为主，具有综合性、门类齐全的特点，以服饰、鞋类、箱包、化妆品、家庭用品、家用电器为主。购物中心主要有三种类型：一是社区购物中心。它多在市、区及商业中心，包括大型综合超市、专业店、专卖店、饮食服务及其饭店。二是市区购物中心。它多在市级商业中心，包括百货商店、大型综合超市、各种专业店、专卖店、饮食店、杂品店以及娱乐服务设施等。三是城郊购物中心。它一般处在城乡结合部的交通要道附近，包括百货商店、大型综合超市、各种专业店、专卖店、饮食店、杂品店以及娱乐服务设施等。以购物中心为核心的大型多功能商业中心是一种超出单纯购物意义上的商业区，是集购买、娱乐、休闲、生活、餐饮、办公为一体的现代化大型综合性购物中心。在城市化的过程中，随着传统分散经营的商业街的衰落，这种新的多功能的综合性商业中心顺势而起。在西方发达国家，它已取代了传统的商业街的地位，发展中国家正在经历着这一取代过程。这种多功能的综合商业中心的出现是零售商业的一场革命，代表着零售商业发展的方向。

（2）超级市场：超级市场指的是从经营食品起步，发展到以日用百货为主的大规模开架陈列、顾客自选、集中结算的自我服务式零售商业。它的最大特点是顾客自我挑选，自我服务，这是零售业服务方式的一次革命。超级市场又可分为小规模的超市和大型百货超市。以食品超市为主的小规模超市位于市区商业中心、居住区，辐射半径2公里左右，目标顾客以居民为主，营业面积在 6 000 平方米以下，经营种类包括食品、生鲜食品和日用品。食品超市与综合超市的商品结构不同。自选销售，出入口分设，在收银台统一结算。营业时间 12 小时以上。

大型百货超市位于市区商业中心、城乡结合部、交通要道及大型居住区内，辐射半径 2 公里以上，目标顾客以居民、流动顾客为主。实际营业面积 6 000 平方米以上。大众化衣、食、日用品齐全，一次可购齐，注重自有品牌开发。自选销售，出入口分设，在收银台统一结算。设不低于营业面积 40% 的停车场。

（3）专业店和专卖店：专业店多在市区商业中心以及百货店、购物中心内，目标顾客以有目的选购某类商品的流动顾客为主。根据商品特点而定，以销售某类商品为主，品种丰富，选择余地大，具有专业性、深度性的特点。采取柜台销售或者开架出售方式，从业人员具有丰富的专业知识。专卖店多在市区商业中心、专业街以及百货店、购物中心内，目标顾客以中档消费者和追求时尚的年轻人为主。根据商品特点而定，以销售某一品牌系列商品为主，销售量少、质优、高毛利。采取柜台销售和开架面售方式，商店陈列、照明、包装、广告讲究，注重品牌声誉。从业人员具有丰富的专业知识，提供专业性服务。

案例衔接 10-3

国货美妆崛起——相宜本草多渠道拓销路

相宜本草成立于 2000 年，它没有机会搭乘 20 世纪 90 年代国内美妆品牌野蛮生长的高速列车。能够成为占据一席之地的后来者，相宜本草就是靠这两点：渠道上实施以 KA（大型商超）为核心的多渠道战略，功效上定位"中药本草"填补当时的市场空白。近年来，随着线上购物规模不断扩大，美妆品牌也纷纷加码电商业务，但随之而来的是线上线下渠道交叉、经销商窜货等乱象频频出现。相宜本草的做法是，将渠道完全分开，为各个渠道设计专供产品，这一做法有效避免了互相干扰。

1. 强势经营商超渠道

相宜本草另类的渠道切入点至今仍为许多业内人士津津乐道。不同于许多本土化妆品品牌一开始从专营店入手、强势崛起后再自下而上"跨界"进入商超等渠道的发展路径，相宜本草从创立之初便瞄准了更为高端的 KA 渠道。在这一渠道体系中，丁家宜、东洋之花、佳雪等品牌都曾作为本土化妆品企业的代表与外资品牌分庭抗礼。

相宜本草的突出之处在于对销售终端的高度重视和精细化管理。相宜本草采取了分段考核制度，将各项具体费用消耗标准量化落地。另外，分布在全国卖场内的数千名 BA（化妆品导购员）也是相宜本草终端销售的保证。据了解，相宜本草对这些 BA 进行无中介直接管理，不仅专门成立导购培训中心，还为其设置了多种激励方式。为避免不同渠道产品造成消费者认知的混乱，相宜本草更是酝酿着新一轮渠道产品明星代言计划，除藏族歌手阿兰仍然代言的明星单品红景天系列、演员宋佳代言最新百合高保湿系列外，计划为每个系统产品设置一名代言人，以此向消费者明示某系统产品属于特定渠道。

2. 多渠道协调平衡

现在，相宜本草的渠道，不仅包括其赖以崛起的大型商超，还有线上销售和专营店等其他渠道，这"三驾马车"共同构成了相宜本草的多渠道格局。

事实上，进货渠道五花八门、终端定价参差不齐几乎是每一个选择多渠道策略的企业都会面临的难题，但相宜本草有自己的解决方案。在经销商网络体系管理方面，相宜本草按地区进行渠道分线，每个省在三大渠道都分设代理商。在此基础上，进一步严格规定每个经销商只能选择一个单一渠道，其他渠道不得涉足。为了进行相应的监督，相宜本草还在产品上配备了明码暗码系统。而在价格管控上，相宜本草将定价权收回并强势推行线上线下统一价，从根源上遏制了价格的多样化。另外，针对同一品牌在不同渠道销售可能引发的价格体系和消费者认知混乱，相宜本草还为各个渠道研发了相对应的产品，例如专供商超的红景天、黑茶，仅在线上销售的红石榴系列，以及专柜独有的芍药皙白产品。

3. 深度渗透低线市场

向二、三线城市甚至周边县城、乡镇下沉是近年来美妆品牌的大势所趋，对于优势一向在于一线城市大型卖场的相宜本草来说也不例外。

公司总裁严明说，要趁着国际品牌还没大力布局低线市场的时候迅速出手。早年雅诗兰黛位于成都王府井百货的专柜就创下过年销售额 6 558 万元、排名该品牌全球专柜销量第一的纪录。而欧莱雅旗下高端品牌兰蔻近些年已进入东莞、兰州等二、三线城市，更是在浙江诸暨、山东潍坊等广大的三、四线城市开设了专柜。相宜本草的应对方式是"深度渗透"，在低线市场，没有"大牌"压力的相宜本草可以自如地将终端渠道开进社区店、小型日化店和偏远的便利店。严明很清楚，从单店平效来看，一线城市的布局属于"少网点多产出"，而低线市场则是"多网点少产出"，"越往下走，单店产出越少，网点数量相应就会越多，必须借助广大本地经销商的力量来拓展市场"。

但不可否认的是，越往低线市场走，品牌对经销商的依赖程度会越高。随着渠道下沉，相宜本草的直营店占比已经从过去的超过80%下降至50%以下，对代理商的有效管理或许将成为其快速扩张过程中无法绕过的难题。

（4）便利商店：便利商店是从超级市场中分割出来的以经营居民日常生活必需的食品与杂物为主，便于购买的小规模的零售商店。便利商店一般位于商业中心区、交通要道，以及车站、医院、学校、娱乐场所、办公楼、加油站等公共活动区。商圈范围小，顾客步行 5 分钟内可到达，目标顾客主要为单身者、年轻人。顾客多为有目的的购买。营业面积为 100 平方米左右，利用率高。商品品种以即时食品、日用小百货为主，售价高于市场平均水平。以开架自选为主，结算在收银处统一进行。营业时间 16 小时以上，提供即时性食品的辅助设施，开设多项服务项目。

（5）低价商店：低价商店是以低于商品的正常价格，甚至低于成本价格出售商品的一种零售形式。较低的价格来源于减少流通环节而节约下来的费用，或是借其他形式经营而省下的成本。低价商店的形式多种多样，一般有平价商店、仓储商店以及折扣商店等。平价商店是采取略高于或者等于产品的出厂价或批发价出售产品的零售商店。制造商可以以产品的出厂价为基础，销售自己的全部或部分产品。仓储商店是一种将商品的储存与销售

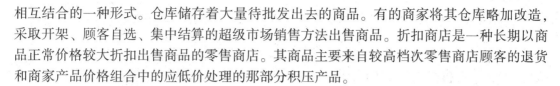

相互结合的一种形式。仓库储存着大量待批发出去的商品。有的商家将其仓库略加改造，采取开架、顾客自选、集中结算的超级市场销售方法出售商品。折扣商店是一种长期以商品正常价格较大折扣出售商品的零售商店。其商品主要来自较高档次零售商店顾客的退货和商家产品价格组合中的应低价处理的那部分积压产品。

（三）中间商的营销策略

1. 批发商的营销策略

目前，批发商面临着来自许多方面的冲击，主要有：大制造商越过批发商自设分销机构或者直接面对最终消费者；零售业连锁店的发展催生了大批量、多品种、高周转的进货方式，使大零售商与供应商直接打交道更为划算；各种各样的直销形式。这些冲击使得批发业渐成没落之势，因此，批发商不得不制定合适的战略决策，它们必须在产品、定价、促销、地点等方面改进策略。

（1）产品品种和服务：如今，批发商正在研究应该经营多少品种最为适当，并且只选择那些盈利较多的品种。同时，批发商在考虑，应该为顾客提供哪些服务、哪些服务应酌情收费等。

（2）定价：如今，批发商正在采用新的定价方法，根据竞争对手（销售同类产品）的价格、零售商销售量的大小、产品畅销程度、供应商的定价政策等进行通盘考虑，针对不同产品，会有不同的定价方法。

（3）促销：批发商需要发展一个整体促销战略，包括贸易广告、销售促进和公共宣传。他们还需要利用供应商的一些宣传材料和计划方案。

（4）地点：和零售不同，批发市场所在地一般由政府进行规划。这些批发市场多在城乡结合部或稍微偏远的一些地方，主要是考虑城市建设和交通便利。但伴随着城市的扩建和重新规划，批发商往往面临着重新选择地点的问题。

2. 零售商的营销策略

零售商的营销策略主要包括选址、零售商品分类与组合、自有品牌、定价、商品形象和促销、顾客服务等方面的决策。

（1）选址策略：店址选择通常被认为是零售业营销中最重要的因素。选址决策过程复杂，位置一旦选定则不易变动。同时，位置特点对企业整体战略影响较大，选址不当，会给整体战略带来无法克服的缺陷；而如果位置好，即使战略组合一般，也容易获得成功。比如，医院附近的礼品店，商品种类不多，价格偏高，也不主动宣传，生意却往往很兴隆，原因就是位置有利。

商店位置的选择是一个综合决策的问题，需要考虑的因素有：周边人群的规模和特点、竞争水平、运输的便利性、能否停车、附近商店的特点、房产成本、合同期限、人口变动趋势、城市规划等。

（2）零售商品分类与组合策略：零售店的策划者首先需要对所经营的商品进行适当的分类。商品的分类方法有很多，可按其耐用性、有形性及商品生命周期的销售变化来划分。零售商品组合是指一个零售企业经营的全部商品的结构。零售企业在实际经营中，可以有很多产品组合方式。在谈到零售商品组合时，要涉及两个概念：品种宽度和品种深度。品种宽度是指零售商经营的不同商品/服务大类的数量。品种深度是指零售商经营的任何一大类商品/服务的多角化程度，如果一家商店经营的商品项目越多，则它的品种深度越深。

（3）自有品牌策略：自有品牌商品，也称PB（Private Brand）商品，即零售企业通过搜集、整理、分析消费者对某类商品的需求特性的信息，提出新产品功能、价格、造型等方面的开发设计要求，进一步选择合适的生产企业进行开发生产，最终由零售企业使用自己的商标对新产品注册，并在本企业内销售商品。对零售商来说，自有品牌最直接的吸引力就是其低廉的成本。另外，发展自有品牌，可以形成零售市场的差异化优势。由于自有品牌商品只由自己连锁门店销售，消费者无对比可言，可以获得独特的竞争优势。同时，发展自有商品在一定程度上可以提高零售商与生产商的博弈能力。

（4）定价策略：在大多数零售业态中，定价被认为是零售营销中最重要的和最困难的决策之一。零售商大致可以分为两类：高价格、低销售，如一些高级服装店；低价格、高销售，如沃尔玛、家乐福等。许多零售商更注重定价战术的运用，有些零售商经常采用招徕定价策略，即对某些商品定低价，甚至低于商品的可变成本；有的热衷于大力促销以吸引消费者的光顾。

（5）促销策略：零售商的促销预算中最大的部分一般用于广告和促销。各种媒体都可以用来做广告，但每一种媒体都有其各自的优缺点。报纸广告对于通告销售活动很有效，比如，我们经常可以从报纸上看到诸如"××商店进行店庆大酬宾"的广告，而电视广告则对提高零售商的形象很有用。促销一般用来实现短期目标，如在周末增加商店的客流量。大多数促销会有零售商的供应商提供的促销手段支持。宣传和口头交流能够产生最可信的信息，但两者都难以控制。

（6）购物环境策略：零售商店的环境在多个层面对消费者的购物行为产生影响，包括整个店铺设计、商店的氛围、布局安排、部门之间和产品之间展示空间的分配等。在每一个层面上，任何决定都会对顾客在店内的直接消费行为和他们的长期惠顾产生影响。

（7）顾客服务策略：顾客服务是零售商为了使顾客购物更加方便、更有价值而进行的一整套活动和计划。这些活动增加了购物的价值。零售业作为直接面对终端消费者的销售商，除了为顾客提供适销对路的商品外，提供优质服务已成为赢得消费者的重要手段。

第三节　营销渠道设计

设计一个分销渠道系统包括四个步骤：分析顾客需要，建立渠道目标，识别主要的渠道选择方案，评价主要渠道中渠道成员的条件及其相互责任。

一、分析顾客需要

在设计分销渠道时，营销人员必须了解目标顾客需要的服务产出水平。渠道可提供五种服务产出，分别是批量大小、等候时间、空间便利、产品品种、服务支持。

批量大小是指渠道允许客户一次购买的单位数量，个人客户和组织客户对于产品购买的批量大小往往有很大差异。等候时间是指顾客等待收到货物的平均时间，顾客一般喜欢快速交货渠道。空间便利是指渠道为顾客购买产品所提供的方便程度。产品品种是指渠道提供的商品花色品种的宽度。一般来说，顾客喜欢较宽的花色品种，因为这使得实际上满足顾客需要的机会更多。服务支持是指渠道提供的附加服务（信贷、交货、安装、维修）。服务支持越强，渠道提供的服务工作也就越多。

二、建立渠道目标

渠道的目标因产品特性的不同而不同。易腐产品要求较直接的营销。体积庞大的产品，如建筑材料，要求采用运输距离最短、搬运次数最少的渠道布局。非标准化产品，如顾客定制机器和特制模型等，则由公司的销售代表直接销售。需要安装或长期服务的产品，如冷热系统，通常也由公司或者独家特许商经销。单位价值高的产品，如发电机和叶轮机等，一般由公司人员销售，很少通过中间商。

渠道设计应反映不同类型的中间商在执行各种任务时的优势和劣势。例如，制造商的代表接触每个顾客所消耗的费用较少，因为总费用由几个客户分摊。但是，业务代表对每个顾客的销售努力则低于公司的销售代表所能达到的水平。渠道设计还受到竞争者使用的渠道的制约。

渠道设计必须适应大环境。当经济不景气时，生产者总是要求利用较短的渠道将其产品推入市场，并且取消一些会提高产品最终价格的非根本性服务。法律法规和限制也将影响渠道设计。例如美国法律规定禁止可能会严重减少竞争或者倾向于垄断的各种渠道安排。

三、识别主要的渠道选择方案

企业可以选择不同的渠道将商品送达消费者手中，每种渠道都有各自的优势和劣势。销售人员可以处理复杂的商品交易，但费用高昂。使用互联网很便宜，但无法处理复杂的商品交易。分销商可以创造销售额，但企业失去了直接联系顾客的机会。人们希望每种渠道都能准确到达各自不同的细分市场，同时达到产品分配成本最小化。当一切不能够如愿的时候，渠道之间会产生冲突甚至会增加成本。企业的渠道选择方案可以如图10.6所示。

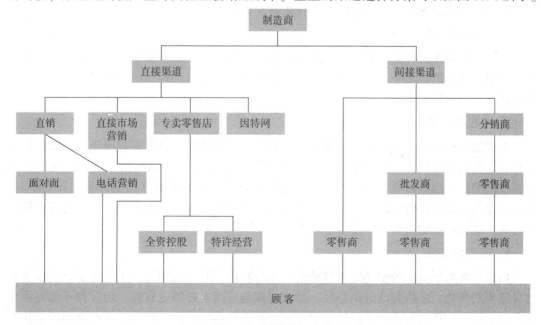

图10.6 渠道选择方案

一个渠道选择方案由三方面的要素确定：商业中间商的类型，所需的中间商数目以及渠道成员的权利和责任。

1. 选择中间商的类型和地点

在代理商、批发商和零售商各个层次上，都有许多类型的中间商可以选择。正确的思考方法是，应从终端即零售层次上来考虑并选择分销渠道各层次上中间商的类型。选择零售层次上中间商的类型和地点，考察的关键点是目标市场的购买需求和厂商潜在的获利能力，以及零售商能否向潜在顾客有效传递该产品的信息。营销者最终选择何种类型的中间商及地点，取决于顾客的购买行为和制造商对零售商的控制愿望，中间商希望的独占程度和中间商能够为推销产品所做的营销努力及成效。

2. 确定中间商的数目

企业必须决定每个渠道层次使用多少中间商。有三种战略可供选择：密集分销、选择分销和独家分销。密集分销非常适合低值易耗、购买频率高的日用品。选择性分销，也称有限分销，较适合家具、名牌服装、照相器材等。独家分销要求在特定的地域内只能有一家零售商经营公司的产品。

3. 明确渠道成员权利和责任

制造商必须确定渠道成员的权利和责任，必须考虑渠道成员所承担的职能和与之对等的利益。通过明确双方的权利和责任，制造商给予中间商供货保证、产品质量保证、退货换货保证、价格折扣、广告促销协助等，经销商向生产企业提供市场信息和各种业务统计资料，保证实行价格政策，达到服务水平等，并就此达成具有约束力的协议。

四、评价主要渠道

对于初步确定的分销渠道方案，营销管理者可以从经济性标准、可控性要求和适应性特征来评估可能的备选方案，以确定最合适的分销渠道。

1. 经济性标准

即要比较和评价各备选的分销渠道方案可能达到的销售额及费用水平。不同的分销渠道会产生不同的销售水平。制造商首先要考虑的是自己的销售队伍的销售情况是什么，另外，必须比较各自的销售成本。

2. 可控性标准

一般说来短渠道易于控制，长渠道的可控性则大大降低。制造商对属于自己的销售队伍有着完整的控制权，而对中间商并不具备足够的控制权。中间商均是独立的组织和个体，他们追求自己的目标，更关心自身利益最大化。当渠道中的分销商力量比较弱小时，他们和制造商讨价还价的筹码并不多。当他们的力量足够强大，拥有了更多的讨价还价的筹码时，就会迫使制造商不得不考虑其要求。

3. 适应性标准

如果厂商与所选择的中间商签订的合约期限较长，而在此期间，由于外部环境及企业自身需要的变化，采取其他分销路径，如直接邮购或网上营销更有效，但厂商不能随意解除合约。厂商应考虑策略的灵活性，不应签订期限过长的合约，除非在某些方面的条件十分优越。

第四节　营销渠道管理

分销渠道的管理决策主要包括：选择和激励渠道成员、评估其绩效以及调解渠道冲突。新型的分销渠道管理理念是发展渠道成员之间密切合作的伙伴关系。渠道伙伴关系或称为渠道合作，是指所有的渠道成员相互配合工作，创造服务于最终消费者或用户的供应链和争取竞争优势，以实现双赢或多赢。通过合作，供应商、制造商、批发商和零售商能够加速商品流动，提高服务质量，并且降低分销渠道的总成本。

一、选择渠道成员

渠道成员选择，包括选择代理商、批发商和零售商。渠道管理有两种不同的视角：一是从制造商或生产商的位置沿渠道向终端看市场；二是从零售商或其他最终销售者的位置向起点看制造商或者生产商。前者是规划分销渠道、选择渠道成员最常用的思路。

在选择渠道成员时，要建立一套选择标准，表 10.1 给出了一个参考标准框架，公司可在此参考标准的基础上，制定出与公司分销目标相一致，更细致实用的标准。

表 10.1　选择渠道成员的标准

市场覆盖范围	中间商的经营范围和销售活动设计的地区应与公司的分销目标相一致 中间商现在的销售对象与公司所界定的目标市场的潜在顾客相一致
产品政策	考察中间商的产品线、经销的产品组合有无竞争品牌的产品，一般应避免选用经销竞争品牌产品的代理商和批发商
地理区位优势	应选择处在理想区位，即顾客流量较大的地点的零售商，应考虑批发商所处的位置是否有利于产品的批量存储与运输，通常以处于交通枢纽为宜
产品知识	许多中间商被大公司选中，往往是因为它们在销售产品方面有专门的经验。选择有经验的中间商有利于很快打开销路
预期合作程度	中间商与制造商双方应很好地合作，对双方都有益处，有些中间商希望厂商参与促销，扩大市场需求，因为这样会带来高利润
财务及管理状况	中间商能否按时结算，包括在必要时预付货款，这取决于其财力的大小，整个企业销售管理是否规范、高效，关系着中间商营销的成败
促销政策和技术	采用何种方式推销商品及运用选定的促销手段的能力，要考虑到中间商是否愿意承担一定的促销费用，是否具备必要物质、技术基础和相应的人才
综合服务能力	有些产品需要中间商为顾客提供售后服务，有些在销售中要提供技术指导或财务支持（如赊购或分期付款），有些还需要专门的运输存储服务
中间商的信誉	目前，我国市场经济不十分健全，相关法律法规不完善，中间商的信誉显得尤其重要，不仅直接影响回款，还关系到市场的网络支持

二、激励渠道成员

渠道成员的激励是指厂商为使渠道成员执行营销策略而采取的措施。激励中间商的方式有两类，即直接激励与间接激励。

（一）直接激励

直接激励是通过给予物质或金钱奖励，如返利政策、价格折扣、促销活动等，促使经销商做出更好的销售业绩。

（二）间接激励

间接激励是指通过帮助中间商进行销售管理，从而提高销售的效果和效率，如帮助分销商做好零售终端的管理、铺货和商品陈列等，帮助管理其客户网、建立客户档案等。

三、评估渠道成员的绩效

厂商应定期按一定标准评估中间商的业绩，如销售定额的完成情况、平均存货水平、向顾客交货时间、对损坏和遗失商品的处理、与公司促销和培训计划的合作情况。

衡量中间商的绩效主要有两种方法：①将中间商的销售绩效与上期比较，并以渠道全体成员的升降百分比作为评价标准。②将各中间商的绩效与该地区基于销售潜量分析而设立的销售定额相比较，然后将各中间商按先后名次进行排列。

四、渠道冲突与合作

在分销渠道中总会发生某种形式或某种程度的冲突。冲突可能发生在某一营销渠道不同成员之间，或发生在不同制造商的分销渠道之间。营销者必须区分渠道冲突的类型，分析导致冲突的原因，寻找解决渠道冲突的对策。

（一）渠道冲突的类型

一般而言，分销渠道中有三种类别的渠道冲突。

1. 垂直渠道冲突

垂直渠道冲突是指同一分销渠道中不同层次的渠道成员之间的冲突。批发商可能会抱怨制造商留给自己的利润空间太小，而销售支持（如广告、推销等）又太少。

2. 横向渠道冲突

横向渠道冲突是指分销渠道中同一层次的渠道成员之间发生的冲突。如同一城市有多家批发商，或同一大型批发市场中有多家批发商或零售商，它们为争夺下游客户或最终顾客而发生冲突。

3. 多渠道冲突

多渠道冲突是指当厂商在同一地域使用两种及以上分销渠道时发生的冲突。这种冲突主要表现为新兴渠道对传统分销渠道的冲击。如在一些市场上，厂商可能会越过原有的区域独家代理商，向大型连锁零售商直接供货，从而引发原渠道成员的强烈不满。

（二）渠道冲突的原因

导致渠道冲突的原因很多，目标和利益不一致是导致冲突的根源。当供应商希望索取高价并要求现金交易时，分销商则极力压低进价并要求赊销；制造商想要通过低价渗透市场并取得销售成长，而分销商则想通过高毛利而获取最大化的短期收益；不明确的任务与权力也会导致冲突的发生，如联想公司可能会通过自己的销售队伍向大客户供货，但联想的销售经销商也努力争取大客户的购买。

（三）渠道冲突管理

某些渠道冲突会起到一种良性的作用，它会迫使厂商不断积极地考虑如何适应变化的环境。管理冲突的方法如下：

1. 设立超级目标

超级目标是指渠道成员通过共同的努力，以达到单个成员所无力实现的目标，包括生存、市场份额、高品质和顾客满意。

2. 互换人员

在垂直冲突中，交换冲突双方的人员到对方公司去任职，如制造商的销售主管去经销商那里工作一段时间，同时经销商的经理也到制造商的有关部门去任职。通过这种换位和改变立场时的换位思考，有望解决垂直冲突。

3. 参加制造商的有关会议

邀请渠道成员参加制造商的有关高层会议，促进相互间的信息交流，达到相互尊重和理解，有助于减少冲突。

4. 协商谈判

当冲突发生时，通过谈判来解决冲突是一种最常用的方法。

5. 调解

第三方调解人可以通过试图劝说争执的双方继续谈判，或考虑接受调解建议而化解冲突。

6. 退出

解决冲突的最后方法就是退出该渠道。事实上，退出是解决冲突的普遍方法。当水平冲突或垂直冲突不可调解时，只有选择退出。

制造商管理渠道冲突的最终目标是希望渠道合作。通过渠道成员之间的合作，使得整体渠道获取的利润高于各自为政的各个渠道成员的利润。通过合作，渠道成员能够更有效地了解目标市场，为其提供服务，满足其需求。

五、市场窜货

20 世纪八九十年代，金利来通过大量广告宣传和优质产品成功塑造了"男人的世界"的良好形象，成为成功男士身份的象征。但是由于市场窜货现象十分严重，不同地区的价格差距达一倍至数倍。市场价格的混乱严重干扰了消费者对金利来产品的购买信心，其品牌价值受到了前所未有的损害和冲击。

（一）什么是市场窜货

所谓窜货，是指经销网络中的各级代理商、分公司等受利益驱动，将经销的产品跨区域销售，造成价格混乱，从而使其他经销商对产品失去信心、消费者对品牌失去信任的营销现象。许多企业被窜货困扰，产品的经销商之间恶性竞争，本想为自己"窜"来更多的利益，但结果是扰乱了市场，不仅损害了自己，也严重影响了厂家以及消费者的利益。

一般来说，市场窜货可分为自然性窜货、恶性窜货以及良性窜货。

1. 自然性窜货

自然性窜货是指经销商在获取正常利润的同时，无意中向自己辖区以外的市场倾销产品的行为。这种窜货在市场上是不可避免的，只要有市场的分割就会有此类窜货。自然性窜货主要表现为相邻辖区的边界附近互相窜货，或是在流通型市场上，产品随物流走向而倾销到其他地区。这种形式的窜货，如果货量大，该区域的通路价格体系就会受到影响，从而使通路的利润下降，影响二级批发商的积极性，严重时可发展为二级批发商之间的恶性窜货。

2. 恶性窜货

所谓恶性窜货是指为获取非正常利润，经销商蓄意向自己辖区以外的市场倾销产品的行为。经销商向辖区以外倾销产品最常用的方法是降价销售，主要是以低于厂家规定的价格向非辖区销货。恶性窜货给企业造成的危害是巨大的，它扰乱企业整个经销网络的价格体系，易引发价格战，降低通路利润；使得经销商对产品失去信心，丧失积极性并最终放弃经销该企业的产品；混乱的价格将导致企业的产品、品牌失去消费者的信任与支持。

3. 良性窜货

良性窜货是指企业在市场开发初期，有意或无意地选中了流通性较强的市场中的经销商，使其产品流向非重要经营区域或空白市场的现象。在市场开发初期，良性窜货对企业是有好处的。一方面，在空白市场上企业无须投入，就提高了其知名度，另一方面，企业不但可以增加销售量，还可以节省运输成本。只是在具体操作中，企业应注意，由于由此而形成的空白市场上的通路价格体系处于自然形态，因此企业在重点经营该市场区域时应对其再进行整合。

（二）恶性窜货的危害及产生的原因

市场中的恶性窜货对于企业的营销网络破坏性极强，一旦市场中出现恶性窜货现象，产品原有的品牌形象和价格体系将被严重干扰，从而导致一系列的连锁反应。

1. 恶性窜货的危害

（1）挫伤经销商对产品品牌的信心：经销商销售某厂家品牌的产品最直接的动力就是利润。一旦出现价格混乱，经销商的正常销售就会受到严重干扰，利润的减少会使经销商对品牌失去信心。当市场窜货引起价格混乱时，经销商对品牌的信心就开始日渐丧失，最终导致拒售厂家的商品。

（2）吞噬消费者对品牌的信心：消费者对品牌的信心来自良好的品牌形象和规范的价格体系。恶性窜货使产品市场价格混乱，消费者无所适从，尤其是现阶段正处于转型中的中国市场，由于相关职能部门监管不力和市场管理的真空状态，市场窜货更可能导致假货泛滥。前面提到的金利来领带，就是一个典型的例子。

（3）导致价格混乱和渠道受阻：市场中的恶性窜货将会干扰产品的价格体系和营销渠道的正常运转，严重威胁企业的品牌资产以及正常经营。在品牌消费时代，消费者对商品的购买前提是对品牌的信任。由于窜货导致的价格混乱会有损于品牌形象，一旦品牌形象不足以支持消费信心，企业通过品牌经营的战略将会受到灾难性的打击。

2. 恶性窜货的原因

贯穿窜货全过程的是利益。销售通路中各个成员为了一己之利，置整个通路利益于不顾，不择手段地销售，从而产生窜货，其具体有如下原因。

（1）厂家给经销商制定的销售指标过高：为了抢占市场份额，许多厂家盲目追求销售的规模和数量，并将销量压力直接转移给经销商。有些厂家不顾当地市场容量、品牌现状及经销商的分销能力，给经销商施加过重的压力并把奖励门槛定得很高，对持续合作要求过于苛刻，导致经销商不得不另觅捷径，依靠向其他区域窜货来完成任务量。

（2）价差体系的混乱：当市场存在价差且足以弥补运输成本时，窜货就会产生。价差的原因一般有：厂家在不同的市场实行差别定价；厂家控价措施不力，在实际操作中，由于各种人为因素造成的政策上的不平衡（大批发商通常能获得更多的优惠政策和销售补贴）；厂家提供的促销支持和费用补贴被一些商家变成差价补贴，经销商出于商业目的，带货销售故意压价，人为制造竞争筹码等。有些厂家对经销商疏于管理，谁拿钱来就给谁货，致使短时间内大量产品涌入市场。市场容量是有限的，经销商为了转移风险，纷纷套现，将产品低价倾销，最终导致了市场价格极其混乱。

（3）经销商的报复性窜货：报复性窜货是商家在混乱的市场秩序中不得已采取的自卫行为，在厂家市场管理乏力的区域内普遍存在。此时市场价格已趋于失控，市场竞争演变成了商家之间拼实力比规模的价格战，而经销商大户通常能在这场价格战中占据优势。

（4）经销商处理库存积压品：库存积压品很大程度上是由于在当地不适销，为减少库存占用的资金，经销商一方面通过降低价格尽快抛售，另一方面使产品尽快流向适销地区，致使形成市场窜货。

3. 市场窜货的控制

要想对市场窜货进行有效的管理和控制，必须从窜货产生的经济及社会条件入手，从制度、市场、价格、经销商等方面严格把控每一道环节。

（1）制度：厂家和经销商应在签订合同之初，就设定相应的制度来规范和约束经销商的行为，在合同中应明确"禁止跨地区销售"，严格规定经销商的市场区域范围，同时应明确对窜货行为的惩罚规定，诸如警告、扣除保证金、取消相应业务优惠政策、罚款、货源减量、停止供货、取消当年返利和取消经销权。同时奖励举报窜货的经销商，提高人们监督窜货、防止窜货的积极性。具体的一些防范窜货的制度有以下几种。

市场巡查制度：市场巡查，就是厂家派相关人员巡视各地市场，及时发现问题并会同企业予以解决。一旦发现跨区域销售行为，应立即着手处理。通常实行四级处罚，即警告、停止广告支持、取消当年返利和取消其经销权。

产品代码制度：代码制度是指厂家给发往每一个区域的产品编上号码，以示区别。采用代码制可以使厂家在处理窜货问题上掌握主动权。三株就曾经采用过这样的做法：产品出厂前，工厂在包装盒上打上批号，不同地区销售不同批号的货，所有批号在全国公开，因此，只要一查批号，就可以看出是本地货还是外地窜来的货。此外，公司对发货的时间、流向都要有严格的登记，以便有据可查。这些措施对制止窜货起到了积极的作用。

保证金制度：厂家在与经销商签订合同时，会要求经销商支付一定数额的保证金，增加经销商的窜货成本，这是厂家对窜货经销商威慑力的保障，按照协议，厂家可以扣留其保证金作为惩罚。保证金制度能够有效控制市场风险，防止经销商窜货，同时对经销商也是一种约束，有利于维护市场稳定。

（2）市场：厂家企业应建立一套市场调查预测系统，通过准确的市场调研，收集尽可能多的市场信息，建立起市场信息数据库，然后通过合理的推算，估算出各个区域市场的未来进货量区间，制定出合理的任务量。一旦个别区域市场进货情况发生暴涨或暴跌，超出了企业的估算范围，就可初步判定该市场存在问题，企业就可马上对此做出反应。

同时，为防止区域间或者网络间的冲突，厂家应严格界定区域和网络，减少网络的交叉和重叠。首先，应实行区域独家代理，在操作上可推行三方协议，即厂方、一级指定批发商和二级批发商之间，实行契约式管理，二级批发商需经厂方认可并只能到签约批发商处退货。其次，要制定合理的区域目标销量。目标销量确定应科学、合理，着眼于市场的培育和稳定，应是厂家和商家通过努力在该区域能够完成的。

（3）价格：市场窜货的危害的典型表现就是使市场中地区价格差异悬殊，所以实行合理的级差价格体系、构建级差利润分配制度就成为防止窜货发生的有效手段。

第一，每一级的代理商的利润设置不可过高，也不可过低。过高容易引发降价竞争，造成窜货；过低调动不了经销商的积极性。

第二，管好促销价格。每个厂家都会搞一些促销活动，促销期间一般价格较低，经销商一般要货较多。经销商可能将其产品以低价销往非促销地区，或促销活动结束后，将产品低价销往别的地区形成窜货，所以应对促销时间和促销货品数量严加控制，要将促销费掌握在自己手中，与经销商联合运作，根据促销效果随时做出修正。这样，主动权就掌握在了厂家手中，不至于使完善的价格体系因为一两次促销而出现混乱。

第三，价格政策要有一定的灵活性，要有调整的空间，否则对今后的市场运作不利。并且还要严格监控价格体系的执行情况，制定对违反价格政策的处理办法，使经销商不至于因价格差异而窜货。

（4）经销商：厂家在制定、调整和执行招商策略时要明确的原则就是避免窜货经销商的出现或增加。厂家要合理制定并详细考察经销商的资信和职业操守，除了从经销的规模、销售体系、发展历史考察外，还要考察经销商的品德和财务状况，防止有窜货记录的经销商混入销售渠道。对于新经销商，厂家在对其情况了解不充分时，一定做到款到发货。宁可牺牲部分市场，也不能赊销产品，以防止某些职业道德差的经销商挟持货款进行窜货。此外，厂家应尽可能避免经销商直接给市场拓展人员发工资，厂家必须学会独立承担渠道拓展人员的基本工资与补贴。

📖 案例衔接 10-4

樱花卫厨如何利用渠道冲突？

渠道冲突是每个企业都希望避免的现实，然而有些企业却以冲突作为手段来启动市场，当品牌有一定影响力时再进行渠道盘整并对市场严加管控和进行区域精耕而成为市场的领导品牌。樱花卫厨是一家专业从事厨卫电器生产和销售的台资企业，主要产品为燃气热水器、油烟机、灶具等。为了打开上海市场的局面，负责该区域销售的高经理在对上海市场进行了几个月的实地市场调研后，制定了利用"渠道冲突"启动上海市场的攻克计划。

第一步：广泛撒网，网点为先

高经理一改避免渠道冲突而详细规划各区域的网点数量、网点的性质组合、规定网点基本条件的渠道管理策略，大胆执行对所有业务人员的考核除了销量之外，将网点开发数量作为重要的考核指标的策略。不管客户是哪种性质和处在哪个区域，只要能销售樱花公司产品的都可以成为销售网点。短短几个月时间与公司签约并进行实际交易的网点客户几乎翻了一番。

第二步：营造渠道冲突的条件，广告造势

网点数量的快速成长带来了销售量的成倍增加，而由于网点的密集性与公司刻意造成的市场的无序状态，渠道间开始产生冲突，零售价格战也愈演愈烈，价格战的硝烟又吸引了更多消费者的购买。加上随处可见的终端形象与由于销量增加后广告投入的加大，樱花品牌快速崛起，成为上海市场的知名品牌。

第三步：渠道盘整，新品跟进

当价格战打到利润空间太小、终端网点销售的积极性开始下降，并且一些重点商场找到上海分公司要求公司立即进行市场整顿否则就停止合作的时候，这场价格战的谋划者——樱花开始了声势浩大的渠道盘整行动。

早在网点开拓的时候，高经理就开始进行各终端资源情况的调查与分级了，经过销售高峰价格战的洗礼，对各终端网点和特殊渠道的经营能力与背景情况更是有了肯定的把握。公司就势召开了"上海区域经销商暨新产品上市推广会"，会议邀请了事先已进行了洽谈的目标客户。在会上，公司宣布了新的一年确保经销商的利益并重振其信心的上海市场经营计划，主要内容包含精简渠道网点、统一价格、严禁窜货和价格管控的相关措施，对违反价格规定者给予严厉的处罚直至取消其经销资格。会上新推出的十几款功能和造型升级的产品让经销商满怀信心，而新产品的利润和政策保障措施使经销商吃了定心丸。

接下来的行动就按照原先预定的计划进行了，对一些小网点或不能满足公司要求的网点停止了供货，对原先价格已乱的机型进行了集中处理，对恶意降低零售价的客户毫不留情地进行了处罚。经过一段时间的渠道盘整与市场整顿，樱花的渠道和网点又重新焕发了生机，通过再投入新品策略，樱花卫厨成功地启动了上海市场。

（http：//www.4oa.com/office/753/968/200512/95742.html）

在严格把关经销商窜货行为的同时，也要注意增进和经销商的感情，对于大量中小型企业来说，在和经销商建立业务关系之后，一旦发现经销商窜货行为，处罚起来非常棘手。因此，应首先和经销商建立感情，这对防范经销商窜货也是非常重要的，厂家和经销商建立起深厚感情后，无形中就提高了经销商进行市场窜货的破坏成本。比如，有一家大型白酒企业，十几年来与经销商维持着良好的合作关系，其秘密就是，在经营上信守承诺，兑现给经销商的每一项奖励政策，并且给他们提供销售支持。不仅如此，在生活上，也非常关心经销商，每年元旦都要和各地经销商举行联欢，每年央视的春节联欢晚会和元宵晚会，都要把央视赠给企业的入场券转赠一部分给各地经销商朋友，以此建立良好的合作伙伴关系。

本章小结

营销渠道是指由厂商、中间商和代理商直至顾客组成的，实现购买、销售和转移商品所有权的渠道链条。分销渠道一般是按产品从生产者到消费者手中的方式，即有无中间环节，分为直接渠道和间接渠道两种类型。典型的渠道有零层、一层、二层、三层和四层渠道。

制造商在分销渠道的某一层次上使用同类中间商数量的多少，称为渠道结构密度。使用同类中间商非常多的情况称为宽渠道，使用同类中间商很少的情况称为窄渠道。

中间商是指那些将购入的产品再销售或租赁以获取利润的厂商，如批发商和零售商。它们为其顾客扮演采购代理人的角色，购买各种产品来转售给顾客。

设计一个分销渠道系统包括四个步骤：分析顾客需要，建立渠道目标，识别主要的渠道选择方案，评价主要渠道。

分销渠道的管理决策主要包括：选择和激励渠道成员、评估其绩效以及调解渠道冲突。

所谓窜货，是指经销网络中的各级代理商、分公司等受利益驱动，将经销的产品跨区域销售，造成价格混乱，从而使其他经销商对产品失去信心、消费者对品牌失去信任的营销现象。

练习题

一、单选题

1. 经纪人和代理商属于（　　）。
A. 批发商　　　　　B. 零售商　　　　　C. 供应商　　　　　D. 实体分配者

2. 下列产品中，适于采用密集分销的是（　　）。
A. 选购品　　　　　B. 便利品　　　　　C. 特殊品　　　　　D. 非渴求品

3. 为获取非正常利润，经销商蓄意向自己辖区以外的市场倾销产品的行为是（　　）。
A. 自然性窜货　　　B. 恶性窜货　　　　C. 良性窜货　　　　D. 跨区域窜货

4. 企业不通过流通领域的中间环节，采用产销合一的经营方式，直接将商品卖给消费者的是（　　）。
A. 窄渠道　　　　　B. 宽渠道　　　　　C. 间接渠道　　　　D. 直接渠道

二、判断题

1. 相对而言，消费品中的选购品和特殊品最宜于采用密集分销。　　　　　　（　　）

2. 渠道的长度是指产品在流通过程中所经过的层级的多少。　　　　　　　　（　　）

3. 非标准化产品通常由企业推销员直接销售。　　　　　　　　　　　　　　（　　）

4. 经纪人和代理商对其经营的商品具有所有权。　　　　　　　　　　　　　（　　）

三、案例分析

苏宁的渠道革命

苏宁在 2011 年就开始了第三次战略转型——全面实现"科技转型、智慧服务"升级，并确立了"超电器化"、线上线下融合发展的目标，明确提出了苏宁和乐购仕双渠道品牌运作，"旗舰店+互联网"的战略模式，全方位满足消费者对购物便利性、产品丰富度、互动体验、定制需求、售后服务等各方面的需求。线上苏宁易购加快开放平台建设，拓展产品线，同时通过企业并购、战略联盟等方式，与红孩子、凡客诚品、优购等电商企业建立深度合作，线下实体店推出"超级店"新业态，经营品类全面"超电器化"，从硬件产品到虚拟服务，从体验到智能云服务，从产品导购到整体解决，全面颠覆家电零售行业标准。苏宁的此番渠道模式创新旨在追求产品升级、体验升级、融合模式、服务升级，引导线上线下互动式消费模式，给消费者带来全新的消费体验。它预示着我国零售业的一场革命。

问题：根据案例谈谈苏宁渠道革命的内涵及意义。

第十一章　促销策略

通过本章内容学习了解促销组合的构成及影响因素，理解促销组合策略的新趋势，掌握广告决策、销售促进决策、人员推销决策和公共关系决策的内容。

德育目标

通过本章内容学习，引导学生认识到习近平总书记提出的全媒体时代，讲好中国故事，传播中国文化，让世界更好地了解中国，树立遵守广告促销法规的思想理念。

开篇案例

国货美妆花西子——多渠道整合营销获年轻客群青睐

花西子，诞生于 2017 年 3 月，一个诞生刚满 4 年的彩妆品牌，以"东方彩妆，以花养妆"为品牌理念，传承东方美学，推高了国货彩妆的天花板，在赢得国内用户喜爱的同时，助推国货彩妆走上国际舞台。花西子的成功背后离不开企业在整合营销上做出的努力：

1. 通过私域流量池，沉淀口碑和服务

打法逻辑类似小米自建小米论坛，通过创办"粉丝"社区收集"粉丝"反馈，派送样品维系"粉丝"关系，等等，这类私域流量其实并不是为了转化。社交平台的基因和用户属性不完全相同，内容种草成为趋势，让用户舒适地"恰饭"才能影响用户心智。花西子在几大主要内容营销平台开设官方账号，持续输出定制化种草内容，对不同平台的圈层用户形成影响力。

2. 公域流量，收获年轻消费者关注

花西子的公域流量主要策略是娱乐营销，选择了一部分具有发展潜力、上升空间的流量明星合作，比如杜鹃、周深，以及一部分非热点型的综艺，如"新生日记""少年知名"，这类综艺节目相对而言价格不算贵，但受众非常年轻。花西子选择明星代言神话品牌认知，头部KOL（Key Opinion Leader，关键意见领袖）制造话题、种草和背书，腰尾部KOL承接头部KOL热度，做长尾效应传播，腰部KOL主要分布在小红书（45.3%）和抖音（30.1%），尾部KOL主要在微博（70%），日常营销以中腰尾部KOL垂直内容为主，形成可循环的美妆垂类形态。通过平台、人群、投放比例、精细化投放的营销方式，成功助力花西子从国货彩妆中异军突起。

3. 线下媒体广告渗透打通全链路营销闭环

不可否认，线上流量是有时效性的，每一个线上互联网美妆品牌做到一定体量后，再通过传统的线上渠道拓展市场，势必面临着流量成本倒挂的危机。但通过转战线下提高天花板也并非易事，新兴的互联网品牌很难替换传统老品牌在线下终端的地位，毕竟欧莱雅、OLAY等老牌美妆企业早已划分城池，构建渠道，占据了绝大多数零售门店的有限空间，新兴互联网品牌很难拥有合适的发挥空间。在线下营销板块，花西子也很注重粉丝服务，不过线上以口碑和转化为主，线下则是以体验和品牌服务为主，玩法相对于线上而言并不算多，但投入力度并不小。在品牌服务板块内，花西子在线下多次推出过类似"万人体验计划"。值得一提的玩法是，在活动中，只要某款产品有90%的消费者认同，就可以被投入生产。

说是万人体验，实际上可能噱头居多，有点类似传统化妆品牌的市场测试，只是在花西子的操作下变成了"粉丝"共创的玩法。另外则是花西子线下聚会活动，在杭州本部，花西子经常举办用户的线下聚会活动，一方面让她们了解花西子的品牌设计理念，另一方面通过邀请她们制作口红、雕刻艺术等方式，搜集建议和反馈。这种玩法也属于利基市场的玩法，主要是维护品牌与社区意见领袖的关系。大部分用户应该没有兴趣参与花西子的线下聚会活动，但乐于听见周边的意见领袖们分享她们参会的经验和体验。值得一提的是，在完成网络环境的布设后，花西子开始在新潮传媒大量投放电梯媒体广告，通过借力楼宇广告将品牌与口碑打进社区群体。花西子正是靠着这一系列的整合营销手段直击Z时代独特的消费痛点，有效塑造自身品牌，在利基市场持续发力。

第一节　整合营销传播决策概述

一、促销与促销组合的概念

促销就是营销者向消费者传递有关本企业及产品的各种信息，说服或吸引消费者购买其产品，以达到扩大销售量的目的。促销实质上是一种沟通活动，即营销者（信息提供者或发送者）发出作为刺激消费的各种信息，把信息传递到一个或更多的目标对象（即信息接受者，如听众、观众、读者、消费者或用户等），以影响其态度和行为。常用的促销手段有广告、人员推销、营业推广和公共关系。企业可根据实际情况及市场、产品等因素选择一种或多种促销手段的组合。

所谓促销组合，是一种组织促销活动的策略思路，主张企业运用广告、人员推销、公关宣传、营业推广四种基本促销方式组合成一个策略系统，使企业的全部促销活动互相配合、协调一致，最大限度地发挥整体效果，从而顺利实现企业目标。

这些促销工具各有其特殊的潜力和复杂性，需要进行专业化管理。然而，即使那些规模巨大的企业也没有能力做到每一种促销工具都配备一名专家负责，一般只有那些十分重要并且使用频繁的工具才实行专业化管理。从促销的历史发展过程看，企业最先划分出人员推销职能，其次是广告，再次是销售促进，最后是宣传。

二、促销组合决策的过程

（一）确认促销对象

通过企业目标市场的研究与市场调研，界定其产品的销售对象是现实购买者还是潜在购买者，是消费者个人、家庭还是社会团体。明确了产品的销售对象，也就确认了促销的目标对象。

（二）确定促销目标

不同时期和不同的市场环境下，企业开展的促销活动都有特定的促销目标。短期促销目标，宜采用广告促销和营业推广相结合的方式。长期促销目标，采用公关促销具有决定性意义。须注意企业促销目标的选择必须服从企业营销的总体目标。

（三）促销信息的设计

须重点研究信息内容的设计。企业促销对目标对象所要表达的诉求是什么，并以此刺激其反应。诉求一般分为理性诉求、感性诉求和道德诉求三种方式。

（四）选择沟通渠道

传递促销信息的沟通渠道主要有人员沟通渠道与非人员沟通渠道。人员沟通渠道向目标购买者当面推荐，能得到反馈，可利用良好的口碑来扩大企业及产品的知名度与美誉度。非人员沟通渠道主要指大众媒体沟通。大众传播沟通与人员沟通的有机结合才能发挥更好的效果。

（五）确定促销的具体组合

根据不同的情况，将人员推销、广告、营业推广和公共关系四种促销方式进行适当搭配，使其发挥整体的促销效果。应考虑的因素有产品的属性、价格、寿命周期、目标市场特点、"推"或"拉"策略。

（六）确定促销预算

企业应从自己的经济实力和宣传期内受干扰程度大小的状况决定促销组合方式。如果企业促销费用宽裕，则可几种促销方式同时使用；反之，则要考虑选择耗资较少的促销方式。

三、影响促销组合策略的因素

公司面临着把总的促销预算分摊到广告、人员推销、营业推广和宣传报道上。影响促销组合决策的因素主要有：

（一）促销目标

促销目标是影响促销组合决策的首要因素。每种促销工具——广告、人员推销、销售促进和人员推广——都有各自的特性和成本。营销人员必须根据具体的促销目标选择合适的促销工具组合。例如，尽管经营产业用品的企业花在人员推销上的费用远远高于广告费用支出，但是所有促销目标都靠人员推销一种促销工具去实现也是不切实际的。广告、销售促进和宣传在建立购买者知晓方面，比人员推销的效益要好得多。在促销购买者对企业及其产品的了解方面，广告的成本效益最好，人员推销其次。购买者对企业及其产品的信任，在很大程度上受人员推销的影响，其次才是广告。购买者订货与否以及订货多少主要受推销访问影响，销售促进则起协调作用。

（二）市场特点

除了考虑促销目标外，市场特点也是影响促销组合决策的重要因素。市场特点受每一地区的文化、风俗习惯、经济政治环境等的影响，促销工具在不同类型的市场上所起作用是不同的，所以我们应该综合考虑市场和促销工具的特点，选择合适的促销工具，使他们相匹配，以达到最佳促销效果。

（三）产品性质

由于产品性质的不同，消费者及用户具有不同的购买行为和购买习惯，因而企业所采取的促销组合也会有所差异。

（四）产品生命周期

在产品生命周期的不同阶段，促销工作具有不同效益。在导入期，广告投入较大的资金用于广告和公共宣传，能产生较高的知名度，促销活动也是有效的。在成长期，广告和公共宣传可以继续加强，促销活动可以减少，因为这时所需的刺激较少。在成熟期，相对广告而言，销售促进又逐渐起重要作用。购买者已知道这一品牌，仅需要起提醒作用水平的广告。在衰退期，广告仍保持在提醒作用的水平，公共宣传已经消退，销售人员对这一产品仅给予最低限度的关注，然而销售促进要继续加强。

（五）"推动"策略和"拉引"策略

企业是选择推动策略还是选择拉引策略来创造销售，对促销组合也具有重要影响。推动策略是指利用推销人员与中间商促销将产品推入渠道。推动策略是指生产者将产品积极推到批发商手上，批发商又积极地将产品推给零售商，零售商再将产品推向消费者。拉引策略是指企业针对最后消费者，花费大量的资金从事广告及消费者促销活动，以增进产品的需求。如果做得有效，消费者就会向零售商要求购买该产品，于是拉动了整个渠道系统，零售商会向批发商要求购买该产品，而批发商又会向生产者要求购买该产品，企业对推动策略和拉引策略的选择显然会影响各种促销工具的资金分配（图11.1）。

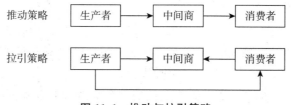

图 11.1　推动与拉引策略

（六）其他营销因素

影响促销组合的因素是复杂的，除上述五种因素外，本公司的营销风格、销售人员素质、整体发展战略、社会和竞争环境等不同程度地影响着促销组合的决策。营销人员应审时度势，全面考虑才能制定出有效的促销组合决策。

第二节　广告

"商品如果不做广告，就好像一个少女在黑暗中向你暗送秋波。"西方流行的这句名言充分表现了广告在营销中的独特地位。

一、广告的含义和功能

（一）广告的含义

广告是广告主以付费的方式，通过一定的媒体有计划地向公众传递有关商品、劳务和其他信息，借以影响受众的态度，进而诱发或说服其采取购买行动的一种大众传播活动。

从以上定义可以看出，广告主要具有以下特点：①广告是一种有计划、有目的的活动；②广告的主体是广告主，客体是消费者或用户；③广告的内容是商品或劳务的有关信息；④广告的手段是借助广告媒体直接或间接传递信息；⑤广告的目的是促进产品销售或树立良好的企业形象。

（二）广告的功能

在当代社会，广告既是一种重要的促销手段，又是一种重要的文化现象。广告对企业、对消费者和社会都具有重要作用。

1. 广告对企业的功能

（1）传播信息，沟通产销。广告对企业的首要功能是沟通产销关系。所以，一个企业不善于做广告，就好像在黑暗中向情人暗送秋波。

（2）降低成本，促进销售。从绝对成本的角度看，上述四种促销方式中，广告的成本是最高的。但如果从相对成本的角度看，因为广告的大众化程度高，广告的成本又是比较低的。比如可口可乐，每年的巨额广告费平均分摊到每一个顾客身上只有 0.3 美分，但如果用人员推销成本则需 60 美元。据统计，在发达国家，投入 1 元广告费，可收回 20~30 元的收益。

（3）塑造形象。广告是塑造企业形象的重要手段。

2. 对消费者的功能

（1）指导消费。消费者获取商品信息的来源主要有四种，即商业来源、公共来源、人际来源和个人来源。广告是消费者最重要的商业来源。可以说，在现代社会，面对琳琅满目的商品，如果离开了广告，消费者将无所适从。

（2）刺激需求。广告的一个重要功能就是刺激消费者的购买欲望，促使消费者对商品产生强烈的购买冲动。广告刺激的需求包括初级需求（Primary Need）和选择性需求

（Selective Need）。所谓初级需求，是指通过广告宣传，促使消费者产生对某类商品的需求，如对电脑、汽车等的需求；选择性需求是指通过广告宣传，促使消费者产生对特定品牌的商品的需求，如联想电脑、红旗汽车等，引导消费者认牌购买。

（3）培养消费观念。广告引导着消费潮流，促使消费者树立科学的消费观念。

3. 对社会的功能

（1）美化环境，丰富生活。路牌广告、POP 广告、霓虹灯广告等，优化了城市形象，使都市的夜晚变得星光灿烂，绚丽多姿。因此，广告被称为现代城市的脸。优美的广告歌曲、绚丽的广告画、精彩的广告词，无不给人以艺术的享受。

（2）影响意识形态，改变道德观念。据调查，一个美国人从出生到 18 岁在电视中看到的广告达 1 800 多小时，相当于一个短期大学所用的学时。所以，广告对社会的价值观念、文化传承都具有非常重要的影响。

📖 案例衔接 11-1

"打动人心的小游戏"——为偏远山区的孩子点亮回家的路

好的广告，背后一定带着某种情绪的力量。大多数的广告是基于品牌，为品牌创造价值的。还有一种广告，它创造的价值和力量不仅限于品牌，它传递的是对整个社会乃至全球的一份情绪和能量。那便是公益广告。以前，还有人认为，公益广告就是简单的倡导，至于到底是否有价值体现，还要看人们的自觉程度。现在，好的公益广告不仅能震撼看者的心灵，还能不自觉地牵动人们的思想，引导人们的行为，近期，一则公益广告便火爆了全网络，中国偏远山区没有路灯，孩子为了准时到校，只能在黑暗中，打着微亮的手电筒，穿行崎岖山路上学，过程险象环生——整个过程像极了冒险闯关的游戏挑战。腾讯公益和腾讯广告联合华扬联众广州实地考察，把诸如落石、悬崖、恶犬加入整个游戏的设置中，打造了全中国首款公益主题的微信小游戏《灯山行动》。玩家捐款后，原本的手电筒会变为路灯照亮山路，帮助顺利通关。从游戏体验到真实触发共情，再到实实在在捐款，一切都在一款小游戏里自然实现。而排行榜的设立以及可分享的社交机制，也最大限度促进了公益行为的扩大——短短几天，60 多万人成为注册玩家，累计收到 33 万元捐款，可以让 5 个偏远村落得到帮助，让人欣慰。洞察+技术+用户体验+转化效果，这是所有好营销的标准，对公益广告也不例外。而在某种意义上，公益营销其实更要注重效果，毕竟公益的目的就是帮助更多有困难的人。

二、广告促销方案的制定

对于广告在促销中的作用尽管存在争论，尽管中国的企业家对做不做广告表现得非常无奈，发出"不做广告是等死，做广告是找死"的感叹。但在市场上，中国企业对广告却始终情有独钟。这从中央电视台每年黄金时段的广告招标金额节节攀升可见一斑。

显然，市场早已走出了"酒好不怕巷子深"的时代，当代企业所要考虑的并不是要不要做广告的问题，而是如何做出精品广告，从而赢得消费者对广告的信任的问题，这需要企业进行科学的广告决策。

企业的广告决策，一般包括五个重要的步骤，简称"5M"。

（一）确定广告目标（Mission）。

企业广告决策的第一步是确定广告目标。广告目标是企业通过广告活动要达到的目的，其实质就是要在特定的时间对特定的目标受众完成特定内容的信息传播，并获得目标受众的预期反应。

企业的广告目标取决于企业的整个营销目标。由于企业营销任务的多样性和复杂性，企业的广告目标也是多元化的。美国市场营销专家罗希尔·科利在《确定广告目标、衡量广告效果》一书中曾列举了52种不同的广告目标。

根据产品生命周期不同阶段中广告的作用和目标的不同，一般可以把广告的目标大致分为告知、劝说和提示三大类。

1. 告知性广告（Information Advertising）

告知性广告主要用于向市场推销新产品，介绍产品的新用途和新功能，宣传产品的价格变动，推广企业新增的服务，以及新企业开张等。告知性广告的主要目标是促使消费者产生初始需求（Primary Demand）。

2. 劝说性广告（Persuasive Advertising）

在产品进入成长期、市场竞争比较激烈的时候，消费者的需求是选择性需求（Selective Demand）。此时企业广告的主要目标是促使消费者对本企业的产品产生"偏好"。具体包括，劝说顾客购买自己的产品，鼓励竞争对手的顾客转向自己，改变消费者对产品属性的认识，以及使顾客有心理准备乐于接受人员推销等。劝说性广告一般通过现身说法、权威证明、比较等手法说服消费者。

3. 提示性广告（Reminder Advertising）

在产品的成熟期和衰退期使用的主要广告形式，其目的是提示顾客购买。比如提醒消费者购买本产品的地点，提醒人们在淡季时不要忘记该产品，提醒人们在面对众多新产品时不要忘了继续购买本产品等。

（二）制定广告预算（Money）

广告目标确定后，企业必须确定广告预算。广告预算是否合理对企业是一个至关重要的问题。预算太少，广告目标不能实现；预算太多，又造成浪费，有时甚至决定企业的命运。中央电视台曾经的标王如秦池、爱多的命运对此做了很好的注解。

确定广告预算的方法，主要也是前述的四种方法，即量力支出法、销售额百分比法、竞争对等法和目标任务法。

1. 量力支出法

尽管这种方法在市场营销学上没有正式定义，但不少企业确实一直采用，即企业确定广告预算的依据是它们所能拿得出的资金数额。也就是说，在其他市场营销活动都优先分配给经费之后，尚有剩余者再供广告之用。企业根据其财力情况来决定广告开支多少并没有错，但应看到，广告是企业的一种重要促销手段，企业做广告的根本目的在于促进销售。因此，企业做广告预算时不能仅考虑企业需要花多少广告费才能完成销售指标，所以，严格说来，量力而行法在某种程度存在着片面性。

2. 销售额百分比法

销售额百分比法即企业按照销售额（销售实绩或预计销售额）或单位产品售价的一定百分比来计算和决定广告开支。这就是说，企业按照每完成100元销售额（或每卖1单位产品）需要多少钱广告费来计算和决定广告预算。

使用销售百分比法来确定广告预算的主要优点是：①暗示广告费用将随着企业所能提供的资金量的大小而变化，这可以促使那些注重财务的高级管理人员认识到：企业所有类型的费用支出都与总收入的变动有密切关系；②可促使企业管理人员根据单位广告成本、产品售价和销售利润之间的关系去考虑企业的经营管理问题；③有利于保持竞争的相对稳定，因为只要各竞争企业都默契地同意让其广告预算随着销售额的某一百分比变动，就可以避免广告战。

使用销售百分比方法来确定广告预算的主要缺点是：①把销售收入当成了广告支出的"因"而不是"果"，造成了因果倒置；②用此法确定广告预算，实际上是基于可用资金的多少，而不是基于"机会"的发现与利用，因而会失去有利的市场营销机会；③用此法确定广告预算，将导致广告预算随每年的销售波动而增减，从而与广告长期方案相抵触；④此法没能提供选择这一固定比率或成本的某一比率，而是随意确定一个比率；⑤不是根据不同的产品或不同的地区确定不同的广告预算，而是所有的广告都按同一比率分配预算，造成了不合理的平均主义。

3. 竞争对等法

竞争对等法指企业比照竞争者的广告开支来决定本企业广告开支多少，以保持竞争上的优势。在市场营销管理实践中，不少企业都喜欢根据竞争者的广告预算来确定自己的广告预算，造成与竞争者旗鼓相当、势均力敌的对等局势。如果竞争者的广告预算确定为100万元，那么本企业为了与它拉平，也将广告预算确定为100万元甚至更高。美国奈尔逊调查公司的派克汉（J. O. Peckham）通过对40多年的统计资料进行分析得出结论：要确保新上市产品的销售额达到同行业平均水平，其广告预算必须相当于同行业平均水平的1.5~2倍。这一法则通常称为派克汉法则。

采用竞争对等法的前提条件是：①企业必须能获悉竞争者确定广告预算的可靠信息，只有这样才能随着竞争者广告预算的升降而调高或调低；②竞争者的广告预算能代表企业所在行业的集体智慧；③维持竞争均势能避免各企业之间的广告战。但是，事实上，上述前提条件很难具备。这是由于：①企业没有理由相信竞争者所采用的广告预算确定方法比本企业的方法更科学；②各企业的广告信誉、资源、机会与目标并不一定相同，可能会相差甚多，因此某一企业的广告预算不一定值得其他企业效仿；③即使本企业的广告预算与竞争者差不多，也不一定能够稳定全行业的广告支出。

4. 目标任务法

前面介绍的几种方法都是先确定一个总的广告预算，然后再将广告预算总额分配给不同的产品或地区。比较科学的程序步骤应是：①明确地确定广告目标；②决定为达到这种目标而必须执行工作任务；③估算执行这种工作任务所需的各种费用，这些费用的总和就是计划广告预算。上述确定广告预算的方法，就是目标任务法。企业在编制总的广告预算时，先要求每个经理按照下述步骤准备一份广告广告预算申请书：①尽可能详细地限定其广告目标，该目标最好能以数字表示；②列出为实现该目标所必须完成的工作任务；③估计完成这些任务所需要的全部成本，这些成本之和就是各自的经费申请额，所有经理的经费申请额即构成企业所必需的总的广告预算。

目标任务法的缺点是，没有从成本的观点出发考虑某一广告目标是否值得追求这个问题。譬如，企业的广告目标是下年度将某品牌的知名度提高20%，这时所需要的广告费用也许会比实现该目标后对利润的贡献额超出许多。因此，如果企业能够先按照成本来估计各目标的贡献额（即进行成本效益分析），然后再选择最有利的目标付诸实现，则效果更佳。实际上，这种方法也就被修正为根据边际成本与边际收益的估计来确定广告预算。

企业在确定广告预算时必须充分考虑以下因素：

（1）产品生命周期。产品在投放期和成长期前期的广告预算应该一般较高，在成熟期和衰退期的广告预算一般较低。

（2）市场占有率的高低。市场占有率越高，广告预算的绝对额越高，但面向广大消费者的产品的人均广告费用却比较低；反之，市场占有率越低的产品广告预算的绝对额也较低，但人均广告费并不低。

（3）竞争的激烈程度。广告预算的多少与竞争激烈程度的强弱成正比。

（4）广告频率的高低。广告频率的高低与广告预算的多少成正比。

（5）产品的差异性。高度同质性的产品，消费者不管购买哪家企业生产的都一样，广告的效果不明显，广告预算低；高度差异性的产品，因为具有一定的垄断性，不做广告也会取得较好的销售效果。具有一定的差异性但这种差异又不足以达到垄断地位的产品，因为市场竞争激烈，广告预算应该比较多。

（三）确定广告信息（Message）

广告的效果并不主要取决于企业投入的广告经费，关键在于广告的主题和创意。广告主题决定广告表现的内容，广告创意决定广告表现的形式和风格。只有广告内容迎合目标受众的需求，广告表现具有独特性，广告才能引人注意，并给目标受众带来美好的联想，并促进销售。

广告的信息决策一般包括三个步骤：

1. 确定广告的主题

广告主题是广告所要表达的中心思想。广告主题应当显示产品的主要优点和用途以吸引消费者。对于同一类商品，可以从不同角度提炼不同的广告主题，以满足不同消费者的需要和同一消费者的不同需要。

广告信息的产生，可以通过对顾客、中间商、有关专家甚至竞争对手的调查获得创意。西方的营销专家认为消费者购买商品时期望从中获得四种不同的利益：理性的、感性的、社会的和自我实现的。产品使用者从用后效果的感受、使用中的感受和附加效用的感受三种途径中实现这些满足。将上述四种利益和三种途径结合起来，就产生了12种不同的广告信息，从每一广告信息中可以获得一个广告主题。在企业广告活动中，常用的广告主题主要有：快乐、方便、传统、健康、3B（宠物、小孩和美女）等。根据国外广告专家的调查结果，广告的主题主要有食欲、健康、快乐、名望、安全、经济等44种。

2. 广告信息的评估与选择

一个好的广告总是集中于一个中心的促销主题，而不必涉及太多的产品信息。"农夫山泉有点甜"，就以异常简洁的信息在受众中留下深刻的印象。如果广告信息过多过杂，消费者往往不知所云。

广告信息的载体就是广告文案。对广告文案的评价标准有许多，但一般要符合三点要求：其一，具有吸引力。即广告信息首先要使人感兴趣，引人入胜。其二，具有独特性。即广告信息要与众不同，独具特色，而不要人云亦云。其三，具有可靠性。广告信息必须从实际出发，实事求是，而不要以偏概全，夸大其词，甚至无中生有。只有全面客观的广告传播，才能增加广告的可信度，才能持久地建立企业和产品的信誉。

3. 信息的表达

广告信息的效果不仅取决于"说什么"，更在于怎么说，即广告信息的表达。广告表现的手段包括语言手段和非语言手段。

语言在广告中的作用是其他任何手段所不及的，因为语言可以准确、精练、完整、扼要地传达广告信息。如铁达时手表的"不在乎天长地久，只在乎曾经拥有"、统一润滑油的"多一份润滑，少一份磨擦"、中国移动通信公司的"我的地盘听我的"等，既简明扼要，又朗朗上口，都取得了意想不到的效果。

非语言就是语言以外的、可以传递信息的一切手段，主要包括构图、色彩、音响、体语等。进行广告表现，要做到图文并茂，善于根据不同产品的不同广告定位，把语言手段和非语言手段有机地结合起来。

任何一个广告信息都可以用不同的表现风格加以表现。例如：生活片段，表现人们在日常生活中正在满意地使用某产品；生活方式，借助广告形象强调产品如何适应人们的某种生活方式；音乐，包括背景音乐和广告歌曲；幻想，针对本产品或其用途，设计出一种幻想意境；气氛，为产品制造可以引起某种联想的氛围，给人以暗示；人格化，创造一个人物或拟人化的形象来代表或象征某产品；专门技术，表现企业在生产某产品过程中的技术和专长；科学证据，借助于科学研究成果或调查证明，表现产品的优越之处；旁证，由值得信赖的权威人士推荐或普通用户"现身说法"，以证明产品的功能和用途。

📖 **案例衔接 11-2**

善待父母，是我们一生的功课——暖心广告

"我成了一个母亲，当一个母亲，比想象中需要更多的忍耐和理解。"最近一则公益广告爆红网络，在短片最初的叙述中，一个年幼的女儿一直很不听话，偷玩妈妈的口红，还在菜场走失。但当年轻的妈妈终于在糖饼摊找到女儿，镜头反打，女儿变成了年轻妈妈的母亲。母亲蹲在地上委屈地流着泪对年轻的妈妈说："你不是喜欢糖饼吗，我想着你明天上学可以带去。"患有阿尔茨海默症的母亲只拥有 10 岁小女孩的智商和自理能力，却没忘记女儿爱吃糖饼。

这是一则以阿尔茨海默症为主题的公益广告，女主成了自己母亲的母亲。广告用反转的叙事方式，阐述了血缘与代代相传，当父母老去患上阿尔茨海默症，你是否能像照顾自己的子女般有耐心和负有责任心去照顾自己的父母。广告的反转设计极具吸引力，构图、色彩和肢体语言也非常到位，看完引人深思。

（四）选择广告媒体（Media）

广告表现的结果就是广告作品。广告作品只有通过恰当的广告媒体投放才能实现广告传播的目标。

广播、电视、报纸和杂志是传统的四大大众传播媒体，因特网被称为第五大大众媒体。除大众传播媒体以外，还有招牌、墙体等户外媒体，车身、车站等交通媒体，信函、传单等直接媒体等众多种类。媒体计划人员在选择媒体种类时，须了解各媒体的特性。报纸的优点是弹性大、及时、对当地市场的覆盖率高、易被接受和信任；其缺点是时效短、转阅读者多。广播的优点是大量使用、可选择适当的地区和对象、成本低；其缺点是仅有音响效果，不如电视吸引人，展露瞬间即逝。电视的优点是视、听、动作紧密结合且引人注意、送达率高；其缺点是绝对成本高、展露瞬间即逝、对观众无选择性。直接邮寄的优点是沟通对象已经过选择、有灵活性、无同一媒体的广告竞争；其缺点是成本比较高、容易造成滥寄的现象。户外广告的优点是比较灵活、展露重复性强、成本低、竞争少；其缺点是不能选择对象、创造力受到局限等。

广告媒体的选择，主要依据下列因素：

1. 广告产品的特征

一般生产资料适合选择专业性的报纸、杂志、产品说明书；而生活资料则适合选择生动形象、感染力强的电视媒体和印刷精美的彩色杂志等媒体。

2. 目标市场的特征

其一，目标市场的范围。全国性市场适合选择全国性媒体，如中央电视台、《经济日报》等；区域性市场适合选择地区性媒体，如《广州日报》、广州电视台等。其二，目标市场的地理区域。农村市场需要选择适合农民的媒体，如《南方农村报》等；城市市场则适合选择都市类媒体，如《南方都市报》等。其三，目标市场的媒体习惯。每种媒体都有自己独特的定位，每类消费者也都有自己的媒体习惯。所以，媒体选择要有针对性。

3. 广告目标

以扩大市场销售额为目的的广告应选择时效性强、表现性强、针对性强的媒体；树立形象的广告则适合选择覆盖面广、有效期长的媒体。

4. 广告信息的特征

情感诉求的广告适合选择广播、电视等媒体；理性诉求的广告适合选择报纸、杂志等印刷类媒体。

5. 竞争对手的媒体使用情况

一般情况下，应尽可能避免与竞争对手选择同一种媒体，特别是同种媒体的同一时段或同一版面。如果中国移动和中国联通的广告登在同一种报纸的同一版面上，或者在电视的同一时段投放，效果就可能大打折扣。

6. 广告媒体的特征

各类广告媒体都有各自的广告适应性，如电视的优势是生动形象、时效性强、多手段传播，但不易保存，费用高；报纸价格便宜、易保存，但不生动等。选择广告媒体一定要充分把握各类媒体的广告属性。

7. 国家广告法规

广告法规关于广告媒体的规定是选择广告媒体的重要依据。

案例衔接 11-3

"国货之光"格力"三高"电饭煲涉嫌虚假宣传

2019年8月，董明珠表示格力造出了"三高"人群的饭煲："如果有血糖高的人，买我们的饭煲，保证你敞开吃，血糖不升高。"不想，这一言论的发表使得格力和董明珠再次陷入舆论中心。随着负面舆情快速增长，格力电器于9月3日晚给出解释。格力电器以问题"'三高'人群为什么选择糙米发芽饭"进行回应，称糙米发芽饭适宜"三高"人群食用，而格力饭煲可以一键煮好糙米发芽饭，只需4小时。

格力电器的此番回应并未能消除部分消费者心中打上的"虚假宣传"的标签。界面新闻指出，格力电器此款电饭煲的最大功能在于让发芽糙米的制作过程变得方便，而忽略了"发芽糙米替代精米"这个隐含前提，这让董明珠的发言存在虚假宣传的嫌疑。而模棱两可、不够严谨的措辞在社交网络上快速传播后，为格力的这款电饭煲带来了前所未有的关注，使得这款产品快速在市场上获得了知名度。虽然格力电饭煲快速获得了高关注度，但是实品售卖却是雷声大雨点小，鉴于虚假宣传的标签，格力与董明珠的消费者口碑一度下滑。

（五）评估广告效果（Measurement）

广告的效果主要体现在三方面，即广告的传播效果、广告的促销效果和广告的社会效果。广告的传播效果是前提和基础，广告的销售效果是广告效果的核心和关键，企业的广告活动也不能忽视对社会风气和价值观念的影响。

1. 广告传播效果的评估

主要评估广告是否将信息有效地传递给目标受众。这种评估传播前和传播后都应进行。传播前，既可采用专家意见综合法，由专家对广告作品进行评定；也可以采用消费者评判法，聘请消费者对广告作品从吸引力、易读性、好感度、认知力、感染力和号召力等方面进行评分。传播后，可再邀请一些目标消费者，向他们了解对广告的阅读率或视听率，对广告的回忆状况等。

2. 广告促销效果的评估

促销效果是广告的核心效果。广告的促销效果，主要测定广告所引起的产品销售额及利润的变化状况。测定广告的促销效果，一般可以采用比较的方法。在其他影响销售的因素一定的情况下，比较广告后和广告前销售额的变化；或者其他条件基本相同的甲和乙两个地区，在甲地做广告而在乙地不做广告，然后比较销售额的差别，以此判断广告的促销效果等。

3. 广告的社会效果的评估

主要评定广告的合法性以及广告对社会文化价值观念的影响。一般可以通过专家意见法和消费者评判法进行。

第三节　销售促进

一、销售促进概述

（一）销售促进的概念

销售促进，是指除广告、人员推销、公共关系与宣传之外，企业在特定目标市场上，为迅速起到刺激需求的作用而采取的促销措施的总称，也称营业推广。销售促进对在短时间内争取顾客、扩大购买具有特殊的作用，故也称为特殊推销。

（二）销售促进的作用

1. 可以吸引消费者购买

这是销售促进的首要目的，尤其是在推出新产品或吸引新顾客方面，由于销售促进的刺激比较强，较易吸引顾客的注意力，顾客在了解产品的基础上采取购买行为，也可能使顾客追求某些方面的优惠而使用产品。

2. 可以奖励品牌忠实者

因为销售促进的很多手段，譬如销售奖励、赠券等通常都附带价格上的让步，其直接受惠者大多是经常使用本品牌产品的顾客，从而使他们更乐于购买和使用本企业产品，以巩固企业的市场占有率。

3. 可以实现企业营销目标

这是企业的最终目的。销售促进实际上是企业让利于购买者，它可以使广告宣传的效果得到有力的增强，破坏消费者对其他企业产品的品牌忠实度，从而达到本企业产品销售的目的。

（三）销售促进的特点

1. 销售促进促销效果显著

在开展销售促进活动中，可选用的方式多种多样。一般说来，只要能选择合理的销售促进方式，就会很快收到明显的增销效果，而不像广告和公共关系那样需要一个较长的时期才能见效。因此，销售促进适合在一定时期、一定任务的短期性的促销活动中使用。

2. 销售促进是一种辅助性促销方式

人员推销、广告和公关都是常规性的促销方式，而多数销售促进方式则是非正规性和非经常性的，只能是它们的补充方式。亦即使用销售促进方式开展促销活动，虽能在短期内取得明显的效果，但它一般不能单独使用，常常配合其他促销方式使用。销售促进方式的运用能使与其配合的促销方式更好地发挥作用。

3. 销售促进有贬低产品之意

采用销售促进方式促销，似乎迫使顾客产生"机会难得、时不再来"之感，进而能打破消费者需求动机的衰变和购买行为的惰性。不过，销售促进的一些做法也常使顾客认为卖者有急于抛售的意图。若频繁使用或使用不当，往往会引起顾客对产品质量、价格产生怀疑。因此，企业在开展销售促进活动时，要注意选择恰当的方式和时机。

案例衔接 11-4

盒马鲜生——多重措施玩转促销

随着互联网大数据的深化发展和近些年疫情的催动，占据生鲜行业的半壁江山传统农贸市场由于场地大小位置等限制和疫情暴露出的食品安全问题前景不容乐观，一些依托互联网产生的"新零售"生鲜超市应运而生，盒马鲜生便是"新零售"概念的产物之一，盒马鲜生是阿里巴巴集团旗下以数据和技术驱动的新零售平台。为了满足消费者对消费全阶段的多样化需求，适应分众化、差异化的传播趋势，盒马鲜生采取了丰富多样的销售促进活动，目前盒马鲜生运用的主要销售促进工具包括独家推出、买赠、优惠券、节日满减、试吃、限时活动、整箱特惠、会员日折扣七种，其中网上领取的优惠券覆盖最广，用法简单，最易为消费者感知。限时特惠、限时特价和限时清仓的销售促进方式一部分由供货品牌方提供赞助来展开，另一部分为即食产品或者临期产品，为保证产品质量而展开。在对盒马鲜生（新田360绿地新都会店）实地考察的过程中，只有一款产品品牌方在限时特惠（伊利金典纯牛奶满55减10元），限时特价和限时清仓分别是针对熟食、鲜奶等日日鲜商品和临期产品，限时特价产品每天晚上会进行三轮促销，分别是7点多、8点多和9点多，促销力度会越来越大，折扣根据产品的属性从8折到5折不等。在晚间特惠，也会出现捆绑销售和买赠的促销商品，大多集中在肉类和奶类。除此之外，盒马鲜生还开设了盒马会员日，每周二是盒马鲜生的会员日，会员日会员购买的商品都可以获得会员折扣，而且可以通过现实特惠折上折。盒马鲜生通过多种促销手段并进的策略获得了销量和市场占有率的极大提升。

二、销售促进的影响因素

采用销售推广这一促销手段时，要特别注意不同国家或地区对销售推广活动的限制、经销商的合作态度以及当地市场的竞争程度等因索的影响。

（一）当地政府的限制

不同的国家或地区，对销售推广方式在当地市场上采取不同程度的限制。有的国家规定，企业在当地市场上进行销售促进活动时要事先征得政府部门的同意。有的国家则限制企业销售推广活动的规模，如法国政府规定：禁止抽奖，免费赠送的物品不得超过消费者所购买商品价值的5%。还有的国家对销售推广的形式进行限制，规定赠送的物品必须与推销的商品有关，诸如杯子可作为咖啡购买者的赠品，而餐具就不能作为推销洗衣机的随赠礼品。因此，在各地出现了各式各样的推广方式。有一项研究表明：在法国，最有效的销售推广方式是降价、贸易折扣和免费样品；在巴西，最有效的方式是附送礼品；在匈牙利、荷兰和希腊，最有效的方式是贸易折扣。

（二）经销商的合作态度

同中间商合作是扩展营销规模的有效途径，但要得到当地经销商或者中间商的支持与协助，还需要做一定的促销活动。能否由经销商代为分发赠品或优惠券、由零售商来负责现场示范或者商店陈列等，对拓宽销售市场非常关键。

（三）市场的竞争程度

进行销售推广活动一般有两种情况：一是为了扩大市场份额；二是迫于竞争对手的压力。市场的竞争程度、竞争对手在促销方面的动向或措施，将会直接影响到企业的销售推广活动。比如，当竞争对手推出新的促销举措来吸引顾客时，企业就不能不采取相应的对策，否则就有失去顾客而丧失市场的危险。同样，企业在海外目标市场进行销售推广活动也会遭到当地竞争者的反对或阻挠，甚至通过当地商会或政府部门利用法律法规的形式来加以禁止。例如，美国通用电气公司通过与当地企业合资的形式成功地打入日本的空调市场。主要促销措施是：以海外免费旅游度假方式来奖励推销成绩突出的经销商，并对顾客实行超值赠送彩色电视机的刺激。随后，这些举措遭到当地电器生产厂商的反对，他们利用贸易协会通过决议，禁止以海外旅游形式作为奖励措施，并做出了限制赠品最高价值的规定，以阻止推销。

三、销售促进的方式

（一）面向消费者的销售促进方式

1. 赠送促销

向消费者赠送样品或试用品，赠送样品是介绍新产品最有效的方法，缺点是费用高。样品可以选择在商店或闹市区散发，或在其他产品中附送，也可以公开广告赠送，或入户派送。

2. 折价券

在购买某种商品时，持券可以免付一定金额的钱。折价券可以通过广告或直邮的方式发送。

3. 包装促销

以较优惠的价格提供组合包装和搭配包装的产品。

4. 抽奖促销

顾客购买一定的产品之后可获得抽奖券，凭券进行抽奖获得奖品或奖金，抽奖可以有各种形式。

5. 现场演示

企业派促销员在销售现场演示本企业的产品，向消费者介绍产品的特点、用途和使用方法等。

6. 联合推广

企业与零售商联合促销，将一些能显示企业优势和特征的产品在商场集中陈列，边展销边销售。

7. 参与促销

通过消费者参与各种促销活动，如技能竞赛、知识比赛等活动，能获取企业的奖励。

8. 会议促销

各类展销会、博览会、业务洽谈会期间的各种现场产品介绍、推广和销售活动。

（二）面向中间商的销售促进方式

1. 批发回扣

企业为争取批发商或零售商多购进自己的产品，在某一时期内给经销本企业产品的批发商或零售商加大回扣比例。

2. 推广津贴

企业为促使中间商购进企业产品并帮助企业推销产品，可以支付给中间商一定的推广津贴。

3. 销售竞赛

根据各个中间商销售本企业产品的实绩，分别给优胜者不同的奖励，如现金奖、实物奖、免费旅游、度假奖等，以起到激励的作用。

4. 扶持零售商

生产商对零售商专柜的装潢予以资助，提供 POP 广告，以强化零售网络，促使销售额增加；可派遣厂方信息员或代培销售人员。生产商这样做目的是提高中间商推销本企业产品的积极性和能力。

（三）面对内部员工的销售促进方式

主要是针对企业内部的销售人员，鼓励他们热情推销产品或处理某些老产品，或促使他们积极开拓新市场。一般可采用方法有：销售竞赛、免费提供人员培训、技术指导等形式。

四、销售促进的设计

1. 确定推广目标

销售促进目标的确定，就是要明确推广的对象是谁，要达到的目的是什么。只有知道推广的对象是谁，才能有针对性地制定具体的推广方案，例如：是为达到培育忠诚度的目的，还是鼓励大批量购买为目的？

2. 选择推广工具

销售促进的方式方法很多，但如果使用不当，则适得其反。因此，选择合适的推广工具是取得销售促进效果的关键因素。企业一般要根据目标对象的接受习惯和产品特点、目标市场状况等来综合分析选择推广工具。

3. 推广的配合安排

销售促进要与营销沟通其他方式如广告、人员销售等整合起来，相互配合，共同使用，从而形成营销推广期间的更大声势，取得单项推广活动达不到的效果。

4. 确定推广时机

销售促进的市场时机选择很重要，如季节性产品、节日、礼仪产品，必须在季前节前做销售促进，否则就会错过了时机。

5. 确定推广期限

确定推广期限即确定销售促进活动持续时间的长短。推广期限要恰当，过长，消费者新鲜感丧失，产生不信任感；过短，一些消费者还来不及接受销售促进的实惠。

五、销售促进的控制

销售促进是一种促销效果比较显著的促销方式，但倘若使用不当，不仅达不到促销的目的，反而会影响产品销售，甚至损害企业的形象。因此，企业在运用销售促进方式促销时，必须予以控制。

（一）选择适当的方式

销售促进的方式很多，各种方式都有各自的适应性。选择好销售促进方式是促销获得成功的关键。一般说来，应结合产品的性质、不同方式的特点以及消费者的接受习惯等因素选择合适的销售促进方式。

（二）确定合理的期限

控制好销售促进的时间长短也是取得预期促销效果的重要一环。推广的期限，既不能过长，也不宜过短。这是因为时间过长会使消费者习以为常，失去刺激需求的作用，甚至会使消费者产生疑问或不信任感；时间过短会使部分顾客来不及接受销售促进的好处，收不到最佳的促销效果。一般应以消费者的平均购买周期或淡旺季间隔为依据来确定合理的推广方式。

（三）禁忌弄虚作假

销售促进的主要对象是企业的潜在顾客，因此，企业在销售促进全过程中，一定要坚决杜绝徇私舞弊的短视行为发生。在市场竞争日益激烈的条件下，企业商业信誉是十分重要的竞争优势，企业没有理由自毁商誉。本来销售促进这种促销方式就有贬低商品之意，如果再不严格约束企业行为，将会产生失去企业长期利益的巨大风险。因此，弄虚作假是销售促进中的最大禁忌。

（四）注重中后期宣传

开展销售促进活动的企业比较注重推广前期的宣传，这非常必要，但也不能忽视中后期宣传。在销售促进活动的中后期，面临的十分重要的宣传内容是销售促进中的企业兑现行为。这是消费者验证企业推广行为是否具有可信性的重要信息源。所以，令消费者感到可信的企业兑现行为，一方面有利于唤起消费者的购买欲望，另一个更重要的方面是可以换来社会公众对企业的良好口碑，树立企业良好形象。

此外，还应注意确定合理的推广预算，科学测算销售促进活动的投入产出比。

第四节 人员推销决策

一、人员推销的含义和特点

(一) 人员推销的含义

人员推销是企业运用推销人员直接向顾客推销商品和劳务的一种促销活动。在人员推销活动中，推销人员、推销对象和推销品是三个基本要素。其中前两者是推销活动的主体，后者是推销活动的客体。通过推销人员与推销对象之间的接触、洽谈，将推销品卖给推销对象，从而达成交易，实现既销售商品，又满足顾客需求的目的。

(二) 人员推销的特点

人员推销能如此长盛不衰，关键是它具有一些其他方式不可替代的优势，归纳起来有如下特点。

1. 信息传递的双向性

人员推销是推销人员与消费者面对面地进行信息沟通。一方面，推销人员将有关产品特性、用途、使用方法、价格等方面的信息传递给潜在的目标顾客；另一方面，又将顾客对产品性能、规格、质量、价格、交货时间等的要求及时反馈给企业。

2. 灵活性

人员推销是一对一或一对几地推销产品，没有固定模式，可以随机应变，方法灵活多样。推销人员可根据每位潜在客户购买动机、要求和问题的不同，随时调整自己的策略和方法，有针对性地进行推销，充分地说服顾客，并使其需求得到最好的满足。

3. 选择性

人员推销的选择性强，推销人员完全可以根据目标顾客的特点选择每位被访者，并在访问前对其做一番研究，拟定具体的推销方案，而广告对目标顾客的选择性就差得多。所以，尽管广告的覆盖面较人员推销大得多，但成功的概率却比后者小得多，因为广告的受众中有相当部分的人根本不可能购买该产品。

4. 完整性

人员推销具有完整性。推销人员的任务不仅是访问客户，传递信息，说服顾客购买，还包括提供各种服务，达成实际的交易。如签订购买合同，协助安排资金融通，准时交货，甚至承担安装、调试、技术指导、维修服务的任务，特别是一些结构复杂的产品，人员推销的效果更优。此外，推销人员大多还承担为企业收集市场信息的任务。

5. 公关性

人员推销具有公关作用。好的推销人员善于与客户建立起超出单纯买卖关系的友谊和信任，为企业赢得一批忠实的客户，实际上起到了公关的作用。

二、人员推销决策

人员推销决策是指企业根据外部环境变化和内部资源条件设计和管理销售队伍的一系

列经济过程。大体上可分为以下两种：一是战略决策，包括销售队伍的大小、区域设计和访问计划等；二是管理决策，包括对销售人员的招募、挑选、培训、委派、报酬、激励和控制等。

（一）销售队伍规模

销售人员是企业最有生产价值、花费最多的资产之一，销售队伍的规模直接影响着销售量和销售成本的变动。因此，销售队伍规模是人员推销决策中的一个重要问题。它既受市场营销组合中其他因素的制约，又影响企业的整个市场营销战略。企业设计销售队伍规模通常有三种方法：

1. 销售百分比法

企业根据历史资料计算出销售队伍的各种耗费占销售额的百分比以及销售人员的平均成本，然后对未来销售额进行预测，从而确定销售人员的数量。

2. 分解法

这种方法是把每一位销售人员的产出水平进行分解，再同销售预测额相对比，就可判断销售队伍的规模大小。

3. 工作量法

上述前两种方法比较简单，但它们都忽略了销售人员的数量与销售量之间的联系，因而实际意义不大。

（二）销售工作安排

销售工作安排是指销售努力分配，即在销售队伍规模既定的条件下，销售人员如何在产品、顾客和地理区域方面分配时间和资源。

1. 时间安排（顾客方面）

大多数市场的顾客都是各不相同的。因而每位销售人员在做销售时间安排时总涉及这样三个问题：①在潜在顾客身上要花多少时间？②在现有顾客身上要花多少时间？③如何在现有顾客和潜在顾客之间合理地分配时间？对企业而言，时间安排通常表现为销售目标，有比较明确的规定。某家企业指示其销售人员，要将80%的时间花在现有顾客身上，20%的时间花在潜在顾客身上。如果企业不这样规定比例，销售人员很可能会把绝大部分时间用于向现有顾客推销产品，从而忽视新顾客方面的工作。所以，企业进行人员推销决策时，必须重视销售时间的安排。

2. 资源分配（产品方面）

一支销售队伍通常要推销一系列产品。所以，销售人员必须寻求一种最为经济的方式在各个产品间配置推销资源（时间）。这项决策是较为困难的。新产品的推销有时甚至要花上好几年的时间才能使销售额达到最高水平。因此，企业在决策时不能仅看到近期的销售额和利润率，而必须着眼于长远的利益，从战略角度来分配资源和时间，设计市场营销组合。

（三）销售区域设计

企业委派销售代表驻到一些地区负责产品销售，这些地区通常被称为销售区域（或地区）。区域设计是人员推销决策的重要内容之一。无论是设计新的区域系统，还是调整现有的区域构成，企业都要考虑下述条件：①区域要易于管理；②各区域的销售潜量容易估计；③能够严格控制推销旅途的时间花费；④对推销员来说，每个区域的工作量和销售潜量都是相等的，而且足够大。

企业要想满足这些条件，可以通过对区域单位大小和形状的确定而达到。设计区域大小主要有两种方法，即同等销售潜量法和同等工作量法，这二者各有千秋。企业按同等销售潜量法划分区域能给每个销售代表提供相同的收入机会，并有利于企业衡量销售代表的工作绩效。由于各区域间长期存在的销售额差异反映出各销售代表能力与努力程度的不同，这就促使他们互相竞争，尽最大努力工作。

（四）销售人员的挑选

企业要制定有效的措施和程序，加强对销售人员的挑选、招聘、训练、激励和评价。只有通过一系列的管理的控制活动，才能把销售人员融入整个经营管理过程，使之为实现企业的目标而努力。企业的销售工作要想获得成功，就必须认真挑选销售人员。这不仅是因为普通销售人员和高效率销售人员在业务水平上有很大差异，而且用错人将给企业造成巨大的浪费。一方面，如果销售人员所创造的毛利不足以抵偿其销售成本，则必然导致企业亏损；另一方面，人员流动造成经济损失也将是企业总成本的一部分。因此，挑选高效率的销售人员成为管理决策的首要问题。

（五）销售人员的招聘与训练

企业在确定了挑选标准之后，就可着手招聘。招聘的途径和范围应尽可能广泛，以吸引更多的应聘者。企业人事部门可通过由现有销售人员引荐、利用职业介绍所、刊登广告等方式进行招聘。此后，企业要对应聘者进行评价和筛选。筛选的程序因企业而异，有的简单，有的复杂。一般可分为初步面谈、填写申请表、测验、第二次面谈、学历与经历调查、体格检查、决定录用与否、安排工作等程序。

许多企业在招聘到销售人员之后，往往不经过培训就委派他们去实际工作，企业仅向他们提供样品、订单簿和区域情况介绍等。之所以如此，是因为企业担心训练要支付大量费用、薪金，并会失去一些销售机会。然而，事实表明，训练有素的销售人员增加的销售业绩要比培训成本更大，而且那些未经训练的销售人员工作并不理想，尤其是在顾客自主意识和自由选择日益增强的今天，如果销售人员不经过系统的训练，很难获得与顾客沟通的能力。所以，企业必须对销售人员进行训练。

（六）销售人员的激励

激励在管理学中被解释为一种精神力量或状态，起加强、激发和推动作用，并指导和引导行为指向目标。事实上，组织中的任何成员都需要激励，销售人员亦不例外。由于工作性质、人的需要等原因，企业必须建立激励制度来促使销售人员努力工作。

1. 销售定额

订立销售定额是企业的普遍做法，规定销售人员在一年中应销售多少数额并按产品加以确定，然后把报酬与定额完成情况挂起钩来。每个地区销售经理将地区的年度定额在各销售人员之间进行分配。

2. 佣金制度

企业为了使预期的销售定额得以实现，还要采取相应的鼓励措施，如送礼、奖金、销售竞赛、旅游等。而其中最为常见的是佣金。佣金制度是指企业按销售额或利润额的大小给予销售人员固定的或根据情况可调整比率的报酬。佣金制度能鼓励销售人员尽量大努力工作，并使消费费用与现期收益紧密相联，同时，企业还可根据不同产品、工作性质给予销售人员不同的佣金。但是佣金制度也有不少缺点，如管理费用过高、导致销售人员短期行为等。所以，它常常与薪金制度结合起来运用。

（七）销售人员的评价

销售人员的评价是企业对销售人员工作业绩考核与评估的反馈过程。它不仅是分配报酬的依据，而且是企业调整市场营销战略、促使销售人员更好地为企业服务的基础。因此，加强对销售人员的评价在企业人员推销决策中具有重要意义。

1. 要掌握和分析有关的情报资料

情报资料的最重要来源是销售报告。销售报告分为两类：一是销售人员的工作计划；二是访问报告记录。工作计划管理部门能及时了解到销售人员的未来活动安排，为企业衡量他们的计划与成就提供依据，由此可以看出销售人员计划他们的工作及执行他们计划的能力。访问报告则使管理部门及时掌握销售人员以往的活动、顾客账户状况，并提供对以后的访问有用的情报。当然，情报资料是来源还有其他方面，如销售经理个人观察所得、顾客信件与抱怨、消费者调查以及与其他销售人员交谈等。总之，企业管理部门应尽可能从多个方面了解销售人员的工作绩效。

2. 要建立评估的指标

评估指标要基本上能反映销售人员的销售绩效。主要有：销售量增长情况；毛利；每天平均访问次数及每次访问的平均时间；每次访问的平均费用；每百次访问收到订单的百分比；一定时期内新顾客的增加数及失去的顾客数目；销售费用占总成本的百分比。为了科学客观地进行评估，在评估时还应注意一些客观条件，如销售区域的潜力、区域形状的差异、地理状况、交通条件等。这些条件都会不同程度地影响销售效果。

3. 实施正式评估

企业在占有了足够的资料，确立了科学的标准之后，就可以正式评估。大体上，评估有两种方式。一种方式是将各个销售人员的绩效进行比较和排队。这种比较应当建立在各区域市场的销售潜力、工作量、竞争环境、企业促销组合等大致相同的基础上，否则，就显得不太公平。同时比较的内容也应该是多方面的，销售额并非是唯一的，销售人员的销售组合、销售费用以及对净利润所做的贡献也要纳入比较的范围。另一种方式是把销售人员目前的绩效同过去的绩效相比较。企业可以从产品净销售额、定额百分比、毛利、销售费用及其占总销售额的百分比、访问次数、每次平均访问成本、平均客户数、新客户数、失去的客户数等方面进行比较。这种比较方式有利于销售人员对其长期以来的销售业绩有个完整的了解，督促和鼓励他努力改进下一步的工作。

三、人员推销的步骤及策略

人员推销一般经过七个步骤（图11.2）。

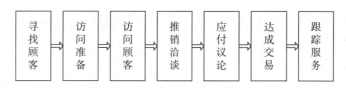

图 11.2　人员推销的步骤

（一）寻找潜在顾客

寻找潜在顾客即寻找有可能成为潜在购买者的顾客。潜在顾客是一个"MAN"，即具有购买力（Money）、购买决策权（Authority）和购买欲望（Need）的人。寻找潜在顾客线索的方法主要有：①向现有顾客打听潜在顾客的信息；②培养其他能提供潜在顾客线索的来源，如供应商、经销商等；③加入潜在顾客所在的组织；④从事能引起人们注意的演讲与写作活动；⑤查找各种资料来源（工商企业名录、电话号码黄页等）；⑥用电话或信件追踪线索；等等。

（二）访问准备

在拜访潜在顾客之前，推销员必须做好必要的准备。具体包括：了解顾客、了解和熟悉推销品、了解竞争者及其产品、确定推销目标、制定推销的具体方案等方面。不打无准备之仗，充分的准备是推销成功的必要前提。

（三）接近顾客

接近顾客是推销员征求顾客同意接见洽谈的过程。接近顾客能否成功是推销成功的先决条件。推销接近要达到三个目标：给潜在顾客一个良好的印象；验证在准备阶段所得到的信息；为推销洽谈打下基础。

（四）洽谈沟通

这是推销过程的中心。推销员向准客户介绍商品，不能仅限于让客户了解你的商品，最重要的是要激起客户的需求，产生购买的行为。养成ＪＥＢ（下文有具体解释）的商品说明习惯，能使推销事半功倍。

"ＪＥＢ"，简言之，就是首先说明商品的事实状况（Just Fact），然后将这些状况中具有的性质加以解释说明（Explanation），最后再阐述它的利益（Benefit）及带给客户的利益。熟练掌握商品推销的三段论法，能让推销变得非常有说服力。

营销人员在向潜在顾客展示介绍商品时可采用五种策略：①正统法。主要强调企业的声望和经验。②专门知识。主要表明对产品和对方情况有深刻了解。③影响力。可逐步扩大自己与对方共有的特性、利益和心得体会。④迎合。可向对方提供个人的善意表示，以加强感情。⑤树立印象。在对方心目中建立良好的形象。

（五）应付异议

推销员应随时准备应付不同意见。顾客异议表现在多方面，如价格异议、功能异议、服务异议、购买时机异议等。有效地排除顾客异议是达成交易的必要条件。一个有经验的推销员面对顾客争议，既要采取不蔑视、不回避、注意倾听的态度，又要灵活运用有利于排除顾客异议的各种技巧。

（六）达成交易

达成交易是推销过程的成果和目的。在推销过程中，推销员要注意观察潜在顾客的各种变化。当发现对方有购买的意思表示时，要及时抓住时机，促成交易。为了达成交易，推销员可提供一些优惠条件。

（七）事后跟踪

现代推销认为，成交是推销过程的开始。推销员必须做好售后的跟踪工作，如安装、退换、维修、培训及顾客访问等。对于 VIP 客户，推销员特别要注意与之建立长期的合作关系，实行关系营销。

第五节　公共关系

一、公共关系的概念

公共关系（Public Relation）是指某一组织为改善与社会公众的关系，促进公众对组织的认识、理解及支持，达到树立良好组织形象、促进商品销售的目的的一系列公共活动。它本意是社会组织、集体或个人必须与其周围的各种内部、外部公众建立良好的关系。它是一种状态，任何一个企业或个人都处于某种公共关系状态之中。它又是一种活动，当一个工商企业或个人有意识地、自觉地采取措施去改善和维持自己的公共关系状态时，就是在从事公共关系活动。作为公共关系主体长期发展战略组合的一部分，公共关系的管理职能主要表现为评估社会公众的态度，确认与公众利益相符合的个人或组织的政策与程序，拟定并执行各种行动方案，提高主体的知名度和美誉度，改善形象，争取相关公众的理解与接受。

在市场营销学体系中，公关关系是企业机构唯一一项用来建立公众信任度的工具。

二、公共关系的特征

（一）形象至上

在公众中塑造、建立和维护组织的良好形象是公共关系活动的根本目的，而这种形象既与组织的总体有关，也与公众的状态和变化趋势直接相连。这就要求组织必须有合理的经营决策机制、正确的经营理念和创新精神，并根据公众、社会的需要及其变化，及时调整和修正自己的行为，不断地改进产品和服务，以便在公众面前树立良好的形象。可以这么说，良好的形象是组织最大的财富，是组织生存和发展的出发点和归宿，企业的一切工作都是为了顾客展开，失去了社会公众的支持和理解，组织也就没有存在的必要了。

（二）沟通为本

在现代社会，社会组织与公众打交道，实际上是通过信息双向交流和沟通来实现的。正是通过这种双向交流和信息共享过程，才形成了组织与公众之间的共同利益和互动关系。这是公共关系区别于法律、道德和制度等意识形态的地方。在这里，组织和公众之间可以进行平等自愿的、充分的信息交流和反馈，没有任何强制力量，双方都可畅所欲言，因而能最大限度地降低不良的副作用。

（三）互惠互利

对于一个社会组织而言，当然应该追求自身利益的最大化，但很多组织在这一过程中却发生了迷失。有的为求得一时之利，却失去更多，有的甚至什么也没得到。造成这种现象的根本原因就在于：利益从来都是相互的，从来没有一厢情愿的利益。人际交往中人们常说：与人方便就是与己方便；而对社会组织而言，只有在互惠互利的情况下，才能真正达到自身利益的最大化。

组织的公共关系工作之所以有成效、之所以必要，恰恰在于它能协调双方的利益，通过公共关系，可以实现双方利益的最大化，这也是具备公关意识的组织和不具备公关意识的组织的最大区别。

（四）真实真诚

追求真实是现代公共关系工作的基本原则，自从"现代公关之父"美国人艾维·莱德拜特·李（Ivy Ledbetter Lee）提出讲真话的原则以来，告诉公众真相便一直是公关工作的不二信条。尤其是现代社会，信息及传媒手段空前发达，这使得任何组织都无法长期封锁消息、控制消息，以隐瞒真相、欺骗公众。正如美国前总统林肯所说，你可以在某一时刻欺骗所有人，也可以在所有时刻欺骗某些人，但你绝对不能在所有时刻欺骗所有人。真相总会被人知道。因此公共关系强调真实原则，要求公关人员实事求是地向公众提供真实信息，以取得公众的信任和理解。

（五）长远观点

由于公共关系是通过协调沟通、树立组织形象、建立互惠互利关系的过程，这个过程既包括向公众传递信息的过程，也包括影响并改变公众态度的过程，甚至还包括组织转型，如改变现有形象、塑造新的形象的过程。所有这一切，都不是一朝一夕就能完成的，必须经过长期艰苦的努力。因此，在公共关系工作中，公共关系组织和公关人员不应计较一城一地之得失，而要着眼于长远利益，只要持续不断地努力，付出总有回报。

三、公共关系的功能

（一）树立企业信誉，建立良好的企业形象

企业的信誉是指企业在市场上的威信、影响，在消费者心目中的地位、形象、知名度。建立良好的信誉是企业经营成功的诀窍，"酒香不怕巷子深"的陈旧经营观念已不能适应竞争日益激烈的趋势。树立信誉首先要创名牌企业。按照公共关系学的观点，商品信誉是较低层次的，只是部分公众或消费者在多次的商品交换过程中形成的对生产者和经营者的信赖程度，它只是企业技术经营素质的综合反映。而树企业信誉、创名牌企业，不仅是企业自身发展的需要，也是现代社会对企业日益强烈的要求。因为企业作为社会的一个单元，既可能给社会带来新的物质文明，也可能给社会带来公害和威胁。

因此，公众对企业社会价值的评估标准发生了变化，评价范围由对产品质量和服务扩大到企业生产经营和社会活动的各个方面，这使公众舆论对企业产生更大影响力。争取舆论支持，争取公众信任，成为企业生存发展的重要条件之一。企业良好形象和声誉是无形的宝贵财富。公共关系的根本目的是通过深入细致、持之以恒的具体工作树立组织的良好形象和信誉，以取得公众理解、支持、信任，从而有利于企业推出新产品，有利于创造"消费信心"，有利于企业筹集资金，有利于吸引、稳定人才，有利于寻找协作者，有利于协调和社区的关系，有利于政府和管理部门对企业产生信任感，最终促进组织目标的实现。

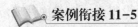

案例衔接 11-5

危难见真情——蜜雪冰城尽显企业担当

2021年7月17日以来，河南省突遭历史罕见的极端强降雨，郑州等多地遭遇特大水灾，在这紧要关头，很多企业都伸出援手，在众多爱心企业中，有一个企业引起了全国网友的关注，这就是蜜雪冰城。蜜雪冰城虽总部也身处受灾中心，但仍旧积极地展开自救与参与到救灾活动中。针对本次灾害天气，蜜雪冰城做出如下行动：

一、全力保障员工生命安全

蜜雪冰城于7月20日17时成立救灾指挥中心，以党员为先锋，以各级领导为第一责任人，对旗下所有员工情况进行逐一排查，与返家员工进行实时联络沟通，并为暂时被困人员准备衣物食品等救灾物资，以全面保障员工的生命健康安全。

二、捐款2 200万元，用于抗洪救灾和灾后重建

虽然蜜雪冰城总部在这次灾害中也遭受了巨大的损失，但蜜雪冰城仍旧积极承担起了社会责任，向郑州慈善总会捐助现金2 000万元，全资子公司大咖国际食品有限公司向河南温县捐助现金200万元，共计捐助2 200万元，用于抗洪救灾和灾后重建。

三、向重灾区域运送物资

除了捐款之外，蜜雪冰城还积极地向灾区捐献物资，蜜雪冰城于7月21日成立捐款捐物小组，对接慈善总会、共青团、社区等，已向郑州市、荥阳市等多个街道的派出所、医院等运送水、牛奶、酸奶11批次。

天灾无情人有情，蜜雪冰城这一事件不仅展现了中国人刻在骨子里的温良，还展现了其作为民族企业的家国情怀和社会担当，中国论语里有句名言"小人喻以利，君子喻以义"，这句话指的就是小人只能看见眼前的蝇头小利，而君子兼顾的却是人间大义，其实作为企业也是要义利并存的，作为企业，赚取利益无可厚非，可当国家处于危难时刻，企业就不能只盯着眼前的蝇头小利了，而是应该兼顾人间的大义，积极地承担起企业的社会责任，做德才兼备的好企业。

（二）搜集信息，为企业决策提供科学保证

美国管理学家西蒙说，"管理就是决策，而决策的前提正是信息"。企业每时每刻都会遇到大量的问题，市场需要产品质量、产品开发、新技术方向、竞争者动向、潜在危险、企业形象等方面的信息，不断传递给企业领导，要求领导者做出及时而有效的决策。因此，现代企业把公共关系信息的获取归入企划之中，成为企业活动不可缺少的组成部分。公共关系部门就是要利用各种渠道和网络搜集与企业发展有关的一切信息，为企业决策科学化提供强有力的保证。搜集信息包括企业战略环境信息、产品声誉信息及企业形象信息等。

（三）协调纠纷，化解企业信任危机

随着生产社会化程度不断提高，任何组织都处于复杂的关系网络之中，而且这种关系处于动态的发展之中。由于企业与公众存在着具体利益的差别，在公共关系中必然会充满各种矛盾。企业在生产经营运行过程中，也难免会有因自身的过失、错误而与消费者发生冲撞的时候。一旦发生，必然导致消费者对企业的不满，使企业面对一个充满敌意和冷漠

的舆论环境。如果对这种状况缺乏正确的认识，对问题处理不当，就产生公共关系纠纷，甚至导致严重的公共信任危机，给企业、公众、社会都会带来极大的危害。

事实证明，企业与公众的许多矛盾和摩擦都起源于误解和不了解，缺乏信息交流是造成不了解的根本原因。通过建立良好的公共关系机制，增加企业与公众之间相互了解，企业就有可能避免与公众的纠纷，并可通过公关手段将已经发生的信任危机所造成的组织信誉、形象损失降到最低限度，进而因势利导，使坏事变为好事。这种功能是广告、人员推销、销售促进所不具有的。

四、公共关系的主要工具

（一）公开出版物

企业依靠各种传播材料去接近和影响其目标市场，包括年度报告、小册子、文章、视听材料、商业信件、杂志等。

（二）时间

企业可通过安排一些特殊时间来吸引对其新产品和该企业其他事件的注意。这些事件包括记者招待会、讨论会、郊游、展览会、竞赛和周年庆祝活动以及运动会和文化赞助等，以接近目标公众。

（三）新闻

发展或创造对企业和其产品或人员有利的新闻。新闻的编写要求善于构想出故事的概念，广泛开展调研活动，并撰写新闻稿。公关人员应争取宣传媒体录用新闻稿和参加记者招待会，这往往需要营销技巧和人际交往技巧。

（四）公益和赞助活动

企业可通过向公益事业或具有重大影响的社会活动进行捐赠，提高企业声誉和影响力，获取社会公众对企业的好感。

案例衔接 11-6

可口可乐净水计划——让偏远地区的儿童也能喝到干净的饮用水

公益广告就像一股清流一样，能够直抵人们的内心深处，引起人们强烈的情感共鸣，甚至在一定程度上对维护社会和谐稳定、缓解社会矛盾具有重要的作用。可口可乐的一则公益广告引发了大家的热议，可口可乐中国最新系列公益广告《不一样的我们，一样的在乎》分为男孩喝水篇和女孩上学篇，视频里的童谣采用的是朗朗上口的"甜蜜蜜"音乐旋律，然后由著名古筝演奏家、泰国公主的古筝老师常静及她的"群仙儿"乐队制作编曲，形成了"魔性十足"的广告背景音乐，并且视频中的童谣演唱与羊、鹅、牛的口型相照应，仿佛这首歌谣是由这些动物演唱出来，十分可爱生动，画面感十分强烈。受众在观看视频的过程中会加深对该广告的印象，体会到该广告的暖心之处，从而进一步提升可口可乐的知名度，形成长期的品牌效应。视频旁白也加入了李连杰的"我们生来不同，但在喝水这件事上没有不同，加入我们，让每个孩子都能喝上干净的水"，以及高晓松的"每一点在乎，都能让梦想飞得更远，加入我们，让每个孩子都能得到更好的教育"。文案写作方面"在乎"二字体现了该广告的用心与贴心，并且喝水和教育都是与受众的生活息息相关，更能引起受众情感上的共鸣。出色的文案+两位大咖的旁白也为视频增色不少，让我们在欣赏视频的同时，也能感受到公益的强大力量，温暖之光沁人心脾。

（五）形象识别媒体

在一个高速交往的社会中，企业需要努力去获得高的关注度。因此企业应努力创造一个公众能够迅速辨认的视觉形象。视觉形象可通过公司的标志、文件、小册子、招牌、名片、建筑物、制服标记等来传播。

五、公共关系的工作程序

企业公共关系活动的基本程序，包括调查、计划、实施、检测四个步骤：

（一）公共关系调查

它是公共关系工作的一项重要内容，是开展公共关系工作的基础和起点。通过调查，能了解和掌握社会公众对企业决策与行为的意见。据此，可以基本确定企业的形象和地位，可以为企业监测环境提供判断条件，为企业制定合理决策提供科学依据等。公关调查内容广泛，主要包括企业基本状况、公众意见及社会环境三方面内容。

（二）公共关系计划

公共关系是一项长期性工作，合理的计划是公关工作持续高效的重要保证。制定公关计划，要以公关调查为前提，依据一定的原则，来确定公关工作的目标，并制定科学、合理而可行的工作方案，如具体的公关项目、公关策略等。

（三）公共关系的实施

公关计划的实施是整个公关活动的"高潮"。为确保公共关系实施的效果最佳，正确地选择公共关系媒介和确定公共关系的活动方式是十分必要的。公关媒介应依据公共关系工作的目标、要求、对象和传播内容以及经济条件来选择；确定公关的活动方式，宜根据企业的自身特点、不同发展阶段、不同的公众对象和不同的公关任务来选择。

（四）公共关系的检测

公关计划实施效果的检测，主要依据社会公众的评价。通过检测，能衡量和评估公关活动的效果，在肯定成绩的同时，发现新问题，为制定和不断调整企业的公关目标、公关策略提供重要依据，也为使企业的公共关系成为有计划的持续性工作提供必要的保证。

本章小结

所谓促销组合，是一种组织促销活动的策略思路，主张企业运用广告、人员推销、公关宣传、销售促进四种基本促销方式组合成一个策略系统，使企业的全部促销活动互相配合、协调一致，最大限度地发挥整体效果，从而顺利实现企业目标。

影响促销组合的因素：①促销目标；②市场特点；③产品性质；④产品生命周期；⑤"推动"策略和"拉引"策略；⑥其他营销因素。

人员推销决策是指企业根据外部环境变化和内部资源条件设计和管理销售队伍的一系列经济过程。企业的广告策略，涉及确定广告目标，制定广告预算，选择广告媒体，评估广告效果等内容。

广告媒体：报纸、杂志、广播、电视、直接邮寄、户外广告、国际互联网。

销售促进方式分为这些类型：①面向消费者的销售促进方式；②面向中间商的销售促进方式；③面对内部员工的销售促进方式。

公共关系的职能：信息监测、舆论宣传、沟通协调、危机处理。

企业公共关系活动的基本程序，包括调查、计划、实施、检测四个步骤。

练习题

一、单选题

1. 公共关系是一项（　　）的促销方式。

A. 一次性　　　　B. 偶然　　　　　　C. 短期　　　　　　D. 长期

2. 促销工作的核心是（　　）。

A. 出售商品　　　B. 沟通信息　　　　C. 建立良好关系　　D. 寻找顾客

3. 促销组合的方式有人员推销、广告促销、销售促进和（　　）。

A. 分销渠道　　　B. 公共关系　　　　C. 产品价格　　　　D. 产品组合

4. 对生产资料的促销而言，最有效的方式是（　　）。

A. 广告　　　　　B. 销售促进　　　　C. 新闻宣传　　　　D. 人员推销

5. 销售促进又称（　　），它是促销组合的重要方式。

A. 营业推广　　　B. 产品推销　　　　C. 销售组合　　　　D. 销售渠道

二、案例分析

"让心声有回声"——为留守儿童架起沟通的桥梁

在 2018 年第三季度新闻发布会上，倪春霞在介绍留守儿童情况时称，截至当年 8 月底，全国共有农村留守儿童 697 万人，留守儿童问题在中国尤为严重，这些留守儿童的父母进城务工，导致大量的留守儿童对父母的思念之情无处寄托，只能通过最传统的"喊山"的方式，对着大山喊出对父母的思念。了解到了这一情况，腾讯公司联合腾讯公益和壹基金联合举办了"回声计划"，并且拍摄了以"让心声有回声"的广告，腾讯还向消费者承诺，每当消费者用腾讯充值一笔话费，腾讯便会从话费中抽出一部分用于帮助留守儿童，在全国山区建立服务站，搭建亲情热线。通过以上做法，越来越多的留守儿童获得了和父母通话的机会。

试析：本例中的广告属于哪个类型的广告？其成功之处何在？

参 考 文 献

[1] 吴健安，聂元昆. 市场营销学（第七版）[M]. 北京：高等教育出版社，2022.

[2] 王旭. 市场营销学（第七版）学习指导与练习 [M]. 北京：高等教育出版社，2023.

[3] 郭国庆. 市场营销学（第 7 版·数字教材版） [M]. 北京：中国人民大学出版社，2022.

[4] 郭国庆. 市场营销学通论（第 9 版·数字教材版） [M]. 北京：中国人民大学出版社，2022.

[5] 郭国庆. 中国市场营销学科发展史 [M]. 北京：中国人民大学出版社，2023.

[6] 杨佳利，肖华茂. 市场营销学 [M]. 北京：企业管理出版社，2023.

[7] 段淑梅，张纯荣. 市场营销学（第 3 版）[M]. 北京：机械工业出版社，2023.

[8] 加里·阿姆斯特朗. 菲利普·科特勒 [M]. 王永贵，等，译. 北京：中国人民大学出版社，2023.

[9] 吴健安，钟育赣. 市场营销学（第七版）[M]. 北京：清华大学出版社，2022 年.

[10] 杨剑英，张亮明. 市场营销学 [M]. 南京：南京大学出版社，2022.

[11] 马静. 市场营销学（第 2 版）[M]. 西安：西安电子科技大学出版社，2022.

[12] 汪秀婷. 市场营销学 [M]. 武汉：武汉理工大学出版社，2022.

[13] 高中玖. 市场营销（第 2 版）[M]. 北京：北京理工大学出版社，2020.

[14] 余爱云. 市场营销理论与实务 [M]. 北京：北京理工大学出版社，2021.

[15] 邱雪峰，倪斯铌. 市场营销理论与实践 [M]. 北京：北京理工大学出版社，2021.

[16] 王建明，陈凯，盛光华，等. 绿色营销 [M]. 北京：清华大学出版社，2023.

[17] 黄劲松. 市场营销教学案例与分析 [M]. 北京：清华大学出版社，2016.

[18] 约亨·沃茨. 服务营销（第 8 版）[M]. 北京：中国人民大学出版社，2018.

[19] 郑锐洪. 服务营销理论、方法与案例（第 2 版）[M]. 北京：机械工业出版社，2019.

[20] 成爱武，朱雪芹. 国际市场营销学 [M]. 北京：机械工业出版社，2017.

[21] 李威，王大超. 国际市场营销 [M]. 北京：机械工业出版社，2020.

[22] 营销传播网：http://www.emkt.com.cn/

[23] 市场营销网：www.scyingxiao.com

[24] 营销界的 007. 微信公众号：beastmkt

[25] 首席营销官. 微信公众号：cmo1967